巫

신비소설

무

2

떠나지 못하는
영혼들

문성실 장편소설

巫

신비
소설

무 2

떠나지 못하는 영혼들

달빛정원

巫

신비
소설

무

2

차례

제 1 화

당신이 잠든 사이

1

정오의 태양이 쏟아내는 강렬한 햇살이 숲을 뒤덮었다. 깊은 산속 홍송紅松의 꼭대기에는 뜨거운 햇살이 후끈거렸지만 빛이 닿지 않는 나무 밑둥치에는 시원한 바람이 선선히 불었다. 이끼 긴 바위 사이로 맑은 물줄기가 흘러내리는 숲은 여름엔 시원하고 겨울엔 따듯해서 사철의 차이가 크지 않았다.

지저귀는 새소리와 흐르는 물소리 외에 소음이라곤 없는 고요한 숲 속에 열 살배기 낙빈이 판판한 바위에 홀로 앉아 있었다. 새벽녘에는 정현을 따라 몸을 단련하고 오후에는 승덕을 따라 글을 배웠다. 틈틈이 남는 시간에는 암자에 필요한 일을 하며 한 사람 몫을 톡톡히 해내는 낙빈이었다. 그러다 가끔은 이렇게 숲에 앉아 고요함을 즐기기도 하고 여러 가지 생각에 잠기기도 했다.

단조로운 일상이었지만 더없이 풍족한 날들이었다.

"으응, 몸이 근질근질하네?"

바위에 앉아 있던 낙빈은 갑자기 등이 가려웠다. 낙빈은 손이 잘 닿지도 않는 등을 긁으려고 이리저리 몸을 꼬아보았다.

"또 누가 들어오시는 건가?"

낙빈은 간혹 몸이 이상할 때마다 새로운 신이 들어오곤 했다. 낙빈이 아직 성숙하지 못했기 때문에 낙빈의 몸에 들어올 여러

신들은 조금씩 조금씩 강림降臨하는 중이었다. 낙빈의 몸이 단단해질수록, 낙빈의 지식이 쌓일수록 강신降神이 일어났다. 하지만 언제 어떤 분이 오실지는 도무지 알 수 없었기 때문에 그저 때가 되길 기다리며 수행하는 수밖에 없었다.

다만 분명한 것은 어머니의 곁을 떠나온 후부터 신의 능력을 사용하면 사용할수록, 그리고 영적인 사건들을 접하면 접할수록 강신이 가속화된다는 것뿐이었다. 그러나 아직은 제대로 된 신내림을 받은 적도 없고 신어머니◆에게 배운 적도 없으니 신령神靈급 높은 신은 '부적신장符籍神將'이 유일하고, 자유롭게 운용할 줄 아는 신은 가장 낮은 계급의 명두明斗◆◆와 동자신童子神이 고작이었다. 물론 백두민족 조상신은 낙빈의 수호신이며 고귀한 신명神明이었지만 그분은 스스로의 의지로 낙빈을 도울 뿐, 낙빈이 부릴 수 있는 신이 아니었다.

'괜한 기대 말고 열심히 치성이나 드려!'

동자신이 낙빈의 귓가에 대고 살짝 핀잔을 했다. 제대로 치성

◆내림굿을 주관하는 신어머니를 신모神母라고 한다. 무계巫界에는 "영험은 신령이 주나 재주는 배워야 한다"는 말이 전해온다. 즉 내림굿을 하면 강신한 신령의 힘으로 점복을 행할 수는 있지만 실질적으로 무巫의 생명인 '굿'을 행할 수는 없다. 굿을 할 수 없는 무당은 반쪽짜리 무당이나 마찬가지다. 따라서 그들은 내림굿을 주관하는 신어머니나 신아버지를 모시고 다니며 굿을 배우게 된다. 이때 무무巫舞는 물론이고 무가巫歌와 공수, 무구(巫具 : 굿에 필요한 도구)의 사용법 등 하나에서 열까지를 모두 배우게 된다.

◆◆제일 낮은 계급의 신. 몸주身主가 되는 신의 능력에 따라 무당은 보통 일곱 계급 정도로 나뉜다. 명두(명도)는 대개 죽은 아이의 영혼을 불러서 단지에 담아 부리는 것으로 굿을 주관하지 못하고 점복을 하는 것이 전부다. 낮은 계급의 신이 몸주인 경우 영적 능력이 떨어져 굿의 효험이 없고 점술이나 치병의 영험도 떨어지기 때문에 무당들은 자신의 몸주를 관리하기 위해 끊임없이 노력하게 된다.

은 드리지도 않고 강신을 바라는 낙빈이 동자신의 눈에 한심해 보인 모양이다.

"알았어, 알았다고!"

한가롭게 숲을 바라보던 낙빈은 곧장 좌선을 했다. 동자신의 말대로 명상을 통해 마음을 모아볼 참이었다. 아무리 박수무당의 팔자라고 해도 어린 낙빈에게는 두 다리를 꼬고 앉아 꼼짝하지 않으며 몇 시간씩 기도하는 것이 보통 어려운 일은 아니었다.

"어?"

낙빈이 다리를 꼬며 눈을 감으려는데, 문득 산 아래에서 인기척이 느껴졌다. 깊은 산중, 오락가락하는 다람쥐와 어린 새들 외에 사람의 모습이라고는 찾을 수 없는 암자 저 아래에 울긋불긋 화려한 색깔의 옷자락이 보였다.

"어, 사람이네? 길을 잃었나?"

낙빈은 날렵한 발걸음으로 삐죽삐죽한 바위더미들을 사뿐사뿐 밟아 내려갔다. 매일 우편물을 찾아오는 게 일인데다 정현에게 훈련까지 받은 덕분에 산을 오르내리는 것은 일도 아니었다. 낙빈이 점점 가까이 다가가자 요란한 옷차림의 중년 여자와 열대여섯 살 정도의 소녀가 보였다. 중년 여자는 푸른색 반코트에 검은 바지를 입고 갈색 선글라스를 끼고 있었다. 한눈에 보아도 여간 화려하지가 않았다. 그 옆의 소녀 역시 평범하지 않은 옷차림이었다. 소녀는 흔히 소화하기 힘든 밝은 오렌지빛 원피스에 초록색 후드 망토를 둘렀다. 초록 망토의 모자는 소녀의 얼굴을 반쯤 가리고 있었다. 소녀의 가슴에는 커다란 코르사주가 달렸고 소녀 역시 얼굴을 가리는 커다란 선글라스를 끼고 있었다. 두 사람은 도저히 그냥 지나칠 수 없을 정도로 화려했다. 한마디로 이 산과 전혀 어울리지 않았다.

암자 주변에는 천신의 결계가 있어서 허락된 사람이 아니고는 숲으로 들어오지 못하는데 어찌 된 일인지 두 사람이 암자 주변의 숲을 헤매고 있는 것이다. 낙빈은 참 이상한 일이라고 생각했다.

"깍!"

낙빈이 흰 한복을 입고 이 바위 저 바위를 빠르게 날듯 내려오자 소녀는 자지러지게 소리를 질렀다. 낮이라고 해도 나무들이 빼곡한 컴컴한 숲에 허연 무언가가 휙휙 날아다니니 마치 유령이라도 본 듯했다. 소녀는 호들갑스럽게 중년 여자 뒤로 숨었다.

"아이쿠!"

놀라기는 낙빈도 마찬가지였다. 낙빈은 소녀의 비명에 중심을 잡지 못하고 발을 헛디뎌서 그만 두 사람 앞에 주르륵 미끄러지고 말았다. 낙빈은 옷에 묻은 흙먼지를 털지도 않고 바로 일어나 머리를 숙였다.

"죄, 죄송해요. 놀라게 하려고 그런 건 아닌데…….."

고개 숙이는 낙빈을 보고도 소녀는 좀처럼 중년 여자 뒤에서 나오지 않았다.

"근데, 혹시 길을 잃으셨나요?"

낙빈은 머리를 긁적이며 중년 여자의 눈을 바라보았다. 어두운 선글라스 너머로 여자의 눈동자가 흐릿하게 보였다. 눈이 보이지 않으니 좀 답답한 느낌이 들었다.

"글쎄다, 혹시 여기 동방지부의 어르신이 어디 계시는지 알고 있니?"

여자의 물음에 낙빈이 고개를 갸웃거렸다. 동방지부? 어르신? 낙빈은 처음 듣는 소리에 두 눈이 동그랗게 커졌다.

"누굴 말씀하시는지 잘 모르겠습니다. 저희 암자가 저기 위에 있긴 하지만……."

"아 참, 그렇지. 이제는 그 이름이 아니라 그분 자신을 '천한 몸'이라고 부르시더구나. 천한 몸, 천신賤身…… 그래, 천신이란 이름이었어! 혹시 그 이름은 모르니?"

화려한 중년 여자의 말에 낙빈의 두 눈이 휘둥그레졌다. 어떻게 이런 여자가 천신 스승을 찾는 것인지 이상한 느낌이었다.

낙빈이 두 사람과 함께 암자로 들어서자 이미 모든 일을 알고 있었던 것처럼 천신이 앞마당에서 일행을 기다리고 있었다. 그는 검은 도포를 휘날리며 너그러운 미소로 손님을 맞았다.

"이게 누구신가?"

"아아, 지부장님!"

천신은 화려한 중년 여자와 막역한 사이인 듯 그녀를 살갑게 맞았다.

"내가 여기 있는 건 어찌 알고 왔는가? 허허."

"무심한 분을 찾으려고 백방으로 알아보았죠. 이리 꽁꽁 숨어 계시니 한참이나 걸렸어요."

중년 여자의 눈가에 설핏 물기가 어렸다. 천신과 매우 오래전에 인연이 닿았던 사람 같았다.

천신이 여자와 이야기를 나누는 동안 소녀는 암자 앞마당에 홀로 남았다. 소녀는 잘 정돈된 앞마당 흙을 구둣발로 쿡쿡 파며 흠집을 냈다. 낙빈은 소녀 뒤에 어정쩡하게 서서 엉망이 되는 앞마당을 보며 안절부절못했다. 마당 담당인 승덕이 보면 불같이 화를 낼 것이 뻔했다.

"왜 이런 산구석까지 와서는! 정말 못 말리겠네!"

소녀의 입에서는 쉬지 않고 한숨과 불평이 흘러나왔다. 소녀는 힘들게 이곳까지 데려온 여자를 원망하며 간간이 천신의 방문을 곁눈으로 노려보았다.

"넌 누구냐?"

"꺄악!"

갑자기 암자 한쪽에서 모자를 푹 눌러쓴 청바지 차림의 청년이 나타났다. 승덕이었다. 예기치 못한 인기척에 소녀는 지나치게 놀랐다.

"누, 누나. 저희 형이에요. 놀라지 마세요."

낙빈은 소녀가 놀란 것이 제 탓이라도 되는 것처럼 얼굴이 벌게졌다.

"별…… 사람 처음 보나, 호들갑 떨기는."

승덕은 자기가 괴물이라도 되는 것처럼 놀라는 소녀에게 통명
스럽게 한마디 했다.

"어디 갔었어요, 형?"

"음, 정현이가 며칠 수련하러 간다고 해서 잠깐 배웅 다녀왔다.
정희는 아마 아랫동네까지 갔다 올 거야. 근데 누구냐?"

"스승님 손님이세요."

"그래?"

승덕은 의아한 눈빛으로 소녀의 아래위를 훑어보았다. 암자와
는 영 어울리지 않는 화려한 소녀였다. 겨우 중 · 고등학생쯤 되
어 보이는 아이가 선글라스에 하이힐까지 신고 산을 찾아오다니
의외였다.

"어라? 너 어디서 많이 보던 앤데?"

승덕은 갑자기 이 소녀가 무척이나 낯이 익다는 것을 알아챘다.

"흥!"

"어디서 봤더라?"

승덕은 소녀의 얼굴을 빤히 쳐다보다가 탁 하고 무릎을 쳤다.

"너, 조미니 맞지? 조미니!"

승덕이 아는 체하자 소녀는 새침하게 얼굴을 돌렸다. 낙빈은
형도 아는 사람인가 싶어 둘을 번갈아 쳐다보았다.

"아는 사람이에요?"

낙빈이 묻자 당황한 쪽은 미니였다.

"야, 넌 나 몰라?"

어두운 선글라스 너머 놀란 눈동자가 낙빈을 바라보았다. 낙빈은 자기가 무슨 잘못이나 저지른 듯 당황했다.

'나도 아는 사람이던가? 어디서 만났나? 하지만 정말 처음 보는 거 같은데…….'

낙빈은 미안한 마음에 울상이 되었다.

"죄, 죄송해요, 누나. 언제 봤는지 기억이 안 나는데……. 정말 죄송해요."

"푸웃!"

승덕은 쩔쩔매며 머리 숙이는 낙빈을 보고 웃음을 참지 못했다. 당연히 낙빈은 저 여자아이를 모른다. 낙빈은 그녀를 한 번도 본 적이 없기 때문이다.

"자아, 똑바로 봐!"

미니는 푹 덮어쓴 초록색 망토의 후드를 벗었다. 후드가 벗겨지면서 긴 머리카락이 등 아래까지 찰랑거렸다. 낙빈이 그래도 모르겠다고 고개를 갸웃거리자 미니는 선글라스마저 벗어던지고 얼굴을 내밀었다. 크고 반짝이는 두 눈이 낙빈의 코앞에서 깜빡였다. 허리까지 닿는 길고 풍성한 머리카락이 사르르 바람에 나부꼈다. 낙빈이 난생처음 보는 무척이나 예쁜 누나였다.

허리까지 내려오는 긴 생머리, 반짝이는 까맣고 커다란 눈동자, 하얀 손가락에 그보다 더 새하얀 얼굴. 그리고 붉은 뺨까지……. 예전에 보았다면 절대 잊을 수 없는 얼굴이었다.

"너 이래도 나 몰라?"

멍하니 얼굴을 바라보던 낙빈은 또다시 말문이 막혔다. 이렇게 예쁜 누나를 만났더라면 기억을 못할 리가 없는데 이상하게도 낙빈의 기억 속에서 조미니라는 누나의 영상은 전혀 떠오르지 않았다.

'어디서 봤을까? 확실히 암자에서는 본 적이 없는데……. 어머니께 점을 보러 왔던 사람의 딸인가? 굿을 하러 왔던 사람이었나? 아니면 아랫마을의…….'

이리저리 머리를 굴려도 어디서 만난 누군지 생각나지 않았다. 낙빈은 미안해서 죽을 지경이었다.

"미안해요, 누나. 아무래도 기억이…….."

"푸하하."

결국 웃음을 참지 못한 승덕이 배를 잡고 쓰러졌다. 반면 미니는 두 뺨이 새빨갛게 달아올랐다.

"푸하하. 이전에 만난 적이 없으니 당연히 모르지! 낙빈아, 저 애는 가수야. 조미니라는 열여섯 살짜리 소녀 가수. 열여섯 살에 가창력과 음악성을 인정받았지. 재능에 외모까지 빠지는 것이 없는 가수로 유명해. 스스로 작사 작곡까지 하는 만능 싱어송라이터라며 모든 언론이 떠들어댔지. 인터넷도, 텔레비전도 안 보는 낙빈이는 당연히 알 수가 없지."

"가수요?"

낙빈은 그저 어안이 벙벙할 뿐이었다. 도대체 화려한 세계에서 사는 사람들이 무슨 볼일로 이 깊은 산중까지 찾아온 건지 신기하고 이상하기만 했다.

천신과 이야기하던 중년 여자는 한참 후에야 방에서 나왔다. 조금 과장되어 보일 정도로 천신과의 친분을 온몸으로 표현하던 중년 여자는 암자 식구들을 다 몰고 산 아래로 내려갔다. 산 아래로 내려와보니, 이 근처는 물론이고 서울 한복판에서도 흔하지 않은 검정색 대형 승용차 한 대가 대기하고 있었다. 여자는 연신 생글거리는 얼굴로 천신 일행을 번쩍이는 차 안으로 이끌었다.

"이쪽으로 타세요, 여러분."

"와아!"

낙빈은 입이 벌어졌다. 실내가 넓은 것은 둘째 문제였다. 낙빈의 옆에 있는 팔걸이 버튼을 누르자 작은 기계음과 함께 유리창 빛깔이 옅어졌다가 진해지고, 발걸이가 쑤욱 올라왔다 내려가고, 의자 뒤쪽의 안마기가 지잉 하고 켜졌다 꺼졌다. 승덕과 낙빈은 어떻게 이런 사람들과 천신이 알게 되었는지 무척 궁금했다.

"지부장님, 여기 차 드세요. 불이 어둡죠? 조금 밝게 할까요? 청년도 뭐든 마셔요. 아가는 우유 먹을래? 콜라? 코코아? 뭐 줄까?"

차 안의 조명은 마음대로 조절할 수 있었다. 게다가 차 안에는 작은 탁자부터 온갖 음료수가 들어 있는 냉장고까지 없는 게 없었다.

"난 아이스커피. 노 슈거로!"

아까부터 입을 내밀고 있던 미니가 먼저 툭하니 내뱉었다.

"안 돼!"

미니의 말에 부인은 곧장 고개를 저었다.

"네 나이에 커피는 일러! 몸에 안 좋아. 여기 녹즙이나 마셔!"

"으잇! 지겨워, 이따위 녹즙! 난 이런 거 싫단 말이야!"

미니는 부인이 건네준 녹즙을 차 바닥으로 휙 던져버렸다.

"정말 이럴 거니? 손님들 앞에서까지 정말 이럴 거야?"

부인 역시 미니의 반항에 화가 치밀었는지 금세 목소리가 높아졌다.

낙빈은 모녀의 신경전을 보고 처음에는 어안이 벙벙하다가 이내 바늘방석에 앉은 것처럼 마음이 불편해졌다. 낙빈으로서는 어머니에게 말대꾸를 한다는 것은 상상도 못할 일인데다 다른 일도 아니고 자신의 몸을 위해서 신경 써주시는데도 성질을 부리는 미니가 아주 이상하게 느껴졌다.

"정말 면목이 없습니다, 지부장님. 이렇게 어려운 걸음을 해주시는데……. 애 아빠가 없어서 제가 그냥 오냐오냐 하며 길렀더니 워낙 버릇이 없어요. 다 제 잘못입니다."

"칫!"

미니는 버릇없다는 어머니의 말이 마음에 들지 않는지 볼이 퉁퉁 부어서 창밖만 바라보았다.

"그래, 이야기를 좀 들어보세. 이 아이들도 큰 도움이 될 테니 자세하게 말해주는 게 좋겠네."

천신은 모녀의 모습을 못 본 척하며 화제를 바꾸었다.

여자는 낙빈과 승덕을 훑어보더니 잠시 머뭇거렸다. 그러고는 운전기사와 함께 미니를 차에서 내리게 했다. 미니가 툴툴거리며 밖으로 나가자 마침내 여자가 자신과 딸에게 생긴 희한한 사건에 대해 이야기하기 시작했다.

2

6개월 전쯤의 일입니다.

"연습해야지?"

"싫어!"

"연습 끝나면 내일 입을 의상도 봐야 되잖아! 너 정말 이럴 거니?"

"싫어! 싫다니까!"

평소에는 착하고 고분고분하던 애가 웬일인지 무슨 말을 해도 듣질 않았어요. 미니는 뭐 때문에 화가 났는지 퉁퉁 부어 있었죠. 그날은 정말 단단히 화가 나서 연습은커녕 다음 날 방송까지 펑크를 낼 것만 같았지요.

미니는 갑자기 화를 많이 내고 방송 일도 무척이나 피곤해했어요. 하지만 그런 일은 미니만이 아니라 처음 인기를 얻은 신인 가수라면 대부분 겪는 하나의 관문이에요. 그럴 때마다 때론 어르고, 때론 꾸짖기도 했죠. 그날도 애를 다그치다가 기운이 빠져서 아이 혼자 두고 잠시 나와 있었죠. 바람을 쐬니까 기분이 나아지더라고요. 그래서 다시 미니에게 돌아왔는데, 미니가 휴대전화로 어딘가에 전화를 하고 있더라고요.

"여보세요? 오빠? 으응, 나야. 여긴 연습실이고. 집에 들어가려면 아직 멀었어? 오늘은 수업 다 했어? 학교에서 재미있는 일은 없었고? 그랬어? 정말? 까르르, 은미가 말이야? 꺄하하, 정말 재밌었겠다!"

몇 분 전까지 신경질만 부리던 애가 얼굴에 화색이 돌고 배가 아파 죽겠다는 듯 웃으며 넘어가는데……. 솔직히 기분이 좋지 않았어요. 그 후로 미니가 저 몰래 전화를 거는지 유심히 지켜보게 되었죠.

"오빠? 응, 나 힘들어. 오빠 보고 싶어. 정말? 오빠도 나 보고 싶어? 진짜? 오빠, 그럼 내일 학교 가는 길에 마중 올 거야? 꺄아, 신난다!"

보아하니 언제나 전화를 거는 상대는 같았어요. 같은 학교에 다니는 남자아이 같았죠. 솔직히 누군지 무척 궁금했어요. 직접 물어보고 싶었지만 저 애는 제 얼굴만 봐도 화를 냈기 때문에 물을 수도 없었죠. 할 수 없이 등교하는 미니의 뒤를 밟아 어떤 남학생인지 알아냈어요. 부끄럽지만 흥신소에 연락해서 그 학생을 조사해달라고 부탁했어요. 알고 보니 미니와 같은 재단 고등학교의 학생이었어요. 미니의 중학교와 한 울타리 안에 있는 학교였

21

죠. 그 애는 머리를 길게 기르고 앞머리는 염색까지 하고 있었어요. 더 알아보니 성적은 엉망인데다 여자애들 꽁무니나 따라다니면서 매일 춤추고 놀기 바쁜 애였어요.

저는 우리 미니를 그렇게 안 키웠어요. 지부장님도 아시겠지만 얼마나 힘들게 얻은 제 인생인데 허투루 살겠어요! 그건 딸아이에게도 마찬가지였죠. 우리 미니는 항상 최선을 다해야 한다고 알고 지금껏 그렇게 살아왔어요. 저는 애가 하고 싶은 것을 해주려고 열심히 노력했고, 미니 역시 최선을 다해 꿈을 키워나갔죠. 미니는 가요계에서도 1등이지만 학교에서도 1등을 하는 아이예요! 그러기 위해서 저 아이가 얼마나 노력했는지 정말 눈물겨울 정도랍니다.

처음에는 미니가 가수가 꿈이라고 하기에 전교 1등을 하면 시켜주겠다고 했어요. 제가 함부로 남 앞에 나설 입장도 아니고, 소중히 얻은 인생을 그저 가족과 함께 조용히 살고 싶었거든요. 그래서 힘든 목표를 제시한 거였어요. 하지만 미니는 해냈고, 전 약속대로 누구보다도 열심히 미니를 뒷바라지해서 가수로 만들었죠. 가수가 된 후에도 학업에 열중하겠다는 약속을 지켜서 지금도 반에서 다섯 손가락 안에 꼭꼭 드는 아이예요. 그런데 그런 미니가…… 그토록 애지중지하며 뒷바라지했는데 그 남자아이와 어울린 후로 성적도 점점 나빠지고 노래 연습마저 계속 빼먹는 거예요.

모두 그 녀석 때문이었죠. 휴대전화 내역을 조회해보니 그 녀석에게 전화하기 시작한 그때부터 미니가 제게 반항하고 성적도 떨어진 것이 확실하더라고요. 모두 그 아이 때문이라고 생각하니 만나보지 않을 수가 없더군요. 저는 그 남학생을 불러냈어요.

직접 만나보니 더 형편없었어요. 제대로 인사도 못하고 꾸부정하게 서서 머리를 긁적이며 어쩔 줄 몰라하는 모습이라니! 예의라곤 눈곱만큼도 없어 보였어요.

"우리 미니…… 알겠지만 할 일이 너무 많고, 내가 엄마로서 기대하는 것도 많아. 애는 지금 공부하고, 가요계 생활을 하는 것만으로도 머리가 꽉 찰 정도로 바쁘다는 거 학생도 잘 알 거야. 지금은 미니가 힘들고 지쳐서 학생한테 전화도 걸고 그럴지 모르겠지만……. 학생, 우리 미니는 남자친구나 만나고 다닐 정도로 한가한 애가 아니야. 그럴 정도로 성숙하지도 못했고. 엄마인 내가 판단할 때 지금 학생이 미니의 앞길을 방해하고 있어. 미니가 공부도 노래도 제대로 하질 않고 있어. 그게 학생을 만나고부터야. 그러니 학생, 우리 미니와 만나지 말아줘. 내 말 이해하겠지?"

한심하더군요. 그저 "예……", "저……" 같은 몇 마디 외에는 아무 말도 못하고 머리만 긁적이더니 다리나 떨고 앉아 있더군요. 아직도 한참 어린것이 겉멋만 들어서 앞머리에 노랑물이나 들이고 여자친구나 만들려고 쫓아다니는 한심한 학생이더라고요.

……그러고 나서 일주일 뒤에 그 일이 일어났어요.

비가 오는 날이었어요. 익수 같은 비가 하루 종일 내렸죠. 전 비를 맞으며 미니를 찾아다녔어요. 처음으로 미니가 아무 말 없이 방송을 펑크 내고 사라진 날이었죠. 미니 몰래 제가 그 남학생을 만난 사실을 알아버렸던 거예요.

"미니야, 미니야!"

빗물인지 눈물인지 눈을 뜨지 못할 정도로 두 눈 가득 물이 흘러내렸죠. 방송 펑크는 문제도 아니었어요. 미니에게 무슨 일이 생길 것만 같아서 눈앞이 캄캄했죠. 소속사 사람들과 흥신소 사람들을 수십 명 동원해서 미니가 갈 만한 곳, 있을 만한 곳을 샅샅이 뒤졌지만 어디로 숨었는지 찾아낼 수가 없었어요. 이리저리 찾아 헤매는데 집에서 연락이 왔어요. 미니가 들어왔다고, 일을 도와주는 아주머니가 전화한 거예요. 저는 만사를 제쳐두고 집으로 들어갔답니다. 하지만 미니는 저를 본척만척하고 제 방으로 올라가버리더군요. 2층으로 올라가는 애를 당장 끌어다가 어딜 갔는지, 누굴 만났는지 캐묻고 혼을 내고 싶었지만 제 자신도 너무나 지쳐 있었고 더 이상 싸우고 싶지도 않았어요. 그래서 제 방문을 열고 들어가는데…… 화장대 거울에 새빨간 립스틱으로 이렇게 적혀 있더군요.

엄. 마. 를. 저. 주. 해.

섬뜩했어요. 새빨간 피 같은 립스틱으로 써놓은 여섯 글자! 전 참지 못하고 2층의 미니 방으로 올라가 문을 두드렸죠. 미니는 문을 잠근 채 꼼짝도 하지 않았어요. 시간이 지나니 화가 좀 가라앉더군요. 당장 마주해봤자 감정싸움만 되겠다 싶어서 다음 날 얘기하기로 하고 미니를 내버려두었죠. 그런데 그날 밤이었어요.

"꺄아악!"

미니의 방에서 자지러지는 비명 소리가 울려 퍼졌어요. 일을 도와주는 아주머니와 제가 2층으로 부리나케 올라갔죠. 심장은 북을 두드리듯 쿵쾅거렸어요. 방 안에서는 미니의 비명 소리와 함께 괴상한 소리가 났어요. 뭔가 부딪히고, 찢기고, 산산이 부서지는 소리였어요. 너무 다급해서 오히려 마음대로 몸이 움직이질 않았죠. 잠긴 문을 열어야 하는데 손이 떨려서 열쇠 구멍을 맞출 수가 없었어요. 결국 아주머니가 방문을 땄어요. 저는 재빨리 문고리를 돌리고 방 안으로 들어갔어요. 우리 눈앞에는 믿을 수 없는 일이 벌어지고 있었어요.

콰악!

콰지직!

"악!"

방문을 열자마자 손등에 시큰한 아픔이 느껴지면서 전 뒤로 넘어져버렸죠. 미니 방에 있는 스탠드와 의자가 문을 향해 날아오다가 제 손에 부딪힌 거였어요. 하지만 새빨갛게 부어오르는 제 손 따위는 중요치 않았죠.

"아악! 놔, 놓으란 말이야!"

미니가 비명을 지르며 벽에 매달려 있었어요.

"아악! 놓으란 말이야!"

하얀 잠옷을 입은 미니가 소리치고 있었어요. 두 눈을 꼭 감은 채로요. 미니의 몸은 마치 예수가 십자가에 매달린 것과 흡사했

어요. 양손은 벽에 박아놓은 커다란 대못 두 개를 붙잡고 있었어
요. 미니의 데뷔 초 전신 사진이 걸려 있던 자리였어요. 그런데
바로 그 대못에 미니의 양 손목이 찢어진 이불 천으로 친친 묶여
있었어요. 공포영화의 한 장면처럼요.

"놔! 놓으란 말이야!"

"미니야!"

전 정신없이 뛰어 들어가 미니의 사지를 붙잡았어요. 그리고
미니의 양손을 친친 동여맨 천 조각을 풀었지요. 여전히 미니는
깨어나지 않고 눈을 감은 채였어요. 그때였어요.

퍼억!

"아악!"

뭔가 세차게 제 등을 찍었어요. 돌아보니 화장대 의자가 제 등
을 때린 후 툭 하고 떨어지는 거였어요. 물론 아주머니 짓은 아니
었죠. 아주머니는 겁에 질린 표정으로 문 밖에 우두커니 서 있었
으니까요. 화장대 의자가 혼자 날아와 제 등을 찍고 떨어진 것이
었어요.

"아윽!"

등줄기로 시큰한 통증이 느껴졌어요. 너무 아파 등을 펴기도,
팔을 들기도 힘들더군요. 하지만 그땐 아픔도 잊은 채 미니의 나
머지 한 팔을 싸매고 있는 천 조각을 푸느라 정신이 없었어요. 천
조각을 풀어내자 미니는 힘없이 바닥으로 떨어졌죠.

"놔! 놓으란 말이야!"

26

여전히 미니는 눈을 뜨지 않았어요. 놔달라는 말만 되풀이했어요. 미니는 분명히 자고 있었어요. 잠꼬대를 하는 것 같았어요. 저는 미니를 세차게 흔들어 깨웠죠. 그렇게 한참을 흔들어 깨운 후에야 미니가 눈을 떴어요.

"꺄아악! 이게 뭐야!"

잠에서 깨어난 미니는 엉망인 방을 보고 크게 놀랐어요. 전날 밤에 무슨 일이 일어났는지 전혀 기억하지 못했어요.

"엄마, 이게 뭐야? 무슨 일이야?"

미니는 제 품에 안겨서 울었죠. 무서웠는지 작은 어깨를 떨면서 말이에요.

미니가 연예인이라서 경찰에는 알리지 못하고 사립탐정을 고용해서 조사를 했습니다만, 대체 누가 그런 짓을 했는지 감도 잡히지 않았답니다. 집 안에서는 수상한 지문도 나오지 않았고, 일부러 깨끗하게 지문을 닦아놓은 흔적도 찾을 수 없었지요. 저는 계속 불안해서 며칠 만에 이사를 갔습니다. 이번에는 좀 더 보안이 잘되고 완벽할 정도로 침입이 불가능한 집이었어요.

제가 불안에 떨었던 것과 반대로 미니는 이사를 하자 금세 안정을 찾더군요. 아무래도 미니는 일이 일어나던 내내 잠에 빠져 있었기 때문에 무서움이 덜했던 것 같았어요. 그때까지도 우리는 문제의 심각성을 제대로 파악하지 못하고 있었어요. 그 일이 있고 며칠 동안 미니는 제 곁에서 떨어지지 않으려 하고 아기처럼 어리광도 부리고 저와 함께 자려고 하더니 얼마 후 또다시 반항

27

하는 모습으로 돌아가버렸죠.

"미니야, 아까 무대에서 말이지, 네 안무가……."

"아휴, 알았어! 나도 안단 말이야! 그냥 내버려둬! 지겹다고!"

며칠 괜찮다 싶더니 또다시 미니는 반항했어요. 그럴 아이가 아닌데……. 아니나 다를까, 또다시 그 남자애를 만나고 있더군요. 미니의 등굣길을 몰래 쫓아가보니 반가운 듯 달려가는 미니 앞에 삐딱하게 가방을 멘 그 노랑머리 녀석이 비스듬히 돌담에 기댄 채 기다리고 있더라고요.

"오빠!"

"미니야!"

그렇게 누누이 이야기했건만 어느새 미니는 그 남자애와 다시 만나고 있었어요. 그 남학생을 용서할 수가 없었어요. 그 노랑물을 들인 녀석이…… 공부도 지지리도 못하고 겉멋만 든 녀석이 미니의 손을 잡는데……. 저는 너무 흥분해서 제정신이 아니었어요. 더 생각할 것도 없이 그 남학생을 향해 달려갔어요. 우리 미니와 손을 잡고 있는 그 남학생을 향해 말이에요.

짜악!

"우리 미니 만나지 말라고 했지! 학생은 귀머거리야? 말귀를 못 알아들어? 사람 말이 말 같지 않아? 우리 미니는 너 같은 애하곤 안 어울린다고!"

"엄마, 엄마 미쳤어?"

정신을 차렸을 때는 따귀를 맞고 시뻘겋게 부은 얼굴로 서 있는 남자애가 보였어요. 그리고 그 옆에 있는 미니가…… 제 딸 미니가 저에게 제정신이냐고, 미쳤냐고 되묻고 있었어요. 제 분을 참지 못하고 실수했다는 건 인정하지만 제 딸이 제게 미쳤냐고 말하다니 정말 기가 막혔어요.

"엄만 미쳤어! 나한테 왜 이러는 거야? 오빠는 아무 잘못도 없어!"

짜악!

저는 그날 딸에게 처음으로 손찌검을 했어요. 정말 제정신이 아니었어요. 아침 등굣길부터 딸아이의 뺨을 때리곤 곧장 집으로 끌고 들어왔죠.

"너 이럴 거면 학교 다니지 마! 그따위 깡패 녀석이랑 사귀어서 어쩌겠다는 거야!"

"깡패라니! 엄마가 오빠를 알아? 아냐고! 그리고 내가 누굴 사귀건 말건 엄마가 왜 참견이야! 왜!"

"그 아이, 공부도 못하고 엉망인 걸 알아."

"공부 못한다고 사람이 엉망은 아냐! 그 오빠가 얼마나 착하고 인간성이 좋은 줄 알아? 엄만 공부 못하면 다 인간쓰레기인 줄 알지?"

"너 자퇴시킬 거야! 학교건 가수건 다 그만둬!"

"싫어! 내가 엄마 종인 줄 알아? 엄마가 시키면 뭐든 다 하는 인형인 줄 아냐고! 지겨워! 지겹다고!"

정말 그날은 하루 종일 싸웠어요. 마침 스케줄도 없어서 그럴

게 하루 종일 싸웠던 거 같아요.

그리고 바로 그날 밤이었어요. 또다시 자지러지는 미니의 비명이 들려온 것은.

"아아악!"

정신없이 미니의 방문을 열어보니 이번에는 미니의 사지가 침대의 네 귀퉁이에 단단히 묶여 있었어요. 지난번과 마찬가지로 방은 엉망진창이었고요.

"미니야! 미니야!"

저는 정신없이 달려가 미니의 어깨를 흔들었어요. 미니는 온몸에 땀을 뻘뻘 흘리면서 지난번과 마찬가지로 두 눈을 꼭 감고 있었어요.

"아악, 놔! 놓으란 말이야! 아아악!"

미니의 비명 소리는 계속되었어요. 아이는 정신을 차리지 못하고 심하게 몸부림을 쳤어요. 저는 애를 깨우며 침대 오른편에 묶인 미니의 손을 풀기 시작했어요.

구구궁.

"에구, 사모님! 지진인가 봐요!"

뒤늦게 올라온 아주머니가 한 손으로 벽을 짚으며 말했어요. 집이 심하게 기울어지는 느낌이 들었어요. 그러더니 잠시 후에는 바닥이 심하게 흔들렸죠. 그러나 전 단단히 묶인 미니의 팔다리를 푸느라 여념이 없었죠. 단단히 묶인…… 그랬어요. 미니의 손발은 너무나도 단단하게 동여매져 있었어요. 혼자서는 도저히 묶을 수 없는 방식으로 말이에요.

"사…… 사모님! 사모님!"

"아줌마! 정신없으니까 좀 조용히 해요! 지진이 일어나든 말든 상관없으니까!"

저는 빽 하고 소리를 질러버렸어요. 신경이 완전히 곤두서 있었으니까요.

"사모님, 그게 아니고…… 아래를, 아래를 한 번 내려다보세요……!"

아래? 무슨 소리람? 귀찮음과 짜증이 치밀어 올랐지만 아주머니의 목소리가 심상치 않기에 저는 침대 밑을 내려다보았지요. 눈으로 보고도 믿을 수가 없었어요. 침대가 떠 있었어요. 공중에 말이지요.

"아아아……."

저도 모르게 입에선 신음도 아니고 비명도 아닌 괴상한 소리가 흘러나왔어요. 무서웠어요. 두둥실 떠오른 침대. 그 모습에 놀라 주저앉아버린 아주머니……. 그러나 미니의 손을 푸는 것을 멈출 수는 없었지요. 덜덜 떨리는 손으로 미니의 손목과 발목에 친친 감긴 천 조각들을 모두 떼어냈습니다. 그리고 다시 악몽에 시달리는 미니를 흔들어 깨웠지요.

"엄마…… 엄마아!"

잠에서 깨어난 미니는 또다시 제 품으로 파고들며 작은 어깨를 들썩였습니다. 자고 일어나니 몸은 묶여 있고, 방 안의 물건들은 엉망으로 어질러져 있는데 어떻게 괜찮을 수가 있겠어요.

3

여자는 한숨을 쉬어가며 그간의 이야기를 세세하게 들려주었다.

"폴터가이스트◆ 현상인가?"

승덕은 턱을 만지작거리며 중얼거렸다. 물건이 날아다니고 침대가 떠오른다니 대뜸 그런 생각이 들었다. 천신은 고요히 생각에 잠겨 있었다. 중년 여자는 몸을 부르르 떨었다.

"후우, 대체 무슨 일인지 알 수가 없어요. 그런데 항상 미니와 제가 크게 다투거나 안 좋은 일이 있는 날이면 밤에 그런 일이 일어났어요."

"미니는 어떤가? 그런 일이 일어난 후에 뭔가 달라지지는 않았나?"

"그런 일이 일어난 아침에는 깨어나서 언제나 제 품으로 파고들어요. 어린아이처럼요. 어깨까지 덜덜 떨면서 말이에요. 끔찍한 일이지만 덕분에 우리는 저절로 화해하곤 했죠."

"자네가 반대한다는 그 남학생은 어떤가? 여전히 만나는가?"

"아니요. 처음엔 반항심에 만나는가 싶더니 뺨을 때린 날 이후

◆ '시끄러운 유령'이란 뜻으로 이유 없이 이상한 소리가 들리거나 외부적인 힘이 없는데도 물체가 스스로 움직이는 현상을 말한다.

로는 전혀 안 만나는 것 같아요. 확실해요."

"그런 현상이 나타나는 횟수는 어떤가?"

"처음엔 한 달에 한 번 정도 일어나더니 이제는 점점 더 자주 일어나고 있어요. 그런 일이 자주 일어날수록 저는 두려움이 커지는데, 반대로 미니는 대수롭지 않게 여기는 것 같아요. 저는 이러다 미니에게 무슨 일이라도 생길까봐 정말 머리카락이 몽땅 빠질 지경인데, 저 아이는 자기가 잠든 후에 일어나는 일이라 그런지 별로 두려워하는 기색이 없네요.

처음 이런 일이 일어난 아침에는 미니도 땀에 흠뻑 젖어 덜덜 떨었어요. 잠을 자는 것도 두려워해서 제 방에서 재웠죠. 제가 옆에서 지키고 있는 것을 알면서도 무서운지 통 잠을 이루지 못할 정도였어요. 밤새 제 품으로 파고들었는데……. 몇 번 이런 일이 생긴 후에는 두려워하는 것도 잠깐이고, 하루 이틀 지나면 언제 그랬냐는 듯 제 곁에는 오려고도 하지 않고 반항을 하죠. 아까 보셨듯이 제 말과는 반대로만 하려고 해요.

후우, 정말 우리 미니에게 나쁜 귀신이라도 씐 건 아닌지……. 남의 눈을 피해 굿도 해봤고, 수맥 전문가의 조언대로 이사도 다녀봤어요. 아는 스님께도, 아는 신부님께도 찾아가봤지만 어떤 수를 써도 이 이상한 현상은 사라지지 않았어요. 어쩌면 좋을까요?"

여자는 손수건을 꺼내 눈물을 훔쳤다. 낙빈은 부인과 천신의 얼굴을 번갈아 바라보았다.

'이상하다. 아무런 기운도 느껴지질 않는데…….'

낙빈은 고개를 갸웃거렸다. 아무리 보아도 나쁜 귀신이나 이상한 영적 기운은 느껴지지 않았다. 미니에게도, 부인에게도 이상한 점은 없었다.

차에서 빠져나온 미니는 모퉁이를 돌아 나무등걸에 걸터앉았다. 그녀는 또다시 뒷굽으로 땅을 푹푹 파기 시작했다. 뭔가 가슴이 답답하고 이 상황이 마음에 들지 않았다.

한참 있다 누군가의 발소리가 들리자 미니는 팔짱을 끼며 허리를 꼿꼿이 세웠다. 그녀에게 다가온 사람은 간편한 청바지 차림의 승덕이었다.

"흥, 그저 기댈 사람들만 보면 했던 얘기 또 하고, 또 하고……. 지겹지도 않나! 만날 같은 얘기만 해보라지, 누가 도와줄 수나 있나!"

미니는 여봐란듯이 불만을 토해내며 몰래 감춰 들고 나온 커피 캔을 요란스럽게 땄다.

"아까 녹즙은 어쩌고?"

승덕은 미니 쪽은 쳐다보지도 않고 무심한 목소리로 물었다.

"흥! 그런 맛없는 거! 난 안 먹어!"

미니는 승덕 쪽을 향해 흙더미를 확 차버렸다. 승덕은 미니의 행동에는 관심도 없다는 듯 무심히 먼 산을 바라보며 말을 이었다.

"좀 전에 나한테 말한 거니?"

"그래! 여기에 또 누가 있어?"

미니가 일부러 퉁명한 목소리를 내자 승덕은 그제야 그녀 쪽으로 시선을 옮겼다.

"나한테 말하려면 존댓말을 써라, 꼬마야. 적어도 너 같은 꼬마의 두 배쯤은 더 살았으니까."

차갑게 내리깐 목소리였다.

"흥, 누가 너한테 존댓말을 쓴대? 그럼 넌 왜 나한테 반말이야!"

"우리말에는 분명히 존댓말과 반말이 있다. 손윗사람에게 하는 말이 바로 존대어야. 네가 나보다 일 년이라도 더 살았다면 당연히 존댓말을 해주지."

역시 승덕은 차갑게 가라앉은 목소리로 말했다. 아무리 국민 여동생이라지만 미니의 어리광 따위를 받아줄 생각은 추호도 없다는 뜻이었다.

"웃기지 마!"

미니는 더욱 세차게 흙을 차댔고, 흙과 먼지가 승덕의 청바지 위로 뿌옇게 달라붙었다. 미니는 콧방귀를 뀌며 몰래 꺼내온 캔 커피를 입안에 쏟았다.

"우웩! 맛없어!"

미니는 들고 있던 커피캔을 흙바닥에 던졌다. 그 순간 승덕이 허리를 숙이며 땅으로 떨어지려는 커피캔을 재빠른 동작으로 받아냈다.

"녹즙 말고 커피 마시고 싶다면서?"

"맛없어! 안 먹을 거야!"

미니가 또다시 발을 굴러 먼지를 뿌리려고 했다. 그러자 승덕이 재빨리 두 발로 미니의 구두를 질끈 밟고는 그녀의 오른팔을 붙잡았다.

"아악! 이거 놔! 아프단 말이야!"

발을 밟힌데다 억센 힘으로 부여잡힌 손 때문에 미니는 꺅꺅 비명을 질러댔다.

"이 산은 네가 함부로 더럽히라고 있는 게 아니야. 네가 먹겠다고 가져왔으면 책임지고 전부 마셔!"

"이 나쁜 놈아! 비켜, 비키란 말이야!"

"이거 다 마시고 쓰레기는 네가 가져가."

"비켜, 이 나쁜 놈!"

그러나 팔의 통증은 더욱 심해졌다. 승덕은 미니가 고집을 피운다고 받아줄 생각이 없음을 행동으로 보여주고 있었다. 사람들 모두가 그녀를 받아주고 모셔주니 퍽도 예의 없는 행동을 하는 것 같았다.

소녀 가수로 성공하기까지 희생하고 도와준 사람들을 잊고 함부로 행동하는 것이 미니에게 결코 득이 되지 않으리라는 건 분명했다. 잘못된 행동을 지적하고 고쳐줄 어른이 없다는 것은 미니에게 불행이었다. 이렇게 승덕과 미니가 승강이를 하는데 낙빈이 허겁지겁 달려왔다.

"형아! 누나! 방송국으로 가야 된대요!"

그제야 승덕은 서서히 손의 힘을 풀었다.

"다시 한 번 말하지만 함부로 행동하지 마라. 내게도, 그리고 다른 어른들에게도. 하물며 너보다 어리고 약한 사람에게도 말이야. 또다시 내 앞에서 버릇없이 굴면 이 정도로 끝나진 않을 거야. 명심해라!"

승덕은 한쪽 입꼬리를 슬쩍 올리며 미니가 버리려 했던 캔커피를 단숨에 들이켰다.

"나쁜 놈! 가만 안 둘 거야!"

미니는 승덕의 뒤통수가 따가울 만큼 매섭게 그를 노려보았다.

4

"아아, 네가 내 곁에 다가온 순간 모든 것은 변했지. 지킬 수 없는 약속인 걸 알고 있었지만 내 곁에 있는 널 그냥 놓칠 순 없었어."

색색의 조명 아래서 화려한 옷을 걸친 남자 가수가 노래를 부르고 있었다.

"히야!"

눈이 휘둥그레질 정도로 번쩍거리는 조명 아래 낙빈의 입은 그저 벌어졌다. 이리저리 번쩍이는 현란한 불빛과 객석을 가득 메운 소녀 팬들이 낙빈의 머리를 어지럽혔다.

"꺄악! 오빠아!"

"꺄아아악!"

갑작스러운 소녀들의 괴성에 귀를 틀어막은 것은 낙빈 혼자만이 아니었다.

"아이고, 악을 써라, 악을 써!"

승덕 역시 귀를 틀어막고는 눈살을 찌푸렸다.

방송국 공개홀에는 언제나 그렇듯 10대들이 자리를 가득 메웠고 조명 담당, 카메라 담당, 무대 담당, 의상 담당, 안무 담당까지 분주하게 자신의 역할을 다하고 있었다. 잘생긴 남자 가수의 무대가 끝나자 총천연색의 불꽃이 번쩍이면서 드라이아이스 연기가 자욱하게 무대를 메웠다. 순간 무대를 밝히던 모든 불이 꺼지고 나지막한 음성이 들려왔다.

"행복한 일들만 생각해요, 부디…….."

속삭이는 듯한 음성이 들리더니 곧이어 강렬한 드럼 비트가 울려 퍼졌다. 그리고 갑자기 무대 전체가 훤해졌다.

"행복한 생각만 해요. 언제나 행복한 생각만. 기쁨이란 마음속에 있는 것. 후회해도 미워해도 소용없어. 내일은 내일의 일. 모두 함께 춤을 춰요. 노래해봐요."

이리저리 몸을 움직이며 무대의 단 한 공간도 비워두지 않는 화려한 몸놀림, 완벽한 무대 매너, 어색하지 않은 멋진 동작들, 아름다운 음색, 화려한 고음 처리까지…….

"우와……."

낙빈의 입이 쩌억 벌어졌다. 방송국으로 오는 내내 툴툴거리며 승덕을 째려보고 불평불만을 중얼거리던 그 누나가 아니었다. 무대에 오른 16세 소녀는 더 이상 소녀 가수도 아니었고, 평범한 중 3 여학생도 아니었다. 불쾌한 말을 쏟아내며 사람들을 함부로 대하는 행실 나쁜 여학생은 더더욱 아니었다. 그녀는 그 야말로 슈퍼스타의 자질을 가지고 태어난 완벽한 가수였고 사랑스러운 천사였다.

"이거야 원. 아까 그 애라고는 도저히 믿어지질 않는데."

승덕도 설레설레 고개를 흔들었다. 미니의 엄마 역시 열창하는 딸을 보며 고개를 끄덕였다.

"저 애는 항상 저래요. 무대에만 서면 마치 다른 사람이 된 것처럼 노래를 하죠. 무대 밖에서 무슨 일이 있었던 간에 무대 위에 서면 완전히 프로 가수가 되어버리죠."

승덕은 미니의 모습에 감탄했다. 개인적인 일이 어찌 되었든 절대 내색하지 않는 프로. 그런 프로 정신을 16세의 어린 나이에 온몸으로 보여주고 있었다. 미니는 좀 전까지만 해도 한 대 쥐어박고 싶었던 철부지 소녀가 아니었다.

"조미니 짱!"

"사랑해요, 조미니!"

미니의 노래가 끝나자 좀 전보다 훨씬 커다란 함성과 목을 쥐어짜는 환호성이 일었다.

"낙빈아, 잘 봤니? 네가 느끼기엔 어떻더냐?"

공개홀을 빠져나온 뒤 천신이 물었다.

"스승님, 아무리 봐도 이상한 영체靈體나 기氣는 느낄 수 없었어요."

낙빈이 고개를 갸웃거렸다.

"처음 누나를 봤을 때도 별다른 기는 못 느꼈어요. 남과 다른 점이 있다면 평소엔 보통 사람들처럼 조상신, 그러니까 누나의 수호령이 별로 눈에 띄지 않는데 아까 무대에 섰을 때는 수호령의 힘이 어마어마했어요. 무지무지하게 아름다운 선녀 같은 분이 누나를 수호하고 계신데……. 그분은 무대에서는 정말 엄청난 기운을 뿜어내고 계셨어요. 누나는 아마도 전생에 만신萬神◆이었던 모양이에요. 화려하게 단장한 오방기伍方旗에, 울긋불긋 홍갑사에, 삼불제석이 그려진 부채를 들고 참 아름답게 무당춤巫舞을 추는 모습이 눈에 어른거렸어요. 미니 누나가 무대에 서지 않았다면 아마 내림굿을 받아야 했을 거예요."

낙빈은 조심스럽게 미니의 수호령에 대해 이야기했다. 슬쩍슬쩍 부인의 눈치를 보면서. 무녀인 자신의 어머니 역시 자신이 내림굿을 받는 것을 끔찍이도 싫어했다. 그러니 잘못 말했다가는 부인도 버럭 화를 내지나 않을까 하는 걱정이 들어서였다.

◆여자 무당을 지칭하는 말. 남자의 경우는 박수라고 한다. 조선 세종 때 서거정의 『필원잡기筆苑雜記』에 의하면 남자는 양陽이고 여자는 음陰인데 음은 양에 약하고, 귀鬼는 음이기 때문에 남자 무당보다 여자 무당이 월등히 많은 것이라고 했다. 다신주의의 한국 무속에서 무당이 섬기는 신이 만 가지나 된다고 해서 무당을 만신이라 부르게 되었다.

"그래, 역시…… 미니도 내 뒤를 이어 만신이 되었을 팔자구나."

하지만 여자는 화를 내기는커녕 순순히 고개를 끄덕였다. 낙빈은 눈이 동그래져서 여자를 바라보았다. '내 뒤를 이어'라는 말이 이해되지 않아서였다. 여자에게는 조금도 영적인 기운이 느껴지지 않았기 때문이다. 부인은 의구심 가득한 낙빈의 얼굴을 알아챘다.

"이상할 거 없다. 본래 험하게 살 팔자였지만 지부장님, 아니 너희 스승님 덕에 새 인생을 살 수 있었단다. 어쨌거나 미니는 만신이 되거나 가수가 되거나 둘 중 하나는 해야 하는 거구나."

낙빈이 고개를 끄덕였다. 미니의 수호령은 어마어마한 힘을 지니고 있기 때문에 무대같이 그 힘을 표출할 자리를 주지 않았다면 분명 미니는 무당의 길을 걸을 팔자로 보였다. 미니로서는 가수라는 훌륭한 직업을 가짐으로써 자신의 수호령을 달래고, 또한 스스로도 엄청난 행운을 누릴 수 있었던 것이다.

"수호령 이외의 잡귀나 다른 존재는 없었니?"

"네. 누나에게 들러붙는 귀신들은 없어요. 근데 방송국에 잡귀가 굉장히 많네요. 마치 병원처럼요."

"아마 병원만큼이나 이곳에도 이루지 못한 염원이 많이 남아서일 거다. 병원은 살고 싶다는 염원이 모여 잡귀를 불러들인다면 이곳은 남보다 유명해지고 싶다, 빨리 무대에 서고 싶다, 성공하고 싶다는 강렬한 염원이 있으니까."

천신이 낙빈의 말을 받아 설명했다.

"정말, 인기가 무엇이기에 그토록 염원이 강한 걸까요?"

승덕은 고개를 설레설레 저었다. 여하튼 강렬한 염원들은 잡귀를 부르고, 잡귀들이 뭉쳐서 거대한 원귀冤鬼나 사귀邪鬼가 되어간다. 결국 많은 사람이 이루지 못할 헛된 꿈이나 소망을 품는 분야에서는 그런 잡귀들이 생길 수밖에 없는 것이 이치다.

"어쨌든 평소에도, 무대에서도 특별한 영체 같은 것은 보이지 않는단 말이군."

"그럼 이제 집만 남았군요. 바쁘신 줄 알지만 부디 집까지 동행해주세요. 우리 미니 좀 꼭 도와주세요!"

미니의 엄마는 일행의 이야기를 들으며 공손히 부탁했다. 그녀는 불안한 듯 천신의 얼굴을 살폈다.

"알겠네. 힘닿는 데까지 도울 테니 걱정 마시게."

천신은 온화한 표정으로 고개를 끄덕였다. 대기실로 돌아온 미니는 무대 위의 멋진 모습을 다 버리고 다시 버릇없는 소녀로 변해 있었다. 미니의 엄마는 대기실 밖으로 미니를 데리고 나가 천신 일행이 집까지 함께 가기로 했다고 말해주었다.

"하! 사이비 점쟁이에, 엉터리 신부에, 거지 같은 중도 모자라 이젠 나보고 저 조그만 꼬마 무당의 말을 믿으라고? 지금껏 그 인간들 중에 제대로 도와준 사람이 있기나 해? 제대로 설명이나 해준 사람이 있냔 말이야! 기도하면 된다면서 돈만 밝히고. 부적 값으로 그 많은 돈을 쓰고도 이번엔 저 이상한 사람들을 데려가자는 거야?"

대기실 밖 복도에서 날 선 미니의 음성이 울려 퍼졌다. 그녀의 높은 음성이 대기실 안에 있는 모두에게 들렸다.

"내가 무당 팔자라고? 가수가 안 되면 무당이 된다고? 수호령이 어쩌고 어째? 그따위 거짓말을 믿는 거야? 저 사람들이 대체 뭐라고 그 말을 믿으란 거야?"

낙빈의 얼굴이 새빨갛게 달아올랐다. 낙빈은 무안하고 부끄러웠다. 정말로 거짓말쟁이가 되어버린 기분이었다. 미니에게 수호령을 보여줄 수도 없는 노릇이었다. 낙빈은 자신을 비난하는 미니의 음성에 그저 얼굴을 붉힐 수밖에 없었다.

승덕은 무대 위의 미니를 보며 감탄했던 것마저도 후회스러웠다. 어리고 여린 낙빈에게, 아무 말도 못하고 눈시울만 붉어진 가엾은 아이에게 함부로 지껄여대는 미니를 가만히 내버려두기가 힘들었다. 승덕은 더 참지 못하고 대기실 문을 벌컥 열어젖혔다.

"너, 어디서 그따위 말을!"

화가 머리끝까지 뻗친 승덕이 말을 채 마치기도 전에 미니의 얼굴에 불꽃이 튀었다. 그 순간 미니는 물론 버럭 화를 내던 승덕까지 깜짝 놀라 옆을 바라보았다.

"너, 이분들이 대체 어떤 분들인 줄 알고……! 네가 함부로 말할 수 있는 분이 아니다! 너와 내 목숨이 누구 덕에 이렇게 붙어 있는 줄 알고! 그분이 일부러 널 위해서 여기까지 와주셨는데……. 넌 그 은혜도 모르고 어떻게 그리 말할 수가 있는 거니? 난 널 그렇게 키우지 않았다! 내 딸이 이럴 수는 없어!"

43

딸의 뺨을 때린 부인의 눈가에 말간 물방울이 고였다. 자세한 내막은 알 수 없지만 그녀의 말 속에는 천신의 은혜에 대한 깊은 감사의 마음이 담겨 있었다. 미니의 눈동자가 몹시 흔들렸다. 그녀 역시 뭔가 큰 실수를 했다고 생각하는 모양이지만 앙다문 입술에는 조금도 양보할 기색이 없었다. 오랜 세월 속의 이야기를 모르는 주변 사람들은 그저 눈만 끔뻑거리며 모녀의 대립을 모른 척 눈감아줄 수밖에 없었다.

일행은 방송국에서 나와 마지막으로 조미니 모녀가 살고 있는 집을 살펴보았다. 수맥 전문가와 풍수지리사의 도움으로 찾았다는 전원주택은 자리나 기운이 몹시 좋은 형상이었다.

"역시…… 특별한 게 없구나."

천신은 손바닥을 수평으로 기울이고는 거실과 방들을 천천히 돌았다.

"네. 좋지 않은 지박령도 안 보이고요……."

낙빈도 천신의 뒤를 따르며 고개를 끄덕였다.

"향向도 더할 나위 없이 좋고, 집 자체도 양기陽氣와 음기陰氣가 잘 조화되어 있구나. 수맥水脈의 영향도 받지 않고, 마당의 잔디와 나무들이 좋은 기를 집 안으로 뿜어주고 있구나."

"네. 정말 좋은 기가 도는 집이에요."

낙빈과 천신은 집 안 어디를 돌아다녀도 심상치 않은 기운을 느낄 수 없었다. 오히려 좋은 기운이 충만한 공간이었다. 연한 빛의 원목으로 꾸며진 집 안에서는 나무의 맑은 자연 향이 느껴져서 사람에게 좋은 영향을 미치고 있었다.

자연스러운 조경도 기운을 정화시켜주었다. 집 안으로 들어서면 커다란 거실이 보이고, 거실 양끝으로 부엌과 안방과 손님방 등이 있었다. 거실의 한쪽 끝에는 2층으로 올라가는 원목 계단이 이어졌다. 1층의 방과 거실, 2층의 욕실과 거실 모두 나무랄 데 없이 좋은 향에 좋은 기운을 받고 있었다.

"어허, 이 방은?"

유독 방 하나만 문이 잠겨 있었다.

"미니 방이에요. 아까 집에 오자마자 방에 들어가서 문을 잠가놓았네요. 죄송해요."

"뭐가 죄송한가. 이 방 안쪽은 낙빈이가 살펴보겠니?"

천신의 말대로 낙빈은 방문에 손을 대고 안쪽의 기운을 살폈다. 손에서 열감이 느껴지더니 방 안에 감도는 기운들이 고스란히 느껴졌다.

"이 방도 별다른 문제가 없어요. 다른 방들처럼 음양이 조화롭게 잘되어 있어요. 지박령도 없고, 나쁜 기운도 없어요. 다만……."

'……다만 미니 누나가 우릴 원망하고 있을 뿐이에요. 우릴 원망하고 싫어하는 미니 누나의 마음만 빼면…….'

낙빈은 뒷말을 속으로 꿀꺽 삼켰다.

"아무 문제 없어요."

결국 이 집에는 어떤 특별한 기운이나 영적인 문제도 없는 것
이 확실했다. 차라리 수맥의 영향이라거나 사귀 또는 집터에 사
는 강한 지박령의 소행이라면 좋았을 텐데. 예상과 달리 웬만한
집터보다 훨씬 좋다니 원인이 무엇인지 더더욱 오리무중이었다.

일행은 난감해졌다. 그러나 일행보다 더욱 어두운 표정을 짓고
있는 사람은 바로 이들을 부른 미니의 엄마였다. 천신을 백방으
로 수소문하고 뛰어다닌 끝에 간신히 모셔왔건만 결국 해결의 실
마리를 찾을 수 없다니 눈앞이 아득해지는 것이었다.

"손님방이 있습니까?"

고민하는 그녀를 향해 이렇게 말한 것은 승덕이었다.

"네?"

"저희가 묵을 만한 손님방이 있냐고 물었습니다. 적어도 오늘
하루라도 말입니다."

낙빈 역시 갑작스러운 승덕의 말에 천신과 승덕을 번갈아 바라
보았다. 침묵을 지키며 고개를 끄덕이는 천신은 이미 승덕의 마
음을 읽은 듯했다.

승덕은 뭔가 감을 잡은 듯했다. 영적인 기운을 읽지도, 영혼을
보지도 못하는 승덕이지만 그의 눈빛엔 어딘가 모를 자신감이 배
어 있었다.

"네, 걱정 마세요. 손님방은 넉넉히 있습니다. 편하신 대로 쉬실
수 있어요. 손님들 모두 모실 수 있도록 이미 준비해놓았는걸요."

부인은 미리 손님방을 준비해놓았지만 산속 생활을 하는 천신

일행이 과연 머물러줄지 걱정하던 참이었다. 그런데 그들이 자진하여 이곳에 하룻밤 묵겠다니 감사하기 이를 데 없었다. 그녀는 안도의 숨을 내쉬며 미리 준비해둔 손님방으로 일행을 안내했다.

"불편한 것이 있으면 말씀하시고 편히 쉬세요."

그녀는 머리를 조아리며 일행을 극진히 대접했다.

천신 일행은 두 개의 손님방에 나누어 들어갔다. 한 방에는 천신 스승이, 다른 한 방에는 승덕과 낙빈이 함께 머무르기로 했다. 승덕과 나란히 누운 낙빈은 여러 사람들을 만난 탓인지 쉬이 피로가 몰려왔다. 한 번도 먹어보지 못했던 화려한 식사와 편안한 잠자리 또한 잠을 유혹했다. 자꾸만 하품이 삐져나왔다.

"아하암."

"자지 마라, 낙빈아. 분명히 오늘 밤에 일이 생길 테니까!"

승덕이 타일렀지만 터져 나오는 하품을 막기는 힘들었다. 다른 방에 누운 천신 역시 오늘 밤 일을 예감했다. 그들의 직감을 자극한 것은 바로 낮에 벌어진 사건이었다. 미니는 오늘 낮 어머니에게 뺨을 맞았다. 그때 충격과 고통으로 일그러진 소녀의 얼굴에서 승덕은 오늘 밤 무언가 일이 터질 거라고 직감한 것이다. 게다가 승덕의 예상대로라면 이전보다 더욱 심한 발작이 그녀를 휘감을 것 같았다. 바로 천신과 승덕 그리고 낙빈, 그들이 이곳에 누워 있기 때문이다.

시간은 빠르게 지나 곧 어두워졌다. 사방이 칠흑 같은 어둠 속에 빠져든 그때 자지러지는 비명 소리가 울려 퍼졌다.

"꺄아악!"

예상대로였다. 승덕은 이불을 박차며 일어섰다.

"낙빈아, 일어낫!"

승덕은 쏜살같이 이부자리를 빠져나와 미니의 방으로 달렸다.

"으앗, 나도 모르게 잠들었네!"

낙빈은 그만 깜빡 잠이 들었던 모양이다. 낙빈도 부리나케 일어나 미니의 방으로 달려가니 이미 천신과 승덕이 기다리고 있었다. 하지만 미니의 방은 단단히 잠긴 채 열리지 않았다.

"스승님, 낙빈이하고 뒤로 좀 물러나세요!"

승덕이 양팔로 천신과 낙빈의 앞을 가리며 미간에 힘을 주었다.

"우읍!"

터엉!

짧은 금속성 소리와 함께 승덕의 눈앞에 있는 문고리가 우그러들었다.

"앗!"

낙빈은 두 눈이 휘둥그레졌다.

승덕이었다! 손가락 하나 까딱하지 않고 문고리를 우그러뜨린 것은 글 읽기만 좋아하고 장난만 일삼던 승덕이 분명했다. 낙빈은 속으로 무척 놀라지 않을 수 없었다. 학문 깊은 조상신이 승덕의 수호령인 것은 알았지만 승덕 안에 이렇게 놀라운 힘이 있다는 것은 전혀 눈치채지 못했다.

콰직!

방문을 벌컥 열고 들어가니 놀라운 광경이 눈앞에 펼쳐졌다.

"이럴 수가!"

방 안의 광경은 그야말로 영화에서나 보았을 법한 것이었다.

제일 먼저 눈에 들어온 것은 양팔에 흰 천이 휘감긴 채 침대에 매달려 있는 미니였다. 침대는 방바닥에 수직으로 세워져 있었다. 그 상태에서 50센티미터 정도 공중에 떠 있었다. 양팔에 감겨 있는 천이 없다면 벌써 미니는 바닥 아래로 떨어져버렸을 것이다.

공중으로 부양浮揚한 것은 침대뿐이 아니었다. 1인용 소파, 화장대, 의자까지 중력이 미치지 않는 것처럼 공중에 두둥실 떠 있었다. 방 안뿐만 아니라 펄럭이는 커튼 밖 베란다를 가득 메운 수십 개의 화분까지 공중에 둥둥 떠 있었다. 미니의 방은 무중력 공간 속에 떠 있는 신비한 세계와도 같았다.

"미, 미니야!"

일행의 뒤로 미니의 엄마가 나타났다. 오늘은 평소보다도 더욱 심한 모습이었다. 창문 밖의 물건들까지 떠오르는 것은 그녀도 처음 보는 광경이었다.

"놔, 놓으란 말이야!"

미니는 눈을 감은 채 여전히 꿈속을 헤매는 듯했다. 그녀는 고개를 흔들며 잠꼬대하듯 소리를 질러대고 있었다.

"금강청운계金剛靑雲界!"

천신의 검은색 도복이 사방으로 펄럭이더니 방 밖으로 거대한 결계가 쳐졌다.

"악귀는 도망갈 수 없다! 제요사마부除妖邪魔簿!"

낙빈 역시 사방 벽을 향해 제요사마부 네 장을 뿌렸다. 사방 벽을 향해 날아가 단단히 고정된 제요사마부는 천신의 금강청운계를 도와 사악한 기운을 차단하는 금줄 역할을 했다. 하지만 천신과 낙빈의 결계는 아무런 효력이 없었다. 방 주변으로 사악한 기운은 하나도 느껴지지 않았기 때문이다. 그러나 어떤 사악한 기운도 없는데도 눈앞의 물건들이 살아 움직였다. 심지어 두둥실 떠 있던 물건들이 일제히 공격을 시작했다.

쐐액!

"아악!"

미니의 엄마를 향해 날아온 것은 다름 아닌 작은 난蘭 화분이었다. 화분이 그녀의 몸을 강타하기 바로 직전 천신의 기합 소리와 함께 화분은 산산이 부서져 떨어졌다.

쐐액!

이번에는 승덕을 향해 공중을 날고 있던 의자가 내리꽂혔다. 승덕이 고개를 숙이며 살짝 피하자 의자는 뒤쪽 벽에 부딪히면서 바닥으로 떨어졌다. 산산이 부서지며 떨어지는 화분과 의자를 보며 미니의 엄마는 몸을 부르르 떨었다.

"생각대로 결계는 소용이 없구나. 이건 영적인 현상이 아니다."

천신의 말에 낙빈은 동그랗게 눈을 떴다. 생각대로라니? 스승님은 이미 이런 상황을 알고 계셨단 말인가?

"제 생각도 그랬습니다. 역시 결계나 금줄과는 상관이 없군요. 확실해졌습니다."

승덕도 예상했다는 듯 고개를 끄덕였다. 두 사람은 이미 모든 것을 짐작하고 있었던 모양이다. 눈앞에 펼쳐져 있는 이 현상이 기나 영 또는 귀와 관련이 없다면 정답은 하나! 이 모든 현상은 '물리력物理力'에 의한 것이란 말이었다.

"으음."

승덕의 입에서 기다란 신음 소리가 들려왔다. 그의 얼굴은 붉게 상기되고 양팔과 손목에 핏줄이 불끈불끈 솟아올랐다.

"흐읍! 여어차!"

승덕의 기합 소리와 함께 사방에 둥실 떠 있던 물건들이 갑자기 아래로 쑤욱 하고 내려앉았다. 무중력 공간에 갑자기 중력이 생긴 것처럼 물건들이 제자리를 찾았다. 낙빈의 두 눈은 휘둥그레졌다. 새빨갛게 달아오르는 승덕의 얼굴, 불쑥불쑥 튀어나오는 실핏줄. 누가 보더라도 물건을 아래로 떨어뜨린 것은 바로 승덕의 힘이 분명했다.

"세상에! 이게 어찌 된 일이죠?"

미니의 엄마 역시 승덕과 가라앉는 물건들을 번갈아 바라보며 놀라워했다. 지금껏 수많은 사람을 찾아다녔지만 이런 일을 한 것은 승덕이 처음이었다.

"아악! 놔! 놓으란 말이야!"

미니는 양팔이 꽁꽁 묶인 채로 계속 잠꼬대를 해댔다. 그녀가 소리를 내지를 때마다 승덕이 잡아둔 방 안의 물건들이 한 번씩 들썩거렸다.

"으음……."

승덕의 얼굴은 빨개지다 못해 보라색으로 변해갔다. 승덕은 미니의 손목이 휘감긴 침대를 정신력으로 누르며 바닥에 내려놓았다. 그때를 놓치지 않고 부인이 침대로 기어 올라가 미니를 흔들어 깨웠다. 10여 분을 세게 흔든 후에야 미니는 깊은 악몽 속에서 깨어났다. 진땀을 흘리며 힘을 쓰던 승덕은 미니가 잠에서 깨어난 후에야 겨우 멈출 수 있었다.

"후우……."

승덕은 기력을 다했는지 스르르 바닥에 주저앉았다. 그는 이마에 맺힌 땀방울을 닦아내며 거친 숨을 몰아쉬었다. 승덕은 무척 지쳐 보였다.

"지부장님! 이게 어찌 된 일인가요? 이봐요, 젊은이! 지금 대체 뭘 한 거죠? 알려주세요. 대체 지금까지 우리 미니에게 무슨 일이 있었던 거죠?"

부인의 눈에선 주르륵 눈물이 흘렀다. 그것은 팽팽한 긴장 속에서 겨우 믿을 만한 사람을 만났다는 안도감 때문이었다. 천신과 승덕의 옷자락을 잡고 비틀거리는 그녀에게 그들은 어둠 속으로 내려온 하나의 빛줄기였다.

미니를 안정시킨 후 천신 일행과 미니의 엄마는 1층 거실에 모여 앉았다.

"물건들을 공중으로 부양시키고 자신의 손을 친친 동여맨 것은 모두 미니가 한 일일세."

"미니가 한 일이라니요?"

부인은 천신의 말을 믿을 수 없다는 듯 되물었다.

"미니가 스스로 한 일일세. 아까 낙빈이가 이야기했지. 미니가 무대 위에서 일반 사람들과는 비교도 되지 않을 만큼 엄청난 카리스마를 보이는 것은 그 아이의 조상신 덕분이라고. 그처럼 미니에게는 남과 다른 능력이 또 하나 있네. 바로 좀 전에 보았던…… 일종의 염력일세."

"염력이오?"

부인의 머릿속에 괴상한 마술사와 초능력자의 영상이 스쳤다.

"그럴 리가요. 우리 미니는 평범한 아이일 뿐인데……. 남보다 조금 더 욕심이 많고, 조금 더 노력하는 그저 평범한 아이예요. 그런데 염력이라니요."

"사람들 중에는 남보다 눈이 좋아서 작은 색의 변화에도 민감한 사람이 있는가 하면, 청력이 뛰어나서 절대음감을 보이는 사람도 있지. 염력도 단지 남보다 조금 뛰어난 정신력일 뿐이라네. 조금 낯설게 느껴질 테지만……."

천신은 잠시 생각할 시간을 주더니 계속 이야기를 이끌어갔다.

"미니의 무의식 속에 심한 스트레스와 정신적인 갈등이 있네. 그런데 그런 스트레스와 갈등을 해결할 곳을 찾지 못했지. 그래서 낮 동안 심한 갈등을 겪으면 자신도 모르게 꿈을 꾸면서 염력을 발휘하는 걸세. 미니에게 꿈은 무의식 속에 있는 강한 갈등을 해소하는 하나의 방편이지.

염력이 매번 꿈꿀 때만 발휘된다는 것은 그 아이 나름대로 무의식 속의 갈등을 해결하려고 노력한다는 의미일세. 물건이 공중 부양하고 미니의 손발이 묶여 있는 것도 미니 나름으로 자신의 상황을 극복하려고 몸부림치는 걸세. 일련의 현상들을 사라지게 하려면 자네와 자네 딸이 화해하고 서로를 인정하는 수밖에 없을 것 같군."

천신의 말이 끝나자 승덕도 한마디 거들었다.

"스승님 말씀대롭니다. 이유는 대충 감을 잡았습니다만, 아직 전혀 해결되지 않은 상태입니다. 모든 문제의 핵심은 미니의 마음속에 있습니다. 이걸 해결해야 합니다.

먼저 이런 일들의 원인이 미니에게 있다는 것을 말하지 않는 것이 좋겠습니다. 미니에게는 분명 남과 다른 염력이 있지만 그런 능력은 미니가 살아가는 데 도움이 되지 않을지도, 아니 어쩌면 미니를 불행하게 만들지도 모릅니다. 미니 스스로도 그걸 알기에 자는 동안에만 그 능력을 나타내는 건지도 모릅니다. 16년 동안 없다가 갑자기 나타난 염력이니 정신적 갈등이 해결되면 아마 사라질 겁니다."

부인은 승덕의 말에 깊이 공감했다. 그녀 역시 미니가 자신에게 남다른 능력이 있음을 알아채지 못하길 바랐다. 미니는 지금도 충분히 남과 다르고, 눈에 띄는 아이였다. 더 이상 특별해지기를 원하지 않았다. 게다가 그것이 염력과 같은 능력이라면 더더욱 그랬다. 혹시라도 이런 능력이 외부에 알려진다면 미니는 세간의 입에 수없이 오르내릴 것이 뻔했다. 부인은 양손에 힘을 주었다. 그녀는 딸을 위해서라면 무엇이든 할 준비가 되어 있었다.

5

"오빠, 오빠, 이거 봐."

양쪽에 분홍 리본을 매단 예쁘장한 여자아이가 승덕을 보며 웃었다. 여자아이의 눈앞에는 투명한 유리컵이 둥실 떠 있었다. 유리컵을 든 사람도, 유리컵을 매단 줄도 없는데 투명한 컵이 날개라도 달린 듯 둥실거렸다. 여자아이도 승덕도 유리컵에 담긴 주스가 먹고 싶었다. 하지만 컵은 두 사람의 손이 닿지 않는 너무 높은 곳에 있었다.

"내 것도 좀 내려줘."

승덕은 여자아이에게 부탁했고, 여자아이는 말간 웃음을 지으며 어렵지 않게 컵을 가져다주었다. 투명한 유리컵은 여자아이의 시선이 가는 대로 서서히 높은 싱크대 위에서 승덕의 손바닥 위로 내려왔다.

여자아이는 신기한 능력을 가지고 있었다. 여자아이가 생각만 하면 그 생각대로 물건이 움직였다. 하지만 승덕은 공중에 둥둥 떠 있는 유리컵이 이상하지 않았다. 분홍 리본을 묶은 여자아이가 그런 일을 한다는 것이 그저 당연하게 생각되었다. 어릴 적부터 여자아이가 손도 대지 않고 물건을 이리저리 움직이는 것을 종종 보았으니까.

"오빠, 맛있지? 후후후."

여자아이가 또 말간 웃음을 짓는다.

"응!"

승덕은 여자아이의 눈앞에 둥실둥실 떠 있는 노란 주스 컵을 받아들고 벌컥벌컥 들이켠다. 참 달고 맛난 액체가 목구멍으로 흘러 들어갔다.

"후후후."

여자아이의 웃음소리가 귓가에 맴힌다. 승덕도 신나게 따라 웃는다. 하하하…….

두 사람의 웃음소리가 주위에 가득해진다. 눈앞의 세상이 갑자기 안개가 낀 것처럼 뿌옇게 바래고, 여자아이의 웃음소리 역시 먼 곳의 메아리처럼 귓속을 맴돈다.

갑자기 분홍 리본을 매단 일곱 살 남짓한 여자아이의 얼굴이 조각조각 갈라지고, 연기처럼 뿌예졌다. 희뿌연 하늘 역시 모자이크처럼 갈라지고 사방을 분간할 수가 없다.

그리고 얼마나 지났을까. 서서히 눈앞의 영상이 또렷해지기 시작했다.

"오빠, 어머니 아버지 모두 나가신 거지?"

아까의 그 여자아이다. 하지만 아까의 일곱 살배기 유치원생이 아니라 꽤 여학생 티가 나는 소녀였다. 단발머리에 하얀 원피스를 입은 아이는 여전히 예뻤다. 하지만 이상하게도 승덕의 눈에는 더 이상 예뻐 보이지 않았다. 예뻐 보이기는커녕 승덕은 여자아이만 보면 속이 뒤집히고 부글부글 끓었다. 승덕은 왜인지 이 아이를 무척 미워하고 있었다. 어린 눈에는 참 예뻤던 아이가 왜 지금은 이렇게 미운 것일까? 승덕은 그 이유를 알 수가 없었다.

"나가셨어."

승덕은 더없이 차갑고 퉁명하게 대답했다. 아이는 너무나 차가운 말투에 멈칫 놀라는 표정이다. 아이는 아는 모양이다. 승덕이 저를 어떻게 생각하는지. 그리고 그가 자신과는 한마디도 이야기하고 싶어 하지 않는다는 것도 알아챈 모양이었다.

"오빠…… 오늘은 날씨가 어때?"

하지만 아이는 승덕이 저를 싫어하는 걸 뻔히 알면서도 또다시 말을 건넨다. 승덕은 조금 짜증이 났다.

"몰라."

또다시 퉁명스럽게 대답한 승덕이 아이의 표정을 살폈다. 성의 없는 대답에 왈칵 눈물이라도 흘리는 건 아닌지 조금 걱정되었다.

아이와 승덕 사이에는 창살이 가로막혀 있었다. 마치 감옥과도 같은 커다란 창살이었다. 갇혀 있는 쪽은 아이였다. 승덕은 언제든지 현관문을 열고 나갈 수 있고, 다른 방으로 들어가버릴 수도 있었다. 그러나 아이는 그럴 수 없었다. 아이는 철문으로 막아버린 방 안쪽에서 철문에 달린 두꺼운 창살을 붙든 채로 승덕을 바라보며 대화하는 것이 전부였다. 아이의 뒤쪽으론 예전에 창이 있었을 법한 자리가 있었지만 그것은 커다란 나무 또는 쇠로 보이는 평평한 판으로 가로막혀 있었다. 그러니까 아이가 갇혀 있는 방은 볕 하나 들지 않는 꽉 막힌 공간이었다. 아이가 바라볼 수 있는 유일한 공간은 철문에 달린 작은 창뿐이었다. 아이는 무슨 잘못을 했는지 철문이 달린 그곳에서 두 손으로 창살을 부여잡고 승덕을 향해 말을 걸고 있었다.

승덕은 더 이상 아이와 이야기하기가 싫었다. 그래서 저 끝, 아이의 방과 가장 멀리 떨어져 있는 자신의 방으로 들어가버리려고 했다. 그때였다. 승덕의 뒤쪽에서 가녀리게 울부짖는 아이의 목소리가 터져 나왔다.

"오빠, 오빠! 또 나오려고 해! 오빠, 오빠! 살려줘! 살려줘!"

불안에 휩싸인 아이의 목소리가 집 안에 메아리친다. 아이는 두려움이 가득한 눈동자로 승덕을 바라보고 있었다. 눈물이 가득한 그 눈에는 두려움과 괴로움이 범벅되어 있었다. 아이는 그렇게 그렁그렁한 눈으로 두 손이 하얗게 질리도록 창살을 부여잡은 채 승덕을 바라보았다.

승덕은 여자아이를 바라보았다. 아이의 비명에 그도 겁이 났다. 온다…… 온다…… 그놈이 오고 있어! 아이의 뒤에서 서서히 무언가가 올라온다. 거대한 크기. 커다란 사각형…… 육면체…… 침대다! 저것은 저 아이의 침대다. 창살 너머 아이가 갇힌 공간에는 거의 아무것도 없었다. 의자도, 책상도, 아무것도 없었다. 그런 공간에 있던 유일한 가구인 거대한 침대가 두둥실 떠오르고 있었다.

승덕의 팔뚝에 싸악 하고 한기가 돋았다. 거대한 침대가 서서히 아이의 발밑으로, 허리 위로, 목 위로, 마침내 얼굴 위로 검은 그림자를 드리웠다. 온몸이 그 검은 그림자에 덮이기 전까지 아이는 울부짖는다.

"오빠, 살려줘! 나 좀 살려줘! 나를 막아줘!"

승덕은 자지러지는 여자아이의 비명에 귀를 막는다.

"형! 혀엉!"

"으아악!"

승덕은 외마디 비명을 지르며 깨어났다. 그가 일어나니 눈앞에 걱정 가득한 낙빈의 얼굴이 있었다.

"형, 괜찮아요?"

승덕의 온몸은 땀으로 흠뻑 젖어 있었다. 심한 잠꼬대에 놀랐는지 낙빈의 얼굴에 근심이 가득했다.

"으, 응, 악몽을 꿨나 봐."

앞머리를 쓸어 올리는 승덕의 손바닥에 땀방울이 흥건히 묻어났다. 땀뿐이 아니었다. 자신도 모르게 양 볼에는 눈물이 흐르고 있었다. 승덕은 고개를 흔들었다.

"아아……."

이젠 많이 잊었다고 생각했는데……. 기억하고 싶지 않은 이야기가 꿈에서까지 승덕을 괴롭혔다. 승덕은 급히 이불을 뒤집어썼다. 두 눈이 시큰하게 따가웠다.

아침 식사를 위해 미니 모녀와 천신 일행이 커다란 식탁에 둘러앉았다. 미니는 엊저녁보다 훨씬 부은 얼굴로 아래층에 내려왔다. 아마 밤새 두려움에 눈물을 흘린 모양이었다. 그녀는 식사를 시작한 지 10분여가 지나도록 아직 밥 한 숟갈도 뜨질 않았다.

"저, 이것 좀 드세요. 꼬마도 여기…… 아줌마가 찢어줄게. 이거 먹으렴."

미니는 자신의 엄마가 낯선 손님들을 열심히 챙기는 모습이 싫었다.

"미니야, 넌 녹색 채소를 많이 먹어야 한다니까! 어서 밥 먹어라, 다이어트 식단을 꼭 챙겨야 한다니까!"

"에이!"

그녀는 신경질을 부리면서 수저를 집어 들었다. 그때 갑자기 미니의 양손이 부들부들 떨렸다. 마치 알코올중독자처럼 더없이 심하게 양손이 부들부들 떨리는 모양이었다.

"미, 미니야, 왜 그러니?"

"뭐, 뭐야?"

놀란 것은 미니의 엄마만이 아니었다. 당사자인 미니는 더더욱 놀라서 양손에 들었던 수저를 내동댕이쳐버렸다. 입안 가득 밥을 문 낙빈이 눈만 크게 뜨고 미니의 얼굴을 바라보았다. 승덕 역시 무슨 생각을 하는지 알 수 없는 표정으로 그녀를 바라보았다.

"모두 당신들 때문이야! 다 당신들 때문이라고! 나가, 당장 나가버렷!"

미니는 이 어처구니없는 상황을 모두 천신 일행에게 떠넘겼다.

"얘, 얘가! 어디서 그런 말을! 이제 모든 것이 이분들 덕분에…… 아!"

부인은 딸에게 모든 것을 알아냈다는 말을 하려다가 입을 다물었다. 염력이니 뭐니 하는 것은 비밀로 하자던 승덕의 말이 떠올랐기 때문이다.

"다 저 사람들 때문이야! 좋아지기는커녕 아주 안 좋단 말이야! 기분도 아주 더럽고! 다 저 사람들 때문이라고!"

미니는 빽 소리를 지르고는 휑하니 밖으로 나가버렸다.

"미니야! 도시락은 갖고 가야지! 식단대로 먹어야 한다고!"

부인은 미리 싸둔 도시락을 들고 급히 뒤를 따라갔지만 미니는 이미 대문 밖을 빠져나간 뒤였다.

"죄송합니다. 여러분께 모두…… 제대로 가르치지 못한 제 탓입니다."

부인은 얼굴을 붉히며 일행에게 고개를 숙였다.

"어쨌거나 어제와 같은 발작적인 꿈이 실생활에 도움을 주고 있었다는 것이 거의 확실해졌군요!"

발작적인 꿈이 도움을 주고 있었다? 부인은 이해할 수 없다는 얼굴로 승덕을 바라보았다.

"그게 무슨 말씀이죠?"

승덕은 턱을 괴고 잠시 생각하더니 말을 이어갔다.

"어제도 이야기했지만 꿈이라는 무의식의 세계에서 현실에 대한 스트레스를 풀거나 반복함으로써 불안이 억제되기도 합니다. 예를 들어 대입을 코앞에 둔 수험생은 대입 시험에 대한 스트레스가 무척 크기 때문에 자주 시험과 관련된 꿈을 꾸게 되지요. 시험에 늦거나, 아니면 낙방하는 꿈을 자주 꿈으로써 실제로 낙방할 때를 대비하는 거죠. 꿈에서의 반복이 현실에서 낙방에 대한 충격을 줄여주는 겁니다. 이 외에 꿈은 무의식에서 일어나는 욕구를 분출하는 역할도 합니다. 육체는 모두 자랐지만 성욕을 분출할 곳이 없는 중고생들이 몽정을 하거나 이성 친구를 만나는 꿈을 꾸는 것도 바로 욕구를 분출하기 위해서죠."

승덕이 말하는 동안 낙빈은 두 손을 모으고 한마디도 빼놓지 않으려는 듯 귀를 쫑긋하고 경청했다.

"제가 보기에 어제와 같은 미니 양의 꿈은 단지 염력이라는 낯선 방법이 동원되었을 뿐, 일반적인 꿈과 다르지 않습니다. 몇 달 전부터 미니 양은 이런 이상한 방법으로 꿈을 꾸었고, 밤마다 비명을 질러댔습니다. 그리고 그럴 때마다 아침에 깨어나보면 자신을 무릎에 안고 걱정스레 지켜보는 어머니가 있었던 거죠.

그런데 어제는 어땠습니까? 우리는 미니 양과 유사한 염력으로 그녀의 행동을 제지하고, 매일의 일상과 전혀 다름없는 아침을 만나게 했습니다. 게다가 어머니는 미니 양을 안고 달래주는 대신 저희를 챙기는 모습을 보였죠. 그러자 미니 양의 반응은 어땠지요? 아까 보셨듯이 정서장애를 보였습니다. 바로 덜덜 떨리는 손이 그겁니다. 그리고 평소와 달리 더듬거리는 말투, 게다가 미니 스스로 이야기했듯이 어느 때보다도 좋지 않은 기분. 이러한 현상들이 나타났습니다.

그렇다면 이건 뭘 의미할까요? 꿈속에서 염력을 행한 것만으로 다가 아니었단 거죠. 염력을 행한 후에 일어난 어떤 일이 지금껏 갈등 상황에 있던 미니 양의 스트레스를 해소해주었다는 이야깁니다. 염력을 행한 후에 일어났던 일은 무엇이죠? 꿈에서 깨어난 미니 양을 기다리고 있던 상황은 뭐였죠? 바로 걱정스레 미니 양을 바라보는 어머니의 눈이었던 겁니다."

승덕은 턱을 괴고 있던 오른손을 풀어 부인을 가리켰다.

"미니 양이 그런 이상한 방식으로 꿈을 꾸었던 것은 바로 어머니에게 보여주기 위해섭니다!

미니 양은 지금 독립과 의존 사이에서 방황하는 평범한 사춘기 소녑니다. 사춘기가 시작되고 6개월, 혹은 그전부터 서서히 부모로부터 독립을 원하게 되었습니다만, 미니로서는 적당한 방법을 몰랐고, 독립을 하기에는 어머니와의 결속이 다른 가정의 경우보다 훨씬 강했지요. 어머니는 가정과 학교뿐 아니라 가수라는 직업의 매니지먼트까지 담당하고 있으니까요.

어쨌든 사춘기 소녀들이 그렇듯 미니 양은 부모에게 반항해 보임으로써 독립을 시도했고, 어머니로서는 그 점이 무척 맘에 들지 않았습니다. 결정적으로 남자친구의 일에 지나치다 싶게 간섭하는 어머니를 보고 그 반응이 발작적인 꿈으로 나타난 겁니다.

이 발작적인 꿈은 어머니로부터 독립하고 싶다는 미니 양의 욕구를 잘 나타냅니다. 들으셨듯 '놓아달라'고 외치는 미니 양의 비명이 바로 그것이었죠. 그러나 양손을 강하게 감고 있는 천에서 알 수 있듯 꿈속에서마저 미니 양은 뜻을 이루지 못하고 어머니에게 잡혀 있는 겁니다.

하지만 단지 독립에의 욕구만으로 그런 발작적인 꿈을 꾸는 것은 아닙니다. 아까도 보았던 미니 양의 정서불안은 그런 꿈을 꾸었을 때 강화強化요인으로 작용하는 대가가 주어지지 않았기 때문에 일어난 것이었습니다. 강화요인이란 바로 '어머니의 품'일 겁니다.

즉 미니 양은 어머니로부터의 독립을 원하면서도 아기 때처럼 의지하고 싶어 하는 두 가지 상반된 욕구를 가지고 있었던 겁니다. 15년 동안 살아왔던 세상에서 더 넓은 세상, 자신만의 세상을 만들어가려는 욕구와 어머니의 따뜻한 품에 더 기대고 싶다는 두 가지 욕구. 그것이 바로 미니 양이 꿈을 꾸는 이유고, 꿈속에서 이상한 현상을 일으킨 까닭입니다. 즉 그 이유가 해결된다면 미니 양의 발작적인 꿈, 이상한 염력 현상도 사라질 거란 이야기지요."

단호한 승덕의 한마디 한마디에 부인은 고개를 떨구지 않을 수 없었다. 독립과 의존의 욕구⋯⋯. 사춘기의 누구라도 느끼는 그 두 가지 욕구⋯⋯ 어린 딸이 사춘기란 홍역을 치르는 동안 과연 자신은 무엇을 하고 있었던가 하는 생각에 그녀는 오래도록 고개를 들지 못했다.

6

때르릉.

"우와, 점심 시간이닷!"

점심 시간을 알리는 벨소리가 울리자 각 반에서 커다란 환호성이 울려 퍼졌다. 아이들은 누가 먼저랄 것도 없이 급식실을 향해 돌진했다. 교사들 역시 줄 맞춰 가자는 빈 소리를 할 뿐, 배고픔에 달리는 성장기 아이들을 말릴 수가 없었다.

"배고파 죽는 줄 알았네!"

"먹자, 먹어!"

여기저기 떼를 지어 몰려 앉는 아이들. 한창 성장할 나이인 중학생들로서는 아침을 굶고 등교해 점심 시간까지 기다리는 것이 여간 힘든 일이 아니었다. 3교시부터 솔솔 풍겨오는 급식실의 반찬 냄새는 아이들의 참을성을 시험하곤 했다. 옹기종기 모여앉아 다정하게 급식을 먹는 아이들 틈에서 미니만 입술이 잔뜩 튀어나와 있었다. 미니는 급식판을 받지도 않고, 아이들 틈에서 마른침만 꿀꺽 삼켰다.

"미니 너, 도시락 안 가져왔어?"

"항상 다이어트 도시락을 가져오더니 왜 오늘은 빈손이야?"

"미니야, 여기 돈가스 먹어봐! 진짜 맛있어, 아웅!"

평소 미니와 함께 점심을 먹는 친구들은 처음엔 한마디씩 말을 걸더니 곧 급식을 먹기에 여념이 없었다.

'도시락은 가져올 걸……'

미니는 밥을 한 숟가락 뜰까 하다가 끝내 숟가락을 놓고 말았다. 화나는 일투성이였지만 가수로서의 본분을 잊어서는 안 된다는 생각이 들었다. 이렇게 기름진 반찬을 먹었다가는 당장 화면에 함지박만 한 얼굴로 나올 것이 분명하니 꾹 참아야 한다. 그렇게 급식판을 바라보며 고문 아닌 고문을 받는데 누군가가 호들갑스럽게 그녀를 찾았다.

"미니야, 누가 너 찾아왔어!"

뚱하게 혼자 앉아 있는 미니를 향해 급식 당번이 달려왔다.

"나? 누가 나를?"

또 후배들이 사인해달라고 찾아왔나 싶어 식당 밖을 바라보니 창문 너머 낙빈과 승덕이 서 있는 게 눈에 들어왔다.

"누나, 배고프지요?"

낙빈은 건물 옥상에 대충 자리를 깔고는 층층이 쌓여 있는 도시락을 늘어놓았다.

"저희도 같이 먹으라고 아주머니께서 많이 싸주셨어요."

낙빈은 수저를 챙기며 힐끔 미니의 눈치를 살폈다. 낙빈은 또다시 미니가 화를 낼까 걱정스러웠다. 미니가 특히 자신을 달가워하지 않는 것 같아 조심스러웠다. '거짓말쟁이 무당'이라는 말이 내내 어린 낙빈의 가슴에 박혀 떨어지질 않았다.

낙빈이 몇 번이나 말을 붙이려고 해도 미니는 뚱한 표정으로 아무런 대답이 없었다. 낙빈에게는 견디기 힘들 정도로 어색한 침묵이었다. 결국 이런저런 실없는 소리를 끄집어냈다.

"누, 누난 좋겠어요. 학교에 친구도 많지요? 아주머니께서 도시락도 이렇게 정성스럽게 싸주시고…… 누난 참 좋겠어요."

"좋긴 뭐가 좋니? 학교 다니면 다 그런 거지. 다이어트 도시락을 싸주는 게 뭐가 그리 고맙다고! 너도 학교는 다닐 거 아냐? 너희 엄마도 소풍 도시락은 싸줄 거 아냐?"

미니는 퉁명스럽게 말했다.

"저, 저는…… 그러니까…….."

살짝 얼굴이 붉어진 낙빈은 뭐라고 대꾸하지 못하고 뒷머리를 긁었다. 한 번도 소풍을 가본 적이 없다는 것, 한 번도 어머니의 도시락을 받아본 적이 없다는 것이 낙빈을 난처하게 만들었다.

"낙빈이는 학교 안 다닌다."

난처해하는 낙빈 대신 승덕이 아무렇지 않다는 표정으로 말했다.

"어머, 왜? 왜 학교에 안 다녀? 초등학교는 의무교육이잖아. 너

자퇴했니? 정말 안 다녀도 되는 거야? 다니기 싫어서 학교를 그만뒀니?"

미니는 학교에 다니지 않는 것이 신기한 모양이었다.

"그, 그건 아니고요. 얼마 전에는 학교에 다녔어요. 얼마 다니다가…… 쪼, 쫓겨났어요."

"뭐? 쫓겨나다니 그게 무슨 말이야?"

"제가 귀신을 본다고…… 무당 아들이라고…… 어른들이 싫어하세요. 제가 안 한 일도 제가 했다고 생각하시고…… 제가 무당이라서 친구들이랑 어울리면 안 좋은 일이 있을까봐 다들 걱정이 많으셨거든요."

미니는 어린 낙빈의 눈가에 물방울이 살짝 어리는 것을 보고 말았다. 조그만 아이가 아무렇지 않은 척 말을 하려고 애쓰는데, 그 모습이 참 가엾었다. 미니는 무척 미안한 마음이 들었다.

"미안해. 난 그런 줄도 모르고……. 하지만 정말 너무한다! 어떻게 그 사람들이 널 학교에서 쫓아낼 수가 있는 거니? 정말 말도 안 돼! 정말 너무해!"

미니는 미안한 마음에 화를 내보았지만 낙빈의 어두운 표정은 펴지지 않았다. 갑자기 분위기가 서먹해지자 누가 먼저랄 것도 없이 서로 수저를 들고 식사를 시작했다. 입에 밥이라도 넣고 있어야 말을 하지 않아도 될 것 같았다.

미니는 다양한 채소와 과일 위에 두부와 치즈가 곁들여진 다이어트 샐러드를 먹다가 물끄러미 낙빈을 바라보았다. 두 눈을 내리깐 흰 한복 차림의 작은 소년은 쉽게 두 볼이 빨개지는 순진한 아이였다. 이런 아이를 무당이라는 선입견만으로 판단하고 말았다. 이 아이에게 험한 소리를 해댄 자신이야말로 저 어린애를 학교에서 쫓아낸 어른들과 다를 바가 없다고 생각하니 한없이 미안했다.

"어, 어젠 정말 미안했어. 너보고 사이비 무당이라고 한 거……정말 미안해. 사실은 그냥 화가 나서 막 내뱉어버린 거야. 네가 싫어서 그런 거 아냐. 엄마한테 뭐라고 한 거지 너한테 그러려던 건 아니야. 정말 나는……."

미니는 젓가락을 잘근잘근 씹으며 낙빈에게 사과했다. 할 수만 있다면 자신이 퍼부었던 나쁜 소리를 다 주워 담고 싶었다.

"괜찮아요, 누나. 원래 다들 그렇게 생각하잖아요. 저도 알아요. 다른 사람들 눈엔 귀신도, 영혼도 안 보이는데 어떻게 제 말을 믿겠어요? 저 같아도 그럴 것 같아요. 전 괜찮으니까 신경 쓰지 마세요, 누나."

어색한 웃음을 지으며 괜찮다고 말하는 낙빈의 얼굴이 자꾸만 발개졌다. 낙빈은 슬프지도 않은데 그냥 눈물이 날 것만 같았다. 미니가 미안하다고 말하니 더욱더 그랬다. 눈도 마주치지 못하고 먼 산을 바라보는 낙빈을 보면서 미니는 더욱 미안해졌다. 보면 볼수록 참 여리고 순진한 아이 같다는 생각이 들었다. 보통의 초등학생보다 더 수줍고, 더 순수하고, 더 착한 진짜 어린아이였다. 미니는 말할 수 없이 마음이 아팠다.

"저기…… 오빠도 영혼이나 귀신을 볼 수 있어요?"

미니는 서둘러 화제를 돌려 승덕에게 물었다.

"아니, 난 영혼 같은 건 볼 수 없어. 가끔 스승님이나 낙빈이가 특별한 술수를 써서 보여주기 전에는."

"그래요? 으음. 그럼 오빠는 뭘 해요?"

"뭘 하긴?"

"뭐, 초능력이나 이상한 능력 같은 게 있지 않아요?"

"아니, 난 그냥 평범한 사람인데? 특별한 능력은 없어."

"뭐야, 그래요? 그 까만 도복 아저씨는 기氣도 느끼고, 지맥地脈 같은 것도 보고, 무슨 이상한 치료도 하고, 사람들도 막 자기 맘대로 부리고 그런다던데……. 근데 평범한 사람이 왜 그 암자에 같이 사는 거예요?"

"그냥. 잊고 싶은 것이 있어서. 혼자 있으려고 산에 들어갔지."

"뭘 잊고 싶은데요?"

"그냥…… 그런 게 있어."

미니는 제대로 대답도 안 해주는 승덕에게 약간 심통이 났다. 어제 암자에서 내려올 때부터 손목을 아프게 하질 않나, 존댓말을 하라고 괴롭히더니……. 아무래도 이 남자는 좋아질 것 같지 않았다. 미니는 승덕에게서 휙 등을 돌린 채 일부러 낙빈만 쳐다보았다.

"낙빈이 부모님은? 그 암자에 같이 살고 계셔?"

"우리 말고도 암자에는 두 식구가 더 있어요. 저희 엄마는 안 계시지만요. 제가 아직 신을 잘 다룰 줄 몰라서 제대로 다룰 때까지 집에 오지 말라고 하셨거든요. 그래서 지금은 따로 살아요."

"어머, 그럼 엄마랑 떨어져서 너 혼자 거기 있는 거야?"

미니는 어린아이가 엄마 없이 혼자 그 산속에 있다는 사실에 깜짝 놀랐다.

"네. 그래서 실은…… 이런 도시락은 처음 봐요. 학교를 며칠 다니지 못했거든요. 그래서 소풍도 간 적이 없고. 이렇게 예쁜 도시락 같은 것은 한 번도 본 적이 없어요. 진짜 진짜 예뻐요."

"어머!"

미니는 안타까운 눈빛으로 낙빈의 손을 꼭 잡았다.

"너 이거 다 먹어! 나도 먹을 테니까, 이거 많이 많이 먹어! 이것도 먹고……."

미니는 낙빈에게 말을 걸 때마다 자꾸 실수를 하는 것 같아 속이 상했다. 낙빈은 어린아이가 마땅히 누려야 할 즐거움은 하나도 모르는 것이 분명했다. 시간이 지날수록 어제 낙빈에게 했던 말들이 더더욱 미안해졌다.

'무슨 애가 이렇게 불쌍하담!'

미니는 다시 분위기를 바꾸려고 승덕에게 말을 건넸다.

"오빠는 식구가 어떻게 돼요? 오빠도 부모님이랑 떨어져서 사는 거예요?"

"아니, 부모님은 돌아가셨어."

이번에도 잘못 짚고 말았다. 수렁에서 빠져나오려다가 오히려

71

더 깊게 판 꼴이었다. 이러다간 분위기가 더 가라앉을 것 같아서 미니는 서둘러 다른 화제로 넘어갔다.

"오빠…… 음, 둘째일 거 같아요!"

"아니, 난 첫째야. 동생이 하나 있고."

"동생요? 남자죠, 그죠?"

"아니, 여자애. 예쁘장한 여자애가 하나 있었지. 너랑 닮았어."

승덕은 미니를 찬찬히 바라보았다. 승덕의 누이동생은 미니와 비슷한 구석이 많았다. 비슷한 또래였던데다 저렇게 얼굴이 하얀 아이였다. 게다가 누이동생이 미니와 닮은 것은 단지 얼굴만이 아니었다. 승덕은 오늘 아침 왜 누이동생의 꿈을 꾸었는지 알 것 같았다. 모두 잊었다고 생각했는데……. 그 아이와 퍽이나 닮은 미니를 만났기 때문에 꿈을 꾼 것이 틀림없었다.

"저랑 닮았어요? 그럼 오빠 동생도 암자에 같이 살아요?"

"아니."

"그럼 동생은 어딨어요?"

"저 위."

승덕은 무심한 동작으로 하늘을 가리켰다. 미니는 그만 말문이 막혀버렸다. 분위기를 바꾸려고 애썼지만 불행히도 점점 침울해지고 있었다. 더 이상 물었다간 남은 밥도 제대로 못 먹고 일어설 것 같았다. 사실 놀라긴 낙빈도 마찬가지였다. 승덕에게서 가족 이야기를 듣는 것은 처음이었다.

'이 오빠도 불쌍한 사람인가 보다. 부모님도 안 계시고, 동생까

지 죽었다니…….'

"오빠 동생이면 되게 젊은 언니였을 텐데……."

미니는 뭔가 위로의 말을 건네야 할 것 같아 중얼거렸다.

"내가 지켜주질 못해서…… 그래서…… 먼저 가게 만들었지."

전에 없이 승덕의 표정이 어두워졌다. 미니는 미안해 죽을 지
경이었다. 왜 자꾸 남의 아픈 곳을 콕콕 찌르는 건지 스스로가 무
척 한심하게 느껴졌다. 정작 얘기를 듣는 미니는 안절부절못했지
만 승덕은 슬픈 기색도 없이 그저 담담하게 남의 얘길 하듯 무심
하게 말했다.

"동생에게는 남들하고 다른 능력이 있었어. 특별한 아이였지.
그것 때문에 죽었어."

승덕은 혼자 피식하고 미소를 지었다. 낙빈의 눈에도, 미니의
눈에도 눈물보다 더 쓰라려 보이는 미소였다.

"평범한 것이 좋아. 평범하게 사는 게. 낙빈이가 평범하지 않아
서 학교도 못 다니는 것처럼 내 동생도 평범하지 못해서 힘들게
살다 죽었지."

"……어떤 능력인지 물어봐도 돼요?"

"뭐, 별거 아니었어. 그냥 물건을 맘대로 할 수 있었지. 마음만
먹으면…… 마음만 먹으면 문을 부술 수도 있고 유리창을 깰 수
도 있었지. 마음만 먹으면 물건을 공중으로 띄울 수도 있었고."

이 대목에서 미니의 얼굴이 새파랗게 질려버렸다. 자신에게
있었던 일과 어쩐지 비슷하게 느껴졌다. 그녀가 잠든 사이 방 안

의 모든 것이 공중으로 떠올라 부딪히고 깨졌다는 이야기가 생각났다.

"진짜 별거 아니었어. 그냥 그런 능력이 있는 거였는데…….."

승덕의 얼굴이 검게 그늘졌다. 승덕은 감정을 드러내지 않으려고 애썼지만 낙빈은 그의 손이 부들부들 떨리는 것을 놓치지 않았다.

"그때는 그게 뭔지도 몰랐고, 왜 그런 일이 일어나는지도 몰랐어. 모르는 것만큼 무서운 것이 있을까? 아무것도 모르니 난 두려웠지. 그래서 난 그 애를 두고 도망쳤어. 사실은 원망하고 미워하기도 했어. 결국 난 가엾은 동생을 도와주지 못했고, 그 아이를 죽게 만들었지. 그 끔찍한 기억들을 잊고 싶어서 암자에 들어갔지. 그리고 천신 스승님을 만나 간신히 다시 살아갈 기력을 얻었어."

승덕이 씁쓸히 미소를 지었다. 그동안 낙빈과 정희, 그리고 정현에게도 말한 적이 없는 이야기가 왜 이리 술술 나오는지 몰랐다.

"넌 내 동생이랑 무척 닮았어. 정말로. 그래서 널 꼭 도와주고 싶다. 도망치지 않고. 널 괴롭히는 것들을 반드시 내가 없애주고 싶어."

승덕은 두 손을 모아 턱에 괴더니 깊은 숨을 몰아쉬었다. 그리고 진지한 눈빛으로 미니를 바라보았다.

"너에게 좋지 않은 기운이 씌었어. 모르는 사람들은 그걸 귀신이 씌었다고들 말하지."

"귀, 귀신요?"

미니는 귀신이라니 섬뜩했다.

"두려워할 것 없어. 귀신이 씌면 네 주변에 이상한 일이 일어난다. 귀신의 능력을 사용하게 되는 거야. 내 동생이 그랬던 것처럼. 하지만 두려워할 건 없다. 그걸 볼 줄 모르는 평범한 인간은 겁이 나겠지만 귀신을 보는 낙빈이에게 그건 결코 두려운 존재가 아니야. 단지 길을 잘못 들었으니 다른 곳으로 가라고 말해주는 거야. 그렇게 생각하면 된다."

"정말로 제게 귀신이 붙은 건가요?"

"응. 그래. 어머니와 널 싸우게 만드는 것도, 네가 잠든 동안 물건을 공중에 띄우는 것도 모두 놈의 짓이었어. 너에게 가장 소중한 것을 빼앗아가는 것이 놈의 음모니까. 나는 사실 동생을 잃은 후에야 이런 것들을 알게 되었어. 그때도 만일 낙빈이가 있었다면 동생에게 깃들었던 놈을 없앨 수 있었을 거야. 이제 나와 낙빈일 믿어다오. 널 괴롭히는 놈을 잡아줄게!"

미니는 한 치의 망설임도 없이 자신 있게 말하는 승덕을 보며 알 수 없는 신뢰감이 생겼다. 잘 모르는 사람인데도 어쩌면 이렇게 심장이 뜨거워질 정도로 믿음을 주는지 이상할 정도였다. 미니는 승덕에게서 눈을 뗄 수가 없었다.

정작 고개를 갸우뚱거리는 쪽은 낙빈이었다. 도대체가 귀신이라니…… 귀신의 기역자도 없건만 귀신 씻나락 까먹는 소리도 아니고 뭐가 어떻게 돌아가는 건지 알 수가 없었다. 승덕은 그런 낙빈에게 몰래 찡긋 신호를 보내며 말을 이어갔다.

"실은 그 귀신을 잡으러 학교까지 온 거야. 낙빈이는 귀신을 잡는 능력이 있고, 또 난 어떻게 퇴치해야 하는지 알고 있으니까. 우리가 도와줄게. 네게 있는 그놈을 퇴치해버리자. 그러면 어머니와의 다툼도, 이상한 일도 사라질 거야."

미니는 잠시 생각하더니 승덕을 향해 힘차게 고개를 끄덕였다. 이 사람들이라면 어머니와 자신을 갈라놓으려는 그 괴물을, 아니 그 귀신을 처치할 수 있을 거라는 확신이 생겼다. 미니는 항상 자매처럼 사이좋게 의논하고 걱정을 나누던 다정한 모녀관계로 돌아가고 싶었다. 이 두 사람이라면 예전의 모녀 사이로 되돌릴 수 있을 거라는 막연한 믿음이 있었다. 이유는 알 수 없었지만.

미니가 고개를 끄덕이자마자 승덕은 지체 없이 낙빈과 일을 시작했다.

"낙빈아, 그럼 먼저 저 귀신이 도망가지 못하게 미니 주위에 물의 결계를 만들어라!"

"네? 네, 네……."

낙빈은 얼떨떨했지만 분명 승덕에게 무언가 복안이 있을 거라 믿었다. 낙빈은 양손을 재빠르게 돌리며 허공에 이상한 도형을 그렸다.

"결계를 만들어라, 수水의 힘이여!"

낙빈의 명령과 동시에 갑자기 새파란 물줄기가 튀어나왔다. 대체 어디서 왔는지 모를 파란 물줄기가 학교 옥상에서 솟아나오더니 세 사람 주위에 커다란 원을 만들어냈다.

"꺅! 이게 뭐야!"

미니는 깜짝 놀라 승덕의 팔에 매달렸다.

"이건 결계다. 이제 놈은 이곳을 빠져나가지 못해. 그러니 놈을 잡기만 하면 되는 거야. 날 믿어야 한다. 낙빈이와 날 믿어야 해. 그래야 놈을 없앨 수 있어."

"네, 오빠!"

미니는 아랫입술을 꼭 깨물며 고개를 끄덕였다. 승덕의 팔을 잡은 두 손에도 점점 더 힘이 가해졌다.

"낙빈아, 이번에는 황소신과 불의 신을 불러라."

승덕이 신호하자 낙빈은 고개를 끄덕이며 우신牛神을 불렀다. 아무것도 없는 빈 공간에 신들을 불러내니 마치 혼자 수련을 하는 느낌이었다.

"반고가한님의 힘, 우신이여, 도와주소서!"

낙빈의 외침과 동시에 이번엔 허연 연기가 공중에서 만들어지더니 또다시 미니의 앞을 막아섰다. 미니에게 우신은 보이지 않았지만 그녀는 낙빈이 가리킨 곳에 갑자기 뿌연 안개 같은 것이 생기는 것을 보았다.

"불의 힘이여!"

이번엔 새빨간 불덩이가 낙빈의 양손에서 이글거렸다.

"우아!"

놀랍고도 무서운 광경에 미니의 입이 벌어졌다. 심장은 터질 듯이 두근거렸고 양쪽 귓가엔 화르륵 불꽃이 튀는 소리와 세차게 물이 흐르는 소리가 들렸다.

'이제 됐어! 이 사람들은 진짜 믿을 수 있어! 난 해방이야! 모든 게 다 끝났어!'

미니는 두 눈을 꼭 감았다.

'이제 더 이상 귀신 놀음으로 어머니와 다투지 않을 거야. 괜한 고집을 피우는 일도 없을 거고. 그리고 버릇없는 행동도 사라지겠지. 무시무시한 악몽도, 이상한 현상들도 다 사라질 거야. 이제부터는 좋은 일만 가득할 거야. 분명히!'

그녀는 승덕의 팔을 더욱 세게 붙잡았다. 무시무시한 소음 속에서도 그 팔이 얼마나 든든한지 말로 표현할 수 없을 정도였다.

7

천신과 부인은 아름답게 가꿔진 정원을 천천히 거닐었다. 승덕과 낙빈이 없는 사이 두 사람은 천천히 이런저런 이야기를 나누며 부인의 걱정을 해결할 방법에 대해 생각했다. 이제 두 사람은 정원이 내다보이는 거실 탁자에 마주 앉아 창밖을 바라보고 있었다.

"제게서 벗어나려고 반항하는 미니와 제 품에 기대고 싶어 하는 미니. 두 가지 감정이 공존한 상태라고 하셨지요? 지부장님, 사실 전 어떻게 해야 할지, 그 아이에게 어떻게 해줘야 할지 아직도 모르겠습니다."

부인은 크게 한숨을 내쉬었다.

"제가 무얼 어떻게 해야 하는지 모르겠어요. 어디까지 아이를 놓아주고, 어디까지 간섭해야 하는지……. 아직은 너무나 어려 보여서 무얼 해도 걱정되고 옆에서 돌봐주고 싶기만 합니다. 마음 같아서는 학교에도 함께 가서 어떻게 지내고 있는지 항상 보고 싶은 심정이에요. 이런 저더러 어떻게 그 아이를 놓아주란 말인가요? 어떻게 그 아이가 제 품에서 독립하는 걸 보고만 있을 수 있나요?"

소파에 깊숙이 앉은 부인의 얼굴에는 온갖 걱정이 가득했다. 그녀는 지금껏 미니만 걱정하고 미니 곁만 맴돌며 그 아이를 지켜왔던 터라 어찌하는 것이 좋을지, 어찌해야 하는지 감이 오지 않았다.

천신은 고요히 창밖만 바라보다가 천천히 이야기를 시작했다.

"혹시 생각나는가? 우리가 처음 만났던 때 말이네."

갑작스럽게 화제가 바뀌자 부인은 조금 당황했지만 이내 만면에 웃음을 띠며 과거를 회상했다.

"네, 물론 나지요. 당시 지부장님이 얼마나 높고 하늘 같은 존재였던지……. 어디 저 같은 사람이 말 한마디 걸 수 있는 분이셨던가요. 당시에 저는 참 재주도 없는 사람이었지요. 어설픈 신력神力으로 매일매일이 힘들기만 했던 그때 지부장님께서 절 자유롭게 해주지 않으셨다면 제 인생은 어땠을지…… 생각만 해도 끔찍하네요. 생각해보면 지부장님께서 제 부탁을 들어주실 필요는 없었지요. 평범하게 살고 싶다던 제 소망 말이에요.

지부장님은 고통에 빠진 사람을 한순간에 편안하게 만들 수도 있고, 행복한 사람을 순식간에 나락에 빠뜨릴 수도 있으셨지요. 지부장님은 한 명이 아니라 수많은 군중의 마음까지도 바꾸어놓으시는 분이셨으니까요. 저처럼 도망치고 싶어 하는 사람의 마음도 원하시는 대로 바꾸어버릴 수 있었을 텐데 그러지 않으셨지요. 제 작은 소원을 흘리지 않고 이루어주셨지요. 지부장님이 계시지 않았더라면 전 지금껏 살아남지도, 남편을 만나지도, 그리고 저토록 귀한 미니를 낳지도 못했을 거예요."

그녀는 먼 옛날을 떠올리며 아련한 추억에 잠겼다.

"기억나세요? 마지막으로 지부장님을 뵌 것이 제가 미니를 낳을 때였지요. 지부장님이 제게 새 삶을 주신 덕분에 남편을 만나 미니를 낳을 수 있었지요. 저 같은 사람은 까맣게 잊으셨을 줄 알았는데 어찌 아셨는지 제가 아이를 낳고 머물던 조산원에 나타나셨지요. 세상에 피붙이 하나 없는 생고아인 제가 얼마나 감사하고 고마웠는지 지부장님은 상상도 못하셨을 거예요."

부인은 슬쩍 고개를 숙이며 눈가를 닦았다. 천신도 아련한 그 날을 떠올렸다.

"그래, 마지막으로 자넬 본 것이 바로 미니를 낳을 때였지. 내 수하에 있던 사람에게서 새 생명이 나온다니 마치 기적 같은 생각이 들었다네. 반복되는 전투에 많이 지쳐 있던 그때 자네의 소식은 왜인지 나의 심장을 뿌리부터 흔들어놓았네. 세상을 구한다고 떠들어대던 나의 일은 사실 세상에 있는 많은 것들을 소멸시키는 것이었지. 하지만 정작 새 생명을 잉태하고 낳아서 세상을 살리는 것은 우리를 떠난 자네였으니까 말일세."

아주 멀고 멀었던 날들의 기억이 천신의 뇌리를 스쳐갔다.

"그 경이로운 순간 나는 아이 아버지를 보고 놀라지 않을 수 없었네. 조 군은 아내인 자네가 출산하는 동안에도 전혀 당황치 않고 꿋꿋한 모습이었네. 나조차도 심장이 떨리는데 더욱 당황하고 흥분해야 할 사람이 참 의연해서 놀라울 정도였지. 조산사가 아이를 데리고 나왔을 때 조 군이 그 누구보다도 환하게 웃으며 진심으로 기도하는 것을 보았네. 그 침착한 모습이 인상적이어서 내가 그에게 물었지."

천신은 감회 어린 표정을 지으며 앞에 놓인 차를 천천히 들이켰다. 벌써 오래전의 일인데도 모든 것이 선명했다.

"그 사람이 뭐라고 대답한 줄 아는가?"

"글쎄요……. 그이가 뭐라 했나요?"

부인 역시 당시의 기억이 새록새록 되살아났다. 갑작스레 찾아온 천신을 보고 처음엔 두려움이 앞섰다. 자신의 평범한 삶을 다시 앗아가는 것은 아닐까, 혹여 미니를 빼앗아가는 것은 아닐까 두려웠다. 하지만 오히려 천신은 숨어 살고 있던 그들의 삶을 지켜주었다. 떳떳이 세상에 나와 평범하게 살아갈 수 있도록 모든 것을 정리하고, 모든 기반을 마련해주고 떠났다. 그런 그가 자신이 아이를 낳는 동안 남편과 대화했다는 것은 금시초문이었다.

"이렇게 말했다네."

저 역시 처음에는 정신없이 당황했습니다. 진통이 있다는 소리를 듣는 순간 눈앞이 새하얘지고, 어떻게 조산원을 찾아왔는지 생각이 나지 않을 정도로 흥분했습니다. 미친 듯이 조산원에 들어서는데 조산사께서 저를 붙들고 안으로 들여보내주지 않았습니다. 그분의 눈에도 제가 무척이나 흥분해 있고 제정신이 아닌 것으로 보였나 봅니다. 그분이 절 붙잡고 이렇게 말씀하시더군요.

"남편이 출산하는 아내를 위해 해줄 수 있는 것은 두 가지네. 안절부절못하며 불안에 떨거나, 아니면 당당하게 아내를 바라보며 그 옆을 지켜주는 것. 죽음보다 더한 고통을 넘어 생명을 탄생시킨 아내와 아이에게 자네는 든든한 안식처가 되어야 하지 않겠는가? 이제 젊은이는 자식과 아내를 모두 거느린 진정한 가장이 되는 거야. 진정으로 자네가 부인을 위한다면 어떤 모습을 보여줘야 하는지 곰곰이 생각해보고 나서 안으로 들어가게나."

어르신의 말씀을 듣고 제가 할 일이 무엇인지 분명히 알게 되었습니다. 안절부절못하며 떠는 모습은 누구나 보여줄 수 있을 겁니다. 하지만 전 당당한 보금자리, 믿음직한 파수꾼이 되어 아내 옆을 내내 지키겠다고 약속하고 싶었습니다. 그래서 두려움을 버리고 당당한 아버지의 모습을 선택했습니다.

천신은 얼굴 가득 환한 미소를 지었다. 그의 말에 귀 기울이던 부인의 눈에도 물기가 어렸다. 비록 사고로 먼저 세상을 떠났지만 천신의 말대로 남편은 미니와 그녀에게 든든한 울타리이자 흔들림 없는 기둥이 되어주었다. 심지어 세상을 떠난 후에도 두 사람이 부족함 없이 살아가도록 모든 준비를 해둔 사람이었다.

"지금이 바로 그때와 같은 상황이라고 생각해보시게. 미니는 언젠가 자네를 떠나 홀로 살아가야 하고, 때문에 지금 자네를 떠날 연습을 하는 걸세. 그렇게 홀로 서는 미니에게 자네가 해줄 수 있는 일은 두 가지일세. 안절부절못하며 당황하든가, 아니면 당당하고 믿음직한 모습으로 지켜봐주든가 말일세."

부인은 그윽하게 바라보는 천신의 눈에서 그가 말하려는 모든 것을 이해했다. 그리고 그녀는 곰곰이 자신을 돌아보았다.

'내가 내 아이에게 진정한 울타리가 되는 방법은 무엇일까? 안절부절못하며 미니의 주위를 맴돌고 사사건건 간섭하는 것일까? 아니면 사랑만은 가득하지만 고요히 그 아이를 지켜보며 그 옆을 지키고 묵묵히 기다려주는 것일까? 모든 일에 나서서 미니 대신 전부를 처리하고 간섭하는 게 나의 일일까. 아니면 항시 곁을 지키고 준비하다가 미니가 도움을 청하는 순간 어른으로서 손을 내미는 것이 옳을까. 떠나간 남편이라면…… 어찌했을까?'

생각할수록 그녀의 대답은 분명해졌다.

흰 블라우스와 청색 치마를 입은 학생들이 교문에서 쏟아져 나왔다. 그중에는 흰색 한복을 아래위로 걸친 열 살짜리 꼬마와 모자를 푹 눌러쓴 청바지 차림의 남자도 있었다. 그들 옆에는 국민 여동생이라 불리는 예쁘고 깜찍한 미니도 함께였다.

세 사람이 교문을 한참 벗어나 주택가로 들어서자 저 멀리 중년 여자와 검은 도복을 입은 남자의 모습이 나타났다. 여자의 모습이 보이자마자 미니는 두 팔을 벌리고 달리기 시작했다.

"엄마, 엄마, 죄송했어요! 이젠 괜찮아요. 이젠 저 다 나았어요! 이제 엄마 마음 아프게 하지 않을 거예요!"

부인은 목을 감싸며 매달리는 어여쁜 딸을 꼬옥 껴안았다.

"미니야, 엄마야말로 정말 미안해. 네 마음도 몰라주고……. 엄마는 언제나 네 곁에서 널 지켜줄게. 네 아빠가 엄마에게 그랬던 것처럼 엄마도 항상 네게 든든한 사람이 되어줄게, 미니야."

"엄마, 사랑해요! 정말 미안했어요!"

미니의 눈에서 눈물이 흘러내렸다. 부인도 그런 미니의 모습을 보자 그동안의 긴장과 아픔이 일순간 허물어지고 눈시울이 뜨거워졌다. 천신과 승덕은 흐뭇한 미소를 지으며 모녀를 바라보았다. 그러나 낙빈만은 묘한 표정을 짓고 있었다. 낙빈은 승덕의 한쪽 팔을 잡아당긴 후 속삭였다.

"형, 아까 그거…… 귀신 퇴치한다고 거짓말했던 거…… 말해야 되는 거 아니에요? 사실 누나 몸속엔 악귀도, 귀신도 아무것도 없고 우리가 거짓말로 속인 거잖아요?"

"아니, 이대로가 좋아. 저 두 사람이 지금처럼 서로를 이해하고 산다면 미니는 염력을 사용하지 않을 테니까. 그러면 지금까지처럼 평범하게 살 수 있을 거야. 염력이란 능력이 있다고 자각하는 것보다 그 능력이 모두 귀신 때문이라고 해두는 편이 낫겠어. 평범하게 사는 것이 가장 행복한 삶일 수 있으니까."

승덕과 낙빈은 아무런 이야기도 하지 않았다. 기쁨에 젖어 서로를 부둥켜안는 모녀에게 무슨 말이 필요하겠는가.

미니 모녀는 떠나가는 천신 일행을 붙잡으며 안타까워했다. 좀 더 함께 지내달라고 부탁했지만 통하질 않았다.

"지부장님, 제발 모셔다드리게 해주세요!"

"됐네, 이 사람아!"

천신은 완강했다. 암자까지 모셔다드린다는 것도, 산 아래까지 모셔다드린다는 것도, 심지어 기차역까지만 배웅하겠다는 것도 모두 마다했다. 결국 미니 모녀는 떠나가는 그들의 뒤에서 손을 흔들며 훗날을 기약할 뿐이었다.

"부디 살펴가세요."

"낙빈아, 오빠, 아저씨, 모두 안녕!"

모녀는 세 사람의 모습이 시야에서 완전히 사라질 때까지 자리를 뜨지 않았다. 한동안 손을 흔들던 미니는 세 사람이 사라진 후에 어머니에게 나지막이 속삭였다.

"엄마, 나 좋아하는 사람이 생겼어요."

"뭐?"

부인은 몹시 놀라고 당황스러워하다가 이내 평정을 되찾았다.

'그래, 미니는 사춘기다. 사춘기 시절 천신을 동경했던 나의 옛 추억처럼…… 네게도 그런 시절이 왔겠지.'

예전 같으면 불같이 화를 냈겠지만 이렇게 생각하니 오히려 미니의 변화가 흥미롭고 사랑스럽기까지 했다. 부인은 하루 사이에 이렇게 생각이 변할 수 있다는 것이 스스로도 놀라웠다. 생각을 바꾼 순간 세상이 바뀌어 있었다.

"그게 누굴까? 정말 궁금한데? 엄마한테 이야기해줄 수 있니?"

"음, 그건…… 나랑 닮은 동생이 있다는 오빠라는 것만 알려드릴게요. 그냥 그런 오빠가 있어요. 후후! 나중에 자세히 말씀드릴게요!"

미니는 엄마에게 살짝 윙크했다. 미니는 궁금함으로 가득한 엄마의 표정을 보며 배시시 웃었다. 잠시 동안은 비밀로 간직하고 싶었다. 하지만 풍선처럼 부푼 마음은 금세 들켜버릴 게 분명했다. 엄마는 곧 미니의 마음을 다 알아버릴 것이다. 미니가 좋아하는 그 사람이 누군지도.

미니는 방금 전에 헤어졌는데도 벌써 몹시도 그 사람이 그리워졌다. 두근대는 마음을 표현할 방법이 필요했다. 그에게 당장이라도 편지를 써야겠다고 생각했다.

제 2 화

길 잃은 영혼

1

"이 천벌받을 년! 서방 죽은 지 석 달 만에 딴 놈팡이를 만나 애
새끼도 버리고 집을 나가겠다고? 이 천하에 몹쓸 년! 이 빌어먹
을 년! 이년아!"

할머니의 얼굴은 쪼글쪼글했다. 달아나는 어머니의 뒤에서 악
다구니를 하느라 쪼글쪼글한 것이 아니다. 고생한 세월이 얼굴에
만 찌든 듯 탈바가지보다도 더 주름진 얼굴이다. 반대로 하얗게
분칠한 어머니의 얼굴에는 반질반질 윤기가 흐른다. 그래서 입술
에 바른 립스틱이 더더욱 붉어 보인다. 맵시 있게 틀어 올린 머리
카락에는 아름다운 보석 핀이 반짝이고, 꽃무늬가 넘실거리는 원
피스는 호리호리한 어머니의 몸에 달라붙었다.

여섯 살인 나는 그 예쁜 원피스가 좋아서 두 손으로 꼬옥 붙잡
는다. 나는 그저 예쁜 공주님 같은 어머니가 좋은데, 내 초라한
할머니는 그런 어머니에게 흙이 잔뜩 묻은 신발을 집어 던진다.
나는 꽥꽥 소리치는 할머니가 무섭기만 하다. 나는 두 여자 사이
에서 더럭 두려운 생각이 들어 눈물을 흘린다.

어머니는 울부짖는 할머니를 매몰차게 떠밀고는 시골집 싸리
문 밖으로 향한다. 나는 눈물범벅인 얼굴로 뛰어나가는 어머니의
치맛자락을 붙든다. 그러다가 그만 넘어져 먼지 구덩이 속을 뒹

군다. 하얀 얼굴의 어머니가 날 일으켜 세운다.

"미안하다, 수진아. 이것 놔라. 나도 좀 살자. 내 가슴엔 아직도 여자가 살아 있다. 그러니 엄마 없이도 잘살아라."

어머니는 여섯 살배기가 당최 알아들을 수 없는 말을 해댄다. 나는 훌쩍이던 울음도 그치고 멍하니 그녀를 바라만 본다. 새빨간 립스틱에 꽃무늬 치맛자락이 너무나 잘 어울리는 내 어머니는 커다란 가방을 들고 싸리문을 나가 동구 밖 저 멀리로 내달렸다.

"아이고, 아이고…… 아이고, 아이고……."

마당에 널브러져 땅을 치며 통곡하는 할머니를 따라 나도 엉엉 울음을 터뜨린다.

"어머니! 어머니!"

수진은 몸을 떨며 벌떡 일어났다. 푹신한 침대가 느껴졌다. 요즘 들어 자꾸만 어머니 꿈을 꾸고 있다. 그녀의 인생에서 단 하나 남아 있는 어머니의 모습이었다. 그 뒷모습을 마지막으로 수진은 어머니를 만난 적이 없었다. 초등학교 입학식 때도, 첫 소풍 때도, 그리고 할머니가 돌아가신 겨울비 내리던 그날에도 그 여자는 한 번도 수진의 곁에 있어주지 않았다.

"왜, 무슨 일이야?"

그녀 옆에 누워 있던 상훈이 몸을 돌려 수진을 바라보았다.

"아니에요, 그새 잠이 들었나 봐요."

"그래? 나도 잠깐 잠이 들었나 봐. 그만 가야겠어."

상훈은 천천히 몸을 일으켰다. 그리고 침대 주위에 어지럽게 널린 옷가지들을 걸쳤다. 그런 상훈의 뒷모습이 차가웠다.

"상훈 씨, 상훈 씨."

"왜?"

몇 번을 불러야 대답하는 그의 모습이 멀게 느껴졌다.

"나, 이상한 말을 들었어요."

"뭔데?"

"당신이 전무님 딸과 결혼할지도 모른다는……."

상훈은 얼핏 당황하는 기색이더니 이내 흰색 와이셔츠를 걸쳤다.

"그런 건 생각하지 말자. 지금이 중요하지. 너와 나, 지금까지 잘 지냈잖아."

"이제 나…… 어떻게 되는 거죠?"

수진은 떨리는 목소리로 물었다.

"우리 사이에 달라질 건 없어."

상훈은 와이셔츠 단추를 채우며 수진을 향해 몸을 돌렸다. 그리고 그녀의 입을 자신의 입술로 틀어막았다. 수진은 상훈의 가슴을 밀어냈다. 그러고는 그의 두 눈을 바라보았다. 그 안에 담긴 마음을 읽고 싶었지만 아무것도 담겨 있지 않았다.

"상훈 씨."

"왜 그러는 기야, 대체?"

상훈은 짜증스러운 듯 인상을 찌푸렸다.

"나…… 몸이 이상해요."

"왜? 어디 아파?"

"지난달에 그냥 넘겼는데…… 이번 달에도…… 이상해."

배를 감싼 수진을 바라보는 상훈의 표정이 기묘했다. 그의 얼굴이 이상하게 일그러져 있었다.

"설마, 아니겠지. 아닐 거야."

그는 고개를 흔들며 수진에게서 등을 돌렸다. 수진은 더없이 넓게만 보이는 상훈의 어깨를 바라보았다. 그 어깨는 더 이상 따스하고 푸근하지 않았다. 그의 어깨는 한없이 차갑고 예리했다. 날카롭고 뾰족한 창이 돋아나 수진을 밀쳐내는 듯했다.

"난 조심했어, 너도 알잖아? 아니야, 나는 절대 아니야!"

상훈은 작지만 또렷한 목소리로 냉정하게 말했다. 수진의 두 팔에 소름이 돋았다.

2

수진은 잘살고 싶었다. 불행과 고통을 선사하고 사라져버린 어머니에게 보란 듯이 잘사는 모습을 보여주고 싶었다. 어린 자식을 내던지고 저 혼자 그렇게 멀리멀리 떠나버린 어머니가 언젠가 찾아온다면 보란 듯이 행복한 얼굴을 보이고 싶었다. 그녀가 이루지 못했던 단란한 가정을 만들어 사랑받는 아내, 사랑받는 며

느리, 사랑받는 어머니로서 잘사는 모습을 보여주고 싶었다. 당신의 불행 따위 나에게는 상속되지 않았다며 비웃어줄 참이었다.

행복하고 단란한 가정…… 결코 누가 누구를 버리지도 않고 누구에게 버림받지도 않는, 사랑으로 똘똘 뭉쳐진 가정. 아침과 저녁이면 언제나 북적거리는 단란한 가정, 남편과 자식들에게 둘러싸여 항상 그들의 물건을 챙겨주고, 또 그들을 기다리고, 가난해도 따뜻한 가정……. 수진은 아득한 상상 속으로 빠져들었다.

저녁 시간이 다 되어간다. 나는 돌아올 남편과 아이들의 얼굴을 생각하며 부엌 한쪽에 꽂아둔 특별한 요리책을 읽는다.

따르릉.

그때 문득 거실에서 전화가 울린다. 누굴까? 전화를 받으니 서글서글한 남편의 목소리가 들려온다.

"여보, 미안해. 오늘은 늦을 것 같아."

나는 그가 늦게 들어온다는 소리에 의기소침해졌지만 애써 내색치 않고 웃음 띤 목소리를 낸다.

"오늘은 바쁜가 보네요, 여보. 몸조심하고 무리하진 마세요. 제 걱정은 마시고요."

수화기를 내려놓은 내 얼굴엔 서운함이 가득하지만 나는 곧 돌아올 세 아이를 위해 저녁을 만든다.

따르릉.

다시 전화가 울린다. 남편일까? 일찍 들어오겠다는 전화일까?

"엄마, 나야! 나 늦을 것 같아요. 죄송해요. 동생들도 함께 늦을 것 같으니 먼저 식사하세요."

아이들까지 늦는다는 전화다. 나는 괜찮다고 말하지만 금세 울상이 된다. 보글보글 끓고 있는 냄비가 원망스럽다. 바보들, 오늘이 무슨 날인지도 모르다니…… 식탁 위에 놓인 손수 만든 케이크, 잡채, 갈비찜…… 덩그마니 혼자 남겨진 나는 5인분의 식사를 차려놓은 채 식어가는 국과 반찬을 보다 마침내 참지 못하고 울음을 터뜨린다. 기대하지 말고 차라리 처음부터 무슨 날인지 말이나 할 걸! 바보 같은 나! 나는 스스로가 너무나 한심해서 그저 눈물만 뚝뚝 흘린다.

딩동.

그렇게 눈물을 흘리며 한숨을 내쉬고 있는데 갑자기 초인종이 울린다.

"누구세요?"

말을 해보지만 어쩐지 아무런 대답이 없다. 누굴까? 나는 조금 망설이다가 현관문을 열어본다.

"엄마, 결혼기념일 축하드립니다!"

"여보, 사랑해!"

"엄마 아빠, 축하드려요!"

갑작스럽게 밀고 들어오는 이들은 다름 아닌 남편과 세 아이. 결혼기념일을 잊었을 거란 생각에 우울했던 나의 얼굴에 감사와 사랑으로 환한 미소가 번진다. 눈에는 감동의 눈물이 맺힌다. 나를 속인 남편이나 아이들이 조금도 야속하지 않다. 이 순간 나는 세상에서 가장 불행한 여자에서 가장 행복한 여자로 탈바꿈한다. 놀라서 두 눈이 붉게 물든다. 서운했던 마음에 눈물을 흘렸던 탓인지 웃음이 조금은 어설프다. 그러면 어때? 이렇게 나를 보며 환히 웃는 나의 가족이 있는데! 아아, 이 순간 나는 얼마나 행복한 사람인가!

"여수진 씨?"

"네? 아, 네……."

수진은 화들짝 놀라 의자에서 일어섰다. 단란한 가정의 모습은 사라지고 삭막한 사무실이 눈앞에 펼쳐졌다.

"왜 그래, 넋 나간 사람처럼? 이 장부 좀 정리해줘요."

"네, 네에……."

수진이 정신을 차리고 책상을 바라보자 언제 가져다놓았는지 서류철이 수북이 쌓여 있었다. 즐거운 상상에서 빠져나와 차가운 현실을 대면하니 한숨이 나왔다. 마침 사무실 복도에서 웅성거리는 소리가 들렸다.

"축하해요, 김 대리님!"

"무슨 소리, 이젠 과장님이셔!"

"게다가 전무님 따님과 결혼하신다면서요?"

"아우, 너무 좋으시겠다!"

회사 내에서 가장 인기 있는 김상훈의 주변으로 여러 부서의 여직원들이 몰려들었다. 그들의 입에선 축하와 함께 질투 어린 시샘이 새어나왔다. 말끔한 외모, 훤칠한 키, 그리고 탁월한 업무 능력을 갖춘 그는 여직원은 물론 회사 간부들에게까지 인정받고 있었다.

"축하하네."

함께 입사했지만 이제 김상훈보다 서열이 낮아진 동기들이 그의 어깨를 치며 지나갔다. 그는 고개를 끄덕이며 뒷머리를 긁적였다.

수진은 상훈의 얼굴을 멍하니 바라보았다. 키보드에 얹은 그녀의 손이 파르르 떨렸다. 본래 상훈은 수진의 연인이었는데. 비밀스러운 사내 커플이 되어 사랑을 키워온 것이 벌써 3년째인데……. 대체 어디서부터 무엇이 잘못되었는지 알 수가 없었다. 그녀의 머릿속에서 세찬 소용돌이가 일었다.

그는 분명 지난 금요일 밤에도 수진과 함께 있었다. 아니, 지난 3년간 거의 모든 주말을 함께 보냈다. 그런데 오늘 아침 그녀에게 들려오는 모든 소식이 둘의 만남을 부정하고 있었다. 어느새 수진과 상훈의 이야기는 덧없는 한여름 밤의 꿈이 되고 말았다.

'분명히 서로 사랑했는데……. 분명히 뜨거운 사랑을 받았는데……. 언제부터 이렇게 되어버린 걸까?'

수진은 머리를 감싸 쥐었다. 그러자 다시는 기억하고 싶지 않은 어느 날의 광경이 그녀의 머릿속을 비수처럼 파고들었다.

3

강일수.

그가 처음 회사에 일용직으로 들어왔을 때 어딘지 낯이 익은 듯했지만 첫눈에 알아보지는 못했다. 강일수 역시 마찬가지였는지 서로 유심히 쳐다보다가 눈을 피하곤 했다. 나중에 알고 보니 강일수는 어린 시절 옆 동네 오빠였다. 엄마에게 버림받고 할머니 손에서 키워지던 수진을 몹시도 못살게 굴던 바로 그 소년이었다. 어릴 적에야 천애 고아인 수진을 놀려대고 괴롭히니 참으로 야속했지만 멀리 타향에서 어른이 되어 만나니 감회가 새로웠다. 그래서 수진은 만나면 반갑게 인사하곤 했다.

강일수는 눈부시게 매혹적으로 성장한 여수진을 그저 어린 시절 알던 동생으로만 여기기엔 속이 쓰렸다. 그래서 여러 번 그녀의 주위를 맴돌았지만 이성으로 다가가기만 하면 수진의 반응은 언제나 냉담했다. 어느 때는 자존심이 상할 정도로 심한 모욕을 받기도 했다. 그때 이미 그녀에겐 상훈이 있었다.

그러던 어느 날, 그 사건이 일어났다. 기억하고 싶지 않은 악몽 같은 사건이.

그 무렵 상훈은 예전과 달리 수진을 멀리했다. 웬일인지 말수가 줄어들고 그녀에게 웃음을 보이지 않았다. 수진의 아파트를 드나드는 횟수도 눈에 띄게 줄어들었다. 수진은 어쩐지 소원해진 상훈이 권태감을 느끼는가 싶어 조심스러웠다. 그렇게 불안불안한 날들을 보내는데 갑자기 상훈에게서 퇴근 후에 아파트로 찾아오겠다는 연락이 왔다. 수진은 퇴근 시간이 되자마자 부리나케 집으로 돌아와 요리를 시작했다. 상훈의 마음에 들도록 그가 좋아하는 갖가지 음식을 준비했다. 채소와 꽃등심이 어우러진 샤브샤브는 물론 치즈와 와인도 잊지 않았다. 수진은 오랜만에 가슴이 두근거렸다. 마치 처음 데이트를 하는 그날마냥 설렜다. 상훈을 위해 마련한 하늘거리는 검은색 레이스 슬립도 걸쳤다. 실크의 촉감 그대로 부드럽고 매끈거리는 슬립이 상훈의 마음에 들 것 같았다.

먹음직스러운 식탁, 깨끗이 정리된 거실과 소파, 보일 듯 말 듯 아름다운 슬립까지. 모든 준비는 완벽하게 끝나 있었다. 수진은 행복한 시간만을 기다렸다.

딩동.

초인종 소리가 울리자 수진은 얼굴 가득 환한 웃음을 지으며 문을 열었다. 그 순간 놀라서 까무러칠 뻔했다. 그녀 앞에는 어찌된 일인지 강일수가 버티고 서 있었다.

"하! 이것 봐라? 김상훈이란 놈과 그렇고 그런 사이였다 이거지? 그래서 네가 날 그렇게 무시한 거였냐, 엉? 그놈이랑 그래, 그렇고 그런 사이였다 이거지, 앙?"

강일수의 눈이 매섭게 그녀를 노려보았다. 속이 훤히 들여다보이는 검은 슬립과 온 집 안을 휘감는 향기로운 음식 냄새에 강일수는 괜히 속이 뒤집혔다.

"놈은 늦는단다! 두 시간 후에나 도착한단다, 이년아! 이 꽃이나 받고 두 시간 동안 기다리란다!"

강일수는 손에 든 한 아름의 꽃을 수진에게 던졌다. 수진이 무슨 영문인지 몰라 얼떨떨한 사이 강일수는 그녀를 밀치며 안으로 들어왔다.

"그따위 놈팡이 때문에 네가 나를 무시해?"

"아악!"

수진이 발버둥쳐보았지만 강일수의 손아귀에서 벗어나지 못했다. 수진은 겨우 입을 막은 손을 밀치며 소리를 질렀다.

"신고하겠어! 당장 비켜! 상훈 씨가 오면 널 죽일 거야! 비켜!"

"할 테면 해봐. 내가 무서운 게 있을 줄 알아? 내 말 한마디면 네 인생이야말로 여기서 끝나는 거야, 알아? 조용히 내 말이나 들어. 그게 네 신상에 좋을 거야."

수진은 힘껏 몸부림쳐보았으나 수진의 몸을 누른 강일수는 꿈쩍도 하지 않았다. 협박도, 회유도, 그 무엇도 강일수의 욕망을 누를 수는 없었다. 이미 강일수는 인간이 아닌 거대한 짐승으로 변해 있었다. 수진이 계속 반항하자 강일수는 수진의 배를 쳤다.

"헉!"

숨이 막힐 듯한 순간이 지나자 수진은 힘을 쓸 수 없었다. 강일수가 사정없이 옷을 뜯고 미친개처럼 달려들 때도 온몸이 마비된 것처럼 움직이지 않았다. 수진이 숨도 쉬지 못한 채 헉헉거리는 그 순간 짐승이 되어버린 강일수의 등 뒤로 현관으로 들어서는 김상훈의 모습이 보였다. 김상훈의 얼굴이 흙빛으로 딱딱하게 굳어졌다. 그리고 그는 다시 문을 닫고 조용히 나가버렸다.

"아악! 아아악!"

미칠 것 같은 울음만 아파트 전체에 소용돌이쳤다.

가장 괴롭고 가장 끔찍했던 그 순간이 떠오르자 수진은 하염없이 눈물을 흘렸다. 힘껏 머리를 흔들었지만 그 기억은 지워지지 않았다.

그때 "그만둬. 우리만 잊으면 모두 해결돼"라고 말한 것은 상훈이었다. 강일수를 신고하겠다며 악을 쓰는 수진에게 하지 말라고 설득한 것도 상훈이었다. 그는 "없던 일로 하자. 신고하면 오히려 네 장래에, 우리 미래에 치명타가 될 수도 있어"라며 그녀를 회유했다. "아예 없던 일로 하자", "내 기억 속에선 완전히 잊힌 일이다"라고 말했던 상훈이 전무 딸과의 약혼식을 앞두고 있다는 소문이 퍼진 것은 그로부터 두 달이 지난 어느 날 아침이었다.

차분히 수진의 입장을 염려하고 모든 것을 잊어버리자며 다독이던 김상훈. 수진은 그것이 진실한 상훈의 사랑이라 생각했고, 그 때문에 상훈에게 모든 것을 줘도 아깝지 않다고 다짐했다. 그러나 상훈은 그날 이후로 다시는 수진에게 사랑한다는 말을 하지 않았다. 그리고 그가 이제 전무 딸과 약혼한다. 겨우 한두 달 사이에 이 모든 일이 일어났다.

'약혼이라고? 전무 딸이라고?'

키득키득…….

수진의 입에선 도저히 이해할 수 없는 이상한 웃음만 흘러나
왔다.

4

박종협은 혼자 남아 일하는 것이 억울해 속으로 욕지거리를 하
면서도 손가락을 빠르게 놀렸다.

'끝났다!'

겨우 일을 마쳤다. 회사 사람들이 모두 퇴근한 후 혼자 남아 야
근하는 것은 달갑지 않은 일이었다. 그는 서둘러 가방을 챙겼다.
그러다 문득 자기 혼자가 아니라는 것을 알아챘다. 사무실 한쪽
에 넋이 나간 얼굴로 앉아 있는 사람은 바로 도도하기로 소문난
여수진이었다.

'여수진, 그렇게 제 주제를 알고 덤벼야지! 닭 쫓던 개가 지붕
쳐다보는 꼴이구나.'

회사 안에서 여수진의 인기는 상당했다. 몸매와 얼굴만으로 따
지면 여수진은 사내에서 손꼽히는 미인이었다. 그래서 많은 남자
가 프러포즈를 했지만 죄다 퇴짜를 맞았다. 그런데 그 도도하기
로 소문난 여수진이 단 한 사람, 김상훈의 구애에는 그저 수줍은
여고생처럼 고개를 숙이고 말았다. 큰 키와 시원시원한 생김새

에 최고 명문대 출신으로 남보다 빠른 진급 속도를 자랑하던 김
상훈. 여자들이 죄다 푹 빠질 만한 남자인 것은 확실했다. 그러나
여수진은 몰랐으리라. 김상훈의 거대한 욕망을. 그가 자신의 욕
망을 채우기 위해 고아에 고졸 출신인 여수진 따위는 헌신짝처럼
버릴 수도 있는 인물이라는 것을.

박종협은 가방을 잠시 책상 위에 올려놓고 여수진을 바라보았
다. 여수진은 시름에 잠긴 얼굴도 아름다웠다. 그녀는 한쪽 다리
를 꼬고 의자에 기댄 채 턱을 살짝 기울여 오른손으로 괴고 있었
다. 기다란 그녀의 왼손은 입술에 닿아 있었다. 무엇이 못마땅한
지 그녀는 왼손 검지를 잘근잘근 씹었다.

그녀의 피부는 백옥 같았다. 푸르스름한 핏줄마저 비칠 지경이
었다. 입에 물고 있는 손가락 역시 길고 가늘고 하얬다. 손가락을
문 입술은 대조적으로 매우 붉은빛이었다. 입술은 약간 작고 얇
지만 가운데는 통통하게 무르익었다. 그 입술 사이로 하얀 손가
락보다 더 하얀 이가 살짝살짝 보였다. 종협은 잠시 침을 꼴깍 삼
켰다.

수진이 잠시 의자에서 몸을 뒤척였다. 찔끔한 종협이 급히 책
상 위 서류더미로 눈을 돌렸다. 하지만 그녀는 여태껏 종협의 존
재를 알아차리지 못하고 있었다.

종협은 다시 끈적한 눈초리로 수진을 바라보았다. 그녀의 봉긋
한 가슴과 잘록한 허리가 눈에 들어왔다. 짧은 치마의 끝자락 아
래로 하얀 다리도 보였다. 종협은 또다시 참지 못하고 침을 꼴깍

삼켰다. 낮에는 시끄럽던 회사가 퇴근 시간 후에는 왜 이리 조용한 것일까. 어쩐지 목으로 침이 넘어가는 소리가 그녀에게 들릴 것만 같아 종협은 잠시 시선을 책상으로 옮겼다가 다시 그녀를 바라보았다. 종협은 참기가 힘들었다. 벌써 몇 번이나 그녀에게 거부당했던 것도 별로 문제될 것 같지 않았다. 종협은 성큼성큼 그녀 곁으로 다가갔다.

"여수진 씨!"

멍하니 생각에 잠겨 있던 수진은 깜짝 놀랐다. 혼자인 줄만 알았던 사무실에서 종협이 그녀의 이름을 불렀기 때문이었다.

"아, 왜 그러세요?"

수진은 자세를 꼿꼿이 고쳐 앉으며 종협을 바라보았다.

"수진 씨, 고민 있어요? 오늘 나도 기분이 그런데 우리 저녁이나 같이할까요? 제가 맛있는 거 사드리죠."

"아, 아니에요."

수진은 급히 가방을 챙기는 시늉을 했다. 끈적한 눈빛으로 자신에게 치근덕대던 종협과 함께 있고 싶은 생각은 추호도 없었다.

"갑시다, 제가 맛있는 거 사드릴게요."

종협은 마치 수진이 함께 가겠다고 말한 것처럼 사무실 문 앞으로 성큼성큼 나가더니 어서 오지 않고 뭐하냐는 듯이 수진을 바라보았다. 수진은 기가 막혔다. 몇 번이나 남들이 보기에도 민망할 정도로 그를 매몰차게 대했는데도 이 남자는 언제나 뻔뻔스럽고 능글맞은 얼굴로 또다시 그녀에게 추파를 보내는 것이었다.

"전 됐어요. 그만 가겠습니다."

"하하, 갑시다. 진짜 맛있는 곳으로 안내하죠!"

종협은 말이 통하지 않았다. 그는 다짜고짜 수진의 가방을 빼앗아 들고는 성큼성큼 앞장섰다. 종협이란 남자는 정말 끈덕지게 수진의 주위를 맴돌고 있었다. 아니, 수진뿐만 아니라 수많은 여자의 주위를 항시 맴돈다는 것이 정답일 터였다. 수진은 이 남자와 함께하고 싶은 생각이 추호도 없었지만 너무나 피곤해서 그에게 화낼 기운조차 없었다. 귀찮음에 입을 다물어버린 사이 그녀는 어느새 종협이 이끄는 대로 교외의 고풍스러운 식당으로 향하고 있었다.

"여수진 씨, 인생이란 말입니다, 다 그런 겁니다. 여자는요, 자기를 사랑하는 남자를 만나야 제일 행복한 겁니다! 그런 겁니다!"

박종협은 술기운이 얼큰하게 올랐는지 같은 말을 반복해댔다. 그는 여수진의 눈앞에 커다란 엄지손가락을 세우며 사랑받는 것이 여자에게는 최고의 인생이라고 강조하고 있었다. 여수진은 무슨 생각을 하는지 고개를 잠시 끄덕일 뿐, 아무런 대꾸 없이 술잔을 넘겼다.

"여기, 수진 씨 더 드십쇼!"

수진의 잔이 비기가 무섭게 종협이 술을 따랐다.

"수진 씨, 여잔 말입니다, 그런 겁니다! 자기를 사랑해주는 남자랑 살아야 된다는 겁니다!"

수진은 깊은 생각에 잠겼다. 어머니는…… 과연 자신을 사랑해주는 사람을 만났을까? 어린 자식을 버리고 떠나 사랑받는 인생을 살았을까? 그 여자 보란 듯이 잘살고 싶었는데, 다시는 버림받지 않고 잘살고 싶었는데, 그래서 참 열심히도 살았는데……. 수진의 인생은 그녀의 뜻대로 굴러가지 않고 있었다.

"여자는 자기를 사랑해주는 남자랑 결혼해야 한다 이겁니다! 저 같은 남자랑요!"

종협의 입에서 결혼이라는 단어가 나오자 수진의 두 팔이 저도 모르게 부르르 떨렸다.

"종협 씨, 결혼이란 말은 함부로 하는 것이 아니에요."

종협이 양손을 크게 휘휘 저었다.

"저, 그런 놈 아닙니다! 제가 결혼을 함부로 말하는 놈 같습니까? 잘못 보셨습니다! 저는 언제나 수진 씨를 사랑했단 말입니다! 저 같은 사람을 만나야 수진 씨는 행복해진단 말입니다!"

술에 취한 종협은 호기를 부리며 가게 안이 떠나갈 정도로 외쳐댔다. 수진 역시 얼큰히 취기가 올라왔다. 종협의 얼굴에 상훈의 모습이 겹쳤다. 상훈이 자신을 향해 사랑한다고, 결혼하자고 말하는 것 같아 기분이 좋았다.

결혼…… 상훈과 처음으로 함께 밤을 보냈을 때 그가 말했다. 결혼하자고, 행복하게 해주겠다고, 결코 눈물을 흘리지 않게 해주겠다고……. 그러나 그렇게 수진과 사랑을 속삭이던 상훈은 이제 자신을 떠나가고 있었다. 그녀의 눈에서 하염없이 눈물이 흘렀다.

"수진 씨, 괜찮아요?"

수진이 문득 정신을 차려보니 낯선 방 안이었다.

'여기가 어디지?'

수진은 놀라서 얼굴을 들었지만 금세 머리가 윙윙거렸다.

"자, 여기 누워요."

수진은 종협이 이끄는 대로 커다란 침대 위에 누웠다. 폭신한 침대는 힘없이 늘어지는 수진의 온몸을 살포시 받아주었다. 둥근 천장이 그녀의 머리 위로 빙글빙글 돌았다. 수진은 속이 메스꺼워 다시 눈을 감았다.

어린 수진 앞에 하얀 얼굴의 엄마가 나타났다. 낡은 초가집과 싸리문이 예전 할머니 댁과 똑같다. 엄마는 수진의 얼굴을 빤히 내려다보고 있었다. '네가 내 딸이니?'라고 묻는 얼굴이다. 수진은 그렇다고 고개를 끄덕였다. 하얀 얼굴에 붉디붉은 입술이 살짝 미소를 짓는다. 수진은 그 품에 안기고 싶다. 그 품에 안기면 모든 시름이 사라지고 행복이 찾아올 것만 같았다. 원망스러웠던 모든 기억이 사라지고 엄마에게서 솔솔 풍겨오는 꽃향기가 너무 좋아 한껏 안기고만 싶었다.

타악!

바로 그때 엄마 뒤로 고무신이 날아왔다. 어느새 나타났는지 주름이 쪼글쪼글한 할머니가 득달같이 달려들어 어여쁜 엄마를 향해 신발을 내던지고 있었다. 하얀 얼굴의 엄마는 수진의 눈을 힐끗 바라보더니 곧장 뒤를 돌아 싸리문 밖으로 사라진다.

"엄마! 엄마! 엄마아!"

수진은 목이 터져라 불러보지만 엄마는 돌아보지 않았다. 수진은 맨발로 엄마를 향해 달려본다. 발바닥이 까지도록 미친 듯이 달려보지만 엄마의 뒷모습은 멀어지기만 한다.

"싫어! 싫어! 버림받는 건 싫어! 이제 더 이상 혼자 남겨지는 건 싫어! 싫어!"

"허억!"

수진은 온몸을 짓누르는 답답함에 눈을 떴다. 눈앞이 잘 보이지 않았다. 그저 가슴 위로 묵직한 중량감만 느껴졌다. 흐릿한 시야로 누군가의 얼굴이 눈에 들어왔다. 상훈인가? 좀 더 가늘게 눈을 떠보니 자신을 누르고 있는 것은 종협이었다. 수진은 힘겹게 그를 밀쳐냈다. 하지만 종협은 꿈쩍도 하지 않았다. 수진은 체념한 듯 눈을 감았다. 그녀의 눈에 눈물이 흘렀다.

"내 소원이 뭔지 알아요?"

"뭔데요?"

수진의 귀에는 종협의 목소리가 멀리서 들리는 것 같았다.

"행복한 가정을 꾸미는 거예요. 아이들 잘 키우고 남편 내조하면서 행복한 가정을 만드는 게 제 소원이에요. 누구도 배신하지 않고 누구도 버리지 않아요. 서로를 너무나 사랑하기만 하는 가정을 만드는 거예요."

"그래요? 수진 씨처럼 예쁜 꿈이네요."

종협은 수진에게 얼굴을 가까이 댔다. 수진이 살며시 실눈을 뜨고 종협을 바라보았다. 이 사람이라면…… 이토록 자신을 원하는 사람이라면 그녀의 소원이 이루어지지 않을까 하는 생각이 들었다.

"나랑 결혼하고 싶어요?"

수진이 물었다.

"물론이죠! 까짓것, 당장 합시다!"

대답과 동시에 종협은 그녀의 몸속으로 파고들었다. 순간 수진은 무언가 잘못되었다는 생각이 들었다. 종협의 대답에서 석연치 않은 기색을 느꼈다. 하지만 그녀의 정신은 또렷한 생각을 하는 것이 힘겨울 만큼 취해 있었다. 알코올 기운이 그녀의 생각을 방해했다.

"당신을 내가 얼마나 가지고 싶었는지 알아? 당신은 상상도 못할 거야! 당신의 도도한 껍질을 벗겨내고 내 앞에 무릎 꿇게 만들고 싶었어!"

종협의 숨결이 미친 듯이 수진의 목덜미를 파고들었다. 종협은 너무나도 다급했다. 잠시라도 틈을 줬다가는 금방이라도 자신의 품에 안긴 이 아름다운 먹이가 달아나버릴 것 같았다. 그의 무지막지한 공격에 수진은 고통의 비명을 질렀다.

"아악!"

시큰한 통증이 수진의 깊은 곳으로부터 번져나가기 시작했다.

머릿속이 아득해졌다. 무언가 잘못되었고, 잘못되어가고 있다는 생각이 들었다. 하지만 지금, 잘못 꿴 단추를 다시 맞출 만한 힘도, 이성도 수진에게는 남아 있지 않았다. 모든 것이 깊은 어둠 속으로 까마득히 사라져갔다.

누군가가 등을 툭툭 두드리는 느낌에 수진이 눈을 떴다. 종협이 와이셔츠 단추를 채우며 그녀를 바라보고 있었다.

"회사 늦겠어. 어서 나가자고."

그녀는 몸을 일으키다가 그대로 침대에 기대버렸다. 아직도 머리가 아팠다.

"회사 늦겠어."

종협이 그녀를 재촉했다.

"먼저 가세요. 전 조금 있다가 갈게요."

"안 갈 거야? 그럼 회사에 미리 전화라도 하든가."

어느새 종협은 그녀에게 반말을 하고 있었다.

"뭐 필요한 거 있어? 해장국이라도 시킬까?"

"우리…… 결혼해요."

대답 대신 수진은 간절한 눈빛으로 종협을 바라보았다. 그녀는 어젯밤 결혼하자고 속삭이던 종협의 말을 잊지 않고 있었다.

"아아, 어제 한 말 말이야? 그걸 믿었어?"

그걸 믿었어? 그걸 믿었어? 그걸 믿었어? 갑자기 수진의 양쪽 귀에서 윙 하는 사이렌 소리가 울려 퍼졌다. 수진은 귀를 틀어막고 세차게 고개를 휘저었다.

"수진 씨, 우리 이건 분명히 해두자고. 수진 씨는 이제 사내에 있는 사람하고는 결혼할 수가 없어."

"뭐라고요?"

수진의 음성이 볼품없이 갈라졌다.

"여수진 씨, 여수진 씨랑 그 강일수인가 뭔가 하는 녀석의 얘기를 모를 줄 알아? 사내에 이미 쫙 퍼져 있어. 강일수뿐 아니라 김상훈 씨도 마찬가지지. 강일수와 사귀면서 김상훈한테도 추파를 던졌다던데…… 사내엔 이미 소문이 쫙 퍼졌어.

나, 수진 씨를 정말 좋아해. 술김에 저지른 일이긴 하지만 수진 씨를 좋아하는 마음이 없었다면 내가 어떻게 이럴 수가 있었겠어? 그렇지만 결혼은 단순하지 않아. 결혼하고 싶으면 당신이나 나나 이 회사를 관둬야 해. 내 아내가 딴 남자들이랑 이러저러한 소문이 났던 회사를 어떻게 계속 다니겠어? 우리 회사 좋은 회사잖아? 내가 수진 씨랑 결혼하기 위해 회사까지 관둬야 되는 거야? 미안하지만, 나 여기 관둘 생각 없어."

수진은 두 눈을 질끈 감았다. 더 이상 아무 말도 듣고 싶지 않았다.

"나도 이런 얘기 해서 미안해. 어제 한 말…… 다 농담은 아니었어. 나도 수진 씨를 정말로 좋아해. 하지만, 어쩔 수 없잖아? 결혼은 현실이니까. 나 먼저 갈 테니까 회사에 전화하고 오도록 해. 나중에 다시 얘기하자고."

110

이미 옷가지를 챙겨 입은 종협은 수진을 뒤로하고 방문을 나섰다.

달칵.

문이 닫히고 아득한 정적이 방 안을 가득 메웠다.

"아아악!"

또다시 버림받은 수진은 미친 듯이 비명을 질러댔다. 모든 것이 엉망진창이었다. 세상도, 그녀도, 모든 것이 미쳐 돌아가고 있었다. 엉킨 실타래를 풀고 싶었지만 방법을 알 수가 없었다.

"사직서?"

"죄송합니다. 갑자기 개인 사정이 생겨서……."

수진의 사직서를 받아든 상사는 더 이상 자세히 묻지 않았다. 그녀가 자리에 있던 물건들을 정리할 때도 모두들 궁금해하기보다는 '당연하다', '드디어 떠나는구나' 하는 표정이었다. 수진은 더 이상 회사 근처에도 있고 싶지 않을 정도로 심한 모멸감을 느꼈다.

'강일수와 사귀면서 김상훈한테도 추파를 던졌다던데……. 사내엔 이미 소문이 쫙 퍼져 있어.'

수진의 두 귀에서 박종협의 목소리가 윙윙거렸다.

수진은 아파트를 청소했다. 세제 한 통을 거의 들이붓다시피 하며 욕실은 물론 거실 바닥과 천장까지 얼굴이 비칠 정도로 반들반들하게 닦아냈다. 할 수만 있다면 상처받은 마음까지 깨끗이 닦고 싶었다.

팔랑!

거실 장을 박박 닦는데 사진 한 장이 떨어졌다. 수진은 바닥에 떨어진 사진을 보며 오열했다. 어느 봄날에 환하게 웃고 있는 자신과 상훈이 그 안에 있었다. 분홍색 레이스가 달린 원피스를 입고 상훈의 팔에 매달려 웃고 있는 자신은 너무나도 행복해 보였다. 옆에서 수진의 허리를 감싸며 부드럽게 미소 짓는 상훈은 더없이 다정해 보였다. 그녀는 한참 동안 멍하니 그 아름다운 시절의 자신을 바라보았다. 그리고 본능적으로 자신의 배를 감쌌다.

'아기는 어쩌나…….'

하필 모든 것이 한낱 꿈이 되어버린 이 마당에 작은 생명이 그녀에게 왔다.

벌써 4개월…… 빨리 결정하지 않으면 안 될 시기다. 이미 모든 것이 끝장난 이상 빨리 결정해야 하는데…….

"우욱!"

수진의 목구멍에서 무언가가 심하게 울렁거렸다. 아기는 그녀가 회사를 그만둔 것을 알았는지 사직서를 던진 그날 오후부터 갑자기 입덧을 시작했다.

수진은 배를 쓸었다. 아무것도 모르는 아주 작은 생명일 텐데도 아기는 수진의 상황을 알고 있는 것 같았다. 수진은 사람들의 눈이 없을 때만 입덧을 하는 것이 아니었다. 혹시라도 아이를 떼야 한다는 생각을 하면 이번처럼 심한 헛구역질을 참을 수가 없었다.

아기는 살아 있었다. 살아 있는 것은 물론이거니와 분명한 감정을 가지고 살기 위해 발버둥치고 있었다.

"미안해……."

수진의 두 눈에 눈물이 맺혔다. 어머니에게서 버림받은 끔찍한 경험을 또다시 이 어린것에게 물려줄 생각을 하다니, 수진은 죽고 싶은 심정이었다. 끝없이 스스로를 향해 욕지거리가 튀어나왔다.

'넌 널 버리고 떠난 그 여자와 똑같아! 넌 그 여자와 똑같아!'

수진은 머리카락을 쥐어뜯으며 그대로 쓰러졌다. 그녀의 가는 어깨가 한참 동안 들썩거렸다. 끝없는 자책과 한탄이 가슴 저 밑바닥에서 한없이 솟아올랐다.

5

드르르…….

또다시 상훈의 휴대전화가 진동했다. 벌써 다섯 번째.

상훈은 벌겋게 상기된 얼굴로 서둘러 비상계단으로 달렸다. 그는 주위에 아무도 없는 것을 확인하고 나서 통화 버튼을 눌렀다.

"이 자식! 이 거지 같은 자식아!"

통화가 되자마자 저편에서 거친 욕이 튀어나왔다. 상훈은 있는 힘을 다해 인내심을 짜내고 있었다. 그의 이마에 퍼런 핏줄이 튀어나올 정도였다.

"전무 딸? 전무 딸이랑 결혼한다고? 네가 원한 게 바로 그거였
단 말이지!"

수화기 저편에서 거친 강일수의 음성이 퍼져나왔다. 강일수는
벌써 몇 번이나 상훈에게 전화를 걸었다. 정확치 않은 발음으로
같은 말을 반복해대는 것을 보면 낮부터 술을 마셔댄 것이 분명
했다.

"대체 원하는 게 뭐요?"

상훈은 차갑게 식은 목소리로 대꾸했다.

"크크크. 내가 모를 줄 알아? 모두 네놈이 꾸몄다는 사실을 말
이야! 그래, 전무 딸? 전무 딸년 때문에 네놈이 다 꾸민 거야, 그
렇지? 전무 딸이 나타나니까 수진이가 눈엣가시가 됐냐? 그래서
그런 거지, 응!"

"이거 봐요, 대체 무슨 말을 하는지 도통 모르겠군요."

김상훈은 끓어오르는 화를 최대한 억누르며 차갑게 말했다. 너
무나도 불쾌한 통화였지만 섣불리 끊을 수가 없었다.

"네놈이 수진이더러 내 눈이 획 돌아갈 만큼 야한 속옷을 입으
라고 시켰나, 앙? 내가 수진이 년한테 흑심을 품고 있었다는 것을
알고 내게 그 꽃 배달을 시킨 거지, 응? 이상했지, 이상했어! 나한
테 꽃 배달을 하라고 한 것부터 수상쩍었어. 그래, 그랬어!"

"무슨 말씀입니까? 제가 사적으로 그 일을 부탁드린 건 잘못입
니다. 하지만 당신이 고소를 당하지 않은 것은 다 내 덕분이란 걸

알아야 할 겁니다! 감옥에서 썩을 것을 구해주었더니 고맙다고 는 못할망정 이런 전화를 합니까? 당신이 지금 제정신이오?"

"웃기지 마! 이 더러운 새끼! 네놈은 다 알고 있었어! 다 알고 있었다고! 거기에 날 살짝 끼워 넣어서 이용해먹은 것뿐이야! 이 런 빌어먹을 자식! 전무 딸이랑 결혼하기 위해서 수진이를 떼버 리려고 날 이용한 거야! 네놈이 날 이용한 거라고! 네놈, 나한테 톡톡히 대가를 지불하지 않았다간 다 까발릴 줄 알아! 회사든, 전 무 딸이든, 전부 다 까발릴 테니까 그렇게 알아! 아예 증거 사진 까지 세트로 보내줄 수도 있으니까 잘 생각해봐!"

수화기 너머 강일수의 목소리는 시종 거칠었다. 통화가 계속될 수록 김상훈의 얼굴도 심하게 일그러졌다.

커튼 가득 햇살이 비쳤다.

깨끗이 정리된 수진의 아파트 거실로 환한 빛이 가득 들어왔 다. 수진이 하얀 리넨 커튼을 열자 따사로운 햇살이 더욱더 환하 게 집 안을 밝혔다. 수진은 창가에 놓아둔 베이지색 안락의자에 몸을 기댔다. 따사로운 햇살을 맞으며 눈을 감자 한없이 포근한 느낌이 그녀를 감쌌다. 그녀는 조금 봉긋한 느낌이 들기 시작한 배에 두 손을 가져갔다. 아직 태동이 느껴지지 않는데도 뱃속에 웅크린 생명이 살아 숨 쉬는 것이 느껴졌다. 수진은 온화한 미소 를 띠며 자신의 배를 바라보았다.

"아가야······."

그녀는 살며시 불러보았다.

"엄마가 널 꼭 지켜줄게."

퇴직한 지 열흘. 그사이 수진에게는 많은 변화가 있었다. 너무나도 두렵고 힘든 결정이었지만 '혼자서라도 아이를 키우겠다. 결코 자신의 엄마처럼 아기를 버리지 않겠다'고 결심하자 그녀의 인생은 완전히 달라져버렸다.

죽을 것처럼 불행하고 외로운 세상에 결코 떨어질 수 없는 자신의 편이 생긴 것 같았다. 혼자서 밥을 먹어도 외롭지 않았고, 혼자 길을 걸어도 쓸쓸하지 않았다. 온 생명을 다해서라도 아기를 지키리라 결정한 그 순간부터 수진은 온전한 엄마로 변해 있었다. 수진은 자신이 아기를 지켜주는 것이 아니라 오히려 작은 아기가 자신을 보호하는 것만 같았다. 그녀는 더 이상 불행하지 않았다. 작은 미소가 그녀의 입가에 맺혔다.

쾅쾅쾅!

그때였다. 갑자기 문 두드리는 소리가 났다. 수진은 찾아올 사람이 없는데 무슨 일인가 싶어 멍하니 현관을 바라보았다.

"여수진!"

귀에 익은 목소리가 현관 밖에서 들렸다.

수진은 미간을 찌푸렸다. 고요한 아침을 방해하는 거친 음성에 그녀는 문을 열지 못하고 머뭇거렸다.

쾅쾅쾅!

"여수진, 문 열어!"

강일수는 온 동네가 떠나가도록 문을 두들겼다. 수진은 어쩔 수 없이 천천히 문을 열었다.

찰칵.

문손잡이가 돌아가자마자 수염이 듬성듬성한 초췌한 몰골의 강일수가 다짜고짜 안으로 들어왔다. 그의 몸에서 시큰한 술 냄새가 풍겼다. 밀려오는 울렁거림에 수진이 인상을 찡그렸다.

"나 이번에 고향 내려간다. 돈도 좀 벌었으니 이번에 내려가면 다시는 안 올 거다."

강일수는 그 돈의 출처가 김상훈임을 말하지는 않았다.

"더 이상 당신을 만날 일은 없어요. 당장 나가요!"

여수진은 차갑게 대꾸했다.

"나 같은 놈은 오면 안 되냐? 그럼 누가 오는데? 김상훈? 그놈 집이라도 되냐? 그놈은 되고 나는 안 되는 거냐!"

김상훈에게 돈을 뜯어낸 뒤 일말의 양심 때문에 수진을 만나러 왔지만 너무나 차가운 반응에 강일수는 울컥하고 화를 냈다.

"나가줘요!"

"아직도 김상훈이 좋으냐? 전무 딸이랑 결혼하려고 혈안이 된 그 더러운 자식이 그렇게 좋으냐고! 널 떼놓으려고 나까지 동원해서 연극을 꾸민 그런 개자식이 그렇게 좋으냔 말이다!"

강일수는 마치 짐승의 울음처럼 격앙된 목소리로 소리 질렀다. 강일수의 말을 듣던 수진은 갑자기 비틀거렸다. 두 다리에 힘이 빠져 후들거렸다. 상상하지 않으려 애썼던 막장 드라마의 숨겨진 내막이 눈앞에 그대로 펼쳐지고 말았다.

"전무 딸과 결혼하려고 연극을 꾸몄다고? 마, 말도 안 돼!"

"이런 바보 같은 년! 널 정리하려고 날 이용한 거라고, 그 자식이!"

"거짓말…… 거짓말!"

여수진은 고개를 흔들었다. 더 이상 강일수의 말을 듣고 싶지 않았다. 사랑하던 김상훈이 그럴 리가 없다, 소중한 아이의 아빠가 그랬을 리가 없다고 절규했다.

"바보 같은 년!"

강일수는 그렇게 초라하고 불쌍한 여수진의 모습이 보기 싫었다. 항상 까탈을 부리던 도도한 여자가 한순간에 무너지는 꼴을 보니 부아가 치밀었다.

"너 회사는 왜 그만뒀냐? 더 꿋꿋이 다녔어야지! 네가 그만두면 누가 제일 좋아할 것 같아, 응? 그 김상훈이란 놈이야, 이 바보야!"

"그만 나가줘요."

수진은 더 이상 강일수의 말을 들을 수가 없었다. 그녀는 있는 힘껏 고개를 흔들었다.

"넌 그 김상훈이란 놈이 버젓이 전무 딸이랑 결혼하는 꼴을 보고만 있을 거냐, 응? 그러고 있을 거냐고!"

"이제 상관없어요."

"이 바보 같은……!"

"우움!"

강일수는 말을 더 하려다가 멈칫했다. 수진이 두 손으로 입을 가리며 황급히 화장실로 달려갔기 때문이다.

"뭐, 뭐야?"

화장실에서 구역질을 하는 수진을 보며 그는 한순간 멍해졌다. 수진에게서 술 냄새 따위는 나지 않았다.

"뭐야, 너?"

강일수는 변기를 부여잡고 속을 게워내는 수진을 향해 버럭 소리쳤다.

"애냐?"

"……."

"애냐고!"

수진은 소리 없이 고개를 끄덕였다.

"누구 애냐? 김상훈이냐?"

수진은 아무 말 없이 욕실에서 나와 소파에 앉았다.

"설마 나냐?"

강일수의 목소리는 떨리고 있었다. 임신 4개월째다. 분명 강일수와 일이 있기 전에 생긴 아이였다. 분명코 상훈의 아이였다. 그러나 수진은 천천히 고개를 끄덕였다. 이 고갯짓 하나가 강일수를 괴롭힐 수 있을 것 같아서였다.

"뭐? 무슨 헛소리야!"

강일수의 눈길이 순식간에 싸늘해졌다.

"웃기지 마! 그 김상훈인가 하는 놈팡이랑 놀아나고는 나한테 뒤집어씌워?"

수진을 걱정하는 척, 염려하는 척하던 강일수도 다를 바가 없었다. 아이 얘기를 했을 때 냉정하게 부인하던 김상훈의 얼굴이 강일수의 얼굴과 겹쳐졌다.

"말도 안 돼!"

강일수는 고개를 흔들었다.

"그럴 리가 없어!"

"후후……."

수진은 허탈한 듯 웃음을 지었다. 모두가 똑같았다. 자신을 배신한 김상훈도, 그녀를 겁탈한 강일수도, 끝없이 추파를 던지던 박종협도. 그들이 원한 건 한순간의 유희일 뿐 그 무엇도 아닌 것이다. 그래, 이 아이에게는 아버지가 없다. 엄마인 수진만이 온전한 핏줄일 뿐이다.

"웃기지 말라고, 이년아!"

강일수는 손에 닿는 모든 물건을 거실로 쏟아부었다. 며칠 동안 쓸고 닦으며 깨끗이 정리되었던 장식품과 전화기, 꽃병과 책들이 모조리 강일수의 손에 맞아 바닥으로 굴러떨어졌다.

"나는 아니야! 누구한테 뒤집어씌우려고! 난 아니야!"

강일수는 얼굴이 시뻘게지도록 고래고래 소리를 질렀다. 눈앞에서 산산이 깨지는 수많은 물건을 바라보며 수진은 쓴웃음을 지었다. 모두 똑같았다. 어릴 적 그녀를 버린 어머니처럼 모두들 그녀를 버리고 도망치려 하고 있었다.

6

강일수가 돌아간 아파트는 한 차례 폭풍이 지나간 후의 폐허 같았다. 모든 가전제품이 바닥을 구르고 여기저기 파편이 흩어진 채 집 안 꼴이 말이 아니었다. 그는 그렇게 문을 박차고 나가버렸다.

수진은 쓸쓸하게 웃음을 지으며 철퍼덕 바닥에 주저앉았다. 그녀를 비참하게 만든 한 사람, 한 사람의 얼굴이 눈앞을 스쳐갔다. 원망, 비참함, 두려움, 고통, 살인 충동, 자살 충동이 엄습해왔다.

"우욱!"

또다시 속이 울렁거렸다. 먹은 것이 없어 노란 위액만 올라왔다. 속은 엉망인데도 수진은 위안을 받고 있었다.

"그래, 미안해. 엄마가 나쁜 생각을 했구나, 아가야. 엄마는 죽어도 널 버리지 않을 거야. 네 곁에서 언제나 널 보살펴줄게. 네가 외롭지 않도록, 행복하도록 그렇게 지켜줄게, 아가야."

수진은 자신에게 반응하고 움직이는 작은 생명에 감사했다. 얼마나 고마운 일인가. 아이는 수진이 나쁜 생각을 하지 않도록 작은 힘을 모두 짜내고 있었다.

그녀는 힘을 내기로 했다. 우선 침대에 놓인 이불을 들고 베란다로 나갔다. 환한 햇살 속에 모든 것이 뽀송뽀송하게 바뀌길 바라며 이불을 털었다. 열린 창문을 통해 부드러운 바람이 집 안으로 들어왔다. 수진은 엉망인 거실을 바라보았다. 며칠 동안 애써 청소한 보람이 없었지만 슬프지 않았다. 차라리 이렇게 몸을 움직여야 불행한 생각들을 잊을 수 있으니까. 수진은 먼저 유리 조각들을 조심스럽게 치웠다. 바로 그때 현관문에서 인기척이 들렸다.

반쯤 열린 문 뒤에 누군가가 서 있었다. 선글라스를 끼고 기다란 외투를 입은 낯선 사람이었다. 수진은 흠칫 놀랐지만 곧 안도했다. 선글라스를 벗은 남자는 바로 사랑하는 상훈이었다. 왜인지 몰라도 그는 한 번도 본 적이 없는 옷에 선글라스까지 끼고 수진을 찾아왔다. 그는 수진을 똑바로 바라보더니 곧 문을 닫았다.

"상훈 씨? 어…… 어떻게……."

수진이 어색하게 미소를 지으며 일어섰다. 하필이면 이런 때 예고 없이 찾아오다니. 그녀는 엉망이 된 거실을 보며 부끄러웠다. 상훈은 어질러진 바닥을 쳐다보며 쉽사리 안으로 들어오지 않았다. 수진은 어색하게 머리카락을 빗어 내렸다.

"드, 들어오세요."

그녀는 그가 발을 디딜 수 있도록 흩어진 물건들을 대충 한쪽으로 치웠다.

"여기 앉으세요."

수진의 목소리가 떨려왔다. 상훈은 아무 말 없이 수진이 권해준 자리에 앉았다.

"누가 왔나? 혹시 강일수가 또 왔어?"

상훈의 말에 수진은 고개를 숙이고 대답하지 않았다.

"뭐 드실 거라도…… 커피 드릴까요?"

"아니, 술 좀 줘."

상훈의 말에 수진은 잠시 망설이다가 양주 한 병을 꺼내 왔다. 상훈은 술을 한 잔 따르더니 한 입에 털어 넣었다. 그제야 수진은 그가 장갑까지 끼고 있다는 것을 알아차렸다. 무슨 일인지 상훈이 좀 이상했다.

"얘기 좀 하지."

상훈은 고개를 숙인 수진을 바라보았다. 그는 소파 주변을 왔다 갔다 하더니 한참 만에 입을 열었다.

"당신이 내게 강일수를 보냈어?"

"네? 그게 무슨……."

"강일수더러 날 협박하라고 시켰냐고!"

수진은 멍한 얼굴로 상훈을 바라보았다.

"이제 그만 깨끗이 정리하자. 날 그만 괴롭혀! 너와 난 어울리지 않아!"

상훈이 냉정한 목소리로 말했다. 수진의 눈에 눈물이 핑 돌았다.

"날 사랑한다는 말은…… 다 거짓이었군요."

"거짓말은 당신이 했어! 당신은 지금도 강일수랑 만나고 있잖아! 어떻게 그럴 수가 있지? 날 우롱한 건 당신 아닌가?"

"그, 그렇지 않아요!"

"사귈 때부터 날 우롱한 건 당신이야. 그렇지 않나? 강일수랑은 그때가 처음이 아니었지? 그전부터 나를 속이고 만나왔잖아!"

상훈의 얼굴이 분노로 붉게 달아올랐다.

"그렇지 않아요! 난 당신을 사랑해요! 당신 말고는 아무도 사랑한 적이 없어요!"

"닥쳐!"

"아무리 그래도…… 전 당신을 사랑해요."

상훈은 이제 수진의 사랑한다는 말이 소름끼쳤다. 그녀가 상훈에게 집착하는 것이 끔찍하게 느껴졌다.

"제발 깨끗이 정리하자, 우리!"

그의 차가운 말투에 수진은 일말의 희망마저 모두 놓아버렸다. 이제 정말 끝이라는 사실이 실감났다. 하지만 그들의 사이는 끝났어도 수진과 아이의 인연은 이제부터 시작이었다.

"그래요. 그렇게 해요. 나…… 당신에게 원하는 건 없어요. 당신이 없어도 나 혼자 이 아이를 키우기로 마음먹었어요. 걱정 말아요."

수진은 아이에 대한 말들이 상훈에게 얼마나 두렵고 끔찍하게 느껴지는지 눈치채지 못했다. 상훈이 눈을 질끈 감았다. 마치 아무것도 보고 싶지 않고 듣고 싶지 않다는 듯. 그는 머리가 지끈거렸다. 아이라니! 상훈의 발목에 무거운 쇠사슬이 철컹거리는 것 같았다. 그는 답답하다며 베란다 옆으로 갔다. 창틀에 널린 이불을 보자 그의 입꼬리가 살짝 올라갔다. 절호의 기회가 그에게 찾아온 것 같았다.

"정말 그래야겠어?"

"걱정 말아요. 이 아이는 내 아이예요. 나만의 아이니까…… 당신은 날 잊어도 돼요."

수진은 조용히 말하며 상훈의 곁으로 다가왔다.

"정말 끈질긴 여자군!"

상훈은 이를 갈며 베란다를 붙잡았다. 그리고 널린 이불을 쿵하고 쳐냈다. 그러자 가지런히 널려 있던 이불이 한쪽으로 쏠리며 아래로 떨어졌다. 수진은 떨어지는 이불을 잡으려고 상체를 베란다 앞으로 기울였다. 그러나 이불은 잡히지 않았다.

순간! 수진의 뒤쪽에서 무언가 강력한 힘이 밀려왔다. 수진은 두 눈이 커다래져서 뒤를 쳐다보았다. 뒤에는 그녀가 사랑하던 사람, 상훈이 있었다. 상훈이 그녀를 힘껏 떠밀고 있었다. 수진은 베란다 창틀을 잡으려다 놓치고 말았다. 미끈! 그녀의 길고 하얀 손가락이 빈 허공만 움켜쥐었다. 다시 한 번 강한 힘이 그녀를 떠밀었다. 놀란 수진이 눈을 커다랗게 뜨고 두 팔을 휘저었다. 하지만 아무것도 잡을 것이 없었다. 수진의 상체가 기울더니 아래로 떨어졌다. 곧이어 베란다에 걸쳐 있던 그녀의 하체도 그녀의 머리를 따라 떨어졌다.

그녀는 허공을 휘저었다. 다리도, 팔도, 손가락 하나하나까지 허공을 휘저었다. 그녀는 마치 갓 날기를 배우는 작은 새처럼 애처로운 몸짓으로 두 팔을 퍼덕였다. 배 속에서 무언가 꼼지락거리는 것이 느껴졌다

"아가야, 아…… 아가야……!"

처음 느껴보는 작은 태동에 기뻐할 사이도 없이 그녀의 몸은 점점 더 아래로 떨어졌다. 그녀는 잠시도 쉬지 않고 너무나도 빠르게 추락하고 말았다.

7

아파트 입구에는 새하얀 앰뷸런스가 초록 등을 반짝이며 대기하고 있었다. 그 옆으로 경찰차의 붉은 등도 번쩍거렸다. 몇몇 경찰관은 아파트 17층에서 떨어져 처참하게 이지러진 시체를 둘러싸고 있었다. 그때 또 다른 사이렌 소리가 울리며 경찰차 한 대가 현장까지 바짝 다가왔다. 차가 멈추기 무섭게 조수석에서 노련한 눈빛의 남자가 날렵하게 내렸다.

"무슨 일인가?"

차에서 내린 베테랑 경찰관을 향해 현장에 있던 경찰관 한 명이 다가갔다.

"오셨군요, 마 형사님. 17층에 사는 미혼 여성이 추락사했습니다."

"미혼 여성이라고? 직업은?"

"원래 대기업 경리 사원이었는데, 열흘 전쯤 직장을 그만두었다고 합니다."

"그럼 퇴직의 충격으로 자살한 건가?"

"그건 아닌 것 같습니다."

"저거 이불 아닌가?"

마 형사는 시체 밑에 반쯤 깔린 이불로 눈을 돌렸다.

"17층이라……."

그가 손가락을 올리더니 한 집을 짚었다.

"저긴가?"

"네, 맞습니다. 저기서 떨어진 겁니다."

"흠. 이불이 하나 더 걸려 있군? 떨어지는 이불을 잡으려다가 추락사했군."

마 형사가 혀를 끌끌 찼다.

"단순 추락사야. 그렇게 보고해."

"그런데 마 형사님, 집 안 상태가 심상치 않습니다. 온통 난장판입니다. 강도나 도둑이 들었던 것 같기도 하고, 누군가와 싸우다가 살해된 것 같기도 합니다."

돌아서려던 마 형사가 다시 경찰관을 쳐다보았다.

"흠. 그런가?"

마 형사는 시체 가까이 다가갔다. 시체 주위에는 사람들이 다가가지 못하도록 붉은 선이 둘러져 있었다. 마 형사는 이리저리 냄새를 맡고 떨어진 모양을 여러 각도에서 살펴보았다.

"이건 뭐지?"

그는 시체 아래에 깔린 이불이 축축하게 젖어 있는 것을 발견했다. 마 형사는 물 묻은 손을 코에 대보았다.

시체의 하반신 주변만 이불이 젖어 있었다. 축축한 습기가 시체의 하반신에서 퍼져나와 이불을 적시고 있었다. 마 형사는 물기를 손으로 짚으며 퍼져 있는 정도를 살폈다. 시체의 하반신 부위를 흠뻑 적신 물이 시체에서 떨어진 곳까지 점점이 이어져 있었다. 마 형사는 그 물방울을 따라 걸었다. 시체로부터 점차 멀어진 물은 아파트 모서리를 돌아갈 때까지 계속되었다. 아파트 모서리를 돌자 어둠침침한 음지가 이어지면서 축축한 흙이 땅을 덮고 있어 더 이상 흔적을 찾아볼 수 없었다.

"이봐, 장 형사!"

마 형사가 탄 차를 운전했던 젊은 형사가 달려왔다.

"네?"

"이거 이상하잖아? 무슨 물이 저기까지 떨어져 있는 거지? 저게 뭔지 알아봐줘."

"물요? 알겠습니다."

장 형사가 대수롭지 않게 대답했다.

"꼭 확인해봐. 소변이 아니야. 양수일 가능성이 있어. 집 안에 산모수첩이 있는지 확인하고, 최근 병원 기록도 전부 확인해."

"네, 알겠습니다!"

"그리고 오늘 누가 집에 들렀는지 폐쇄회로 TV를 돌려보고 주민들을 탐문해봐. 집 안이 엉망일 정도라면 옆집에서도 소음이 들렸을 거야."

"네, 알겠습니다."

"회사를 그만둔 이유도 알아오고. 실직 때문에 자살한 것일 수도 있으니까 살펴봐. 타살 가능성도 배제하지 말고 집 안에서 지문도 채취해두도록 해."

"네에!"

장 형사는 항상 마 형사의 예리함에 놀랐다. 짧은 순간이지만 그는 다른 사람들이 인지하지 못하는 사실까지 정확히 짚어냈다. 마 형사는 시체를 통해 알아낼 만한 정보를 모두 파악하고 적절한 지시를 내린 다음 현장을 떠났다. 장 형사는 마 형사의 뒷모습을 존경해 마지않는 눈빛으로 바라보았다.

"이런 제길!"

좁은 반지하 셋방은 강일수의 욕설로 가득 찼다. 강일수는 밤새 술을 마시고 완전히 취해 돌아왔다. 눈을 떠보니 훤한 대낮이었다. 그의 눈앞에 구역질을 해대던 가녀린 수진의 어깨가 떠올랐다. 신경 쓰지 말자고 하면서도 자꾸만 신경이 쓰였다.

"그게 진짜 내 애란 말이야?"

강일수는 이제 뒷골까지 뻐근하고 가슴도 답답해 폭발할 지경이었다. 이대로라면 신경이 쓰여서 고향에 내려가도 찜찜한 기분을 어쩌지 못할 것 같았다. 내일이면 고향에 내려가야 하는데……. 오늘 아니면 시간이 없다. 강일수는 자리에서 벌떡 일어섰다.

"에잇, 결판을 내자!"

강일수는 대충 옷을 챙겨 입고 수진의 아파트를 향해 달렸다.

웬일인지 수진의 아파트 앞에는 여러 사람이 웅성거리고 있었다. 그리고 아파트 출입구 옆에 사람 모양의 흰 스프레이 자국이 있었다.

"쳇, 누가 떨어졌구면!"

강일수는 그것이 수진의 자취라는 것은 꿈에도 생각하지 못하고 엘리베이터에 올랐다. 17층 버튼을 누르자 엘리베이터가 윙소리를 내며 올라갔다.

땡.

엘리베이터가 17층에 도착했다. 그는 천천히 엘리베이터에서 내리며 수진에게 무슨 말을 할지 대충 생각했다. 그가 왼쪽으로 돌자 수진의 옆집 여자와 경찰관이 서 있었다.

"제길!"

어쩐지 경찰을 보면 맘이 편치 않은 강일수였다. 예전에 새파랗게 어릴 때 이리저리 굴러다니며 자잘한 범죄를 저지르다가 두어 번 감옥에 들어간 적이 있었기 때문이다. 그래서 그런지 경찰을 보면 죄가 없어도 괜히 몸이 쪼그라들었다. 강일수는 고개를 푹 숙이고 수진의 집 앞으로 천천히 걸어갔다. 그가 수진의 아파트 앞으로 다가가 문을 두드렸을 때였다.

"어머!"

수진의 옆집 여자가 놀라 비명을 질렀다.

"어머, 어머! 저 사람이에요! 저 사람!"

옆집 여자의 외마디 비명과 함께 강일수는 반사적으로 다시 엘리베이터가 있는 곳으로 몸을 틀어 달렸다. 그러나 경찰이 더 빨랐다. 그는 재빨리 뛰어와 강일수의 팔목을 비틀었다.

"으윽! 뭐야! 이거 놔!"

강일수는 도대체 무슨 일인지 알 수가 없었다. 수진이 신고라도 했나? 강일수는 으드득 이를 갈았다.

"선배님!"

장 형사가 두둑한 서류를 테이블 위에 올려놓으며 옆에서 신문을 보는 마 형사에게 말을 걸었다.

"음, 어떻게 됐어?"

"네. 뭐 살인은 아닌 것 같습니다. 정황상 이불을 걷으려다가 떨어진 것 같긴 한데……. 좀 이상한 점이 있습니다."

"차근차근 얘기해봐."

"우선 검시관 소견인데요. 왼쪽 얼굴에 약간의 멍이 있긴 하지만 사인과 직접적인 연관은 없답니다. 그리고 강일수 말입니다. 그가 여수진을 계속 따라다니며 괴롭힌 건 사실이지만 범인은 아닌 것 같습니다. 강일수는 여수진의 집에 갔다가 평소 잘 다니던 맥줏집에 들렀답니다. 1층 엘리베이터 앞에서 강일수를 만난 사람도 찾았고 폐쇄회로 TV를 확인한 결과 강일수는 여수진이 추락하기 전에 그 집에서 나왔습니다. 강일수는 붙잡혔을 당시 여수진이 죽었다는 사실도 모르고 있었다고 합니다. 저도 직접 봤는데 거짓말은 아닌 것 같더군요."

"흠, 그럼 단순한 추락사인가? 근데 뭐가 이상하다는 건가?"

마 형사는 이제 흥미를 잃었다는 듯 다시 신문으로 눈을 돌렸다.

"그게 말입니다……."

장 형사는 고개를 갸웃거리더니 말을 해야 하나 말아야 하나를 고민하는 눈치였다.

"말해봐."

"선배님, 시체 근처에 있던 물 자국 말입니다. 그게 뭔지 알아보라고 하셨죠?"

"근데?"

"말씀하신 대로 양수가 맞답니다."

"그래? 그럼, 미혼인데 임신을 했다는 거군. 그것 때문에 회사도 그만둔 거고. 떨어질 때의 압력으로 양수가 터진 건가?"

"그럴 수도 있지만…… 여하튼 그게 이상합니다. 태아가 없다는 거예요! 검시관이 확실하게 말하던데요?"

그제야 마 형사는 신문에서 눈을 떼고 장 형사를 쳐다보았다.

"무슨 말이야?"

"저도 이상해서 산부인과에 알아봤는데요, 죽은 여수진은 분명히 임신 4개월째였다고 합니다. 그런데…… 시체에는 아이가 없다는 겁니다! 양수만 있고요."

"낙태 수술이라도 받았나?"

"낙태 수술을 받았다면 주위에 양수가 있을 리 없잖습니까?"

"흐음, 그렇지."

마 형사는 깊은 생각에 빠져 자신의 턱을 만지작거렸다. 여자의 몸에서 태아는 사라지고 양수만 남아 있다……. 그게 뭘 의미하는지 마 형사는 곰곰이 생각해보았다.

장 형사는 또 할 말이 남았는지 마 형사 곁에서 자꾸만 머뭇거렸다. 그는 한참을 망설이다가 입을 열었다.

"절 미친놈이라고 하셔도 좋습니다! 이 사진 좀 보십시오."

"뭔데 이게?"

마 형사는 장 형사가 내민 사진을 유심히 바라보았다.

"선배님이 시체 근처를 유심히 쳐다보시기에 제가 좀 자세히 찍어뒀습니다. 그냥 기분이 이상해서요. 그런데…… 보이십니까, 선배님? 이거 보세요. 뒤집힌 브이(V) 자 모양의 자국이에요. 굉장히 선명하죠? 그 뒤로는 뭔가 끌린 듯하고…… 이게 여러 개…… 아파트 구석까지 계속됩니다. 보이시죠?"

마 형사는 장 형사의 말대로 사진을 자세히 들여다보았다. 그곳엔 분명히 뒤집힌 브이 자 모양의 자국과 함께 뭔가 끌린 듯한 흔적이 희미하게 보였다.

"이 사진을 보니까…… 마치 뭔가가 기어간 것 같다는 생각 안 드십니까? 아주 작긴 하지만요……. 이거 보십시오. 주먹이라고 생각되는 부분은 좀 더 크고 둥근 편이고…… 주먹과 팔로 앞을 찍고 놈을 끄는 겁니다. 아주 작은 인간이 기어가는 듯하다 생각 안 드십니까? 두 팔로 앞을 찍고 뒤를 질질 끌면서 기어가

는 거죠. 팔을 한 번 찍고 질질…… 다시 팔을 찍고 질질 기어가
는……."

갑자기 마 형사의 등골이 서늘해졌다.

"미친놈! 가서 다른 일이나 해! 이 사건은 단순 추락사야!"

마 형사는 버럭 소리를 지르고는 그를 쫓아냈다. 장 형사는 돌
아서면서 쑥스러운지 머리를 긁적였다. 말도 안 되는 상상을 들
켜서 부끄러운 모습이었다.

장 형사가 자리를 뜨자 마 형사는 그 사진을 다시 한 번 유심히
쳐다보았다.

"양수라고……?"

마 형사는 이것이 단순 추락사가 아닐 거란 느낌이 들었다. 오
랜 형사 생활에서 오는 직감과 요상한 사건들에 파견되었던 경험
이 그의 뇌리에 경종을 울리고 있었다. 마 형사는 한숨을 크게 내
쉬며 뚫어져라 사진을 쳐다보았다.

8

"제길! 재수가 없으려니까! 퉤엣!"

경찰서에서 나오는 강일수의 표정은 험악했다. 수진의 죽음은
강일수에게 충격이었다. 자신의 처지에선 감히 상대할 수도 없을
만큼 아름답던 수진. 그런 수진을 겁탈했던 것은 강일수에게도

영 시원치 않은 기억이었다.

"그깟 일로 죽긴 왜 죽어!"

강일수는 무엇을 향한 것인지 모를 분노가 부글부글 끓어올랐다.

"에이, 개 같은 세상! 어이구, 병신 같은 년!"

강일수는 자신의 죄책감을 덜기 위해서라도 세상을 욕하고 수진을 욕했다. 강일수의 두 눈이 벌겋게 충혈되었다. 그는 시뻘게진 눈을 두 손으로 비볐다. 따끔한 통증이 두 눈을 파고드는 것 같았다.

강일수는 어두컴컴한 지하세계에서 눈을 떴다. 처음 보는 장소였다. 사방에서 똑똑 물방울 떨어지는 소리가 들리더니 강일수의 머리 위로도 툭툭 한 방울씩 떨어졌다.

'여긴 어디지? 축축하다. 축축해. 물가인가?'

완전한 어둠 속이었다. 강일수는 사방을 더듬어보았다. 울퉁불퉁한 벽이 물에 흠뻑 젖어 축축하고 미끈거렸다.

'춥다, 추워. 여긴 어디지? 이렇게 춥고 어두운 곳은 싫다. 축축해……'

그가 몸을 움츠리며 부르르 떠는 순간 누군가가 자신을 바라보고 있다는 느낌이 들었다. 강일수는 그곳을 뚫어져라 쳐다보았나. 분명 누군기가 서 있었다.

'누구지?'

그 누군가가 갑자기 정신없이 위로 솟구쳤다. 그가 보이지 않을 정도로 까마득히 저 위로 날아올랐다. 그러고는 다시 엄청난 속도로 떨어지기 시작했다.

'안 돼!'

그는 소리를 지르며 뛰어가는 강일수의 코앞에 떨어졌다. 바닥에 떨어진 온몸에서 엄청난 양의 피가 흘러나왔다. 강일수는 눈길을 피하려 하면서도 자신도 모르게 그 얼굴을 보고 말았다. 그곳에는 강일수가 잘 알고 있는 여자의 얼굴이 있었다.

'……여, 여수진?'

바닥에 떨어진 여수진의 얼굴은 완전히 일그러져 있었다. 그녀는 두 눈을 홉뜬 채 하늘을 바라보고 있었다. 그녀의 사지는 막대처럼 꼿꼿하게 굳어 있었다. 주위는 온통 피범벅이었다. 피가 가장 많이 난 곳은 수진의 다리 사이였다. 수진의 다리 사이에서 피와 물이 줄줄 흘러내렸다. 그리고 무언가가 꿈틀댔다.

갑자기 극심한 한기가 밀려왔다. 강일수는 몸을 부르르 떨었다.

'저건 뭐지?'

꿈틀대는 것은 반투명했다. 그것은 안간힘을 쓰며 수진으로부터 기어 나오고 있었다. 그것은 살려고 애쓰고 있었다. 그것이 수진의 살을 헤쳐 가며 간신히 밖으로 나왔다. 그러고는 애처로운 표정으로 수진을 바라보았다.

'W!@#$%^……?'

'뭐라고? 저게 뭐라는 거지?'

반투명한 그것이 말하고 있었지만 도무지 알아들을 수가 없었다. 흐느끼는 울음 같기도 하고 새소리 같기도 하고 낮은 신음 소리 같기도 했다. 강일수는 두 팔에 소름이 돋았다.

'W!@#$%^……?'

반투명한 그것이 천천히 기기 시작했다. 그것은 사방을 바라보며 무언가를 찾는 듯했다. 그러더니 강일수와 눈이 마주쳤다. 그 회색 눈동자가 강일수를 향해 안간힘을 쓰며 천천히 기어오기 시작했다. 온몸을 팔로 버티며 질질 끌고 다가왔다. 그러고는 강일수에게 손을 뻗었다. 무섭다. 징그럽다. 그는 뒷걸음질을 치고 말았다.

'오지 마! 오지 마! 오지 마아아!'

징그러운 그것이 점점 더 다가왔다. 강일수는 있는 힘껏 그것으로부터 도망친다. 하지만 이 공간은 한계가 있었다. 울퉁불퉁한 검은 벽에 진득한 액체가 그의 앞을 막아섰다. 더 이상 피할 곳 없는 강일수는 뒤를 돌아보았다. 반투명한 그것이 어느새 강일수의 발뒤꿈치까지 다가와 있었다. 작은 회색 눈의 그것이 강일수를 향해 손을 뻗었다.

'으아아악!'

"허억!"

깅일수는 가쁜 숨을 몰아쉬며 잠에서 깨어났다. 덮고 있던 이불이 온통 축축했다. 온몸은 땀투성이인 채로 몹시 한기가 느껴졌다. 낮에 수진의 이야기를 듣고 악몽을 꾼 모양이었다.

"젠장, 꿈이었구나."

수진의 죽음으로 마음이 혼란해진 모양이다. 강일수는 고개를 흔들며 진저리를 쳤다. 죽은 수진의 모습도, 자신의 뒤를 쫓던 반투명한 존재도 너무나 끔찍했다. 그는 축축한 이불을 걷어차고 벌떡 일어섰다.

밖이 캄캄했다. 밤바람이 무척 차가웠다. 그는 어두운 욕실로 들어가 땀으로 범벅이 된 얼굴을 닦았다. 마치 좀 전까지 실제로 도망 다녔던 것처럼 온몸에 땀이 흥건했다. 욕실 불도 켜지 않고 세수를 하던 강일수의 팔꿈치에 뭉클한 뭔가가 느껴졌다.

"응? 이건 뭐야?"

그는 자신의 팔뚝을 만졌다. 땀과 다른 끈적끈적하고 미끈거리는 것이 느껴졌다.

뚝.

천장에서 차갑고 미끈한 것이 강일수의 머리로 떨어졌다.

"뭐야, 이건?"

강일수는 천장을 올려다보았다. 불을 켜지 않아 뭐가 있는지 분간하기 힘들었다. 그는 스위치를 찾아 불을 켰다. 갑자기 욕실이 밝아지자 눈이 부셨다. 강일수는 두 눈을 찡그리며 천장을 바라보았다. 욕실 세면대 윗부분에 누렇게 물기가 어려 있었다.

"이런 거지 같은 집! 이젠 천장에서 물까지 새는구먼!"

강일수는 자신의 반지하 월세방을 둘러보며 혀를 찼다. 이제

이 방과도 이별이다. 김상훈에게서 받은 돈을 가지고 내일 당장이 지긋지긋한 도시를 떠나 고향으로 돌아갈 테니까. 그는 세면대 앞에 붙어 있는 거울에 자신의 얼굴을 비춰보았다. 눈 밑에 검은 그늘이 드리워져 있었다. 경찰서에 다녀온 뒤로 어지러워진 마음이 얼굴에 드러나 있었다.

"다 잊어버리고 내일 당장 떠나야지! 이런 더러운 세상 같으니!"

뚝!

또다시 강일수의 머리 위로 미끈한 물방울이 하나 더 떨어졌다. 너무나 차가워서 강일수의 온몸에 소름이 돋았다.

"에이, 제길!"

퍽!

강일수는 욕을 해대며 세면대를 발로 찼다. 세면대 아래쪽 파이프가 덜컹 소리를 내며 흔들거렸다.

후둑, 후두둑!

강일수가 서 있는 자리로 갑자기 차가운 물이 정신없이 쏟아져 내렸다. 소름이 끼칠 정도로 차갑고 미끈한 물이었다. 강일수는 온몸에 한기가 돌았다. 꿈속에서 보았던 미끈하고 차가운 벽이 생각났기 때문이다.

'설마……'

그는 세면대 앞에 붙어 있는 거울을 바라보았다. 공포에 질린 얼굴이 거울 속에 있었다. 이번에는 천천히 고개를 꺾어 거울에 비친 천장 위쪽을 바라보았다.

"으아악!"

강일수는 외마디 비명을 지르며 뒤로 넘어졌다. 천장에서 반투명한 무언가가 울룩불룩 꿈틀거리며 그를 내려다보고 있었다. 그리고 그 반투명한 무언가의 회색 눈동자가 정확히 강일수의 두 눈과 마주쳤다.

"으아아악!"

강일수는 미친 듯이 소리쳤다. 이게 꿈인가? 믿을 수 없는 일이었다. 꿈속에서 보았던 반투명한 괴물이 지금 강일수의 눈앞에서 그를 바라보고 있었다. 그 반투명한 괴물은 서서히 부풀어 오르더니 느릿느릿 강일수를 향해 미끄러져 다가왔다.

'₩!@#$%^……?'

회색 괴물이 알아들을 수 없는 괴상한 소리를 냈다. 그것은 고양이의 울음소리 같기도 했고, 칭얼거리는 어린아이의 울음소리 같기도 했다. 어찌 들어보면 여자의 찢어지는 비명 같기도 했고 작은 새의 지저귐처럼 들리기도 했다.

"이건 꿈이다! 이건 꿈이야!"

강일수는 제정신이 아니었다. 그는 축축한 욕실 바닥에 넘어지더니 두 손으로 바닥을 짚고 반투명한 괴물로부터 멀어지려고 발버둥쳤다. 반투명한 괴물은 느릿느릿 강일수 곁으로 다가왔다. 처음엔 작은 벌레 같았지만 점점 다가올수록 막 태어난 작은 강아지 같았다. 뭉클거리는 반투명한 액체 안에서 아직 핏기가 채 가시지 않은 작은 생명체가 꿈틀거리고 있었다.

그 순간 강일수의 눈앞에 좀 전에 꾸었던 꿈의 한 장면이 펼쳐졌다. 수진의 다리 사이에서 꿈틀거리며 기어 나오던 그것! 바로 수진의 배 속에 있었던 태아!

"으아아!"

강일수는 비명을 지르며 문 쪽으로 향했다. 손이 떨려 문이 제대로 열리지 않았다.

'₩!@#$%^……?'

알아들을 수 없는 높은 음의 소리가 뒤에서 들렸다. 그는 겁이 나서 뒤를 돌아볼 수도 없었다.

'₩!@#$%^……?'

이제 그 소리는 강일수의 오른쪽 귓가에서 울렸다. 그는 천천히 자신의 오른쪽을 바라보았다.

"으아아악!"

반투명한 그것이 바로 강일수의 곁에서 회색 눈으로 바라보고 있었다. 강일수는 쥐고 있던 문손잡이를 놓고 부엌으로 달렸다.

"다가오지 마! 죽여버리겠어! 저리 꺼져!"

그는 찬장 한쪽에서 과도를 뽑아들더니 작고 뭉클거리는 그것에게 겨누었다. 하지만 아무리 소리를 질러도 그것은 방향을 틀어 느릿느릿 강일수를 향해 다가오고 있었다.

'₩!@#$%^……?'

"저, 저리 가!"

칼을 잡은 강일수의 손이 심하게 떨려왔다. 그것이 서서히 그를 향해 다가왔다. 마침내 강일수의 손등에 뭉클하고 끈적이는 괴물이 닿는 순간 차가운 한기와 미끈거림이 느껴졌다. 강일수는 기분 나쁜 습기에 몸서리쳤다.

"으아아악!"

그는 눈을 감고 정신없이 칼을 휘둘렀다.

"으아아악!"

강일수는 한참 동안 미친 듯이 칼부림을 하고 귀를 기울여보았다. 아무런 소리도, 아무런 기척도 들리지 않았다. 사라진 것일까? 괴물이 없어진 걸까? 강일수는 천천히 눈을 떴다.

"헉!"

강일수는 눈앞에서 자신을 노려보고 있는 새빨간 눈동자에 숨이 막혔다. 회색으로 뿌옇게 흐려져 있던 동그란 눈이 어느새 붉은빛으로 변해 있었다. 마치 오랫동안 방치된 찌든 핏빛처럼 진한 흙빛을 머금은 붉은색이었다.

"으, 으아아악!"

강일수는 그것이 자신의 몸에 닿지 않도록 발버둥을 쳤다. 그러나 붉은 핏빛 눈알의 그것은 여전히 강일수를 향해 다가오고 있었다.

강일수는 그것을 발로 힘껏 차버렸다. 그러자 뭉클한 느낌이 그의 다리를 타고 올라왔다. 반투명한 그것이 주욱 늘어났다가 다시 줄어들었다. 그는 다시 그것을 짓밟았다. 다시는 살아나지 못하도록 있는 힘을 다해. 뭉클뭉클한 감촉이 발바닥에 전해졌다. 강일수는 너무나 징그러운 느낌에 진저리를 쳤다.

"죽어! 죽으라고!"

강일수의 발에 짓밟히던 그것이 갑자기 요동을 쳤다. 그것은 고통스러운 듯 몸을 비비 꼬며 파르르 떨기 시작했다. 반투명한 그것이 강일수의 팔을 잡으려 하자 그는 현관문을 향해 달렸다. 어떤 생각도 들지 않았다. 그저 도망가고 싶다는 생각만 강일수의 머릿속에 그득했다. 그는 징그럽고 이상한 것을 피해 숨이 턱까지 차오르도록 달렸다.

그가 현관문을 열려는 순간 등에서 눅눅하고 축축하고 차가운 습기가 느껴졌다. 강일수는 하얗게 질려 천천히 뒤를 돌아보았다. 반투명한 그것이 강일수의 바로 뒤에 있었다. 이제 그것은 강일수보다 더 커져서 그의 등에 단단히 매달린 채 붉은 눈알을 굴리고 있었다.

"으아악!"

축축했다. 얼음처럼 차갑고 또한 너무나 징그러웠다. 강일수는 또다시 도망치기 위해 발버둥쳤다. 그러나 그것은 강일수를 놓지 않았다. 등에 붙어 있던 그것이 서서히 강일수의 목을 감기 시작했다. 뭉클거리는 느낌이 그의 목을 휘감았다. 그러더니 점점 부풀어 오르기 시작했다.

"으아악, 살려줘!"

극심한 고통이 강일수의 목으로 전해졌다. 그것이 풍선처럼 부풀자 강일수의 목구멍으로 공기가 들어오지 않았다. 그와 동시에 강일수의 눈이 뻘겋게 충혈되기 시작했다.

"꺼억, 꺼어억!"

강일수는 목을 젖히며 한껏 입을 벌렸다. 그러나 점점 부풀어 오르는 반투명한 놈의 품안에서 강일수는 단 한 모금의 공기도 들이마실 수 없었다.

9

도시 한복판에 있는 반지하 원룸 앞에 요란한 사이렌 소리가 울려 퍼졌다. 축축하고 어두운 원룸에 사건 현장을 보존하기 위한 노란색 통제선이 쳐졌다.

"이런 제길, 도저히 못 보겠군!"

처참한 시체 앞에서 장 형사는 고개를 휘휘 저었다. 장 형사는 이토록 끔찍한 시체는 일찍이 본 적이 없었다.

두개골은 완전히 깨져 있고 손이며 발이며 어디 한군데 피가 터져 나오지 않은 곳이 없었다. 시체의 눈은 커다랗게 떠져서 천장을 노려보고 있고 눈동자마저 붉은 선혈이 낭자했다. 벽과 천장과 바닥에 피가 흥건했다. 어디를 봐도 피투성이였다. 이 모양이니 시체를 제일 먼저 발견한 원룸 주인이 아직도 마당 구석에서 구역질을 해가며 손발을 떨고 있는 것이리라.

경찰관마다 혀를 내두르며 고개를 젓는 가운데 끔찍한 시체 옆에서 이리저리 움직이며 조사에 열중하는 사람이 있었으니 바로 베테랑 마 형사였다. 그는 쉴 새 없이 방 안을 오가며 여러 각도에서 시체를 살펴보고 있었다.

"장 형사, 이거 봐."

한참 동안 시체를 살피던 마 형사가 장 형사에게 검은 지갑을 건네주었다.

"지갑 안의 사진 좀 봐."

마 형사가 건네준 지갑 안에는 살해된 사람의 주민등록증이 들어 있었다. 처참하게 일그러져서 얼굴을 알아볼 수 없는 시체의 진짜 모습이었다. 장 형사는 어딘가 낯익은 얼굴에 고개를 갸웃거렸다.

"강일수야."

마 형사가 툭 한마디를 뱉었다.

"……?"

그래도 장 형사는 그가 누군지 금세 떠오르지 않았다.

"강일수. 지난번 미혼모 추락 사건의 용의자로 지목됐던 놈 말이야. 그놈이야."

"아아!"

그제야 장 형사는 그가 누군지 기억해냈다. 장 형사는 용의자이던 그의 사진을 마 형사에게 딱 한 번 보여주었다. 그런데 그는 단번에 강일수의 얼굴을 기억해낸 것이다. 일을 함께하면 할수록 정말 감탄하게 되는 사람이었다.

지난번 사건과 연관되어 있을지도 모른다는 생각이 들자 장 형사는 소름이 쫙 끼쳤다. 양수만 남기고 사라진 태아. 그리고 바닥에 남은 기어간 듯한 자국……. 이런 말을 했다간 또 미친놈 소리나 듣겠다 싶어 장 형사는 머리를 절레절레 흔들었다.

"장 형사, 이거 봐. 여기 하수관이 터졌나?"

"네? 뭐가요?"

"모르겠나? 벽이며 천장이며 모두 축축해. 시체 주변에도 피뿐만 아니라 물이 흠뻑이고. 그래서 이렇게 피가 더 엉망진창인 거고……."

"설마 또 양수! 아차!"

장 형사는 자신의 입을 틀어막았다. 그런 말을 하면 미친놈으로 취급당할 줄 알면서도 기어이 마음속의 말을 내뱉고 말았다. 마 형사는 분명 소리를 버럭 지를 것이다.

"분명히 근래에는 비가 온 적이 없어. 가뭄이 한 달째야. 아무리 지하라지만 이렇게 물이 흥건하다니 이상하군."

하지만 장 형사의 예상과 달리 마 형사는 소리를 지르지 않았다. 그는 깊은 생각에 빠진 듯했다.

"이봐, 자네. 이 물…… 성분 좀 조사해주고, 시체가 왜 이 지경이 됐는지 최대한 빨리 부검 결과를 알아오도록 해."

"네, 네엣!"

장 형사는 마 형사의 지시에 조금 놀랐다. 물의 성분을 조사하라고? 그렇다면 그도 이 물이 평범하지 않다고 생각하는 것일까?

더 생각할 겨를이 없었다. 당장 시작하지 않으면 마 형사의 불호령이 떨어질 것이다. 장 형사는 급히 밖으로 뛰어나갔다.

"설마…… 그럴 리는 없겠지."

시체 옆에 혼자 남은 마 형사가 고개를 설레설레 저었다.

쾅!

뉴스 기사를 검색하던 김상훈은 자신도 모르게 책상을 내리쳤다. 그 소리에 몇몇 사원이 김상훈의 책상 쪽을 흘끗 쳐다보았다. 상훈은 재빨리 인터넷 창을 닫고 아무 일도 없는 척 서류철을 꺼내 들었다.

수진을 아파트에서 밀어버린 이후로 그는 매일 밤잠을 이루지 못하고 악몽에 시달리고 있었다. 그런 그가 강일수의 사망 사건을 알고 다시 신경이 곤두서고 말았다. 상훈에게 눈엣가시 같던 강일수가 사라진 것은 너무나 잘된 일이었다. 그러나 그는 강일수가 처참한 시체로 발견되기를 바라지는 않았다. 강일수 따위는 돈 몇 푼이면 정리할 수 있는 존재였다. 겨우 그런 인간이 죽어버림으로써 그에게 불똥이 튀는 건 아닌지 걱정되었다.

"제길!"

그는 목에 걸고 있는 공단 주머니를 꼭 쥐었다. 그것은 시골에 계신 어머니가 대학 시절에 걸어주었던 작은 부적 주머니였다. 가난뱅이 시골 노인네가 몇십만 원을 주고 받아온 부적에 당시에는 욕지거리를 해댔지만 이 순간만큼은 기댈 데가 이것밖에 없었다. 상훈은 한참 동안 잊고 살던 부적 주머니를 수진을 밀어버린 그날부터 다시 목에 걸었다. 그것이 조금이나마 두려움을 덜어줄 것만 같았다.

김상훈은 반질거리는 부적 주머니를 문질렀다. 사실 상황은 그가 계획했던 것보다도 더 술술 풀렸다. 수진이 죽은 뒤로 누구도 그를 의심하지 않았다. 경찰은 단순히 수진의 퇴직 사유만 물었을 뿐, 김상훈을 찾지 않았다. 들리는 말로는 수진이 퇴직 후 우울증에 시달리다가 자살한 것으로 결론이 났다는 것 같았다. 하지만 그는 안심할 수가 없었다. 매일매일 마음이 편치 않았다.

"후우……."

상훈은 도저히 자리에 앉아 있기 힘들었다. 그는 머리를 식히려고 화장실을 찾았다.

쏴아.

그는 세차게 흐르는 물에 얼굴을 닦았다.

"후우……."

그는 한숨을 내뱉으며 얼굴에 흐르는 물을 내버려두었다. 한참 동안 멍하니 아래만 바라보다가 고개를 들어 거울을 보았다. 아무런 인기척도 없었는데, 어느새 박종협이 그를 보며 빙글빙글 웃고 있었다.

"요즘 왜 그러십니까?"

징글징글한 놈이다. 이 여자 저 여자 집적거리는 형편없는 놈! 수진에게 추파를 던지다 그녀가 받아주질 않자 수진에 대해 안 좋은 소문을 퍼뜨리고 다닌 것도 박종협이었다. 그뿐만 아니라 이제는 자신이 수진과 마지막 밤을 함께했다면서 은근히 떠들고 다니는 수준 이하의 인간이었다. 상훈은 종협과는 한마디도 나누고 싶지 않았다.

"뭐, 무슨 일이 있습니까?"

종협이 빙글거리며 물었지만 상훈은 대답하지 않았다.

"여수진 씨 때문인가?"

"이 새끼가!"

상훈이 휙 돌아서서 비웃는 박종협의 멱살을 잡았다.

"이 새끼, 어디서 그런 말을!"

"어어, 이거 왜 이러시나?"

종협은 상훈의 공격에도 아랑곳없이 여전히 빙글빙글 웃음을 지었다.

"아니, 그냥 위로나 해주려고 했는데 왜 이러십니까? 제가 못 할 말이라도 했습니까?"

"이…… 이……!"

김상훈은 한 대 치려는 기세로 달려들다가 곧 종협의 목을 놓아주었다.

"제길!"

김상훈은 재빨리 화장실에서 나갔다. 놈과 말을 섞어서 좋을 것이 없었다.

화장실을 빠져나가는 상훈의 뒷모습을 바라보며 박종협은 재미있다는 듯이 빙글거렸다.

"흥! 여자들은 저런 놈이 어디가 좋다는 거지? 저렇게 나약한 놈 따위를! 전무 딸도 마찬가지지. 저런 놈이 어디가 좋다고!"

박종협은 말끔하니 뺀질거리게 생긴 김상훈이 전혀 마음에 들지 않았다.

"어머니, 저 왔습니다."

"그래, 종협이 왔냐. 왜 이렇게 늦었냐?"

"일 때문에요. 바로 올라가서 잘게요. 주무세요."

12시가 넘어 집에 들어온 종협은 곧바로 2층에 있는 자신의 방으로 올라갔다. 오늘은 사내 편찬실에 있는 아가씨를 꼬시려다가 비싼 술값만 쓰고 목적을 이루지 못했다. 여우 같은 것이 술을 마시는 체하고 몰래 버렸는지 나올 때까지도 정신이 말짱했다.

"흥, 앙큼한 것! 좀만 있어봐라. 너도 곧 내 것이 될 테니까!"

종협은 거칠게 양복을 벗어 던졌다. 그러고는 침대 위에 벌렁 드러누웠다.

갑자기 여수진이 생각났다.

"그렇게 가버릴 건 뭐람."

그는 여수진의 조각같이 아름다운 몸을 더 이상 보지 못한다는 사실이 못내 아쉬웠다. 지금까지 자신이 상대한 여자 가운데 여수진은 단연 최고였다. 자신이 그런 여자와 하룻밤을 보낸 것만으로도 자랑거리가 되기에 충분하다고 생각했다. 그런 그녀가 벌써 저세상으로 가버렸다니 너무나 섭섭했다. 잘 구슬리고 달래면 몇 번 더 만남을 지속할 수도 있었을 텐데…….

뚝!

갑자기 물방울 하나가 그의 얼굴로 떨어졌다.

"으잉? 이게 뭐야?"

종협은 천장을 올려다보았다. 형광등 뒤로 벽지 무늬가 누렇게 바래 있었다.

"거참, 몇 년 살았다고 벌써 물이 새나?"

종협은 침대에서 일어나 앉았다. 얼음처럼 차가운 물에 술기운이 확 깨는 듯했다.

"에라, 샤워나 하자."

그는 입고 있던 속옷을 훌훌 벗어 던지고 방에 딸린 욕실로 들어갔다.

쏴아아아.

따뜻한 물줄기가 쏟아져 나왔다. 그는 샤워기를 높이 걸어놓고 눈을 감았다. 따뜻한 물줄기를 맞으니 기분이 한결 상쾌해졌다. 그는 편찬실 아가씨를 어떻게 꼬실지 이리저리 머리를 굴렸다. 그때였다.

"으악! 차가워!"

따뜻하던 물이 갑자기 얼음장처럼 차가워졌다. 종협은 감고 있던 눈을 번쩍 떴다. 보일러가 망가진 건가 싶었다.

"이런…….."

종협은 급히 물을 잠갔다.

뚝.

어쩐지 귀에 거슬리는 커다란 물방울 소리가 뒤에서 들려왔다.

스륵.

갑자기 뒤쪽에서 기척이 느껴졌다. 그는 급히 뒤를 돌아보았다. 하지만 아무것도 없었다. 어쩐지 소름이 돋았다. 그는 밖으로 나가기 위해 서둘러 욕실 문손잡이를 잡았다.

"으악!"

순간적으로 아주 차가운 것이 등에 닿았다. 등줄기 전체로 삽시간에 소름이 번졌다. 종협은 겁에 질린 눈으로 뒤를 돌아보았다. 여전히 아무것도 없었다.

"천장에 붙어 있던 물방울이 떨어졌나?"

그는 다시 욕실 문손잡이를 잡았다.

'₩!@#$%^……?'

이번엔 도무지 알아들을 수 없는 소리가 들려왔다. 종협은 다시 한 번 뒤를 돌아보았다. 역시나 아무것도 보이지 않았다.

"신경과민인가? 내가 왜 이러지?"

그는 재빨리 욕실에서 나와 불을 껐다.

"으악!"

불을 끄는 순간 그는 두 개의 하얀 빛이 번쩍이는 것을 보았다. 그것은 마치 눈동자처럼 움직이고 있었다.

그는 진저리를 치며 뒤로 냉큼 물러났다. 열린 욕실 문 안에 더 이상 그 눈동자는 보이지 않았다. 꺼림칙한 기분에 그는 발로 욕실 문을 닫았다. 벌거벗은 온몸에 소름이 돋아 있었다.

끼이…….

갑자기 욕실 안쪽에서 이상한 소리가 들려왔다. 분명 단단히 닫았는데, 욕실 문이 스르륵 열렸다.

"뭐, 뭐야?"

종협은 욕실 문을 단단히 닫아둘 생각으로 문손잡이를 잡았다.

"으악!"

그 순간 종협은 깜짝 놀라고 말았다. 욕실 문손잡이가 얼음처럼 차가웠다. 문손잡이를 통해 그의 손에 이상한 냉기가 퍼지고 기분 나쁜 느낌이 엄습해왔다. 그는 얼른 문손잡이를 놓았다. 순간 살짝 벌어진 욕실 문틈으로 반투명한 젤리 같은 것이 스멀스멀 기어 나오기 시작했다.

'₩!@#$%^……?'

그 뭉클거리는 괴물이 알아들을 수 없는 소리를 냈다.

"으악! 귀, 귀신이닷!"

종협은 소리를 지르며 방구석으로 몸을 날렸다.

"으악! 가까이 오지 마! 가까이 오지 마!"

그러나 반투명한 괴물은 그를 향해 바짝 다가왔다. 그것은 종협의 앞에서 꿈틀거리더니 점차 태아의 형상을 띠었다.

"으악! 여수진의 저주구나! 으악! 난 잘못 없어! 난 안 죽였다고, 저리 가!"

종협은 이제 완전히 넋이 나간 표정으로 울부짖었다. 태아 형
상의 괴물은 종협의 울부짖음에 아랑곳없이 그의 무릎에 가닿
았다.

"으아아악!"

말로 표현할 수 없을 만큼 차갑고 불쾌한 느낌이 전해졌다. 종
협은 소리를 지르며 구석을 빠져나왔다. 그리고 곧바로 방문을
향해 몸을 날렸다. 그가 막 문손잡이를 돌리려 하는데, 어느새 반
투명한 괴물이 종협의 손 위에서 문손잡이를 내리누르고 있었다.
혼신의 힘을 다해 문을 열려는 종협과 그가 나가지 못하게 하려
는 괴물 사이에서 문손잡이가 헐거워지더니 이내 너덜거리며 부
러졌다. 종협은 열리지 않는 방문을 두들기며 필사적으로 소리를
질렀다.

"어머니! 살려줘, 제발!"

종협의 등 뒤에서 그 반투명한 것이 꿈틀거렸다.

"으악! 저리 가!"

너무나도 차가운 느낌에 종협은 진저리를 치며 다시 침대 쪽으
로 피했다. 반투명한 괴물은 잠시 멍하니 멈춰 섰다가 또다시 서
서히 종협을 향해 고개를 돌렸다.

'₩!@#$%^……?'

"으악! 뭐라고 하는 거얏! 으악! 오지 마!"

종협은 목이 쉴 정도로 바락바락 소리를 질렀지만 괴물에게는
들리지 않는 모양이었다. 그것은 전혀 멈출 기세가 아니었다. 괴

물은 빠르지는 않지만 한 치의 어긋남도 없이 종협을 향해 정확히 방향을 틀어 다가왔다.

"저리 가…… 저리 가란 말이야!"

종협은 자지러지는 목소리로 외쳤다. 소름끼치는 공포가 전신을 엄습했고 종협은 사력을 다해 발버둥쳤다. 그러나 벽에 막혀 물러설 곳이 없었다. 그는 침대 밑에 놓아두었던 알루미늄 야구방망이를 떠올렸다. 종협은 서둘러 야구방망이를 빼들고 괴물을 향해 겨누었다.

"종협아! 무슨 일이니?"

문밖에서 종협의 식구들이 웅성거리는 소리가 들렸다. 종협은 힘껏 어머니를 불렀다.

"어머니! 살려줘요! 살려줘요!"

밖에서 종협의 어머니가 문을 두드리는 소리가 나더니 곧이어 여러 사람의 발소리, 문을 찍어대는 소리가 들렸다. 그들은 문이 열리지 않자 부수려는 모양이었다.

문밖에서 요란한 소리가 들리건 말건 물컹거리는 괴물은 종협을 향해 점점 다가왔다.

"으아악! 저리 가!"

종협은 눈을 질끈 감고 정신없이 야구방망이를 휘둘렀다.

퍼억! 퍼억! 퍽!

무언가 진득한 것에 맞는 느낌이 들었다. 갑자기 사방이 고요해졌다. 종협은 살며시 눈을 떴다.

"으헉!"

종협의 눈앞에 여전히 그 반투명한 괴물이 있었다. 작은 태아
만 하던 것이 어느새 불어났는지 종협의 키보다 더 커져 있었다.
그것의 회색 눈동자가 달라져 있었다. 핏빛보다 더 새빨갛게. 그
것은 커다랗게 부풀어 올라 종협에게 다가왔다.

"으아악!"

종협은 벽에 밀착한 채 온몸을 버둥거렸다. 하지만 미끈거리는
괴물이 점점 부풀어 오르며 종협의 몸을 압박했다. 커다랗게 치
켜뜬 종협의 눈에 괴물의 새빨간 눈동자가 점점 다가왔다.

10

조명이 흐릿한 커피숍에는 몇몇 손님이 자리를 차지하고 있었
다. 창가 소파에는 한 남자가 깊은 생각에 빠진 표정으로 앉아 있
었다. 그의 앞 테이블에는 수첩과 사진 몇 장이 놓여 있었다. 누군
가를 기다리는 듯 그는 커피숍 문에 붙은 작은 방울이 딸랑거릴
때마다 고개를 들어 확인했다. 그때 다시 문이 열리며 한 무더기
의 사람들이 들어왔다.

"천신 도사님, 이쪽입니다."

마 형사가 손을 들어 천신 일행을 불렀다. 검은 도복으로 온몸
을 감싼 천신, 짧은 바가지 머리의 귀여운 낙빈, 찢어진 청바지에

붉은 모자를 눌러쓴 승덕, 긴 머리를 땋아 내린 다소곳한 정희가 그의 곁으로 다가왔다. 지난번 암병동 사건 이후로 다시 만난 마 형사에게 일행은 반가운 미소를 지었다.

"마 형사님, 편지는 잘 받았습니다. 해괴한 일이더군요. 우리가 도울 일이 있는지 모르겠지만 도움이 되길 바랄 뿐입니다."

천신이 고요한 음성으로 말했다. 마 형사는 연륜 깊은 천신이 겸손하게 말하니 참으로 몸 둘 바를 몰랐다. 그의 몸짓 하나, 말 한마디에서 고매한 인격이 흘러나오는 것 같았다.

"저야말로 바쁘신 중에 이렇게 와주시니 감사할 따름입니다."

"허허. 이 이야기를 해주었더니 우리 낙빈이가 꼭 가야 한다고 하더군요. 그래서 부랴부랴 산을 내려왔습니다. 그럼 어디 자세한 이야기를 들어볼까요."

천신은 마 형사의 편지를 받고 암자 식구들과 의논했다. 바로 그때 이야기를 듣고 있던 낙빈은 온몸에 전기가 흐르는 듯한 느낌을 받았다. 그리고 신할아버지로부터 반드시 도와줘야 한다는 엄명을 받았다.

"그럼, 거두절미하고 간략히 사건에 대해 말씀드리겠습니다."

마 형사는 방금 전 안주머니에 꽂아두었던 수첩을 꺼내며 이야기를 시작했다.

"관련된 세 건의 사망 사건을 말씀드리겠습니다. 첫 번째는 여수진이라는 여자가 아파트에서 추락한 사건입니다. 당시 그녀의 아파트는 17층이었고 그녀가 추락한 모습은 이렇습니다."

그는 일행 앞에 사진 몇 장을 내밀었다.

"바닥에 이불이 깔려 있고 그 반쯤에 걸쳐 시체가 추락했죠. 그녀의 아파트는 마치 강도가 든 것처럼 어지러웠습니다만, 그것은 그녀와 관계를 맺고 있던 강일수라는 자의 짓이었습니다. 강일수를 조사한 결과 그는 여수진과 다투느라 아파트를 어질렀을 뿐, 그녀가 아파트에서 추락할 무렵에는 이미 그곳에 없었습니다. 폐쇄회로 TV와 목격자를 확인한 결과 사실이었습니다. 때문에 경찰은 여수진이 이불을 널다가 실수로 추락했다고 사건을 종결시켰습니다. 하지만 여기서 주목할 것은 시체 주위에 흥건한 물입니다. 감식 결과 이 물은 순수한 물이 아닌 나트륨, 염소, 요소 등이 섞인 양수로 판명되었습니다. 여수진은 임신 4개월이었던 거죠. 그런데 문제는 시체를 검시한 결과 태아가 어디에도 없었다는 겁니다."

이야기를 듣던 낙빈이 몸을 부르르 떨었다. 보통 몸을 떠는 것이 아니라 온몸이 감전된 듯 덜덜 떠는 바람에 모두들 잠시 낙빈을 바라보았다. 또 뭔가 느낌이 오는 모양이었다. 낙빈에게 잠시 시선을 빼앗겼던 마 형사가 다시 이야기를 이어갔다.

"두 번째 사건은 좀 전에 말씀드린 강일수의 사망 사건입니다. 강일수는 그의 반지하 셋집에서 발견되었습니다. 여기 사진에서 보시다시피 살해 현장은 끔찍했습니다. 피가 온 바닥에 흥건했고 온몸의 구석구석에서 피가 솟구쳐 있었습니다. 검시 결과 '수십 톤의 압력이 온몸에 동일하게 가해진 것 같다'는 소견서를 받았습니다. 그러나 강일수의 시체 주변에는 수십 톤은커녕 몇백 킬로가 나가는 물건도 없었습니다. 정말 이상한 일이지요. 이 경우 역시 시체 주변, 천장, 바닥, 벽에 엄청난 물기가 서려 있었고 그 성분 역시 양수로 밝혀졌습니다."

끔찍한 사진에 정희와 낙빈은 신음 소리를 냈다. 납작하게 눌려 온몸이 피투성이가 된 남자의 시체는 참혹했다.

"세 번째 사망 사건은 바로 어제 일어났습니다. 죽은 사람은 여수진과 같은 회사에서 근무했던 박종협이란 잡니다. 어제 새벽 2시경에 발견되었습니다. 죽기 직전에 식구들이 그의 방 안에서 살려달라는 비명 소리를 들었다고 합니다. 그의 시체를 검시한 결과 강일수와 동일한 결과가 나왔습니다. 수십 톤의 압력이 온몸에 동일하게 가해졌을 거라는 소견이었습니다. 또한 그의 방 천장에서 흥건한 물기가 발견되었고, 아직 검사 중이지만 제 생각엔 그것 역시 양수일 것 같습니다. 방 밖에는 가족들이 모두 있었고 살인자가 창문이나 다른 곳으로 빠져나간 흔적은 전혀 없었습니다. 게다가 이상한 점은 가족들이 도끼로 문짝을 찍고 손잡이를 아무리 비틀어도 문이 꼼짝하지 않았다는 겁니다. 그러다가 순식간에 문이 무너지듯 열리더니 그 안에는 박종협의 끔찍한 시체만 있었다는 겁니다."

마 형사는 잠시 물을 한 모금 마신 후 수첩을 주머니에 넣었다.

"제 눈에는 세 사람 모두 어떤 관계가 있는 것으로 보입니다. 살해된 강일수와 박종협, 그리고 추락사한 여수진은 모두 지난

일 년간 같은 회사에 다녔습니다. 여수진과 박종협은 같은 회사의 정사원이었고 강일수는 임시직이었지요. 사내에서 강일수와 박종협은 여수진과 관계된 소문의 주인공이었는데……. 강일수의 경우 여수진을 강간하고 협박했다는 소문과 내연 관계였다는 소문이 있었습니다. 그리고 박종협은 여수진이 죽기 전에 마지막으로 잠자리를 함께한 것이 자신이었다며 공공연히 자랑하곤 했답니다."

"흐음."

천신과 승덕이 턱을 괴고 동시에 신음 소리를 냈다.

"그렇다면 여수진이란 여자와 관련된 사람들에게 이 사건이 일어났다는 거군요? 죽은 자의 옆에선 양수가 발견되고……."

"그렇습니다. 원한 살인이라 해도 시체 옆에서 양수가 발견된다는 점과 비현실적인 살인 도구가 쓰였다는 점이 불가사의합니다. 개인적인 관심이 없다면 이런 사건들은 개별 사건으로 보고하고 묻어버리고 싶은 것이 사실입니다. 더 파고들어봤자 정말 귀신 장난이 아닐까 싶으니까요."

마 형사는 한숨을 내쉬며 솔직한 심정을 토로했다.

"그럼 이 두 명의 남자 외에 여수진과 관련된 다른 사람은 없습니까?"

승덕은 평소와 달리 매우 진지한 얼굴로 변했다. 무언가에 집중할 때의 표정이었다. 마 형사는 잠시 생각하더니 말을 꺼냈다.

"그 외에 관련된 사람이 한두 명 더 있는 것 같습니다. 그 회사 사람들에게 알아보니 김상훈이란 사람이 있긴 합니다만, 여수진과의 관계는 그렇게 깊지 않았다더군요. 잠깐 연애를 하다가 서로 합의하에 헤어졌다니까요. 그는 여수진과 헤어지고 다른 사람과 결혼할 예정이라고 합니다."

그 말을 듣던 낙빈의 양손이 또다시 눈에 띄게 벌벌 떨렸다.

"낙빈아, 괜찮냐?"

천신이 마 형사와 이야기를 끝내고 찻집에서 나오며 부드러운 눈길로 낙빈을 쳐다보았다. 이야기 도중 몇 번이나 심하게 떨었던 낙빈을 걱정하는 눈빛이었다.

"네, 전 괜찮아요, 하지만……."

"자식, 박수무당이라곤 해도 아직 꼬마구나. 겁은 많아서……. 무서워서 그러니? 꿈에 나올 법한 사진들을 봐서?"

승덕이 피식 웃으며 낙빈의 머리를 헝클어뜨렸다.

"아네요! 겁이 나는 게 아니에요!"

"신이 들어왔던 거지?"

정희가 낙빈의 어깨를 감싸며 말했다. 낙빈이 살짝 고개를 끄덕였다.

"어떤 할머니 신이 자꾸 들어오려고 해서……."

"할머니 신이라고?"

승덕이 의아해하며 물었다.

"네. 손님들도 계신데 할머니 신이 들어오려고 하셨어요. 그

때 오셨다간 막 시끄럽게 떠드실 것 같아서 오시지 말라고 말렸어요."

"그래, 지금은 괜찮고?"

"네. 지금은 그냥 잠잠해요. 할머니 신은 힘이 빠진 것 같아요. 뭔가 굉장히 안타까워하고 슬퍼하셨던 것 같은데…… 앗!"

그때였다. 낙빈이 할머니 신에 대한 얘기를 멈추고 또다시 온몸을 부르르 떨었다. 양손은 물론 두 다리와 얼굴까지.

"어어?"

놀란 승덕이 낙빈의 한쪽 팔을 꼭 잡았다. 행인들이 눈을 하얗게 뜨고 뒤로 넘어가는 낙빈을 힐끔거렸다.

"신이 들어오려나 봐요, 오빠."

"그렇구나! 하필이면 길거리에서……. 뭐 이리 요란하게 들어오는 할머니가 다 있냐!"

승덕은 투덜거리면서도 낙빈을 단단히 잡았다.

떨림이 잠잠해지면서 낙빈의 허리가 약간 구부정해지더니 노인의 말투로 말하기 시작했다.

"이런, 이런…… 찾아야 해! 그놈을 데려가야 해. 그놈! 아무것도 모르는 불쌍한 놈! 그 불쌍한 것! 그놈이…… 그놈이……!"

"말씀하시는 분께서는 누구신지요?"

천신이 공손히 여쭈었다.

"길을 인도하는 할망구라네. 큰일이야, 큰일! 큰일이 나고 말았어! 이것이 이제 죄를 그만 지어야 될 텐데……. 아이고, 불쌍한 것, 불쌍한 것!"

"불쌍한 것이라니, 누굴 말씀하시는 건지요?"

"말하고 있을 시간이 없다! 이놈, 늙은 산신 놈아! 아까 그놈에게 가자! 그놈에게 갔을 거야! 어서 가자!"

할머니는 낙빈의 입을 통해 천신을 닦달하기 시작했다.

"그놈이라니요? 누굴 찾아가라는 것인지요?"

"그놈! 아직 안 죽은 놈에게 가야지! 어서 가자! 어서!"

굽은 허리로 서둘던 낙빈이 다시 몸을 부르르 떨었다. 머리에서 발끝까지 온몸을 쭉 떨더니, 반대로 다리부터 머리로 커다란 떨림이 파도처럼 이어졌다. 그리고 그대로 까무러치는 낙빈을 승덕이 단단히 붙잡았다. 잠시 후 하얗게 풀어졌던 낙빈의 눈이 다시 초롱초롱한 빛을 띠었다.

"큰일 났어요, 스승님! 어서…… 아까 말했던 마지막 남자 분! 그 사람에게로 가야겠어요!"

낙빈은 신이 들어선 동안 신의 안타까움과 애타는 마음을 절실히 느꼈는지 매우 서둘렀다.

"그래, 알겠다. 이 시간이라면 회사에 있겠지. 서두르자."

천신이 고개를 끄덕였다. 일행은 마지막으로 남은 김상훈을 찾아 출발했다.

11

"후우."

담배를 거머쥔 상훈의 오른손이 덜덜 떨렸다.

"후우우."

상훈은 오늘 회사에 나가지 않았다. 한 번도 결근한 적이 없는 상훈이 오늘만은 몸이 아프다는 핑계를 대고 출근하지 않았다. 상훈은 떨리는 오른손으로 담뱃재를 털며 왼손으로 가슴에 매달린 작은 주머니를 만지작거렸다.

시골의 어머니가 주신 부적이다. 그의 작은 독신자 아파트 곳곳에도 어머니가 주신 부적이 여기저기 붙어 있었다. 괜찮다고 만류하는 아들에게 남자가 혼자 살면 잡귀가 많이 붙는다면서 적어도 잠자는 방만은 마음이 편해야 한다고 침실 동서남북에 부적을 붙이고 깊이 절을 하던 어머니였다.

지금껏 낡은 부적을 보며 투덜거리던 상훈이었지만 오늘만큼은 그 부적으로 인해 조금이나마 안심이 되었다. 어머니의 사랑은 부적과 같은 것인 듯했다. 평소에는 잘 모르다가 결정적인 순간이 되면 알게 되는. 마지막까지 손을 놓지 않고 지켜주는 존재인 듯싶었다.

상훈은 누런 종이에 적힌 붉은색 글자를 멍하니 쳐다보다가 문득 수진이 벽에서 스르르 나올 것만 같다는 끔찍한 생각을 했다. 눈! 17층 아래로 떨어질 때 수진의 그 눈을 보지 않았다면 이렇게 괴롭진 않았을 것이다. 겁에 질린 커다란 눈, 공포에 질린 그 눈동자!

"후욱!"

상훈은 얼마 남지 않은 담배를 깊이 빨아들이며 세차게 고개를 흔들었다. 아무리 고개를 흔들어도 그의 뇌리에서 그녀의 눈동자가 지워지지 않았다.

'어쩌다가 내가 그랬을까……. 미쳤지, 미쳤어! 왜 수진이만 없으면 걱정이나 고통 따위는 영원히 사라져버릴 거라는 생각이 들었을까?'

상훈은 너무나 후회스럽고 비통했다. 사고였다고 아무리 뇌까려봐도 죄책감과 두려움이 사라지질 않았다. 상훈은 담뱃불을 비벼 끄며 오늘 아침부터 오후 5시인 지금까지 아무것도 먹지 않았음을 새삼 기억했다. 먹고 싶지는 않았지만 그의 위장이 쓴 물을 뿜어내며 위벽을 긁고 있었다. 사방이 부적으로 둘러싸인 이 방에서 벗어나고 싶지 않았지만 그는 위벽을 긁어내리는 아픔에 지갑을 챙겨 일어났다.

그는 편의점에 들러 컵라면 몇 개와 즉석요리 몇 개를 골랐다.

"얼맙니까?"

상훈이 무심히 만 원짜리 지폐를 내밀자 점원이 그를 유심히 쳐다보았다.

"여기 거스름돈이요."

상훈이 거스름돈을 받아들고 돌아서는데 뒤에서 소리가 들렸다.

"운동을 좋아하시나 봐요?"

"……?"

누구에게 한 말인가 싶어 뒤를 돌아보니 마침 가게에는 그와 점원뿐이었다.

"저 말입니까?"

"네, 뛰어서 그런 것 아닌가요? 옷이 흠뻑 젖어 있네요?"

상훈은 점원의 이상한 말에 아무런 대꾸 없이 고개를 돌렸다. 갑자기 옷이 무겁게 느껴졌다.

"헉!"

그는 가슴에 손을 갖다 대보고는 깜짝 놀랐다. 옷이 물에 담갔다 꺼낸 것처럼 젖어 있었다.

"이…… 이게 어찌 된 일이지?"

이상했다. 화장실에 몇 번 다녀온 것을 제외하면 물을 만진 일이 없는데……. 너무나 이상했다. 그는 온몸의 털이 쭈뼛 곤두서는 것을 느꼈다.

"설마……."

심장이 거세게 고동쳤다. 기묘한 느낌에 등골이 서늘했다.

그는 자신의 아파트를 향해 발걸음을 빨리했다. 기분이 이상했다. 뭔가가 따라오는 느낌이 들었다. 발소리 같지 않은 이상한 소리. 스르륵 하는 소리가 멀리서 들려오는 것 같았다. 상훈은 걸음을 떼려다 갑자기 뒤를 돌아보았다. 아무것도 없었다.

그는 다시 고개를 돌렸다. 술도 마시지 않았는데 갑자기 공간이 이지러지는 것같이 굽어 보였다.

"아아, 내 정신이 아니야."

상훈이 두 눈을 비비고 다시 이지러진 공간을 쳐다보았다. 여전히 공간이 일그러져 보였다. 투명한 무언가가 빛을 굴절시키는 것처럼!

무서웠다. 그의 이성은 자신이 만들어낸 두려움이 착시 현상을 일으킨 것뿐이라고 말했지만, 그의 몸은 섬뜩한 두려움에 덜덜 떨었다.

상훈은 자신의 아파트까지 힘껏 뛰었다. 아무리 뛰어도 바로 뒤에서 무언가가 쫓아오는 듯했다. 금방이라도 골목길에서 손 하나가 쑤욱 나올 것 같았다. 상훈은 엘리베이터 앞에서 멈춰 섰다.

504호. 그의 집은 5층이었다. 그는 엘리베이터가 내려오자 재빨리 몸을 싣고 닫힘 버튼을 눌렀다. 문이 스르르 닫히다가 잠시 멈칫했다. 상훈의 등줄기에서 식은땀이 주르륵 흘러내렸다. 잠시 멈칫한 문은 곧 아무 일도 없었던 것처럼 스르르 닫혔다. 그리고 5층을 향해 움직이기 시작했다.

'₩!@#$%^……?'

알아들을 수 없는 이상야릇한 소리가 희미하게 뒷덜미에서 들려왔다. 상훈의 두 눈은 커다랗게 벌어졌다. 옆에 있는 거울을 쳐다볼 수도, 뒤를 돌아볼 수도 없었다.

'피곤해서 그래. 신경을 써서 그런 거야. 그래, 그런 거야.'

상훈은 열심히 스스로를 달랬다. 또다시 두려움으로 환상이 보이는 것뿐이라고. 2층을 알리는 불이 켜졌다. 오늘따라 이놈의 엘리베이터는 왜 이리 느린 걸까?

'₩!@#$%^……?'

또다시 아련한 바람 소리 같기도 하고 휘파람 소리 같기도 한 그것이 귓가에 울렸다.

'환청이야!'

상훈은 눈을 감고 고개를 흔들었다.

3층 불이 켜졌다. 그리고 4층……. 갑자기 주위에서 심한 한기가 느껴졌다. 엘리베이터 안에 차가운 바람이 부는 듯했다.

5층…….

그 차가운 기운이 상훈의 목덜미에 불어닥쳤다. '훅!' 하고 밀려오는 차가운 입김! 그 소름끼치는 느낌!

"으악!"

상훈은 뒤를 돌아볼 생각도 못하고 엘리베이터 문이 열리자마자 달려 나갔다. 그는 재빨리 집 안으로 들어가 문을 걸어 잠그고 숨을 헐떡였다.

쿠웅.

순간 그가 들어온 현관문 뒤편에서 무언가가 둔탁하게 문을 두드리는 소리가 길게 여운을 남기며 들려왔다. 상훈의 등에 한 줄기 소름이 지나갔다.

쿠웅.

다시 철문이 울리는 여운 같은 소리가 들렸다. 상훈은 눈을 비

벘다. 분명 네모난 철문 가운데가 이지러지듯 불거져 나와 보였다. 눈을 비비고 다시 보아도 철문은 분명 이지러져 있었다.

갑자기 죽은 수진이 자신을 찾아왔다는 생각이 상훈의 뇌리를 스쳤다.

"으아악!"

그는 정신없이 방으로 뛰어 들어가 문을 잠갔다. 온몸이 땀으로 젖어 있었고, 얼굴은 새파랗게 질려 있었다. 이제 상훈이 믿을 것은 오로지 어머니가 사방 벽에 붙여준 낡은 부적과 목에 걸고 있는 작은 주머니뿐이었다.

"흐억!"

이번엔 나무로 된 방문이 현관의 철문처럼 가운데가 불룩하게 일그러지기 시작했다.

"으악! 오지 마, 오지 마!"

상훈은 고래고래 소리를 질렀다. 그 순간이었다.

파지직!

누런 부적에서 나온 푸른 불꽃이 마치 낙뢰처럼 그 불룩한 괴물에게로 쏟아져 내렸다.

스슥.

이상한 소리가 들리며 순간 불룩했던 나무문이 원래대로 쑥 들어가버렸다.

상훈은 놀라지 않을 수 없었다. 자신을 향해 오던 그 괴물이 방문 위에 붙어 있는 부적의 힘으로 더 이상 다가올 수 없게 된 것이다. 어머니가 붙여놓은 낡은 부적이 그를 지켜주고 있는 것이다. 가짜 부적을 비싸게 사왔다며 어머니를 편잔했던 것이 이제는 오히려 후회스러울 지경이었다. 상훈은 어머니에게 고마운 마음이 일었다.

팽팽한 긴장감이 감도는 가운데 돌연 주위가 조용해졌다. 괴물은 생각지도 않았던 부적의 힘에 놀란 것이 분명했다. 가버린 걸까? 이제 더 이상 오지 않는 걸까?

상훈은 불룩해졌던 방문을 불안하게 쳐다보았다. 도저히 문을 열 용기가 나지 않았다.

스으…….

"흐억!"

이번에는 방 오른쪽 벽이 불룩하게 올라오기 시작했다. 벽에 기대고 있던 상훈은 바닥으로 굴러떨어졌다. 온몸이 덜덜 떨렸고 이까지 딱딱 부딪혔다. 불거져 나오던 벽은 다시 부적과 닿아 파지직거리더니 잠잠해졌다.

끝이 아니었다. 잠시의 침묵 뒤에 오른쪽 벽에서 또다시 불꽃이 튀기 시작했다. 벽이 우그러들었다가 불꽃이 일면 다시 원래의 평평한 상태로 돌아간다. 그러다 다시 낡은 부적과 괴물이 파지직 전기 음을 내며 부딪힌다. 이런 충돌이 몇 번이고 반복되면서 상훈의 눈앞에 믿을 수 없는 광경이 펼쳐졌다.

한 번, 두 번, 세 번…… 부적에 밀려서 떨어져나갔던 괴물은 다시 달려들고, 또다시 떨어져나가고를 반복했다. 두려웠다. 시간

170

이 갈수록 부적에서 나오는 불꽃은 줄어드는 반면 괴물은 지칠 줄 모르고 달려드는 것 같았다. 갑자기 아무 소리도 들리지 않았다. 괴물이 사라져버린 듯 사방이 고요했다. 그러다 상훈의 뒤에서 이상한 기척이 느껴졌다.

"으허억!"

이번엔 뒤쪽 베란다와 통하는 투명한 유리창 쪽에서 파지직거리는 전기 음이 들렸다. 그제야 상훈은 그놈의 모습을 제대로 볼 수 있었다. 주위가 일그러져 보인 것은 괴물이 반투명했기 때문이었다. 괴물은 전신이 희끗희끗한 연기처럼 뿌옜다. 반투명한 그것을 자세히 바라보니 아주 작은 태아의 모습이었다. 그 태아가 유리벽을 치며 안으로 들어오려 했고, 천장 바로 아래에 붙은 부적은 그것이 들어오지 못하게 막고 있었다. 그리고 두 힘이 닿으면 빠지직거리며 불꽃이 튀었다.

부적의 힘으로 뒤로 나자빠진 태아 모양의 반투명한 괴물은 다시 일어나 지칠 줄 모르고 유리벽을 파고들었다. 그리고 다시 부적의 힘과 부딪히면 전기 마찰음을 만들어냈다.

어렴풋이 태아의 모습이 확인되자 상훈은 수진이 저 괴물을 보낸 게 확실하다고 생각했다. 수진의 배 속에 있는 아이……. 수진은 상훈에게 고통을 주기 위해 그런 모습으로 나타난 것 같았다.

"나를 죽이러 왔구나! 수, 수진아……!"

상훈은 용기를 내어 수진을 불렀다. 그러나 태아 형상의 괴물은 상훈의 말을 듣지 못하는지 유리벽을 향해 계속 몸을 부딪치기만 했다.

"수진아!"

상훈은 다시 온 힘을 다해 수진을 불렀다. 갑자기 괴물이 행동을 멈추었다. 유리벽 너머에 있는 괴물에게까지 소리가 전해진 모양이었다.

"수진아, 미안하다! 정말 미안하다! 내가 미쳤던 거야! 내 정신이 아니었던 거야!"

상훈은 무릎을 꿇고 울음을 터뜨렸다. 태아같이 생긴 반투명한 물체가 회색 눈동자를 커다랗게 뜨고는 오열하는 상훈을 빤히 바라보았다.

'마아아······?'

이번에는 그것이 말하는 소리가 똑똑히 들렸다.

'아······ 마아아!'

그것이 커다랗게 소리를 지르더니 더욱 맹렬한 기세로 유리문을 향해 부딪쳐왔다.

빠지직!

다시 부적과 마찰이 일어나고 그것은 뒤로 넘어졌다. 그러나 다시 일어나 더욱 세게 유리문을 향해 몸을 던졌다. 불나방이 죽을 것을 뻔히 알면서도 불을 향해 정신없이 날아오듯, 그것은 부적에 의해 고통받을 것을 알면서도 저돌적으로 달려들었다.

상훈의 절규는 오히려 기름에 물을 뿌린 격이 되어버렸다. 상훈이 울면서 사죄한 뒤로 저 반투명한 괴물체는 더욱더 미친 듯이 유리벽에 부딪치고 있었다. 상훈은 두려워서 정신을 차릴 수가 없었다.

"으악! 사람 살려! 살려줘요!"

상훈은 정신없이 소리를 질렀다.

이제 사방 벽에 붙은 부적은 너덜너덜해졌다. 금방이라도 떨어질 듯 간신히 벽에 붙어 있었다. 그러나 힘이 빠지기는 괴물도 마찬가지였다. 그것도 기운을 잃은 듯 한동안 움직이지 않고 가만히 있었다. 한참 동안 고요했다. 기운을 잃은 괴물은 죽은 것 같기도 했다.

그때였다. 좀 더 떨어진 곳에서 철문을 두드리는 소리가 들렸다. 웅성거리는 목소리도 들렸다. 김상훈은 무서워서 몸을 웅크렸다. 얼마 지나니 저 멀리 현관 쪽에서 문이 열리는 소리가 들렸다. 김상훈은 잔뜩 긴장한 얼굴로 낯선 소리에 귀를 기울였다.

"김상훈 씨! 김상훈 씨! 괜찮습니까? 여수진 씨 일로 찾아왔습니다. 괜찮습니까?"

갑자기 사람 목소리가 들려왔다. 사람이다! 사람! 김상훈은 소리를 향해 절규했다.

"살려줘요! 살려주세요!"

소리가 들리는 방문을 향해 김상훈은 울음을 터뜨렸다.

"김상훈 씨, 나는 마 형사라고 합니다. 어서 이 문 좀 여세요!"

귀신이 나를 홀리려 하는 건 아닌가? 저 소리가 정말 사람의 목소리일까? 상훈은 온갖 의심이 들었지만 자신과 괴물 이외에 사람의 소리가 들린다는 것만으로도 숨통이 조금 트이는 것 같았다.

"어서 문 좀 열어보세요!"

다급한 목소리였다. 상훈은 가까스로 정신을 차리고 방문 앞으로 몸을 움직였다.

"형사님, 내가 셋을 세고 문을 열 테니 그때 방으로 들어오세요. 빨리요!"

상훈은 공포에 질린 눈으로 유리벽 너머의 반투명한 물질을 쳐다보았다. 그것은 사람이 찾아온 것을 아는지 모르는지 여전히 움직임이 없었다.

"하나, 둘, 셋!"

상훈이 소리치며 문을 왈칵 열었다. 그 순간 마 형사는 급히 문 안으로 들어왔고 상훈은 그가 들어오기 무섭게 다시 문을 잠갔다. 철컥 소리와 함께 상훈의 방은 다시 단단히 잠겼다.

"대체 무슨 일입니까?"

마 형사는 엉망인 모습으로 두 눈이 꺼멓게 들어간 상훈을 바라보았다. 하얗게 질린 얼굴은 한눈에도 문제가 있어 보였다.

"으흐흑! 사람이 맞군요. 으흐흑!"

상훈은 마 형사의 옷자락을 잡고 늘어졌다.

"형사님, 저걸 보세요. 저걸…… 살려주십시오! 절 좀 살려주십시오!"

헝클어진 머리에 온몸이 땀으로 젖은 상훈이 마 형사의 팔을

174

붙잡으며 유리창 너머를 손으로 가리켰다. 그곳에는 젤리 같은 혹은 얼음 같은 반투명한 물질이 있었다.

"저게 뭡니까?"

"수진입니다! 수진이에요! 으흐흑!"

죽은 여수진을 말하는 것이 틀림없었다. 마 형사는 천신 일행과 헤어지고 경찰서로 돌아가다가 천신의 연락을 받고 급히 김상훈의 집으로 달려온 것이다. 천신 일행은 김상훈을 보호하기 위해 회사로 갔지만 오늘따라 그는 회사에 나오지 않았다. 다급한 마음에 천신이 마 형사에게 연락을 취한 것이다. 마 형사는 천신 일행이 올 때까지 기다리는 수밖에 없었다.

"우선 밖으로 나갑시다. 제게 총이 있으니까 안심하십시오. 여차하면……."

마 형사는 상훈을 안심시키며 차분하게 말했다.

"안 됩니다! 여기서 절대로 한 발도 나가지 않을 겁니다!"

상훈은 눈을 부릅뜨며 소리쳤다.

"사방에 붙어 있는 저 부적 보이시죠? 저 부적 덕분에 수진이가 이곳으로 못 들어오는 겁니다. 들어오면 절 죽일 겁니다. 절 죽일 거예요!"

상훈의 두 손과 두 발이 부들부들 떨렸다.

"수진이란 사람한테 대체 무슨 죄를 지었기에 이러십니까?"

상훈은 허옇게 눈을 뜨더니 마 형사를 바라볼 뿐이었다. 무언가 감추고 있는 것이 틀림없었다.

슈수우웃.

이상한 소리가 들리자 마 형사는 상훈에게서 눈을 돌렸다. 그의 눈앞에서 믿을 수 없는 일이 벌어지고 있었다.

"세상에!"

마 형사는 경악했다. 투명한 유리를 통과하려는 반투명한 괴물과 엿가락처럼 불거져 나오는 유리가 눈에 들어왔던 것이다.

"으흐흑! 수진아…… 용서해줘. 으흐흑!"

김상훈은 움직이는 괴물을 향해 무릎을 꿇고 두 손을 모아 빌기 시작했다. 마 형사가 보기에 김상훈은 극도의 불안과 공포로 이미 제정신이 아닌 듯했다.

"제길! 믿을 수가 없군!"

마 형사는 혀를 찼다. 믿기지 않았지만 누런 부적들이 어떤 힘을 발휘하고 있는 게 분명했다. 하지만 이것들도 한계가 있어 보였다. 한 번 빠지직거리며 괴물과 부적이 충돌하면 괴물은 뒤로 나자빠지고 부적은 마치 물을 먹은 듯 축 늘어져버렸다. 반투명한 물체는 엄청난 집념으로 죽을힘을 다해 방 안에 들어오려 애쓰고 있었다. 반투명한 물체는 이번에는 베란다 저쪽 멀리 공중에서 달려오기 시작했다.

파아앗!

세찬 바람이 불어오면서 부적에서 커다란 번개가 쳤다. 반투명한 물체는 전보다 훨씬 멀리 나가떨어졌다. 부적은 바람에 흩날리며 천장에서 바닥으로 출렁거리다가 떨어져 내렸다.

"으아아악!"

떨어지는 부적을 보자 상훈은 거의 제정신이 아니었다. 그는 눈을 까뒤집으며 뒤로 나자빠졌다.

"이거야, 원!"

산전수전 다 겪은 마 형사도 겁에 질려 아랫도리가 후들거렸다. 이런 해괴한 일은 처음이었다. 그는 총구를 반투명한 물체에 조준했다. 그 물체는 다시 스르륵 일어서더니 천천히 유리벽을 향해 다가오기 시작했다. 이제 부적은 떨어졌고 더 이상 괴물의 앞을 막을 것은 없었다. 반쯤 기절한 듯 심하게 떨고 있는 상훈 옆에서 마 형사는 조용히 그 물체를 향해 총구를 겨누었다.

그것은 천천히 유리벽을 향해 다가왔고 점차 유리벽이 볼록볼록해졌다. 그리고 작은 손가락 하나하나가 천천히 유리벽을 통과해 방 안으로 들어오기 시작했다.

"으으…… 오지 마, 오지 마……."

반투명한 물체는 천천히 상훈을 향해 다가왔다. 상훈은 정신없이 팔을 휘저으며 뒤로 물러났다. 마 형사의 손에서 땀이 배어 나왔다. 엄청난 긴장에 온몸이 뻐근했다.

"다가오지 마라. 접근하면 쏘겠다!"

마 형사는 귀신에게 총을 쏘겠다고 위협하는 자신이 한심하게 느껴졌다. 그러나 지금 믿을 것은 자신의 손에 들려 있는 총 한 자루뿐이었다. 괴물은 말을 알아듣는지, 못 알아듣는지 점점 그들을 향해 다가왔다. 아니, 정확히 말하면 상훈을 향해 다가오는 것이었다.

마 형사가 아무리 소리를 질러도 괴물은 상훈을 향해 움직였다. 마 형사의 두 번째 손가락에 힘이 가해졌다.

"안 돼욧!"

타앙!

낙빈이 방문을 열면서 소리를 지른 것과 동시에 마 형사가 총을 쏘았다.

12

'크으……'

반투명한 괴물의 눈이 갑자기 붉은빛으로 바뀌었다. 상훈은 열린 방문 밖으로 정신없이 뒷걸음질했고 마 형사는 다시 권총을 조준했다.

"마 형사님, 어서 이리로 오세요! 위험합니다!"

승덕이 소리를 지르자 마 형사는 반투명한 괴물에게서 눈을 떼지 않고 천천히 뒤로 물러섰다.

'흐윽……'

작은 태아 모습의 반투명한 괴물은 울음소리 같은 괴상한 소리를 내며 점점 커지기 시작했다. 반투명한 괴물에 닿은 침대는 완전히 찌그러져 형체가 뒤틀리고 말았다.

"제길, 저것이었군! 이대로면 압사당하겠어!"

마 형사는 수십 톤의 힘으로 처참히 눌려 죽은 강일수와 박종협의 시체를 떠올렸다. 엄청난 압력을 이기지 못하고 터져버린 시체는 바로 부풀어 오른 거대한 괴물에게 눌린 흔적이었던 것이다.

마 형사가 방 밖으로 완전히 빠져나오자 낙빈은 두 손을 모으고 기를 끌어올렸다. 천신이 반투명한 괴물 앞에 단단히 버티고 섰고, 그 옆에 낙빈과 정희가 다가갔다. 승덕은 마 형사와 상훈을 보호하며 그들 앞을 막았다.

"돌아가신 분의 태아예요! 자기가 죽었다는 걸 알지 못하나 봐요!"

눈앞에 서 있는 것은 작은 태아의 영혼이었다. 수진의 배 속에 있던 4개월 된 태아! 이미 죽은 태아는 자신의 죽음을 알지 못하고 살려는 본능의 힘으로 이승을 떠돌고 있었던 것이다.

"비나이다, 비나이다. 가련한 영혼이여…… 노여움을 푸소서. 어찌하여 노여워합니까. 어찌하여 인간들에게 고통을 주려 합니까. 제게 이야기하십시오. 제게 말씀해주십시오."

정희는 깊이 바라는 마음으로 태아의 영혼을 향해 합장했다. 육체의 아픔과 고통만이 아니라 마음의 병도 제 몸으로 받아올 수 있는 정희는 자신의 진심을 영혼에게 전달했다. 정희는 어린 태아 혹은 죽은 여자의 원혼이 모두 제게 다가와 그 응어리진 마음을 풀었으면 하는 바람이었다. 이것은 정희의 몸에 실린 희생보살♦의 역할이기도 했다. 정희는 희생보살의 힘을 빌려 묵묵히

남의 아픔을 대신해주고, 제게 분풀이하는 사람을 위해서도 기도
해주곤 했다.

태아의 영혼이 방 밖으로 나서려 하자 다시 작은 불꽃이 팍 하
고 튀었다. 아까 김상훈이 혼자 있을 때 튀었던 불꽃과는 비교도
되지 않을 만큼 작은 불꽃이었다. 곧 마지막 불꽃을 태운 부적은
서서히 낙빈과 정희 앞으로 떨어져 내렸다.

천신 일행이 도착하기 전까지 누런 괴황지에 붉은 경면주사로
적은 부적이 상훈과 마 형사를 지켜주었음을 알 수 있었다. 낙빈
과 정희, 그리고 그들 뒤의 천신이 공손히 부적을 향해 합장했다.
부적을 쓴 사람과 그 부적을 쓰게 한 부적신장◆◆의 능력이 돋보
이는 훌륭한 부적이었다. 보아하니 이것은 천지원행호위부天地遠
行護衛符로서 먼 곳으로 떠나는 사람이 화를 입지 않도록 도와주는
부적이었다. 멀리 떠난 아들을 위하는 어머니의 지극한 정성이
가장 큰 효력을 나타냈음이 분명했다.

그러나 이미 힘을 모조리 써버린 부적은 힘없이 떨어져 내렸고

◆자신을 희생하고 남을 도울 줄밖에 모르는 착하디착한 보살. 제 것을 챙길 줄도 모르고, 자
신을 위해 일할 줄도 모른다. 희생보살에게는 남들의 기쁨이 생의 이유가 된다. 보통 산길이
나 마을 어귀에 놓여 있던 희생보살은 사람들의 분풀이 대상이 되곤 했다. 억울한 일이나 슬
픈 일을 당한 사람은 희생보살상에 다가가 돌을 던지거나 때림으로써 자신의 울분을 해결
하기도 했다.
◆◆악한 귀신을 물리치고 화를 쫓아내는 등 모든 부적을 지키는 신이다. 부적신장의 힘을
빌려서 쓰는 부적이야말로 진짜 부적이지만 모든 무당이 신장의 힘을 가지고 부적을 쓸 수
있는 것은 아니라고 한다. 무당 중에 약 30퍼센트만 진짜 부적을 만들어낼 수 있다고 하니
부적을 쓰는 것이 보통 어려운 일이 아님을 알 수 있다. 그러나 부적 자체, 부적신장의 힘, 부
적 쓰는 자의 힘만으로 영험한 신비를 바라는 것은 헛된 일이며 스스로의 노력과 염원, 그리
고 정성이 있어야 부적이 제기능을 한다.

분노로 가득한 태아의 영혼이 붉은 눈을 반짝이며 그들에게 다가왔다. 태아의 붉은 눈동자는 자신에게 총을 겨누었던 마 형사를 향하고 있었다.

"그만! 멈춰!"

낙빈이 소리치며 앞을 막아섰다. 그러나 소용없는 일이었다. 낙빈은 안중에도 없는지 그것은 마 형사를 향해 돌진하고 있었다.

"마음이 보이지 않아요. 제정신이 아니에요. 자신에게 고통을 준 형사님에 대한 미움만 가득해요."

마 형사가 움찔했다.

"이익!"

낙빈은 할 수 없이 물의 기운을 쓰기로 했다. 태아의 영혼은 이미 천장을 뚫을 정도로 부풀어 있었다.

"수사님의 힘이시다! 수의 힘!"

낙빈이 외치며 오른손을 번쩍 들었다. 그러자 낙빈의 오른손에서 투명한 물줄기가 샘솟기 시작했다. 마 형사와 상훈은 이 믿을 수 없는 광경에 눈이 휘둥그레졌다.

"받아랏!"

파아아!

빛나는 물방울들이 태아를 향해 뻗어 나갔다. 낙빈의 오른손에서 뻗어 나가는 물줄기는 마치 분수와도 같았다. 세찬 물결이 태아의 영혼을 향해 날아갔다.

"낙빈아! 공격하지 말고 부드럽게, 부드럽게 물을 뿌려봐!"

정희의 부탁에 낙빈은 물줄기의 힘을 늦추었다.

"물을 좋아해. 좋아하고 있어! 좋아하는 것이 느껴져!"

그랬다. 불어난 태아의 영혼이 조금씩 줄어들고 있었다. 탱글거리며 튕기는 차가운 물줄기 속에서 반투명한 영혼이 두 팔을 팔락거리며 신나 하는 것 같았다. 정희는 조심스럽게 태아의 영혼에 다가갔다.

"정희야!"

천신이 걱정스러운 눈빛으로 정희의 앞을 막아섰다.

"괜찮아요. 걱정 마세요. 이제 화는 많이 가라앉았어요."

정희가 슬쩍 웃어 보이며 태아의 영에게 다가갔다. 천신은 만일에 대비하며 정희의 뒤를 단단히 지켰다. 천천히 다가간 정희가 태아의 영혼에 손을 댔다.

"아아, 그래. 아팠어요. 마 형사님의 총에 맞은 아기는 아주 아파요. 그래서 그 사람을 미워하는 마음이 생긴 거예요. 너무 아파서 공격한 거예요. 그게 본능이니까요. 살려는 아기의 본능이오. 도망가도 되지만 간절히 만나고 싶은 사람이 있어서 도망치지 않아요."

정희는 두 눈을 감고 두 손에 느껴지는 아기의 생각을 얘기했다.

"뭔가 간절히 바라고 있어요. 누군가를 애타게 찾고 있어요. 누군가를……."

정희는 태아의 영에 손을 대고 태아의 느낌을 그대로 받아냈다. 동시에 부적과 총알 때문에 아기가 느꼈던 불안과 고통도 모두 받아냈다.

"아, 보여요! 돌아가신 그 여자 분의 아기가 틀림없어요. 그분의 얼굴이 이 아기 마음속에 있어요. 그래요, 틀림없어요! 두려워하고 있어요. 두려워요……. 살고 싶어요. 누군가가 필요해요. 하지만 아무도 도와주지 않아요. 아무도……. 아기는 찾아가요. 엄마의 배 속에서 보았던 사람들을 찾고 있어요. 찾아가요. 아, 아프게 해요! 다들 아프게 해요!"

감은 눈 저편에서 아이에게 칼을 휘두르던 강일수라는 남자와 야구방망이를 휘두르던 박종협이라는 남자를 확인했다. 두 사람은 그저 그리움만 가지고 찾아간 아기의 영혼에게 끔찍한 고통을 가했다. 그 순간 아기의 영혼이 느낀 고통과 두려움이 아프도록 생생하게 느껴졌다.

한동안 눈을 감고 말하던 정희가 조용히 눈을 떴다. 그리고 천천히 상훈을 바라보았다.

"불쌍해요. 너무나 불쌍한 어린아이의 영이에요. 자기가 죽은 줄도 모르고 그냥 떠돌아다닌 거예요. 하지만 찾아가는 사람마다 아기를 싫어하고 때렸어요. 그래서 아기가 그런 짓을 한 거예요. 아기는 마지막으로 아저씨를 만나러 온 거예요. 보살핌을 받고 싶어서. 엄마의 배 속에서 보았던 얼굴들을 만나고 싶어서요."

상훈은 입술까지 새파래져서는 온몸을 덜덜 떨고 있었다. 모두들 상훈을 바라보았다. 아기는 상훈을 만나러 왔다. 아프게만 하지 않으면 해를 입히진 않을 것이다. 그러나 상훈은 그 말을 믿을 수가 없었다.

'저건 수진이야! 날 죽이러 온 거다! 나에게 복수하려고. 다들 속고 있는 거야!'

상훈은 고개를 저었다.

"이봐요, 그냥 당신을 만나고 싶어 하잖아요! 그냥 따뜻하게만 대해줘요!"

승덕이 상훈의 등을 슬쩍 떠밀었다.

"으으……"

그러나 상훈은 오히려 뒷걸음질을 쳤다. 낙빈의 물을 받은 태아의 영혼은 온순해졌다. 크기도 이제는 훨씬 줄어들고 붉게 물들었던 눈동자도 이전의 회색으로 바뀌었다.

태아의 영은 물을 좋아했다. 아마도 엄마 배 속에서의 일을 생각하는 모양이었다. 양수에서 헤엄치던 아기에겐 물이 가장 소중한 친구인 셈이었다.

"무섭지 않아요, 아저씨. 정 보기가 싫으시면 제가 물을 더 뿌려서 아저씨 눈엔 잘 안 보이게 해드릴게요. 아기가 할 말이 있나 봐요. 절대 아저씨를 해치지 않을 거예요."

낙빈이 말해도 상훈은 겁에 질려 고개를 저었다.

"그렇게 합시다. 무슨 일이 있으면 이분들이 도와줄 거예요."

마 형사도 거들자 상훈은 끌려가다시피 앞으로 나왔다. 그러나 두려움에 그는 온몸을 벌벌 떨었다.

'저건 수진이 분명한데……. 수진인 내가 죽였는데……. 나를

죽이러 온 게 분명한데……!'

낙빈이 상훈의 눈앞으로 세찬 물방울을 뿌려준 덕분에 바로 앞에 있을 태아의 모습은 보이지 않았다. 그것은 상훈에게 다행이긴 했지만 언제 저쪽에서 자신을 공격할지 모른다는 두려움은 사라지지 않았다. 바로 그때였다.

"어엇?"

낙빈이 놀라 소리치는 것과 동시에 손에서 물줄기가 확 줄어들어버렸다. 무슨 일인지 손에서 물줄기가 잠시 끊어지고 말았다. 그러자 상훈은 바로 앞에서 그를 또렷이 쳐다보고 있는 동그란 회색 눈과 시선이 마주쳤다.

"으악!"

상훈은 외마디 비명을 지르며 바닥에 주저앉았다. 비명을 지르는 상훈에게로 동그란 눈동자가 점점 다가왔다. 물보라로 보이지 않던 괴물이 그대로 눈에 들어오자 극심한 공포가 몰아닥쳤다.

"어? 이게 어찌 된 일이지?"

"뭐야?"

낙빈과 사람들이 당황하는 사이 상훈은 바닥에 떨어진 막대 빗자루를 주워 들었다.

"으악! 오지 마! 오지 마!"

마 형사와 승덕이 만류하는 소리도 상훈에게는 들리지 않았다. 그는 공포에 질려 그 회색 눈동자를 향해 정신없이 빗자루를 휘두를 뿐이었다.

'흐윽!'

울음 비슷한 소리가 태아의 영혼에서 울려 퍼졌다. 아이의 회색 눈은 다시 붉게 타들어가기 시작했다.

"핫!"

태아의 영혼 곁에 있던 정희와 천신은 뒤로 물러나고 낙빈은 끊긴 물줄기에 어리둥절해하면서도 상훈의 앞을 막아섰다. 천신은 정희를 태아의 영혼에서 좀 멀리 떨어지게 하고는 낙빈과 승덕 쪽으로 몸을 돌렸다.

"어찌 된 일이냐, 낙빈아?"

"저도 모르겠어요. 이런 일은 처음인데……. 분명히 옳은 방법으로 물줄기를 끌어내려 해도 물이 나오지 않아요. 아까부터 느꼈던 거지만…… 물줄기도 몹시 힘이 없고……."

눈앞의 태아는 점점 커지면서 주저앉은 상훈을 깔아뭉갤 태세였다. 승덕이 재빨리 상훈의 양팔을 잡고 뒤로 끌며 말했다.

"아마도 가뭄 때문일 거야. 벌써 한 달간 도시엔 비가 오지 않았어. 게다가 산과 달리 도시의 물은 오염되어 있어. 수사님이 사용할 만한 정안수가 없는 거야."

"그렇군요. 이런!"

낙빈은 난감했다. 태아의 영혼은 다시 정신을 차리지 못할 정도로 불어나고 눈은 점점 붉게 달아올라 상훈을 금방이라도 덮칠 기세였다. 이제 아기를 달랠 물줄기도 솟아나질 않았다.

"내가 도와줄 테니 다시 해보자."

천신이 말했다.

"네에!"

낙빈은 다시 한 번 물의 힘을 끌어올렸다. 그러나 물은 겨우 손바닥에 맺힐 뿐이었다. 그러다 천신이 낙빈의 어깨에 손을 올리자 갑자기 낙빈의 오른손에서 맑은 물이 맹렬히 솟아오르기 시작했다.

"히야아……."

낙빈은 너무 신기한 느낌에 신이 났다. 천신이 낙빈의 능력을 배가시키고 있었다. 하지만 천신의 도움에도 불구하고 없는 물줄기를 뽑아낼 수는 없는 법. 물줄기는 그리 오래가지 못했고, 아기를 안정시키기에는 턱없이 부족했다. 낙빈은 할 수 없이 물화살을 세 개 만들었다. 적은 양의 물로는 이것밖에 만들 수가 없었다. 낙빈의 물화살이 태아를 향해 고정되었다.

"제발 정신을 차려라. 너한테 쏘고 싶진 않지만…… 사람을 해친다면 어쩔 수 없어!"

낙빈의 안타까운 마음을 아는지 모르는지 태아는 전혀 변함이 없었다. 새빨개진 눈으로 아기의 몸은 점점 부풀어 오르기만 했다.

"으악!"

뒷걸음치는 상훈은 거의 실성한 사람에 가까웠다.

"수진이야, 수진이! 날 죽이러 왔어! 으악! 저리 가! 으아악!"

"당신을 죽이러 온 게 아니라니깐! 왜 애를 건드려가지고!"

승덕이 울화가 치밀어 한마디 내뱉었다. 태아는 단지 자신을 아프게 하는 사람에 대한 공포와 적대감으로 그 사람을 공격하는 것이었다. 그것이 비록 자신이 만나고 싶어 하는 사람일지라도.

"아이는 단지 엄마 배 속에서 봤던 사람들에게 기대려는 것뿐 이야! 단지 보호를 받으려는 본능에 따를 뿐이라고! 저 아기는 살려는 의지에서 저러는 거야! 살려고…… 살려고 아등바등하는 게 보이지 않나? 자신을 지키려는 것도 본능이란 말이다! 뭐가 무서워서 쟤를 공격하는 거냐고!"

승덕은 부아가 치밀었다. 아무리 봐도 상훈의 공포는 지나쳐 보였다. 단지 유령이기에 두려워하는 것으로는 보이지 않았다. 마 형사도 마찬가지였다. 그도 두렵긴 했지만 천신 등의 말을 들으면서 안정이 되고 이해가 되건만, 이상하게도 상훈은 공포에 질려 있었다. 그럴 만한 이유가 있을 듯했다.

"오지 마. 제발 오지 마!"

낙빈은 상훈에게로 다가오는 태아에게서 눈을 떼지 않았다.

"소용없구나. 아무것도 들리지 않는 모양이다."

천신이 안타깝게 말했다.

빠직!

상훈이 태아를 때리는 데 사용했던 빗자루가 그의 발 앞에서 완전히 찌그러졌다. 수십, 수백 톤의 무게에 짓눌려 사망했다는 말이 실감되는 순간이었다. 더 이상 망설이다가는 상훈 역시 살아남지 못할 것 같았다.

"에잇!"

낙빈이 태아를 향해 힘껏 활을 당겼다.

파앗!

낙빈의 영롱한 물화살이 태아의 영을 향해 날아갔다. 물화살이 복부를 관통하자 아기는 고통스러운 신음을 토해냈다.

"아아, 어쩌면 좋아!"

정희는 안타까움에 몸 둘 바를 몰랐다. 하지만 물화살을 맞고도 태아는 상훈을 향해 발을 내딛었다.

"으악! 제발 그만 죽어! 죽으란 말이야!"

상훈은 몸서리를 치며 울어댔다.

"미안해!"

파아앗!

낙빈의 두 번째 물화살이 날아갔다. 이번에는 태아령의 둔부에 꽂혔다. 아기는 괴성을 지르며 몸을 비틀었다. 그러자 아기의 몸이 반쯤 줄어들었다. 아기는 자신을 공격하는 낙빈에게로 방향을 틀었다.

아기의 영혼이 울음소리 같은 괴성을 지르며 낙빈에게 다가왔다.

"피하거라!"

낙빈의 뒤에 있던 천신이 앞을 막아섰다. 하지만 작은 독신자 아파트라 마땅히 피할 곳이 없었다.

"이젠 할 수 없어요!"

낙빈이 마지막 물화살을 빼들었다. 이번엔 정수리를 쏘아 영혼을 소멸시키는 수밖에 없었다. 아기의 영혼 자체는 싸우는 법을 모르는데다 사실 너무나 연약했다. 알고 있는 것은 몸을 부풀려 눌러버리는 것뿐. 만약 물만 끊어지지 않았다면…… 좀 더 깨끗한 물만 있었다면 물화살 한 방에 벌써 소멸되었을 영이었다.

그렇지만 방법이 없었다. 태아령을 달랠 수 없다면 더 이상의 피해를 막기 위해 화살을 쏘는 수밖에. 그런 낙빈의 마음을 아는지 정희가 벽에 몸을 기대고 눈물을 흘리며 기도를 드리기 시작했다.

참으로 불쌍한 영혼이었다. 태어나기 전부터 어머니의 괴로움이 전달되어 이미 커다란 슬픔과 고통, 그리고 두려움을 알고 있는 아기였다. 그런 아기가 어머니 이외에 기댈 곳을 찾아 그녀의 배 속에서 보았던 사람들을 찾아갔건만, 그들은 아기를 칼로 찌르거나 방망이로 때리기만 했던 것이다.

아기는 단지 그 사람들에게 한 번만 안기길 바랐을 것이다. 한 번만 따뜻하게 누구 하나가 안아주었더라면 벌써 성불했을 아기였다. 정희는 그 점이 너무나 안타까웠다. 자신이 죽었다는 사실도 모르는 저 어린것은 제 몸을 지키려는 삶의 본능과 누군가에게 기대고 싶어 하는 애정의 본능만 가지고 있었다.

너무나 어린 영혼……. 악한 영혼이 아닌 것을 알지만 어쩔 수가 없었다. 낙빈은 마지막 화살을 겨누었다.

"흐억!"

갑자기 낙빈의 온몸이 요동을 쳤다. 아까 커피숍에서 나올 때처럼 온몸이 덜덜덜 떨리기 시작한 것이다.

"낙빈아!"

천신이 낙빈의 어깨를 쥐고 승덕도 낙빈에게로 뛰어와 팔을 잡았다. 떨림이 잠시 가라앉자 낙빈은 다시 할머니처럼 허리가 구부정해졌다.

"에고! 이런 이런! 에고고! 천상에 일을 보러 잠시 갔다 왔더니 벌써 이 지경이 되다니! 쯧쯧!"

아까 낙빈에게 들어왔던 할머니가 틀림없었다. 할머니는 태아의 배와 둔부에 꽂힌 물화살을 보더니 기겁을 했다.

"흐엑! 네 이놈들, 미쳤느냐! 어린것을 저리 만들다니! 제정신이 아닌 놈들!"

"어쩔 수가 없었습니다. 방도를 알려주신다면 부디 저 아기를 살리고 모두를 살리고 싶습니다."

천신이 공손하게 말하자 할머니는 분이 조금 풀렸는지 혼잣말로 툴툴거리다가 아기의 영혼을 향해 걸어갔다.

"어어! 할머니! 그건 당신 몸이 아닌 낙빈이 몸이니 부디 조심해주세요! 아셨죠? 함부로 다치게 하면 안 됩니다!"

"에잉!"

낙빈을 걱정하는 승덕의 말에 할머니는 못마땅한 듯 눈을 흘겼다. 할머니는 낙빈의 몸을 빌려 떨고 있는 아기에게 다가갔다.

"불쌍한 것, 불쌍한 것……. 내 잘못이다. 내가 얼른 와서 널 데려가야 했는데……. 미안하구나."

할머니가 붉게 타오르는 아기의 눈을 손으로 지그시 눌러주었다. 아기의 영혼은 한 번 움찔하며 크악 소리를 지르더니 곧 잠잠해졌다.

"이 어린것아! 내가 널 얼마나 걱정한 줄 아니?"

할머니가 뭔가 입속에서 주문을 웅얼거리자 태아는 점점 작아지더니 원래 크기로 되돌아왔다.

"희생보살이 몸주神主인 년, 이리 좀 오너라."

할머니가 정희를 불렀다. 정희가 기꺼이 옆으로 다가갔다.

"아이를 좀 안아주거라. 어린것이 세상사 볼 것 안 볼 것 다 보고……. 그래도 살고자 여기까지 왔구나. 아이를 주는 것도, 데려가는 것도 내가 하는 일이거늘, 게을리한 내 죄니라. 미안하다, 아가야."

할머니는 비통한 얼굴로 연신 중얼거렸다. 아이를 주고 아이를 데려가는 것을 일로 하는 천상의 할머니라면……. 할머니의 중얼거림을 들은 승덕은 그녀가 아마 삼신三神◆일 거라고 생각했다.

◆ 삼신제석三神帝釋(불가에서는 삼불제석三佛帝釋이라고 한다) 중 한 분이다. 삼신제석은 사람의 출생부터 죽음까지 복과 수명을 한데 묶어 상징하는 삼신, 칠성, 제석을 연결한 것이다. 무속의 도구인 부채에 자주 등장하는 그림이 바로 삼불제석이다. 아이가 태어나는 것은 삼신三神=産神의 일이며 수명은 칠성이, 복은 제석이 관장한다. 아이가 태어나서 아홉 살까지는 삼신이 책임진다.
삼신은 삼신 할미나 삼신 할아비라고 하여 부녀자의 산실産室로 쓰이는 안방의 문 위나 시렁 위에 모셔졌다. 이때 베주머니 안에 쌀을 넣고 허리를 묶어 매달아놓기도 한다. 아이가 없는 집에서는 삼신에게 아기를 점지해달라고 기원하기도 하고, 아이가 아프면 아이의 머리맡에 정화수를 떠놓고 촛불을 밝힌 다음 삼신에게 비손을 했다.

정희가 아이를 들자 아이는 낯선 듯 몸을 움츠렸다.

"아이고, 한 번도 안겨본 적이 없는지라 안길 줄도 모르는구나.
불쌍한 것!"

할머니는 혀를 끌끌 차댔다. 정희는 안타까움에 눈물이 그렁그
렁 맺혔다. 아기는 정말로 안길 줄을 몰라 불편한 모양으로 정희
의 품에 들어왔다. 금방이라도 떨어질 듯이.

"불쌍한 아가야!"

정희는 무릎을 꿇고 아기를 다시 바로 안았다. 품안에 가득 아
이를 받아들자 아까보다 훨씬 자세가 나아졌다. 정희가 가슴 안
으로 작은 태아의 영혼을 꼬옥 끌어당기자 아기는 맑은 회색 눈
을 들어 정희를 바라보았다. 아직 까만 눈동자가 다 만들어지지
않아서인지 아기의 눈동자는 흐린 회색이었다. 그 작은 것의 눈
에는 물기가 촉촉했다. 마침내 아기는 몸을 말더니 정희의 가슴
에 얼굴을 비벼댔다. 아기는 정희의 가슴을 부비고, 눈을 들어 정
희의 얼굴을 확인하고, 다시 정희의 가슴을 비비고, 또 그녀의 눈
을 확인했다. 아기는 정희에게서 떨어지지 않으려는 듯 꼭 매달
려 몸을 말았다.

그 모습을 보는 모든 사람의 마음이 심하게 아려왔다. 저 어린
것이 뭐가 두렵다고 그토록 진저리를 쳤던가 싶었다. 저 작은 아
기가……. 누구라도 저렇게 한 번만 안아주었다면 이런 끔찍한
일은 없었을 텐데…….

낙빈의 몸에 들어간 할머니가 소매로 눈을 훔치더니 상훈을 쳐

다보았다. 상훈은 태아가 그를 공격할 때보다도 더 손발을 떨고 있었다.

"네놈, 이제 시원하냐?"

할머니가 서늘하게 물었다. 상훈은 할머니의 말에 담긴 의미를 잘 알고 있었다.

"이 어린것은 단지 자네에게 기대고 싶었을 뿐이야. 자네라면 자기를 안아줄 거라 믿었던 거지. 제 아비를 찾아 기억에 남은 사람들을 다 찾아다닌 거야. 이 어린것이 얼마나 고되고 힘들었겠나! 이 작은 것은 아비가 저한테 무슨 짓을 했는지 알지도 못하고 그냥 아비 한번 만나겠다고 돌아다닌 거야. 아이 엄마가 살아 있기만 했어도 이런 불상사는 없었을 텐데……."

할머니가 혀를 끌끌 차자 상훈은 머리를 감싸 쥐며 그 자리에서 무너져 내렸다.

"으흑. 으흑. 으흐흐흑……."

비통한 울음소리가 그의 입가에 새어나왔다.

"이제 그만 갈 때가 되었구나. 이제 이 할미랑 같이 가자."

할머니가 희미하게 미소 지으며 아기를 재촉했다. 아기는 정희의 가슴께를 꼬옥 부여잡고 몇 번 더 파고들더니 점점 옅은 색으로 바뀌었다. 희미한 모습이 남을 때까지 아기는 정희의 품안을 비벼대고 있었다.

낙빈은 신이 들어올 때와 마찬가지로 격렬하게 몸을 떨었다. 떨림이 멈추자 신기도 풀어졌다. 낙빈의 몸에서 나온 할머니는 작은 갓난아기의 영혼과 두 손을 꼭 잡고 하늘 높이 올라가버렸다.

"안녕…… 부디 행복하렴."

정희는 울고 있었다. 아기 영혼의 깊은 외로움과 고통이 정희에게 고스란히 전해졌던 탓이다. 모두들 아기의 영혼이 떠난 뒤에도 아련한 슬픔에 말이 없었다.

"저, 저는…… 모두 다 저 때문에…… 으흐흑!"

상훈은 슬피 울며 마 형사의 바짓가랑이를 잡고 늘어졌다. 난처해하는 마 형사를 두고 천신 일행은 조용히 상훈의 아파트를 빠져나왔다.

"으흑…… 으흑…… 으흐흐흑……."

그들 뒤로 상훈의 울음소리가 끊이지 않고 들려왔다.

승덕은 언제나처럼 암자의 북편 방문을 활짝 열고 신문을 읽었다. 승덕의 아침은 이렇게 읽을거리들과 함께였다. 그는 '활자중독자'라는 별명이 붙을 정도로 손이 닿는 국내외의 모든 출판물을 정독하는 버릇이 있었다.

임신 중인 애인 살해… 대기업 엘리트 사원 자수

익숙한 사건에 대한 기사가 눈에 띄었다. 승덕은 씁쓸한 얼굴로 마당을 바라보았다. 이제 상훈은 죗값을 치를 것이다. 따뜻한

가정을 만들려던 수진의 염원을 무참하게 짓밟은 죗값도 죗값이
지만 세상에 나오기도 전에 제 아비에게 버림받은 어린 영에 대
한 죗값도 그의 몫이었다.

무술 수련 때문에 함께하지 못했던 정현은 언제나처럼 새벽 수
련을 하고 있었다. 그 곁에는 어린 낙빈이 보였다. 낙빈은 아기에
게 물화살을 쏜 것으로 며칠 동안 괴로워했다.

이번 일로 낙빈은 두 가지가 달라졌다. 하나는 도시에서도 자
신의 수력水力이 제힘을 내도록 더욱 열심히 수련하고, 둘째는 무
엇보다도 영혼과 사람들의 마음을 깊이 이해하기 위해 노력하자
고 결심한 것이었다. 아무리 영이라고 해도 이제는 그 마음부터
깊이 들여다보리라고 다짐하는 낙빈이었다.

정희는 매일 어린 영혼을 위해 정화수井華水◆를 떠놓고 기도드
리는 시간을 가졌다. 마지막까지 아이를 안아주었던 탓인지 정희
의 슬픔은 더없이 컸다.

승덕은 암자 식구들을 찬찬히 바라보다가 다시 신문으로 눈을
돌렸다. 차가운 산바람이 불었다.

◆새벽에 처음으로 길어 올린 맑은 물은 태산의 기를 한껏 받았다고 해서 소원을 비는 데 사
용하곤 했다. 새벽의 맑고 청량함도 중요하지만, 무엇보다 중요한 것은 아무도 떠가지 않
은 맑은 물을 뜨려는 깊은 정성이다. '정안수'는 정화수가 변한 이름이다.

제 3 화

깊은 밤
고양이가 울면

1

치익…….

마 형사는 세차게 일어나는 라이터 불꽃에 담배를 갖다 댔다.

"후우……."

긴 연기가 그의 폐를 거쳐 목구멍을 지나 몸 밖으로 빠져나왔다. 연기를 내뿜는 건지 한숨을 내뿜는 건지 그의 숨이 거칠었다.

마 형사는 너무 답답했다. 아침부터 사건 현장을 샅샅이 헤맸지만 어떤 해결의 실마리도 보이지 않았다. 마치 보이지 않는 벽에 부딪힌 것 같았다. 그것도 뭔가 비현실적인 존재가 관여하고 있는 것 같은 이상한 느낌과 함께였다. 시간이 지날수록 그의 가슴은 타들어가는 재처럼 엉망진창이 되어가고 있었다.

"후우……."

그는 또다시 깊이 담배 연기를 내뿜었다. 가슴속 깊이까지 빨아들였다가 내뿜는 담배 연기는 깊은 한숨과도 같았다. 그러나 언제까지 한숨만 내쉴 수는 없는 법. 마 형사는 다시 한 번 사라진 김영동 박사의 일기장을 들여다보기로 했다.

사실 김영동 박사의 일기장은 일기라기보다 회고록에 가까웠다. 그의 일기에는 날짜가 없는 경우도 종종 있었고 일상의 기록뿐만 아니라 철학적 상념이나 생각이 두서없이 적혀 있는 경우도 많았다. 마 형사는 박사의 글 속에서 범인의 실마리를 찾으려고 했다.

3월 7일

연구비 내역을 신청하는 기간이 도래했다. 올해 역시 필요한 재료를 정리해 올렸다. 연구지원과 담당자가 바뀐 탓인지 의아해했다.

"고양이요? 특이하시네요, 고양이를 쓰시다니……. 통각 실험은 고양이를 쓰나 보죠?"

그는 내가 신청한 목록 가운데 실험동물로 올라 있는 고양이가 이상하게 느껴졌던 모양이다. 하기야 대부분의 연구에서는 실험용 쥐인 마우스, 랫, 기니피그, 시리안 햄스터 정도가 주로 쓰이니까. 고양이를 신청하는 경우는 처음 보는 모양이다.

나는 담당자의 물음에 그저 피식하고 웃음을 보였을 뿐, 별다른 대답은 하지 않았다. 그는 내가 왜 고양이만 고집하는지 알까? 다른 실험동물이 아닌 고양이만 고집하는 이유를.

3월 23일

요즘 기가 조금 빠진 것 같다. 어쩐지 나 스스로가 해이해지고 멍해졌다는 느낌이 시시각각 든다. 인생의 낙이 없어졌다고나 할까? 그 무엇도 손에 잡히지 않는다.

어서 실험 고양이들이 와야 할 텐데…….

최근 내가 날카롭고 히스테릭하게 변한 것을 잘 알고 있다. 실험을 감행하지 못하는 나의 심정은 위대한 사명을 이루지 못하고 골방에 갇힌 나폴레옹의 심정과 비슷할 것이다. 머리는 천 리를 가고, 두 손 두 발은 근질거리는데 꼼짝없이 갇혀 아무것도 못하는 죄수의 심정이다.

오늘만 해도 류창수 박사팀과 최상섭 박사팀 연구원들에게 별것 아닌 일로 버럭 화를 내고 말았다. 내가 연구를 하지 못해 신경질적으로 변한 것을 알아챈 우리 팀원들은 또다시 나를 '연구에 미친 놈'으로 불러댈 것이다. 연구에 미쳤건, 사명감에 미쳤건, 그들의 말은 틀린 것이 아니므로 오히려 나는 그 별명에 만족하고 있다.

나와 수년간 함께한 연구자들 역시 왜 내가 그토록 연구에 목을 매는지, 왜 이토록 잠자는 시간까지 쪼개가며 죽도록 실험하는지 알지 못할 것이다.

내가 연구하는 위대한 사명감은 바로 '처벌'에서 나온다. 처벌…… 무엇을 처벌한단 말인가? 단죄의 대상은 '고양이'다.

고양이에 대한 처벌이 위대한 사명감이라? 만일 내가 이 말을 누군가에게 했다면 그는 아마도 코웃음을 칠지 모른다. 말 못하는 작은 짐승을 상대로 느끼는 감정이라 하기엔 좀 거창하지 않은가. 그러나 아무것도 모르는 인간들이 내 마음을 단편적으로나마 이해할 수 있을까?

고양이! 그놈들은 나와, 아니 인간과 친해지려야 친해질 수 없는 존재다. 놈들은 지구상에 남아 있는 모든 생물 종 중에서 유일하게 인간을 놀리고 우롱하는 존재다. 놈들은 인간과 공존할 수 없으며 공존할 마음 따위는 가지고 있지도 않다. 그러나 불쌍한 인간은 그런 놈들을 위해 먹이를 주고, 애정을 쏟고, 정성을 다한다……. 나는 그 꼴을 볼 수가 없다.

어린 시절 어머니와 함께 외갓집에서 몇 개월을 보낸 적이 있었다. 당시 어머니의 배는 남산만 했다. 곧 동생이 태어날 예정이었고 그 때문에 외갓집에 몸조리차 들어간 터였다.

당시 나는 너무 어렸고, 사리 분별을 못했다. 그래서 시골 마당을 돌아다니는 개와 고양이를 끔찍이도 좋아했다. 개들은 다른 집에서 키우는 것들이었지만 고양이들은 따로 주인이 없었다. 외갓집 뒤로 울타리 가득 대나무 숲이 있었는데, 그곳에서 저희끼리 사는 야생 고양이들이었다. 녀석들은 낮이면 사람들이 사는 곳으로 내려와 음식을 받아먹었고 날이 어둑해지면 저희만의 공간인 대나무 숲으로 돌아가버렸다. 나는 종종 시골 마당과 길가에서 짐승들과 이리저리 뛰놀며 뒹굴다가 느지막이 집에 들어갔다.

당시 외갓집 부엌에는 항상 남은 밥덩이가 있었다. 나는 밥과 반찬을 한 바가지 훔쳐다가 짐승들에게 뿌려주었고 그놈들은 나를 기다렸다가 졸졸 따라다니곤 했다. 그렇게 시골 생활에 익숙해지고, 또 어머니의 산달이 거의 찼을 무렵 문득 외할머니가 내게 이런 말을 했다.

"이제 고양이랑은 놀지 말그라. 느그 어미 산달이 다 되었으니 그딴 요물을 끌어들여서는 안 되는 법이다. 애가 태어나는 날 고양이가 밤새 울면 아기 영혼이 빠져나간단다. 글고, 아기 영혼 대신 고양이 혼이 아기 몸 안으로 들어온다고 안 하드나? 비 오는 날이면 고양이가 애기 소리를 내며 우는 것도 다 어린 애기 영혼을 빼앗으려고 그러는 거래이. 그러니 이제 고양이랑은 놀지도 말고 집 주변엔 얼씬도 못하게 하그래이, 알것제?"

어린 마음에 외할머니의 말은 커다란 공포를 불러일으켰고, 나는 할머니와 다시는 고양이와 놀지 않겠다며 단단히 약속했다. 매일 놈들에게 밥을 주던 내가 밖에 나가지도 않고 먹이도 주지 않자 개와 고양이들이 집 주변을 기웃거렸다. 그래도 나는 집 밖으로 나가지 않았다.

나는 정말 잘 참았다. 무엇보다도 나는 동생을 원했다. 귀여운 동생을 낳아달라고 몇 날 며칠을 떼쓴 끝에 간신히 얻은 동생이니, 그 정도 참는 것쯤은 문제도 아니었다.

하루가 지나고 이틀이 지나고 사흘이 지나자 개들은 뿔뿔이 흩어져서 더 이상 외갓집 근처로 몰려오지 않았다. 하지만 고양이들은 달랐다. 대나무 숲에 사는 야생 고양이들은 먹이를 주던 나를 기억하는지, 쉽게 얻어먹는 것에 맛이 들린 탓인지 도통 외갓집 근처를 떠나지 않았다.

나흘째 되던 날, 저녁 늦게부터 어머니의 진통이 시작되었다. 외할머니와 외할아버지, 그리고 산파와 동네 아주머니들이 정신없이 왔다 갔다 하며 어머니 옆을 지켰다.

그곳에서 내가 할 일은 없었기 때문에 나는 마당에 만들어놓은 평상에 쭈그리고 앉아 마음속으로 기도했다.

"아악!"

어머니의 비명은 더욱 커졌고, 나는 오금이 저려서 꼼짝할 수
가 없었다. 둘째를 낳는데 웬 산통이 이리도 심하냐며 아주머니
들끼리 수군거릴 때였다.

"으앵! 으애앵!"

나는 힘없이 터져 나오는 아기의 울음소리에 두 눈이 번쩍 뜨
였다. 그리고 정신없이 어머니가 계신 방으로 내달렸다. 하지만
사람들이 나를 가로막고 이렇게 말했다.

"아니야, 아직 아기가 나오려면 멀었어. 아기가 나오려면 좀
더 있어야 한단다."

참 이상했다. 내 두 귀로 분명히 아기 울음소리를 들었는데 사
람들은 아기가 나오지 않았다고 말했다. 앵앵거리던 아기의 울음
소리가 여전히 귓가를 맴돌고 있는데 참 이상도 했다. 평상에 쭈
그리고 앉아 기다리는데 또다시 아기 울음소리가 들렸다.

"아앙…… 아앙…… 아아앙……."

그 소리는 어머니의 방에서 나지 않았다. 마당 밖, 더 먼 곳에
서 들렸다. 그것은 고양이 소리였다. 지붕에 올라앉은 까만 도둑
고양이 두 마리가 나를 보며 울고 있었다. 놈들의 눈은 낮과는 다
르게 샛노란빛으로 빛나고 있었다. 놈들은 쉴 새 없이 아기 울음
소리를 내고 있었다. 그 순간 내 귀에는 외할머니의 목소리가 울
려 퍼졌다.

'느그 어미 산달이 다 되었으니 그딴 요물을 끌어들여서는 안 되는 법이다. 애가 태어나는 날 고양이가 밤새 울면 아기 영혼이 빠져나간단다. 글고, 아기 영혼 대신 고양이 혼이 아기 몸 안으로 들어온다고 안 하드냐?'

검은 고양이들이 내 동생을 빼앗으려고 아기 울음소리를 흉내 내는 것이었다. 나는 맨발로 평상에서 뛰어 내려와 마당에 있던 돌멩이를 주워 들었다. 그리고 지붕 위에 앉아 거만한 얼굴로 사람들을 내려다보는 그놈들을 향해 힘껏 던져댔다.

"아앙…… 아앙……."

"캭!"

나는 다시 마당에 있는 돌멩이를 들어 던졌다. 힘껏 던지는 돌멩이를 요리조리 피하던 놈들은 나를 비웃듯 계속 아기 울음소리를 냈다. 나는 담벼락 밑에 쌓인 돌멩이를 한 아름 들고서 검은 고양이들에게 던져댔다. 하지만 어린 내가 지붕 위의 날쌘 도둑고양이를 맞히기란 불가능했다. 결국 나는 지칠 대로 지쳐 마당에 풀썩 주저앉고 말았다. 그러자 씩씩대는 나를 놀리기라도 하듯 놈들은 길게 목청 높여 울더니 천천히 지붕 아래로, 외갓집 담 밖으로 사라졌다.

'다행이다, 다행이야.'

당시 나는 떠나가는 고양이를 보며 안도의 한숨을 내쉬었다. 하지만 얼마나 어리석은 생각이었는지!

그놈들이 외갓집 담을 넘어가던 순간 산실에서 들려오던 어머

니의 비명 소리가 뚝하고 끊어졌다. 그 대신 들려온 것은 온 하늘
이 무너진 것처럼 울어대는 외할머니의 통곡이었다.

두 마리 고양이는 아기의 영혼뿐만 아니라 어머니의 영혼까지
앗아갔다.

어머니의 장례를 치르고 외갓집으로 돌아와 내가 첫 번째로 한
일은 또다시 동물들에게 음식을 주는 것이었다. 나는 예전에 주던
것보다 훨씬 맛있는 음식을 마련했다. 생선과 고기를 잘게 찢어
넣고 흰 쌀밥을 이리저리 섞은 다음 마지막으로 아리따운 연분홍
색 쥐약 한 사발을 죄다 털어 넣었다. 나는 놈들의 집인 대나무 숲
앞까지 직접 찾아가 이 만찬을 대접해주었다. 그리고 고통스럽게
캑캑대다가 죽어가는 빌어먹을 도둑고양이들을 끝까지 지켜보았
다. 물론 빌어먹을 고양이들 외에 멍청한 개 몇 마리도 함께 죽긴
했지만, 어쨌거나 그것은 당시 내가 할 수 있는 최대의 복수였다.

그때 내 나이 일곱 살이었다.

그 후로도 고양이라면 끔찍이도 싫어했지만 내가 고양이를 멀
리했기 때문에 우리는 서로 부딪힐 일이 없었다. 그렇게 나는 고
양이에 대한 것들을 다 잊은 듯했다. 하지만 고양이란 족속은 나
를 잊지 않았다.

20여 년 전 결혼을 하고 아내의 산달이 다가왔을 때 마침 연구
소를 옮기게 되었다. 좀 더 나은 조건으로. 우리는 연구소에서 제
공하는 사택에 몇 달간 머물기로 했다.

그 사택이 문제였다. 사택 뒤에는 숲이 우거져 있었다. 공기도 맑고 연구소와도 가까워 더할 나위 없이 좋은 조건이었지만 그 숲은 야생동물, 길 잃은 동물의 온상이었고, 때문에 그 끔찍한 고양이 울음소리가 밤이면 밤마다 나의 귀를 찢어놓았다.

나는 아내를 다그치며 이 사택에서는 단 하루도 못 살겠다고 말했다. 당장 월세방이라도 잡아서 이곳을 나가겠다고 했다. 하지만 만삭의 아내는 산달에 또 이사를 해야 한다니 질색을 했다. 하루하루 걷기도 힘든 시기에 이사할 생각을 하니 끔찍한 모양이었다. 결국 아내의 반대로 사택에 머무르고 말았다. 얼마 지나지 않아 아내의 진통이 시작되었다. 사택 바로 옆에 산부인과가 있어 그곳에서 출산하기로 했다. 그리고 또다시 악몽이 시작되었다.

"아앙…… 아앙…… 아아아앙…….."

그날은 부슬부슬 비가 내렸다. 비 오는 날의 고양이 울음소리는 더욱 생생했다. 숲 속에서 수십 마리의 고양이가 울어댔다. 내 귀를 찢을 듯이 울어대는 놈들의 소리는 내 아내와 아이, 그리고 무엇보다도 나를 위한 진혼곡이었다.

아이는 척추 이상이었다. 끔찍한 산고를 이겨내고 낳은 아이는 저주받은 자식이었다. 아이는 고양이의 등처럼 굽고 비뚤어진 등을 가지고 태어났다. 그뿐이 아니었다. 언청이로 태어난 그 아이의 입술은 마치 고양이의 입처럼 갈라져 있었고 아이의 눈은 고양이의 눈처럼 희미한 빛깔이었다. 그날 밤 내 아이는 고양이에게 영혼을 빼앗겨버린 것이다.

병원에서 퇴원한 바로 그날 나는 아이의 얼굴에 폭신한 베개를 선사했다. 헉헉대며 가쁜 숨을 몰아쉬던 어린것은 단 몇 분 만에 숨을 거두었다. 나는 내 아이의 몸을 미친 고양이의 영혼으로부터 해방시킨 것이다.

그리고 일주일 후 아내는 나에게 이혼을 통보했다.

자식의 죽음과 이혼!

나는 복수해야 했다. 놈들을 응징해야 했다. 그러나 어린 시절의 그날처럼 쥐약 섞은 밥알을 뿌려주는 것으로 풀어질 원한이 아니었다. 나는 내 전 생애를 바쳐 놈들을 처단하고, 놈들에게 정당한 대가를 되돌려주기로 다짐했다.

고양이. 그것은 인간 세계에 반기를 든 유일한 동물이며, 가장 버릇없는 종이란 것을 많은 사람이 망각하고 있다. 놈들이 언제부터 인간과 함께 살게 되었는가? 어이없게도 놈들은 충성심 많은 개보다도 사랑받으며 귀중한 애완동물로 떠받들어졌다. 기원전 3000년 전부터 말이다! 고대 이집트 벽화에는 고양이란 녀석이 중요한 신상神像마냥 아름답게 조각되어 있다. 벽화 속의 고양이는 인간의 팔 안쪽에서 느긋하게 깔보는 우월감 가득한 눈동자로 우리를 바라본다.

그뿐인가! 프랑스 노동자들이 죽도록 일하고도 결국엔 굶주림에 죽어갈 때 고양이는 부르주아의 상징이 되었다. 그놈들은 길바닥에 쓰러져 뒹구는 불쌍한 인간들을 비웃으며 멍청하고 배만 부른 귀족들로부터 값비싼 고기 조각을 얻어먹으며 포식했다. 나는 당시 노동자들이 도망치는 고양이들의 등뼈를 곤봉으로 내려쩍은 다음 반쯤 살아 있는 그것들을 교수형에 처하고 피범벅인 그것들을 보며 기쁨의 탄성을 질렀다는 기록을 보고 그들의 마음을 십분 이해했다.

중세 독일의 사육제 때는 여러 명의 젊은이가 고양이를 붙잡아 조롱하면서 털을 뽑고 고문하여 소리를 지르게 하고는 그놈들의 어린아이같이 앙칼지고 가느다란 울음소리에 '고양이 음악'이라는 이름을 붙이고 즐거워했다. 나는 그 젊은이들의 마음도 완전히 이해하고 있다. 재앙을 피하고 복을 부르기 위해 마법적인 힘을 지닌 물체를 자루에 담아 새빨간 불기둥에 던질 때도 사람들은 고양이를 사용했다. 고양이를 자루에 넣은 다음 휘휘 돌리며 뜨거운 화염 속에 던져 넣었다. 그리고 불바다 속에서 죽어가는 앙칼진 놈의 목소리를 즐겼다.

고양이가 악의에 찬 마술적이고 사악한 동물로 문학작품에 종종 출현하는 것은 우연이 아니다. 중세, 그리고 근대에 이르기까지 몇몇 이들은 고양이란 요물에 대해 올바로 직시하고 있었던 것이다.

그러나 그런 소수의 사람을 제외하고 나머지 인간들은 여전히 그 가증스러운 놈을 제대로 파악하지 못하고 있다. 수천 년 동안 애완동물로 치부되었음에도 인간의 밑에서 그에 복종하지 않고 도도하게 걸으며 남을 깔아뭉개는 듯한 눈빛으로 제가 필요한 먹이만 쏙쏙 채가는 그것들은 결코 애완동물이 아니다.

놈들은 조금 편안한 삶을 위해 인간을 이용하고 우롱할 뿐이다. 놈들은 주인을 섬길 마음이 없어서 조금만 거슬리면 언제라도 배반하고 가차 없이 떠나버릴 수 있다. 놈들은 수천 년 전부터 인간의 손에 의해 키워지고 사랑받아왔는데도 개, 소, 말 같은 짐승들이 기꺼이 야생의 본능을 버리고 인간에게 복종하고 인간을 위해 살기로 작정한 데 반해 여전히 야생을 간직한 채 복종을 거부하고 있는 것이다.

나는 그 녀석들의 깔보는 듯한 눈빛이 싫고 고고한 척하는 몸놀림이 싫다. 제가 원치 않으면 아무리 먹이를 흔들어대도 다가오지 않는 그 자존심이 나를 역겹게 하고 주인의 부름에도 모른 척 외면해버리는 그 뻔뻔스러움에 울화가 치민다.

놈들은 애완동물인 척하지만 결코 그렇지 않다. 인간이 놈들에게 먹이를 제공하는 보모 역할을 스스로 감당하고 있을 뿐, 놈들에게 인간이란 친구도 동반자도 아니다. 주인은 더더욱 아니다. 놈들은 인간을 이용해 조금 편하게 먹이를 얻으려 할 뿐, 배고픔이 채워지면 또 제멋대로 자유를 갈망한다. 놈들은 인간의 머리 꼭대기에 앉아 우리를 이용할 생각만 하고 있을 뿐이다.

처벌!

나는 그놈들의 머리에 전극을 끼워놓고 전류 자극을 높이면서 놈들의 그 오만불손한 눈빛이 고통으로 물들어가는 순간을 사랑한다. 수술대에 오른 자존심만 높은 그 동물이 고통으로 발버둥치며 내 손에서 빠져나가려고 몸부림치는 그 순간을 사랑한다. 그리고 감정이라곤 내비칠 줄도 모르는 그 무심한 눈에 아픔으로 얼룩진 눈물이 그렁그렁 맺히면…… 아아, 난 그 순간을 사랑한다!

그 순간 나는 온갖 환희와 카타르시스를 맛본다. 놈들의 울분 어린 눈빛, 아픔으로 떨리는 하얀 수염, 원망과 눈물로 가득한 초록 눈동자를 바라볼 때마다 아아, 나는 인생의 희열과 열정을 확인하곤 한다. 그것은 최고의 격정이며, 최고의 순간이다. 그 순간 나는 모든 인간을 대표한 판사며, 검사며, 엄숙한 집행관이 된다.

아아, 손이 떨린다.

어서 빨리 놈들을 응징하고 싶다!

4월 6일

오늘에야 겨우 기다리던 놈들이 도착했다.

기대한 대로 싱싱한 눈빛을 가진 놈들이다. 내 심장은 기쁨으로 들떠 있다. 이번에 들어온 놈들은 옥상에 위치한 동물 사육실의 왼쪽 편에 놓았다.

옥상에 있는 동물 사육실은 두 개로 분리되어 있다. 하나는 우리 연구팀이 사용하는 고양이, 나머지 하나는 다른 연구팀들과 함께 사용하는 기니피그를 보관하고 있다.

기니피그 사육실에서는 멍청한 기니피그들이 종종 서로 교미를 하고 어린 새끼를 낳는다. 멍청한 녀석들은 자신들이 실험실에서 온갖 실험에 동원되다가 결국 죽을 것을 아는지 모르는지 같은 고통을 겪을 것이 뻔한 후세를 만들어낸다. 연구자들로서는 고마울 따름이다. 그러나 고양이 사육실에서는 단 한 번도 이런 일이 발생한 적이 없었다. 놈들은 교미는커녕 어떤 애정의 울음소리도 내지 않는다.

기니피그들은 뇌수술을 받았거나 종양이식수술을 받았거나 암유발 인자를 투여받은 놈들이 제 몸을 뜯어가며 자해하는데도 바로 그 옆의 우리에서 태연히 교미를 해댄다. 바로 내일이면 수술을 받고 죽어갈지 모르는 놈들이, 아니면 바로 내일 뇌에 전극을 꽂은 채 고통으로 몸부림칠 놈들이 2세를 낳기 위한 행위를 하는 것이다. 죽어가는 중에 이루어지는 정신없는 성교. 그것은 아무런 생각 없이 녀석들의 유전자 속에 숨겨져 있는 본능이다. 즉 죽음이 다가왔음을 느낀 놈들일수록 종족 유지 본능에 따라 기회가 닿는 대로 성행위를 해버린다. 이것은 지극히 짐승다운 모습이다.

그러나 유독 고양이란 놈만은 자연의 법칙이 통하지 않는다. 놈들은 매일매일 실험에 사용할 새로운 녀석을 골라낼 때마다 마치 나를 비웃듯 구역질 나는 눈빛으로 노려본다. 초록으로 번쩍하고 빛나는 놈들의 눈동자는 '죽이지만 말아달라'는 애원이나 갈망이 아니라 '네깟 거, 해볼 테면 해봐라'는 식의 도전을 담고 있다.

이번에 새로 온 녀석들 역시 그런 눈빛이다. 그래, 마땅히 고양이라면 그래야지. 그러나 너희는 나를 모른다. 그러기에 그런 눈빛을 보이는 것이지. 나는 곧 놈들에게 인간의 위대함을 알려줄 것이다. 그리고 놈들의 그 구역질 나는 눈빛이 굴욕으로 물든 비

굴한 눈빛으로, 고통스러운 눈빛으로 빛나도록 도와줄 것이다. 그
것이 바로 인간을 향한 짐승의 눈빛임을 놈들에게 알려줄 것이다!

4월 8일

언제나와 마찬가지로 나의 첫 실험은 가장 교태로운 암컷 한
마리로 시작된다. 새하얀 털에 연한 갈색 점이 다리와 둔부에만
살짝 섞인 녀석으로, 이번에 들어온 놈들 가운데 가장 교태로운
암컷이었다.

암컷은 리더 고양이의 정부情婦쯤 되는 모양이다. 보통 같은 사
육실이라도 칸칸을 나누어 가두는 이상 리더가 출현하지 않건만,
이번에 들어온 놈들은 분명히 녀석을 리더로 인정하고 있는 듯했
다. 리더로 보이는 놈은 털이 북실북실한 회색 러시안블루 잡종
으로 덩치가 가장 컸다.

분명 교태로운 암컷과 러시안블루 잡종은 끈끈한 눈빛을 교환
하는 사이가 분명하다. 나는 그 리더 놈의 앞에서 아름다운 육체
를 감상시키고 무리의 모든 놈을 하나하나 실험체로 사용한 다음
맨 마지막에 스트레스로 가득한 놈을 해부할 생각이다. 내 연구
의 테마 중 하나가 '스트레스'에 관한 것이니까.

한 연구에서 인간에게 가장 많은 스트레스를 주는 상황이 바로
배우자의 사망이라는 결과가 나왔다. 고양이라고 크게 다르진 않
다. 놈들에게도 스트레스가 가장 높은 상황 중 하나가 바로 짝짓
기 대상이 죽는 것이다. 스트레스 지수를 더욱더 높이려면 그 사

213

망 장면을 눈앞에서 보여주면 된다. 나는 흰색 암고양이를 데려다가 놈들이 모두 바라보고 있는 동물 사육실의 중앙에서 통각 실험을 하기로 했다.

동물 사육실의 3면에는 바닥부터 천장까지 고양이 우리가 차곡차곡 쌓여 있고, 나는 그 3면에서 모두 보이는 곳에 수술대를 준비했다. 매캐한 똥오줌 냄새에 우선 하얀 마스크와 고무장갑을 끼고 선택된 암고양이를 수술대 위에 올려놓았다. 동물 수술대는 당연히 그놈들의 사이즈에 맞춰져 그리 크지 않다. 나는 수술대가 내 허리 조금 아래에 오도록, 그래서 두 손으로 그놈을 맘껏 괴롭히기에 적당한 높이로 조절했다. 수술대에는 골수채취기와 피부박리기를 설치했고 수술대 아래쪽에는 각종 의료용 측정기를 준비했다.

나는 발버둥치는 암고양이를 잡아다 수술대 위의 조이개 사이에 두개골을 정확히 끼워 넣었다. 조이개를 머리에 딱 맞게 조이면 이것들은 정신이 멀쩡한 상태에서도 네 다리만 버둥거릴 뿐, 머리는 1밀리도 움직일 수 없게 된다.

나는 조이개 사이에서 버둥거리는 암고양이의 모습을 조금 더 감상하다가 언제나와 마찬가지로 조금 부족하다 싶을 정도의 마취제를 넓적다리에 투여했다. 간헐적으로 버둥거리던 요사한 암고양이는 이내 잠잠해졌다. 마취가 된 것이다.

나는 익숙한 손길로 메스를 잡고 그것의 머리 가죽을 정확히 반으로 갈랐다. 그리고 뜨끈뜨끈한 김이 올라오는 그 불그스름하면서 허여멀건 머리 가죽을 양옆으로 벌렸다. 그리고 나타나는

214

하얀 두개골을 조심스럽게 뜯어냈다.

바로 이때였다. 암고양이의 피 냄새 때문인지, 아니면 생살을 파고드는 내 손길 때문인지, 아니면 제 것을 건드리는 내가 맘에 들지 않는지 유독 회색의 리더 놈만 미친 듯이 발광하기 시작했다.

보통 내가 만든 우리에 들어오면 본능적으로 어떤 동물이라도 두려움에 몸을 떨거나 수그러들곤 했다. 놈들은 본능적으로 내가 얼마나 잔인하고 위대한 포식자인지 알아보는 것이다. 하지만 커다란 몸집의 러시안블루 잡종은 전혀 그런 기색이 없었다. 놈은 항상 나에게 반항기 어린 눈빛을 보냈다. 나는 발광하는 놈을 바라보며 마스크 안쪽에서 크게 미소 짓고 있었다. 정당한 응징에 대한 만족스러운 반응이 아닌가! 그 순간 나는 위대한 집행자이며 심판자가 되는 것이다. 처벌을 받아야 할 것들을 심판대 위에 올려놓고 놈들의 잘못을 단죄하는 위대한 심판자가 되는 것이다.

나는 발광하는 회색 고양이 따위는 금세 잊어버리고 이 요사한 암고양이의 수술에 다시 집중한다. 암고양이의 뇌, 특히 통각을 감지하는 부위에 두 개의 전극을 꽂아놓았다. 다음으로 넓적다리 안쪽의 기다란 신경선 끝에 또 다른 전극을 삽입했다. 마지막으로 등줄기를 따라 메스를 곧게 그었다. 그리고 보드라운 가죽을 양옆으로 밀쳐낸 후 새하얀 척추를 완전하게 드러냈다. 척추가 거의 드러나자 드디어 마취에서 깨는지 암고양이가 꿈틀대기 시작했다. 아마도 깨어나면서 지극한 고통에 머리가 노래졌을 것이다. 1~2분 후에 완전히 깨어난 암고양이는 제 몸에 무슨 일이 일어난

건 분명한데 그것이 무엇인지 몰라서—당연한 일이다—당황하는 모습이었다. 놈은 움찔움찔 또다시 발버둥치기 시작했다. 그리고 점점 또렷해지는 의식 속에서 미칠 듯한 고통을 서서히, 그리고 조금씩 또렷하게 느끼고 있을 터였다. 나는 이때를 기다리고 있었으므로 그것의 뇌에 꽂아둔 두 개의 전극을 향해 전류를 흘려보냈다.

"캬아아악!"

찢어지는 비명이 들리는 것은 두말할 나위가 없었다. 이 미칠 듯한 비명에 다른 고양이들은 각자의 좁은 우리에서 이리 뛰고 저리 뛰며 쇠창살에 머리를 박기 시작했다. 언제 보아도 재미있는 모습이다.

넓적다리에 꽂아둔 전극에 전류를 흘리자 갑작스럽게 발이 하늘만큼 날아오른다. 나는 통각을 담당하는 부위에 서너 번 더 자극을 주고 까무러칠 듯 비명을 질러대는 이 암고양이가 정신을 거의 잃어갈 때쯤 그 짓을 멈추었다. 그리고 거의 죽어가는 암고양이에게 마지막 선물로 끔찍한 고통을 선사해주었다. 그것은 이 년의 척추뼈를 가르고 그사이에 있는 가늘고 여린 새하얀 척수를 천천히 뽑아내는 것이었다.

"크엑! 끄에엑!"

놈은 흉내도 낼 수 없는 비명을 질러대며 버둥거리던 네 다리를 멈추었다. 언제나 느끼는 것이지만 고통에 울부짖는 고양이 소리는 인간의 그것과 무척이나 흡사하다.

오늘따라 실험이 무척 재미있다. 바로 러시안블루 잡종 때문이다. 암고양이가 미친 듯이 비명을 질러댈 때마다 다른 고양이들은 우리에 머리를 박아대며 괴로워했다. 하지만 놈은 온몸의 털을 꼿꼿이 세운 채 새파란 눈을 번뜩이며 나의 실험과 놈의 연인과 내 두 눈을 노려보고 있었다.

놈의 눈은 그것들과 똑같았다. 그것들! 그 새까만 도둑고양이 두 마리. 높은 지붕 위에서 나를 깔보며 야옹거리던 도둑고양이들의 눈과 똑같았다. 나의 동생과 어머니의 목숨을 앗아간 그 잔악무도하고 요사스러운 도둑고양이의 노랗게 발광하던 눈빛과 완전히 겹쳐졌다.

나는 확신한다. 저놈은 지금까지의 어떤 놈들보다 내게 큰 기쁨을 줄 것이라고. 내게 복수의 정당성을 제대로 느끼게 해줄 것이라고!

7월 24일

벌써 시계는 밤 12시를 가리키고 있다.

나는 잠옷을 죄다 벗어 던지고 다시 긴 코트를 걸쳤다. 궁금해 미칠 것만 같아서 눈이 감기지 않는다. 나는 놈의 눈을 확인하기 전까지 절대 잠들지 않을 것이다.

고양이들이 내게 온 지 벌써 몇 달이 지났다. 총 200마리에 달했던 놈들이 이젠 채 100마리도 남지 않았다. 고양이들의 몸 곳곳에 전극을 삽입해 고통을 주고 그 반응을 실험하는 통각 실험, 그리고 강력한 고통에 대응하는 약물 실험이 매일 끊임없이 반복되었다.

그리고 이제 회색 러시안블루 잡종은 더 이상 발버둥치지 않는다.

처음 한 마리, 한 마리씩 놈의 부하들을 꺼낼 때마다 머리를 박고 발광하던 그놈은 이제 더 이상 아무런 행동도 하지 않는다. 처음에는 쇠창살에 머리를 박고 요동칠 때마다 놈의 정수리에 생긴 상처로 우리 안이 매일매일 시뻘겋게 물들었지만 이제 더 이상 상처는 생기지 않는다. 놈의 정수리는 이제 검은 딱지로 뒤덮여 있을 뿐이다.

놈의 눈빛은 여전히 반항기가 가득해 보이지만 이상하게도 놈은 고분고분한 벙어리마냥 비명도 지르지 않고 발광도 하지 않는다. 점차 기력을 잃어가는 놈의 행동이 무척 우습기도 하고 재밌기도 하지만, 처음 기대했던 만큼 악착같이 야성을 빛내는 놈이 아니어서 조금은 실망스러웠다.

처음 그 흰색 암고양이를 실험대 위에 올려놓았을 때만 해도 놈은 야생의 고양이 바로 그것이었는데……. 나는 그놈의 고통스러운 몸부림을 보지 못하는 것이 한탄스럽기까지 하다. 놈은 더 이상 진짜 고양이가 아니다. 이제 놈은 도도하고 거만한 고양이 본래의 모습이 아니다. 그저 패배한 비참한 종족에 지나지 않는다. 나는 놈의 반응이 거듭 실망스럽고 한심스러웠다.

나와 놈들의 싸움은 보다 공명정대해야 한다. 나는 야생의 본능을 가지고 있는 고양이 본연의 모습을 심판대에 올려놓고 싶었다. 그래서 나는 야성을 도로 찾을 때까지 매일 밤 저 러시안블루 잡종을 우리 밖에 풀어주기로 결심했다. 물론 우리 밖으로 나온다고 해도 동물 사육실의 문은 단단히 닫혀 있어서 절대 도망칠 수는 없다. 나는 그저 놈의 본능을 다시 한 번 일깨워주기 위해서 한시적인 자유를 허용한 것이다.

놈은 바로 오늘 밤부터 제멋대로 우리 안팎을 돌아다닐 수 있을 것이다. 손바닥만 한 우리 안에서 몇 개월 동안 살아오다가 동물 사육실을 돌아다니게 된 것만으로도 놈은 충분히 자유를 느끼리라!

그러나 그것은 한시적인 자유일 뿐이다. 놈이 느끼는 잠깐 동안의 자유는 보다 처절하고 고통스러운 나의 보복으로 결론지어질 것이다. 다만 나는 놈의 그 눈을 다시 보고 싶을 뿐이다. 내 어머니와 동생을 죽이고, 또한 어둠 속으로 사라져간 내 어린 자식의 영혼을 우롱하고 유린하던 그놈의 눈을 보고 싶을 따름이다. 그때 나는 놈의 두 눈을 향해 날카로운 메스를 들리라!

나는 상상해본다.

회색 러시안블루 잡종.

그놈은 과연 내일이면 얼마나 야성의 눈빛을 반짝일 것인가? 나의 배려로 놈은 얼마만큼 제 놈이 가지고 있던 야성을 되찾을 것인가? 나는 진심으로 하늘에 부탁한다. 놈이 처음 야성의 모습 그대로를 완전히 회복하기를. 그리고 그런 놈을 좌절시킴으로써 내게 큰 기쁨이 함께하기를!

나는 어느 때보다도 몸이 달아오르는 것을 느낀다. 바로 오늘, 몇 개월 만에 처음으로 자유의 몸이 된 놈이 어떤 눈빛을 하고 있는지 보고 싶어 견딜 수가 없는 것이다.

아, 도대체 기다릴 수가 없다! 나는 이 한밤중 그놈의 새파랗고 번쩍이는 야생의 눈빛이 온전히 돌아와 있는지 궁금해서 좀이 쑤실 지경이다.

아아, 캄캄한 밤중에 반짝거리는 놈의 살아 있는 눈을 보고 싶다!

2

"후우……."

마 형사는 일기장을 덮으며 또다시 길게 담배 연기를 뿜어댔다. 마지막 일기는 김 박사가 사라진 바로 어젯밤에 작성된 것이었다. 그는 지난밤 이 일기를 쓴 뒤 집을 나왔다. 그리고 오늘 새벽을 마지막으로 자취를 감추었다. 김 박사가 사라진 지 불과 몇 시간 만에 수사가 시작되었다. 신고한 사람도, 의뢰한 사람도 없는 이 사건에 대해 상부에서는 깊은 관심을 가지고 있었다. 수사 시작 채 몇 시간이 안 되었는데도 독촉 전화가 잇따랐고, 실마리는 전혀 찾을 수가 없었다. 시작부터 진행 상황까지 이번 사건은 무언가 대단히 기괴했다.

마 형사는 김 박사가 대부분의 시간을 보냈다는 동물 사육실 앞의 간이 의자에 앉았다. 쾨쾨한 짐승 냄새가 코를 찌르는 동물 사육실은 몇 분만 있어도 코가 비뚤어질 정도인데, 김 박사는 어떻게 저런 곳에서 하루 종일 기꺼이 있었을까 싶었다. 깨끗하고 멀쩡한 아래층 연구실을 마다하고 일부러 저런 곳에서 종종 실험을 감행했다니 이해되지 않았다. 일기 속 이야기도 마찬가지였다. 그가 아무리 중요한 연구를 했고, 또 훌륭한 업적을 남겼는지 몰라도 도저히 정상이라고는 생각되지 않는 내용들에 눈살이 찌푸려졌다.

"이게 김 박사의 마지막 일기군요?"

마 형사는 등 뒤에서 목소리가 들려오자 재빨리 고개를 돌렸다. 기다리던 '그들'이 온 것인가? 그러나 마 형사의 어깨 너머로 빤히 일기장을 내려다보는 남자는 그가 기다리던 사람이 아니었다. 그는 새까만 양복을 말쑥하게 차려입은 30대 남자였다. 그는 언제 왔는지 마 형사가 들고 있는 김 박사의 일기장을 뚫어져라 바라보고 있었다.

"뭐요, 당신은? 여긴 관계자 외 출입 금지요!"

마 형사가 노골적으로 불쾌감을 드러냈다. 사건의 실마리가 보이지 않아 머릿속이 복잡한 마당에 처음 보는 남자가 말을 거는 것이 무척 짜증났다. 마 형사는 사건 현장을 지키고 있던 정복의 경찰관을 향해 날카로운 눈빛을 보냈다.

"이게 들여보내줬지요."

검은 양복의 남자가 빙긋 웃으면서 재빨리 호주머니에서 수첩을 꺼냈다.

남자가 마 형사의 코앞에 들이민 검은색 수첩에는 분명 커다란 경찰청장의 직인이 찍혀 있었다. 수첩에 코를 박고 보니 깨알 같은 글씨로 이 증서를 가진 사람에게 모든 수사관이 적극적으로 협조해야 한다는 말까지 적혀 있었다. 국가정보원이라든가 대통령 비서실이라든가 하는 소속도 설명도 없는 이상한 증서였다.

"당신 누구요?"

"현욱이라고 합니다. 마 형사님이시죠?"

그는 짐짓 친한 척 손을 내밀었다.

그러나 마 형사는 현욱의 손을 모른 척 무시하고 휴대전화를 눌렀다. 그는 현욱의 수첩을 믿을 수가 없었다. 그러나 수화기 너머에서 들려오는 소리는 그가 기대했던 대로 '당장 쫓아내라'는 말이 아니었다. 수화기 너머로 '그가 무엇을 하건 적극 협조하라'는 단호한 명령이 반복되었다.

"통화는 끝나셨습니까? 현욱입니다. 처음 뵙겠습니다."

착잡한 표정을 짓고 있는 마 형사에게 사내는 다시 한 번 손을 내밀었고, 이번에는 마 형사도 손을 맞잡았다.

'그러고 보니, 현욱…… 현욱이라고?'

마 형사는 기억 속 어딘가에 저장되어 있는 이름이 번뜩 떠올랐다.

'현욱! 미궁에 빠진 희귀한 사건 현장에만 나타난다는 그 남자?'

그는 언젠가 동료에게서 들은 이야기가 생각났다. 도저히 이해되지 않는 괴이한 사건이 발생했을 때 홀연히 나타나 사건을 해결하고 사라져버렸다던 그 남자의 이름이었다. 마 형사는 머리가 쭈뼛 서는 것 같았다. 이 남자가 나타났다면 분명 김 박사의 실종

사건도 단순한 납치, 살인이 아니라는 얘기였다.

"일기장엔 온통 고양이 이야기뿐이군요?"

현욱은 마 형사의 뒤에서 실종된 김영동 박사의 일기장을 훔쳐본 것이 틀림없었다.

"그렇소. 이 김 박사란 사람, 고양이와는 깊은 원수지간이더군요. 일기장의 일부 내용만 봐도 그가 고양이에게 저지른 일은 단순한 실험을 위해서가 아니라 복수를 위해서였다는 것이 느껴집디다. 그것도 너무나 잔인한 방법으로 말이오."

마 형사는 잠시 몸을 떨며 진저리를 쳤다. 일기장을 보면 김 박사는 아무리 봐도 정상이 아니었다.

"잔인하죠. 하지만 고양이에게 잔인했던 것은 김 박사 한 사람만이 아닙니다. 그거 아십니까? 중세인들은 마녀의 마법을 거드는 최고의 부하로 고양이를 꼽았고, 그 때문에 당시 고양이가 겪었던 수모는 이루 말할 수 없을 정도였지요. 프랑스나 독일에서는 왕궁의 가장 높은 탑에서 살아 있는 고양이를 바닥에 떨어뜨리는 것이 가장 큰 행사로 여겨졌다고 합니다.

그뿐이 아니죠. 중세에 흑사병이 유행할 때는 쥐를 잡아먹는 고양이가 귀할 판인데도 새까만 고양이가 시커멓게 죽어 있는 시체들을 밟고 지나가는 모습이 끔찍하다며 사람들은 오히려 고양이를 박해했습니다.

프랑스 혁명으로 무차별적 학살이 일어나기 전에는 부자들의 애완동물이었던 고양이가 수많은 노동자에 의해 죽임을 당하는 고양이 대학살이 벌어지기도 했습니다. 무차별적으로 고양이를 죽이고, 목을 매달고 잘라버리고, 불에 태우고…… 온갖 잔인한 방법으로 대학살을 감행했습니다. 그 외에도 고양이에 대한 박해는 이루 말할 수 없을 정돕니다.

고양이는 묘한 매력 또는 마력을 지녔을 뿐만 아니라 그 사라지지 않는 야성 때문에 끊임없는 박해도 감수해야 했던 겁니다. 진화 과정에서 대다수 동물이 인간에게 먹이를 얻는 대가로 야성을 버린 반면 유독 고양이만은 그 길을 걷지 않았죠. 인간에게 먹이도 얻고 야성도 지키려다 보니 미움을 받을 수밖에요.

속담이나 이야기를 보면 고양이는 대부분 요물로 묘사됩니다. 이것은 고양이 스스로 자초한 것이기도 하죠. 비 오는 밤에 섬뜩하게 울어대는 소리, 그리고 흑사병 등으로 사람의 시체가 쌓인 곳마다 나타나 시체 주변을 맴도는 그 불길한 습성 탓에 고양이에 대한 핍박의 역사는 끝나지 않는 것 같습니다.

김 박사의 생각은 사실 대단히 왜곡되었지만 그의 말대로 고양이는 다른 동물과 좀 다른 점이 있습니다. 무엇보다도 인간을 제외한 여타의 동물 중에서 영적 기운이 가장 강하고, 또 영적 기운에 민감한 것이 바로 고양이지요."

현욱은 빙긋 웃으며 고양이 이야기를 줄줄 읊었다. 재밌는 이야기를 하듯 술술 말하는 그의 눈에서 마 형사는 번뜩이는 날카로움을 감지했다. 마 형사는 눈앞의 이 남자가 보통내기가 아님을 감지했다.

"제가 쓸데없는 이야길 했군요. 고양이 이야기는 여기까지 하고, 이제 이 사건만 바라보도록 할까요? 제가 알기로 마 형사님은 번뜩이는 직감과 화려한 수사 경력을 자랑하는 분이신데……. 제 추리를 한번 들어보시고, 이상한 점이 있으면 지적해주시겠습니까?"

다른 때 같으면 시간도 없고 스트레스만 쌓이는 상황에서 남의 추리나 듣고 있을 마 형사가 아니었다. 하지만 이번만은 달랐다. 마 형사는 날카롭게 자신을 응시하는 검은 양복의 남자에게서 눈을 돌릴 수가 없었다. 우연히 어느 사건에서 천신을 처음 만났을 때처럼 이 남자에게서도 굉장한 기운이 느껴졌다.

"이 사건에는 풀리지 않는 수수께끼가 몇 가지 있습니다. 그것들은 범인이 누군지를 확고하게 알려주는 가장 중요한 단서이기도 합니다. 우리가 아무런 선입견을 갖지 않고 이 사건을 바라볼 수만 있다면 말이죠."

현욱은 잠시 미소를 짓더니 날카로운 눈빛으로 얘기를 이어갔다.

"자, 그럼 이 사건을 처음부터 천천히 짚어볼까요? 일기를 쓴 마지막 날 밤, 김영동 박사는 사라졌습니다. 그의 일기에 따르면 자정 이후에 외출복으로 갈아입고 연구소로 향했음을 알 수 있습니다. 그는 연구소를 향해 걸었거나 혹은 차를 탔겠지요."

"김 박사는 차를 타지 않았소. 김 박사 집에서 일을 돕는 입주 가정부가 거실에서 부스럭거리는 소리가 들려서 나가봤더니 김 박사가 현관을 막 나가더랍니다. 그때 괘종시계를 보고 시간을 확인했는데, 밤 12시 30분이었답니다. 그리고 김 박사의 흰색 세

단은 차고에 그대로 있었소.

　김 박사는 일기장에 적혀 있는 대로 이혼 후 줄곧 독신으로 살면서 고양이를 이용한 실험에 죽도록 매달렸다고 합니다. 이번에 김 박사가 관여한 프로젝트의 수만 해도 열 손가락이 모자랄 정도라니, 그는 밥만 먹고 연구만 하는 스타일이라고 할 수 있습니다. 연구소 측에서는 김 박사가 극비리에 수행 중인 연구에까지 관여하고 있었기 때문에 불과 출근 시간 몇십 분 만에 이상을 감지하게 되었다고 합니다. 우리는 이런 내용을 접수하자마자 이곳 연구소는 물론 김 박사 가정부의 진술을 받아놓았소."

　"그래요, 그럼 김영동 박사는 밤길을 혼자 걸었습니다. 그는 밤 12시 30분에 집을 출발한 것이군요. 그의 목적지는 당연히 동물 사육실이었겠죠. 정확하게는 동물 사육실에 자유롭게 풀어준 잡종 고양이의 눈빛이 예전처럼 살아났는지 확인하려는 마음이었겠죠. 김영동 박사의 집에서 연구소 정문까지는 걸어서 20분가량 걸립니다. 정문에서 그의 실험실까지 가는 데는 다시 10여 분이 걸립니다."

　현욱은 마치 그날 일을 상상하듯 지그시 눈을 감았다.

　"그렇소. 당시 밤을 새워 실험하던 연구원들에 따르면 새벽 1시경 김영동 박사가 잠시 실험실에 얼굴을 비췄다가 곧 목례만 하고 어딘가로 바삐 향했다고 하더군요."

　"네, 그럼 이야기는 이어집니다. 새벽 1시경 연구소에 도착한 김영동 박사는 잠깐 자신의 실험실에 들러 인사만 하고 급히 이 건물 5층을 지나 옥상으로 향합니다. 이건 건물에 설치된 폐쇄회로 카메라로 확인되었을 겁니다."

"물론이오."

마 형사는 자신의 검은 수첩을 뒤적였다.

"폐쇄회로 TV 확인 결과 김영동 박사가 실험실에 도착한 시각은 정확히 0시 55분. 그는 잠시 인사를 하고 곧바로 옥상으로 향했소. 옥상으로 이어지는 철문에 도착한 시각은 1시 03분. 철문을 열쇠로 따고, 옥상으로 나가기까지 걸린 시간은 1분. 정확히 1시 04분에 옥상으로 사라졌소. 옥상에는 설치된 카메라가 없기 때문에 1시 04분에 찍힌 모습이 김영동 박사의 마지막이었소. 그후 다시 계단으로 내려온 영상은 없고 옥상 문은 아침까지 그대로 열려 있었던 거요."

"그렇죠. 그렇다면 김 박사는 스스로 옥상으로 나갔고, 바로 그곳에서 사라졌단 이야기가 됩니다. 계속해서 행적을 추적해 볼까요?

옥상으로 나간 김 박사는 곧바로 동물 사육실로 향합니다. 동물 사육실의 문을 열고 안쪽 불을 켰을 겁니다. 동물 사육실 안으로 들어가면 복도가 있고 복도 양쪽에 다시 두 개의 문이 나타나죠. 오른쪽은 기니피그를 키우는 곳이고, 왼쪽은 김영동 박사의 실험동물인 고양이들이 사육되는 곳이었죠. 물론 김영동 박사는 왼쪽에 있는 고양이 사육실로 들어갔을 겁니다. 아마도 풀어준 잡종 고양이가 어떤 눈빛을 하고 있는지 잔뜩 궁금했겠죠."

마 형사는 현욱이 말하는 대로 찬찬히 김 박사의 뒤를 밟는 식으로 상상해나갔다. 그러자 마 형사의 머릿속에 김 박사의 모습이 뚜렷하게 그려졌다.

"김 박사는 문을 열고 동물 사육실 안으로 들어갑니다. 그리고 사육실의 문을 재빨리 닫았겠죠. 풀어놓은 잡종 고양이가 밖으로 나가지 못하게 말입니다. 그리고 사육실의 불을 켭니다. 사육실로 들어간 김 박사는 놓아준 잡종 고양이를 찾았을 테고, 3면이 고양이 우리로 둘러싸인 그곳에서 범인의 공격을 받게 됩니다."

"그랬겠죠. 공격을 받은 김 박사의 머리에서 아마도 피가 솟았을 것이고, 그는 바닥으로 쓰러지면서 혈흔을 남겼을 거요. 아까 동물 사육실의 관리인이 말했던 바닥의 거대한 혈흔 말이오. 범인은 혈흔을 뭔가로 급히 지웠고……."

"그런데 거기서 조금 이상한 점을 발견했습니다, 마 형사님."

"이상한 점이라니요?"

현욱은 눈을 번쩍 뜨더니 함께 동물 사육실로 들어가자고 눈짓했다. 마 형사는 뭔가에 이끌리듯 순순히 현욱의 뒤를 따라 동물 사육실 안으로 들어섰다.

"저것이 바로 혈흔이죠?"

현욱은 고양이 사육실의 가운데에 길게 이어져 있는 혈흔을 가리켰다. 무언가로 급하게 지운 흔적이 역력했지만, 군데군데 끊긴 혈흔을 이어보면 분명 한 사람의 형상이었다.

"이상하지 않습니까? 뒤통수를 가격해서 뒤로 넘어졌다면 팔이나 다리에서 혈흔이 남았을 리가 없지 않습니까? 하지만 지금

228

눈앞에 보이는 저 형상은 아무리 봐도 발끝에서 머리끝까지 군데군데 피를 흘린 것으로 보이는데요? 제가 보기에 저 흔적은 범인이 김영동 박사의 온몸을 난자하고 온몸에 피가 나도록 두들겨 팬 후에 바닥에 눕힌 모습으로밖에는 보이지 않는군요."

"음······."

마 형사의 눈에도 현욱의 말이 옳아 보였다. 마 형사 역시 혈흔을 보는 순간 일반적인 혈흔과 다른 괴이한 형태라고 생각했다. 그것은 전신에서 피를 흘린 사람의 혈흔이 분명했다. 생각에 잠긴 마 형사에게 현욱은 쉬지 않고 다음 이야기를 시작했다.

"여기서 또 다른 의문점이 고개를 듭니다. 고양이들이 사라졌다는 사실 말입니다. 지금 눈앞에 있는 수백 개의 우리에 고양이는 단 한 마리도 없군요? 김 박사의 일기대로라면 적어도 수십 마리는 남아 있어야 정상이지 않습니까?"

"그렇소. 관리인은 여느 아침처럼 우선 오른쪽에 있는 기니피그 사육실에 가서 먹이를 주고 청소한 다음 왼쪽에 있는 고양이 사육실에 들어갔다는데, 놀랍게도 환풍기가 뜯겨 있고 고양이는 한 마리도 남아 있지 않았다고 진술했소."

마 형사는 이렇게 말하며 품안에 가지고 있던 검은 소형 녹음기의 플레이 버튼을 눌렀다. 곧 관리인의 목소리가 흘러나왔다.

"처음 사육실 문을 열었을 때는 날카로운 고양이 울음소리가 들려서 깜짝 놀랐습니다. 위쪽에서 소리가 나기에 처음에는 위쪽에 있는 고양이들이 소리를 지르는가 하고 올려다보았습니다. 그런데 우리 안에는 고양이가 한 마리도 남아 있지 않았습니다. 날카롭게 울어댄 고양이는 환풍기 구멍을 넘어가는 중이었습니다. 그놈은 처음 이곳에 왔을 때부터 고양이들의 우두머리였던 덩치 큰 회색 고양이였죠.

저는 그 순간 눈앞이 캄캄해졌어요. 기껏 들여온 고양이 수십 마리가 모두 다 없어졌으니까요. 김 박사님이 아셨다가는 정말 난리 날 일이었죠. 김 박사님의 화난 얼굴이 머리에서 맴맴 돌기에 정신없이 그 고양이가 사라진 환풍기 구멍으로 튀어 올라갔습니다. 아래를 내려다보니 세상에나! 90도 각도의 시멘트벽 옆에 세워놓은 환기통을 슬쩍슬쩍 밟으면서 아래로 내려가는 고양이 무리가 있지 뭡니까? 그것도 거의 한 줄로 줄줄이 내려가는 고양이들 말입니다.

고양이들이 무슨 군인들같이 딱 일렬로 줄을 지어서 연구소 숲을 넘어 사라지는데……. 진짜 기가 막히더라고요! 게다가 고양이들이 언덕 위에서 일제히 이 옥상을 바라봤어요. 아이고, 그놈들의 초록색 눈이 번쩍거리는데……. 어찌나 섬뜩하던지 말을 할 수가 없을 정도였어요! 저는 너무 놀라서 밟고 올라갔던 책상에서 바닥으로 떨어졌어요. 그런데 제가 떨어진 자리에 이상한 자국이 있었습니다. 바로 핏자국이었지요. 워낙 피가 튀는 실험이 많은 터라 바닥에 떨어진 피를 보는 것은 익숙한 일이었어요. 하지만 그 핏자국은 그런 작은 방울이 아니라 좀 더 거대한 자국이었습니다."

관리인이 말을 마치자 마 형사는 녹음기의 정지 버튼을 눌렀다.

"이곳에 들어왔을 때는 이미 고양이가 모두 달아나고 있었다는 거군요?"

"그렇소. 약 10시경이었소."

현욱의 말에 마 형사가 고개를 끄덕이며 대답했다.

"마 형사님, 다음 의문점은 바로 고양이입니다. 왜 고양이들이 사라졌을까요? 이상하지 않습니까? 김 박사를 납치 또는 살해하기 위해 찾아온 자가 왜 이곳의 고양이들을 풀어준 걸까요? 행여 고양이 소리에 사람들이 확인하러 들어올 수도 있는데 말입니다."

검은 양복의 사내는 턱에 손을 괴고 고개를 흔들었다.

"그거야 김 박사랑 엎치락뒤치락하다가 고양이 우리를 쏟았고, 그 때문에 열린 문으로 고양이들이 달아난 게 아닐까요……."

마 형사 역시 가장 이해되지 않는 부분은 한 마리도 남아 있지 않은 고양이였다. 그러나 마 형사는 이렇듯 간단하게 결론을 내리고자 했다. 그 외의 타당한 결론이 생각나지 않았다.

"그건 조금 이상한데요? 만일 그랬다면 어떻게 한 마리도 남지 않고 모든 고양이가 사라진 걸까요? 일부러 고양이들을 풀어주기 위해서가 아니라면 수고스럽게 하나하나 우리 문을 열 필요가 없었을 텐데요."

현욱의 말대로 마 형사 역시 찜찜한 부분이었다. 두 사람이 싸우다가 우연히 우리 문이 몇 개 열릴 수는 있다. 하지만 모든 고양이가 우리를 박차고 나갔다는 것은 어쩐지 자연스럽지 못한 일이었다.

"자, 보세요. 이렇게 범인은 이상한 행동을 합니다. 김 박사를 쓰러뜨린 범인은 고양이를 모두 풀어주고, 그다음 이 공간을 떠날 준비를 하겠죠. 동물 사육실에서 나갈 수 있는 출구는 정확히 두 개입니다. 하나는 김 박사가 들어왔던 문이고, 또 다른 하나는 환기를 위해 열어놓은 벽 위쪽의 환풍기 구멍이죠. 범인은 쓰러진 김 박사를 데리고 어느 쪽으로 나가겠습니까?"

현욱은 약간 비웃음을 지으며 마 형사를 바라보았다. 마치 마 형사가 어떤 대답을 할지 무척 기대된다는 표정이었다.

"음…… 눈으로 보아도 충분히 알겠지만 보통 체격의 성인이라면 환풍기 전체를 떼어내더라도 그 작은 통로로는 머리 하나 내밀기도 빠듯할 겁니다. 보시다시피 환풍기는 완전히 뜯긴 것도 아니고, 주변이 보기 싫게 너덜너덜 부서져 있을 뿐입니다. 게다가 저 환풍기 조각에 남아 있는 날카로운 발톱 자국과 이빨 자국을 보면 고양이들이 빠져나가기 위해 물어뜯은 것이지 사람이 떼어낸 것은 아닙니다. 그렇게 생각하면 환풍기 구멍으로 김 박사의 몸이 빠져나가기란 불가능한 일입니다. 몸이 조각조각 나뉘지 않는 이상 말이에요. 그러니 당연히 김 박사의 몸은 김 박사가 들어왔던 출입구를 이용해 옮겨졌을 겁니다."

"예리하시군요! 지금 마 형사님은 범인이 어떻게 김 박사의 몸을 날랐는지를 제대로 이야기하고 계세요."

현욱은 뭐가 재미있는지 호쾌하게 웃었다.

"그럼 출입문을 통해 나갔다고 가정할 경우 생기는 몇 가지 의문점에 대해 이야기해볼까요? 첫 번째, 범인은 이 문을 나가 어디로 갔을까요? 물론 김 박사가 들어온 대로 계단을 내려가진 않았지요. 그랬다면 폐쇄회로 카메라에 찍혔을 테니까요. 그럼 이 옥상에서 그대로 1층으로 내려갔다는 얘긴데, 그렇다고 해도 이상합니다. 옥상 난간을 모두 훑어보았지만 어디에도 밧줄 때문에 긁힌 자국이나 먼지가 닦인 흔적이 전혀 없었으니까요. 물론 건물 아래쪽에도 발자국은 없었고요.

두 번째 문제점은 김 박사의 핏자국이 출입문 근처에 전혀 남아 있지 않다는 점입니다. 이렇게 온몸에서 피를 철철 흘렸는데도 말이죠. 대신 환기통과 환기통 아래 벽에서 작은 핏자국들이 발견되었습니다. 고양이들의 발자국과 함께 말이지요. 김 박사의 핏자국을 고양이들이 밟고 환기통으로 나갔다고 보면 되기는 합니다만, 범인이 나갔을 만한 곳은 핏방울 하나 없이 깨끗하다는 점이 너무나 이상하지 않습니까?"

현욱의 말은 조목조목 일리가 있었다. 하지만 그렇다면? 그렇다면 대체 어디로 범인이 나갔단 말인가? 김 박사를 데리고 말이다! 마 형사는 골똘히 생각해보았지만 답을 찾을 수가 없었다.

"그럼 범인은 김 박사를 데리고 어디로 갔단 말이오?"

"후후, 그건 좀 전에 마 형사님이 말씀하셨지요. 몸을 조각낸다면 환풍기 구멍을 빠져나갈 수 있다고 말입니다."

"뭐요? 그런 말도 되지 않는……!"

마 형사는 얼토당토않은 추리에 기가 막혔다. 하지만 현욱은 손가락을 들어 조용히 하라는 신호를 보냈다.

"잠깐! 조금만 더 들어보시죠. 어쨌든 범인은 어떤 방법을 써서 저 환풍기 구멍 혹은 옥상을 통해 김 박사의 몸과 자신의 몸을 옮겼습니다. 그때는 이미 모든 고양이가 우리에서 풀려나와 있었을 테고요. 그런데 고양이들은 좀처럼 밖으로 나갈 생각을 하지 않았습니다. 10시에 관리인이 이곳으로 올 때까지 지체하다가 환풍기 구멍을 통해 사라졌죠. 이상하지 않습니까? 왜 이런 이해할 수 없는 행동을 한 것일까요?"

"그야 고양이들 마음이겠지만……."

마 형사는 말문이 막혔다. 현욱의 말대로였다. 그의 눈앞에 관리인의 얼굴을 바라보며 줄지어 유유히 사라지는 고양이 떼의 모습이 떠올랐다. 도대체 이런 수수께끼 같은 일이 있을까 싶었다.

'범인은 누구일까? 누구기에 이렇듯 요상한 행동을 보인 것일까?'

마 형사의 머리가 지끈거렸다. 사실 이런 수수께끼 같은 점들 때문에 마 형사는 천신에게 연락해두었다. 혹시라도 인간이 아닌 영혼이라는 또 다른 존재가 관련된 일이 아닐까 싶어서였다.

"마 형사님, 과연 이런 모든 의문을 풀어줄 만한 범인은 누굴까요? 첫 번째, 환풍기를 통해 나갈 만한 자는 과연 누굴까요? 두 번째, 왜 범인은 고양이를 우리에서 모두 꺼낸 것일까요? 세 번째, 왜 고양이들은 아침까지 이곳을 빠져나가지 않은 걸까요? 네 번째, 하필이면 범인은 왜 이 동물 사육실을 무대로 일을 벌인 것일까요? 출퇴근길의 으슥한 길목이나 그의 집이 아니라 하필이면 폐쇄회로 카메라가 가득한 연구동 건물에서 말입니다. 이 의문들을 풀어줄 만한 범인은…… 자, 이제 조금 명확해지지 않습니까?"

"뭐라고요?"

마 형사는 멍한 얼굴로 현욱을 바라보았다. 검은 양복의 사내
는 재미있다는 듯 빙글거리며 웃었지만 마 형사는 대체 뭐가 명
확해진 것인지 하나도 알 수가 없었다.

"그래서 범인이 누구란 거요?"

"마 형사님, 저 조그만 환풍기 구멍을 통해 빠져나갈 수 있고,
일부러 고양이 우리를 모두 열어주었으며, 하필이면 이곳 사육실
에서 범행을 저지를 만한 범인이 누구겠습니까? 그리고 무엇보
다도 김 박사에게 깊은 원한을 가지고 그를 해칠 생각으로 가득
한 범인은……."

마 형사는 자신을 바라보는 상대의 날카롭고 번쩍이는 눈을 보
자 온몸에 소름이 끼쳤다. 이제 마 형사도 그가 말하는 '범인'이
누구인지 알 것 같았다. 그는 신음으로 가득한 한마디를 내뱉지
않을 수 없었다.

"고…… 고양이……!"

3

"새벽 12시 30분경, 김 박사는 자신의 집을 나섭니다. 그의 일
기장에 쓰여 있는 대로 야생의 성질을 그대로 간직한 채 실험실

로 실려 온 러시안블루 잡종을 살펴보기 위해서였습니다. 그는 이 고양이의 야생 본능, 즉 날카로운 눈빛을 느끼기 위해 그날 낮에 일부러 고양이들의 리더 격인 이놈만 우리에서 꺼내 자유롭게 나다니도록 해놓았습니다.

김 박사가 연구소에 도착한 것은 새벽 1시경. 우선 평소 습관대로 자신의 연구실을 잠시 둘러봅니다. 그곳에는 실험이 끝나지 않아 밤을 새우고 있던 두 명의 연구원이 있었습니다. 김 박사는 그들과 잠시 짧은 인사를 나눈 후 건물 옥상으로 올라갑니다. 바로 동물 사육실로 가기 위해서였죠. 김 박사에게는 이미 건물 옥상으로 통하는 열쇠도 있고, 당연히 동물 사육실의 열쇠도 있었으므로 낮과 같이 별 어려움 없이 옥상으로 올라갔습니다. 그리고 궁금해 마지않던 그 동물 사육실의 문을 열었습니다.

동물 사육실의 문은 이중입니다. 문 하나를 열고 들어가면 기니피그 사육실로 통하는 문과 고양이 사육실로 통하는 문으로 나뉩니다. 물론 김 박사는 고양이 사육실 쪽으로 들어가야지요. 그는 먼저 첫 번째 문을 열고 들어가 불을 켭니다. 양쪽에 두 개의 사육실이 보입니다. 그는 고양이 사육실로 몸을 돌려 두근두근한 마음으로 두 번째 문을 엽니다. 과연 러시안블루 잡종은 어떤 모습이었을까요?

하지만 김 박사에게는 아무런 소리도 들리지 않습니다. 김 박사는 이상한 생각이 들어 서둘러 전등 스위치를 찾습니다. 그는 혹시나 풀어준 러시안블루가 도망갈까 싶어 고양이 사육실의 문을 단단히 닫고 불을 켭니다.

'카아아아!'

그 순간 사방에서 찢어질 듯 날카로운 비명 소리가 울려 퍼집니다. 날카로운 비명은 하나가 아닙니다. 수 마리, 아니 수십 마리의 고양이가 내는 소리였을 겁니다. 사육실에 남아 있던 고양이들의 울음소리가 그의 귀를 찢을 듯이 울려댑니다. 불빛 아래 초록빛으로 번쩍이는 수많은 눈빛이 김 박사를 노려봅니다. 그리고 그 수많은 눈동자는 김 박사의 머리로, 다리로, 팔로, 손목으로 일시에 미친 듯이 달려듭니다.

'으아아악!'

김 박사의 비명은 사육실 안을 가득 메웠지만 고립된 공간에서 울려 퍼지는 소리는 누구에게도 전달되지 못합니다. 다만 그곳을 채우고 있는 것은 진초록으로 번쩍이는 고양이의 눈동자뿐이었을 겁니다.

날카로운 이빨들은 김 박사의 온몸을 물어뜯습니다. 그들은 실험을 빙자하여 수많은 동료를 죽인 원수를 향해 조금의 망설임도 없이 있는 힘껏 공격을 가합니다. 순식간에 달려든 수많은 고양이의 공격에 김 박사는 무너지고 맙니다. 그리고 그의 몸을 물어뜯는 날카로운 이빨 자국마다 검붉은 피가 철철 흘러넘칩니다. 날카로운 고양이들의 발톱과 이빨을 떼어내려고 애쓰던 김 박사는 뒤로 넘어졌고, 단단한 시멘트 바닥에 머리를 받아 움직이지 못합니다.

번쩍이는 저 초록의 눈들은 김 박사를 용서할 수 없습니다. 그들은 죽어가는 김 박사의 몸을 타고 오릅니다. 그가 자신들에게 주었던 그 처절한 고통과 몸부림을 함께 나누어야 한다고 생각하면서 말이죠. 아니, 그것은 생각이라기보다 본능이라고 해야 할지도 모르겠습니다. 위협에 대한 응징. 밟히는 지렁이의 마지막 꿈틀거림처럼 생명을 건 최후의 전투. 필사의 생존 본능이 그들을 자극했을지도 모릅니다. 그 생존 본능은 죽음의 그림자가 드리운, 꿈틀거리는 인간의 몸뚱이 위로 내려와 온몸 구석구석으로 퍼져나갔습니다. 날카로운 초록의 눈들이 김 박사의 온몸으로 흩어져서 죽어간 동료들과 사랑하는 연인들의 복수를 시작하게 됩니다.

놀랄 만큼 잘 다듬어진 날카로운 이빨들이 김 박사의 생살을 잡아 뜯습니다. 얼마 후에는 김 박사의 몸 곳곳이 갈기갈기 찢겨 형체를 알아볼 수도 없게 됩니다. 고양이들은 리더인 러시안블루의 신호에 따라 움직입니다. 그들은 그곳을 빠져나가기 위해 낡은 환풍기를 뜯어냅니다. 그리고 김 박사의 잘린 몸뚱이를 삼켜서 건물 아래로 옮깁니다. 그들은 특유의 유연한 몸놀림으로 사뿐히 바닥까지 내려갑니다. 그러고는 피로 물든 원수의 몸뚱어리를 숲 속 어딘가로 가지고 갑니다. 그들의 작업은 아침까지 계속됩니다. 그들은 자신과 동료들에게 위협이 되는 김 박사의 몸을 산산이 조각내 완전히 재생이 불가능하게 만들고 싶어 합니다. 김 박사의 사지는 조금씩, 조금씩 쥐가 제 몸의 열 배나 되는 치즈 한 덩이를 눈 깜짝할 사이에 갉아먹어버리듯 고양이들에 의해 사라져버립니다. 그들은 숲 속에 김 박사의 살 조각을 버리고 다시 사육실로 돌아와 또다시 남은 살 조각을 물고 갑니다. 뜯어 먹기 위한 목적이 아니므로 원수가 걸친 옷가지 하나까지 전부 삼키고 물어뜯어버립니다. 그들은 이 과정을 끊임없이 반복합니다.

김 박사의 마지막 숨통을 끊은 것은 분명코 회색의 러시안블루였을 겁니다. 그놈은 자신을 노려보는, 고통에 찬 김 박사의 두 눈을 내려다보며 허공을 향해 날카로운 울음을 내질렀겠지요. 그것은 김 박사의 손에 끔찍한 고통의 비명을 지르다 죽어간 사랑하는 연인을 위한 것일 수도 있고, 복수와 응징이라는 숲의 법칙을 지키기 위한 엄숙한 의식이었는지도 모릅니다. 그리고 그 회색의 러시안블루는 날카로운 이빨로 김 박사의 목을 물고는 쏟아져 나오는 새빨간 피를 핥았을 겁니다. 분수처럼 쏟아지는 피가 멈추고, 김 박사의 마지막 숨결이 완전히 다할 때까지 말입니다. 그리고 원수의 몸을 조각내서 너덜너덜한 고깃덩이를 숲으로 옮기고, 또 옮기라고 나머지 고양이들에게 명령합니다. 원수가 흘린 피까지 남김없이 핥으라는 명령도 내리지요.

어느새 붉은 태양이 그들의 등 뒤를 비춥니다. 바닥에 남은 핏덩이까지 남김없이 치우고 있는데, 익숙한 발소리가 들려옵니다. 바로 관리인의 발소리입니다. 러시안블루는 남은 종족들에게 신호를 합니다. 그들은 재빨리 환풍기 구멍을 통해 벽 아래로 내려갑니다. 그놈은 놀라서 두 눈이 휘둥그레진 관리인을 바라보며 유유히 동료들을 이끌고 자유의 숲으로 사라져버립니다."

현욱은 마치 음악을 감상하듯 두 눈을 감고 사건의 전말을 이야기했다. 그 앞에서 마 형사는 어안이 벙벙할 따름이었다.

"소…… 소설을 쓰는 겁니까? 실험동물 따위가, 고양이 따위가 그런 짓을 저지를 수는 없지 않습니까?"

마 형사는 이 믿을 수 없는 이야기에 고개를 내저었다. 온몸에 퍼지는 스산한 기운에 몸서리가 쳐졌다. 그런 마 형사를 보며 현욱은 한숨을 내쉬었다.

"마 형사님, 고양이를 키워본 적이 있으신가요? 매일 밥을 주는 주인이라도 고양이는 스스로가 내키지 않으면 주인의 발꿈치에 서서 옷자락에 몸을 비비고 그의 품에 들어가 그르렁거리며 휴식을 취하지 않습니다. 스스로 내키지 않으면 아무리 불러도 주인 곁에 오지 않지요. 집고양이라고 생각했던 고양이는 어느새 밖으로 나돌며 주인이 보지 않는 곳에서 작은 쥐나 새를 잡기도 합니다. 그래서 그것들은 야생의 본능을 잃어버리지 않기 위해 주인의 신발 안에 잡은 쥐새끼나 물어뜯은 참새를 넣어놓는 법입니다. 잔인할 정도로 공평한 신은 사라지지 않는 야생의 본능을 선사한 대신 영원한 핍박도 선사해주었습니다. 야생의 본능을 유지하는 대신 영원한 핍박을 선택한 것이 바로 고양이입니다. 영원한 야성을 간직한 요물妖物이자 명물名物인 고양이 말입니다. 김 박사가 저지른 가장 큰 잘못은 그들의 야성을 얕잡아보았다는 점입니다."

현욱은 황당한 표정의 마 형사에게 묘한 웃음을 지었다. 그러고는 천천히 뒤돌아섰다. 그는 소설 같은 이야기만 남긴 채 그 자리를 떠났다. 마 형사는 떠나가는 그의 뒷모습을 바라보며 뒤죽

박죽인 머리를 쥐어뜯었다.

4

"마 형사님, 다시 뵙게 되어 반갑습니다."

승덕은 연구소 옥상에서 마 형사와 악수를 나누었다. 현욱이 사라지고 얼마 지나지 않은 때였다. 승덕의 옆에는 전보다 조금 더 자란 듯한 낙빈이 있었다. 도움을 요청하는 연락을 받자마자 달려와준 두 사람에게 마 형사는 손을 내밀었다.

"다시 만나서 반갑습니다."

애써 웃음을 지어 보이는 마 형사의 얼굴이 어딘가 어색했다. 그의 얼굴은 며칠 밤을 새운 것처럼 푸석푸석하고 윤기가 없었다.

"어디 편찮으세요?"

낙빈의 물음에 마 형사가 고개를 저었다.

"그건 아니지만…… 정말 머리가 지끈지끈하구나."

낙빈은 마 형사와 동물 사육실이 있는 옥상을 둘러보며 그럴 수밖에 없겠다고 생각했다.

"후우, 형사님이 머리가 아프신 것도 당연해요. 이렇게 온갖 원귀寃鬼들로 가득하니 건강한 사람이라도 여기서 살면 성하기 힘들겠어요. 그런데…… 누가 돌아가신 거군요?"

낙빈의 말에 마 형사는 두 눈을 번쩍 떴다.

"주······ 죽었다고 했니? 죽었다고?"

깜짝 놀라는 마 형사의 얼굴을 바라보며 낙빈은 난처한 듯 고개를 끄덕였다.

"네, 죽은 지 얼마 안 되는 기운이 느껴져요."

낙빈이 말하는 사람은 김영동 박사가 확실했다.

"사실 우리는 그분이 실종됐을 거라고 생각하고 있었습니다. 혹시 납치된 건 아닐까 하고 말입니다. 사망인지 실종인지 현재로서는 확실치 않아서 수사에 어려움이 많은 상태였죠. 풀리지 않는 수수께끼가 몇 가지 있어요."

"그런데요······."

낙빈이 잠시 뜸을 들이더니 뒷머리를 긁적거렸다.

"영사靈寫를 해보니까 돌아가신 분의 영혼 주변에 강한 사기邪氣가 느껴져요. 이번에 돌아가신 분은 업業이 굉장히 많은 사람 같아요. 영혼 주변에 몰려 있는 귀기鬼氣가 모두 전생에 괴로움을 당한 고통스러운 것들이거든요. 그것들이 다닥다닥 달라붙어 영계靈界로 가는 문을 막고 있어요."

"뭐야, 그러니까 나쁜 일을 많이 해서 성불을 못하고 있다는 거야?"

"네······."

승덕의 말에 낙빈은 머뭇거리다 천천히 고개를 끄덕였다. 낙빈은 돌아가신 분을 나쁘게 말하는 것이 미안한지 자꾸 눈치를 보는 모습이었다.

"그…… 그렇니?"

마 형사는 깊은 생각에 빠졌다. 김영동 박사가 고양이들의 원수라면 정말로 죽은 고양이들이 그의 영혼을 물고 늘어질지도 모를 일이었다. 그는 소설과도 같은 현욱의 이야기가 정말 맞을지도 모르겠다고 생각했다.

"그런데 저기 저쪽에서 자욱한 귀기가 흘러나오고 있어요."

옥상에서 주변을 살피던 낙빈은 연구동 뒤쪽의 숲을 바라보며 눈살을 찌푸렸다. 관리인이 마지막으로 고양이를 보았다는 뒷산이었다. 낙빈의 말이 끝나기가 무섭게 마 형사는 낙빈과 승덕을 데리고 숲을 향해 달렸다.

연구소 뒷산에는 연구원들이 산책이나 등산을 할 수 있도록 인공 숲을 조성해놓았다. 그곳은 구두를 신고도 쉽게 오를 수 있도록 완만한 경사로가 잘 꾸며져 있었다. 낙빈은 잘 닦인 경사로 밖의 길이 없는 우거진 수풀 쪽을 가리켰다. 그곳에서 자욱한 귀기가 느껴졌다.

승덕과 낙빈, 마 형사가 수풀을 헤치며 한참을 나아가자 경사진 언덕 아래 깊이 파인 구덩이가 보였다. 낙빈의 손가락은 바로 그 구덩이를 가리키고 있었다.

"이럴 수가!"

구덩이로 다가간 마 형사는 그 자리에 털썩 주저앉았다. 그는 사색이 되어 자신도 모르게 온몸을 벌벌 떨었다.

"욱! 저게 뭐얏!"

승덕과 낙빈도 코를 막으며 괴상한 장면에 치를 떨었다. 이 끔찍한 장면 앞에서 그 누구도 말을 이을 수가 없었다.

구덩이 속에는 형체를 알아볼 수 없는 불그스름한 고기 조각이 수북이 쌓여 있었다.

"구웨엑!"

"구엑!"

고양이 세 마리가 구덩이 위에서 붉은 고기 조각을 토해내는 중이었다. 고양이들의 배는 하나같이 커다랗게 부풀어서 마치 풍선 같았다. 그들은 부푼 배가 홀쭉해질 때까지 연신 괴상한 소리를 내며 토악질을 했다.

"구웨엑!"

"구엑!"

생살을 내뱉는 고양이들 주변에는 수십 마리의 고양이가 있었다. 고양이들은 나무 위에 길게 늘어져 남은 세 마리를 바라보며 초록색 눈을 빛내고 있었다. 놈들은 이미 토할 순서를 마치고 나무 위에 올라간 것이 분명했다. 복수를 완성한 수십 마리의 고양이는 늘어지게 기지개를 켜며 아직도 토해대는 고양이들을 바라보고 있었다. 수북이 쌓여 있는 원수의 고기 조각도 함께……

제4화

슬픈
프로메테우스

1

마지막 수업이 끝났음을 알리는 종이 울리고 성월중학교의 열두 개 학급이 일제히 청소를 시작했다. 각자 맡은 구역을 청소하느라 바쁜 그 시간, 남색 교복을 입은 학생 셋이 운동장 벤치에 앉아 머리를 맞대고 있었다.

"제길, 믿을 수가 없네!"

형식의 입에서 쉰 목소리가 새어나왔다. 너무 놀라 입안이 바짝 마르는 느낌이었다.

"그렇지? 내 말대로지?"

민규와 철민은 여봐란듯이 형식의 표정을 살폈다. 눈이 커진 형식의 얼굴을 보며 둘은 무척 만족한 얼굴이었다.

"약속 지켜, 김형식! 이건 정말 비밀이다!"

"당연하지!"

셋은 양손을 들어 서로서로 손가락을 걸었다. 모두 눈이 반짝 빛났다. 이 대단한 발견은 그들만의 비밀이 될 것이다.

중학교 2학년이지만 공부는 뒷전이고 언제나 컴퓨터 앞에서 밤을 꼴딱 새우는 것이 일인 세 친구는 서로에 대해 깊은 동지애를 느끼고 있었다. 공부하느라 다른 취미가 없는 아이들 틈에서 컴퓨터로 프로그램을 짜고 자신만의 홈페이지를 꾸미는 등 같은 관심사를 가진 셋은 서로가 있어 외롭지 않았다.

그러던 어느 날 민규가 대단한 것을 발견했다며 자랑했다. 시뻘게진 얼굴로 철민과 형식에게 자신이 발견한 엄청난 사이트에 대해 이야기했다.

"야, 나 어제 굉장한 데 찾았어!"

"뭔데? 죽이는 동영상이라도 되냐? 야, 너 지난번에도 끝내준다고 하더니 그거 영 아니더라!"

"그래. 난 이제 관심 없다! 어서 빨리 이 손으로 끝내주는 프로그램이나 짤 거야! 두고 봐!"

철민과 형식이 시큰둥한 반응을 보이자 민규는 답답해 죽겠다는 표정으로 두 사람의 머리를 세게 박아버렸다.

"야, 그런 게 아니란 말이야!"

"그럼 뭔데, 인마!"

박치기한 머리를 손으로 문대며 철민이 시큰둥하게 물었다.

"'내일신문'이라는 사이튼데…….''

"그게 뭐야?"

형식도 별로 관심 없다는 표정으로 무심하게 물었다.

"그게…… 진짜로 내일 일을 예고해주는 인터넷 신문이라니까!"

"뭐?"

철민과 형식이 눈을 크게 뜨고 물으니 그제야 민규는 만족스러운 듯 실실 웃음을 지었다.

"어제 내가 외계인 관련 사이트를 찾다가 발견했다는 거 아

냐! 나도 진짜 거지같이 재미없는 사이트네 하고 그냥 넘겨봤는
데……. 오늘 아침 텔레비전에 어제 본 뉴스가 그대로 나오더라
니까! 오늘 아파트 붕괴 사건하고, 호남선 철도의 트럭 충돌 사고
까지 그대로 예언했더라고!"

"뭐? 그 거짓말 진짜야?"

"그래 인마, 진짜다! 매달 보름에만 아이디를 만들어준다니까
너희는 보름은 더 기다려야 돼. 보름달이 뜨는 날을 기준으로 앞
뒤로 하루씩 더해서 딱 3일간만 아이디가 등록된대. 나도 처음엔
장난이겠지 했어. 그런데 어제가 이번 달 아이디 등록 마지막 날
이라기에 그냥 등록해버렸거든? 진짜 완전 허술한 사이트라서
별 거지발싸개 같은 게 다 있다 그랬는데, 그게 아니라 진짜였어!
어제 말한 예언이 오늘 그대로 실현되어 있다니까!"

"설마……."

"진짜라니깐!"

그다음 날부터 민규는 매일매일 등교할 때마다 '내일신문'의
예언이 또 그대로 실현되었다며 흥분했다. '내일신문'은 아이디
를 등록한 아이피로만 접속되었고, 더군다나 어떻게 프로그램한
것인지 모르지만 등록한 아이디 주인이 아니면 내용이 보이지 않
게 암호화되어 있었다.

결국 그다음 보름날에 철민이 등록을 하고, 또 한 달이 지난 보
름날에 마지막으로 형식까지 등록을 마쳤다. 형식은 영 관심 없

어하다가 철민까지 민규랑 합세해서 '내일신문' 이야기를 하자 마지못해 등록한 참이었다.

'내일신문' 사이트는 정말 허술했다. 화려한 그래픽이라든가 사용자에 대한 배려 따위는 전혀 없었다. 단순히 내일 날짜와 사건 한두 개가 촘촘한 글자로 재미없게 포스팅되어 있는 것을 제외하면 볼 만한 내용이 전혀 없었다. 그런데 그 허술한 사이트가 실제로 매일매일 내일 일어날 일들을 예언하고 있었다.

기사는 때로 한 개, 많을 때는 서너 개까지 올라왔고, 정확도는 100퍼센트였다. 그들이 읽은 예언은 기가 막히게 실현되었다. 더욱 놀라운 것은 같은 사이트에 같은 시간에 접속하는데도 서로 읽은 예언의 내용이 다르다는 점이었다. 즉 민규와 철민, 그리고 형식이 같은 시간에 동시에 접속해도 그들 눈에 보이는 예언은 서로 달랐다.

이상한 점은 하나 더 있었다. 왜인지 그 사이트에서 나오면 조금 전에 읽었던 내용이 전혀 생각나지 않았다. 잊어버리지 않으려고 메모를 해도 마찬가지였다. 메모 속에는 괴상한 외계 문자만 적혀 있을 뿐, 예언의 내용을 유추할 만한 것이 없었다. 다만 다음 날이 되어 뉴스를 보면 전날 읽었던 '내일신문'의 내용이 떠오르면서 무릎을 치게 만들었다.

민규와 철민, 그리고 형식은 이제 만날 때마다 '내일신문' 이야기로 바빴다. 왜 '내일신문'의 내용을 똑똑히 기억하지 못하는지, 어떻게 '내일신문'은 접속하는 사람들에게 다른 예언을 보여주는지, 그런 정보는 대체 누가 제공하는지에 대한 설왕설래였다.

　캄캄한 밤이 되자 민규네 식구들은 잠이 들었다. 민규만 파랗게 모니터를 켜고 늦게까지 웹서핑에 몰두하고 있었다. 민규는 창밖에 둥실 떠오른 달을 바라보았다. '내일신문'에 가입한 뒤로 민규는 보름달을 확인하는 것이 자연스러운 일과가 되어버렸다. 어느새 둥근 보름달이 그의 머리 위에 올라와 있었다.

　"오늘은 또 무슨 이야기가 나와 있으려나?"

　민규는 언제나와 마찬가지로 컴퓨터 앞에 앉아 아이디와 패스워드를 쳐 넣으며 슬며시 웃음을 지었다. 오늘은 보름달이 뜨는 날. 아마도 민규처럼 사이트에 새로 가입할 녀석들이 있을 것이다. 그런 장면을 상상하면 자신도 모르게 웃음이 나왔다.

　민규는 내일을 미리 본다는 것이 너무나 재밌어 죽을 지경이었다. 이런 사이트가 있을 줄 알면 아마 다들 못 들어와서 안달일 것이다.

　'그건 그렇고 이 사이트를 만든 사람은 대체 누굴까? 무슨 예언가나 점술가일까?'

　아무리 살펴보아도 매일 올라오는 뉴스 기사 외에 다른 정보는 찾을 수가 없었다. '내일뉴스'에 입장하자 검은 화면에 붉은 글씨의 배너가 나타났다. 들어올 때마다 생각하는 거지만 솔직히 디자인은 조잡하고 수준이 낮았다. 배너를 클릭하자 느린 속도로 화면이 변하기 시작했다. 그러더니 작은 회색 창이 반짝 떠올랐다. 작은 창에는 다음과 같은 글씨가 적혀 있었다.

'당신과 관련된 뉴스가 있습니다. 보시겠습니까?'

민규는 깜짝 놀랐다. 처음 보는 알림 메시지였다.

"나와 관련된 뉴스가 있다고? 대체 뭐지?"

민규는 '확인'을 클릭했다. 자신과 관련된 뉴스라니 무엇일까 기대되었다. 또다시 화면이 바뀌는 데 한참의 시간이 흘러갔다. 정말 '내일신문' 사이트는 아무리 봐도 여러모로 기술이 떨어졌다. 한참 동안 지루한 시간이 흐르더니 화면 가운데에 깨알 같은 글씨가 나타났다. 그리고 작은 글씨 아래 지저분한 회색 사진도 보였다.

강동구 고덕1동에 사는 황민규(15), 우체국 차량에 깔려 즉사

작은 글씨를 읽은 민규는 몸서리를 쳤다. 글씨 아래쪽에는 커다란 트럭에 깔려 피를 벌컥벌컥 흘리고 있는 자신의 모습이 선명하게 찍힌 사진이 있었다.

"으…… 으…… 으아아악!"

민규는 머리를 감싸 쥐고는 미친 듯이 비명을 질렀다.

2

형식은 길을 걸었다. 명한 눈으로 지하철 계단을 내려가고, 또

멍한 눈으로 지하철을 기다렸다. 매끈거리는 바닥이 아지랑이처럼 아른거렸다. 땅바닥이 점점 머리와 가까워진다는 생각이 든 순간 이미 그의 몸은 균형을 잃고 기울었다.

"꺄악!"

날카로운 여자의 비명이 귀를 울렸다. 지하철은 이미 형식을 향해 맹렬히 달려오고 있었다. 주위 사람들은 어찌할 바를 모르고 소리만 질러댔다.

치익…….

지하철은 순식간에 승강장에 안착했다. 우왕좌왕하며 소리를 지르던 사람들이 지하철 아래쪽을 살펴보았다. 하지만 거대한 지하철에 가려 컴컴한 바닥은 보이지 않았다. 사람들은 눈을 깜빡이며 두 손을 맞잡았다. 마지막 순간 쓰러진 학생 위로 누군가가 뛰어든 것 같았는데, 제발 모두 무사하기만을 간절히 바라는 마음이었다.

"살았어요, 살았어! 무사해요!"

맞은편에서 지하철을 기다리던 사람들의 환호성이 들려왔다. 지하철이 지나간 후에야 사람들은 순식간에 일어난 상황을 이해할 수 있었다. 철로 바닥으로 떨어진 남학생을 구한 것은 두 사람이었다. 한 명은 찢어진 청바지를 입은 청년이었고, 또 한 명은 하얀 한복을 입은 어린아이였다.

"대체 낙빈이랑 내가 그때 뛰어들지 않았으면 어쩔 뻔했어?"

승덕과 낙빈, 그리고 형식은 지하철역 바로 앞에 조성된 작은 공원 벤치에 앉았다. 승덕은 형식의 머리를 쥐어박으며 아직도 벌렁거리는 가슴에 손을 댔다. 형식은 여전히 놀란 얼굴로 온몸을 벌벌 떨고 있었다.

"야, 죽으려고 작정했냐? 죽으려면 곱게 죽지 왜 지하철에 깔려 죽으려고 그래? 에이, 겨우 구한 책들이 다 뜯어졌네!"

승덕이 못마땅한 듯 툴툴거렸다. 그는 형식을 구하려다가 몇 쪽이 뜯어져버린 낡고 두꺼운 고서古書들을 조심스럽게 털었다.

"형, 어디 아파요? 일부러 뛰어든 건 아니죠?"

낙빈은 걱정스러운 눈빛으로 남색 교복을 입은 형식의 표정을 살폈다. 뭔가 넋이 나간 얼굴이 이상했다.

"으응. 일부러 그런 건 아닌데……."

형식이 기어 들어가는 목소리로 입을 뗐다.

"전 낙빈이라고 해요. 형은 이름이 뭐예요?"

"나, 나는 김형식이야."

"형식이? 아주 이름이 형식적이구먼!"

승덕이 처음 보는 형식을 놀리자 낙빈이 살짝 얼굴을 찡그렸다.

"형, 기분 나빠하지 말아요. 우리 승덕 형은 원래 남 골리는 게 취미니까요. 제가 대신 사과드릴게요."

형식은 저보다 훨씬 어린 꼬맹이가 마치 어른인 양 이야기하는 것이 놀라워서 눈이 동그래졌다.

"이놈아, 살 좀 빼라. 살이 그렇게 뒤룩뒤룩 쪘으니까 균형을 못 잡고 넘어지지!"

"그게 아니에요……."

승덕이 형식의 통통한 체격을 놀리자 형식은 기어 들어가는 목소리로 말했다. 물론 형식의 몸은 매우 통통했다. 좋게 말해 통통이지 정확하게 말하면 비만이었다. 일어나서 먹고 자고 책상에 앉아 있기만 하니 그럴 수밖에. 다른 학생들처럼 운동을 좋아하는 것도 아니고 틈만 나면 컴퓨터 앞에서 떠나질 않으니 더욱 그랬다. 하지만 살이 쪄서 균형을 잃은 것은 분명 아니었다.

"형, 무슨 고민 있어요?"

"……."

형식은 아무 말도 못하고 고개를 숙였다. 낙빈은 그런 형식의 얼굴에서 자욱한 그늘을 보았다.

"고민은 무슨! 이 시간까지 학생이 학교에 안 가고 돌아다니니 팔자가 늘어졌지 뭐. 생긴 건 안 그런데 학교 땡땡이나 치는 녀석이군."

지하철역 앞의 시계탑은 오전 11시를 가리키고 있었다. 중학생이 교복을 입고 어슬렁거리며 돌아다닐 때가 아니었다.

"아니에요, 그게 아니에요!"

형식은 고개를 저으며 소리쳤다. 너무나 답답한 마음에 눈물이 울컥 쏟아졌다.

"전 분명히 학교에 가려고 나왔는데……. 사실 왜 제가 거기 있었는지 모르겠어요. 기억이 안 나요. 으흐윽!"

형식은 얼굴을 감싸 쥐고 울음을 터뜨렸다. 어깨를 들썩이며 울어대는 모습에 승덕은 사태가 심각하다는 것을 알아챘다. 어느새 그의 입에서 놀리는 말투가 싹 사라졌다.

"기억이 안 난다고?"

"네. 분명히 학교에 가려고 나왔는데……. 왜 여기 왔는지 모르겠어요. 학교에 가려고 분명히 버스를 탔는데……. 왜 제가 지하철역에 있는지……. 으흑!"

"뭐라고? 너 오늘 아침부터 지금까지 무슨 일이 있었는지 생각나는 대로 말해봐."

승덕은 미간을 찡그리며 형식의 얼굴을 살폈다. 만일 해리성 기억상실증의 징후라면 치료가 필요했다.

"그건…… 왜요?"

"글쎄, 아침에 일어나서부터 주욱 말해보라고."

"아, 아침 7시에 집을 나왔어요. 집에서 학교까지 매일 지하철을 타고 다니는데……. 하지만 오늘은 버스를 타고 가기로 했어요. 지하철은 절대 안 타기로 결심했기 때문에……. 그래서 좌석버스에 올라 요금을 내고 자리에 앉았어요. 그리고…… 그다음엔 어떻게 된 건지 모르겠어요. 정신을 차리고 보니 눈앞에 형이랑 저 아이가 있었어요. 분명히 버스 안에 있었는데. 제가 왜 지하철역에 있는 걸까요? 왜, 왜요? 으흑흑!"

형식은 온몸을 덜덜 떨며 눈물을 흘렸다. 갑작스러운 기억상실증일 가능성이 농후했다. 임상치료사로서 승덕의 직업정신이 발동했다.

"병원에 다녀본 적은 있니? 평소에 이런 일이 있었니?"

"전혀요. 이런 일은 처음이에요."

"아침에 버스 안에서 뭔가에 맞았다거나 충격을 받은 건 아니니?"

"아뇨, 그런 기억은 없어요. 전 분명히 그냥 학교에 가고 있었어요. 졸았다고 하더라도 버스 안에 있거나 버스 종점에 있어야 하는데 왜 지하철역에서……!"

"흐음. 집은 어디니? 학교는? 부모님에 대해 말해봐라."

형식은 죄지은 사람마냥 승덕이 묻는 모든 것에 대답했다. 승덕은 혹시 정신병질적인 문제가 있나 싶어 이것저것 물어보았지만 아무리 봐도 특별한 문제는 없는 것 같았다. 형식의 가방에서 꺼낸 수첩과 학생증을 보니 지금까지 그가 털어놓은 말이 모두 사실임이 분명했다. 승덕은 형식에게서 자아 개념에 대한 손상도 발견할 수 없었다.

"나는 임상심리학자야. 내가 보기엔 별다른 문제는 없는 것 같다만, 혹시 모르니까 병원에 가보는 게 좋겠다. 정상 생활을 하는 사람도 너처럼 짧은 시간, 갑작스러운 기억상실 증세를 보이는 경우가 있으니까. 별거 아닌 것처럼 보일지 모르지만 왜 이런 일이 일어났는지 원인을 찾아보는 게 좋아. 어떤 스트레스나 문제가 있을지도 모르니까. 만일 그런 문제가 있다면 원인부터 고쳐야지. 또 이런 일이 생겨선 큰일이야. 뭐하다면 내가 있는 병원으로 와라. 미리 연락해서 예약을 잡아놓으면 날 만날 수 있을 거야."

승덕이 뒷주머니 지갑에서 명함을 한 장 꺼내 형식에게 건넸다. '한마음병원'이라는 초록색 글자가 눈에 들어왔다. 승덕의 명함을 두 손으로 받은 형식은 갑자기 무너지듯 울음을 토해냈다.

"선생님, 살려주세요! 살려주세요! 저 좀 구해주세요! 무서워요, 무서워! 어흐흐흑!"

그의 두 손에서 승덕의 명함이 크게 요동치고 있었다.

3

승덕과 낙빈은 형식이 실컷 울도록 내버려두었다. 가슴속에 꽁꽁 숨어 있던 커다란 공포를 모두 토해낸 후에야 형식은 간신히 정신을 추슬렀다. 그리고 그제야 자신이 겪었던 이상한 이야기를 시작했다. 내일을 예언하는 사이트인 '내일신문'과 친구인 민규와 철민에 대한 이야기였다.

"정말로 내일의 일을 예언했단 말이냐?"

"네, 으흑. 바로 다음 날 일어날 일을 예언하는 사이트였어요. 정말 신기하게 한 번도 안 틀리고 정확히 예언하는 바람에 저희 셋 다 '내일신문'에 푹 빠져 있었어요. 그런데 좀 이상한 점은 '내일신문'을 읽고 난 뒤에 그 내용이 기억나지 않는다는 거였어요.

저는 '내일신문'의 내용을 남겨두려고 화면을 캡처하기도 하고 카피도 하고 메모장에 저장도 해봤지만 항상 실패했어요. 내용을 기억하지 못했지만 다음 날 뉴스를 보고 있으면 전날 내가 봤던 기사가 떠올랐어요. 뉴스를 보면 이거다 하고 알겠는데, 말로 하라고 하면 통 기억할 수가 없었어요."

"그렇구나. 뭘 봤는지 얘기하라면 말을 못하는데, 다음 날 뉴스를 보면 전날 봤던 기사인지 아닌지 기억한단 말이지?"

"네."

승덕은 천천히 고개를 끄덕였다. 신기한 일이었다. 형식은 학자들이 구분해놓은 두 가지 기억에 대해 말하고 있었다. 하나는 회상回想기억이고, 또 하나는 재인再認기억이었다. 형식은 기억하는 내용을 상세하게 끄집어내지는 못하지만 자신이 그 내용을 보았는지 아닌지를 판단하는 기억만은 활성화된다는 얘기를 하고 있었다. 다시 말해 사이트 내용을 확인하는 재인기억만 유지된다는 말이었다.

"제일 먼저 민규가 사이트에 가입했어요. 그다음 보름달이 뜨는 날에 철민이가, 그리고 한 달 후에 제가 마지막으로 가입했어요. 처음엔 그냥 재미로만 생각했는데……. 민규와 철민이가 차례로 사고를…… 으흑!"

형식은 또다시 고개를 파묻고 흐느꼈다. 최근 일어난 모든 사건은 어린 중학생이 감당하기엔 너무나 힘든 경험이었다.

"제일 먼저 민규에게 일이 생겼어요. 몇 달 전 밤 12시쯤에 민규 녀석이 전화를 했어요. 민규는 제정신이 아니었어요. '내일뉴스'에 자기가 우체국 차량에 치여 죽는다고 나왔다면서 덜덜 떨고 있었어요. 원래 '내일신문'에서 읽은 내용은 기사를 보면서 메모를 하거나 다른 사람과 전화 통화를 해도 다음 날이 되면 통 기억이 나질 않아요. 전화를 받은 상대방도 무슨 통화를 했는지 기억하지 못하고요. 그런데 민규는 덜덜 떨면서 제발 잊지 말고 똑똑히 기억해달라고 신신당부했어요. 민규는 잠을 자면 잊어버릴까봐 밤을 새운다고 했어요.

철민이와 저도 '내일신문'에 접속했지만 민규와 관련된 기사는 없었어요. 우린 잘못 봤을 거라고. 아니면 사이트 운영자가 장난을 쳤을 거라고 민규를 위로했어요. 하지만 우린 알고 있었어요. '내일신문'이 얼마나 정확한지. 그 예언이 얼마나 잘 맞아떨어지는지. 우리는 민규의 말을 잊지 않기 위해, '내일신문'의 내용을 잊어버리지 않기 위해 거의 밤을 꼬박 새웠어요.

그런데 이상했어요. 아침이면 항상 기사 내용이 머릿속에서 사라져버리는데 민규의 말만은 똑똑히 기억할 수 있었어요. 저뿐만 아니라 민규와 철민이도 마찬가지였어요. 다른 기사는 기억나지 않아도 민규 기사만큼은 기억할 수 있었어요.

아침부터 전화를 해보니 민규는 멀쩡했어요. 민규는 아무 이상 없이 학교에 나왔고, 우리는 완전히 마음을 놓았어요. 철민이와 저는 민규를 집에 바래다주고 대문 안으로 들어가는 모습까지 확인했어요. 이제 민규가 집에서 나올 일은 없으니 우린 정말 한시름 놓았죠. 우리는 대문으로 들어가는 민규를 보면서 겁쟁이라고 놀리기까지 했어요.

철민이와 저는 민규를 데려다주고 곧장 각자 집으로 돌아갔어요. 그리고 습관대로 컴퓨터를 켜고 '내일신문'에 접속했어요. 문득 민규는 뭐 하나 싶어서 전화를 해봤는데 어제 밤을 새운 탓인지 전화를 받지 않았어요. 다음 날 등교했을 때 저희는 전날 민규가 우체국 차량에 치여 숨졌다는 이야기를 들었어요. 으흐흑!"

형식은 몸서리를 치며 눈물을 흘렸다. 공포와 슬픔이 뒤범벅되어 숨이 점점 거칠어졌다.

"으흐윽. 민규가 읽은 건 진짜였어요. 진짜로 '내일신문'은 민규의 죽음을 예언했던 거예요. 너무 무서웠지만 그 일이 있고 나서 철민이나 저나 '내일신문'에 대한 관심이 더 커져버렸어요. 저희는 마치 '내일뉴스'에 중독된 것처럼 거의 하루 종일 '내일뉴스' 앞에서 살았어요. 학교에 있는 시간을 제외하고 집에 있는 거의 모든 시간을 컴퓨터 앞에서 보냈어요. 그런데……."

형식은 신경질적으로 머리를 흔들었다. 땀과 눈물이 범벅되어 얼굴이 말이 아니었다.

"민규가 죽고 나서 얼마 후에…… 철민이에게도 그 창이 보였어요. 흐윽…… 철민이 역시 메시지를 받고 클릭해보았더니 자신이 트럭에 치여 즉사한다는 내용이 있었대요. 철민이와 저는 벌벌 떨었어요. 민규의 일이 있었던 터라 불안감은 말할 수가 없을 정도였어요. 철민이는 저랑 굳게 약속했어요. 절대로 다음 날 집 밖으로 한 걸음도 나오지 않겠다고요. 그날 하루만은 아무리 좀이 쑤시고, 아무리 혼난다고 해도 한 걸음도 집에서 나오지 않기로 굳게 맹세했어요. 그런데, 으흑! 그런데…… 철민이 역시…… 그렇게 밖으론 절대 안 나온다고 해놓고는 왜인지…… 으흐흑!"

형식은 몸서리를 쳤다. 뒷말을 듣지 않아도 '내일신문'의 예언대로 철민이란 친구가 저세상으로 가버렸음을 알 수 있었다. 낙빈도 승덕도 이 괴상한 이야기에 미간을 찌푸렸다.

"그 뒤로 너무 무서워서 '내일신문'에 들어가지 않았어요. 절대로! 다시는 '내일신문' 사이트에 접속하지 않겠다고 맹세했어요. 저는 즐겨찾기도, 저장된 모든 사이트 목록도 지워버렸어요. 너무 무서워서 절대 들어가지 않겠다고 굳게 다짐했는데…… 그런데…… 어제 분명 잠을 자려고 누웠는데 갑자기 뭔가에 이끌리는 것처럼 제가 컴퓨터를 켜고 있었어요. 인터넷을 켜는데…… 분명히 첫 화면으로 떠야 할 포털 사이트가 사라지고 까만 바탕에 붉은색의 '내일신문' 사이트가 나타났어요. 두려웠어요. 하지만 저는 저도 모르게 글씨를 클릭하고 말았어요. 그런데…… 그런데…… 제게도 그 메시지가 와 있었어요. 저와 관련된 뉴스가 있다는……! 바로 지하철에…… 지하철에 깔려 죽는…… 으흐흑!

미칠 것만 같았어요. 그래서 매일 타던 지하철도 타지 않았어요. 학교에 갈 때도 버스를 탔고 집에 돌아갈 때도 다시 버스를 타겠다고 결심했어요. 근데 제가 어느새 저기에 서 있었던 거예요. 정신이 들었을 때는 이미 지하철이 저를 향해 달려오고 있었어요. 그리고 눈을 떠보니 아저씨하고 저 애가 절 붙잡고 있었어요. 믿어주세요! 지금 한 말은 전부 진실이에요! 전 미치지 않았어요. 어흐흐흑!"

형식은 심하게 어깨를 떨며 울어댔다. 서로 고민을 나누던 '절친'을 모두 잃고, 누구에게도 말할 수 없는 비밀을 간직하고 있던 소년은 자신도 모르게 처음 보는 사람들에게 자신의 고통을 전부 털어놓았다.

"그래. 믿는다. 전부 사실인 걸 믿는다."

승덕은 형식의 등을 툭툭 두들겼다. 좋지 않은 느낌이 들었다.

"집이 어디냐? 너 혼자 가긴 불안할 테니 같이 가자. 바래다주마."

승덕은 형식을 혼자 내버려두면 안 될 것 같아서 함께 일어섰다. 물론 지하철은 타지 않을 생각이었다.

"낙빈아, 저 애한테 악귀가 붙은 건 아니냐?"

"아뇨. 영적으로 이상한 기운은 안 보이는 걸요."

두 사람은 형식이 듣지 못하게 소곤댔다.

"내가 보기엔 말하는 거나 이야기 구조로 봐서 정신분열증 같지는 않아. 어쩌면 친구의 죽음 때문에 정신적인 충격을 받아서 기억을 상실했을 가능성이 있어. 지하철역에 가는 동안과 같은 짧은 순간들을 자신도 모르게 망각하고 있는 것 같아. 혹시 모르니까 함께 데려다주자."

승덕과 낙빈은 자리를 털고 일어섰다. 그들의 옆에 선 형식은 커다란 덩치에 어울리지 않게 두 다리를 후들후들 떨고 있었다. 퀭한 두 눈을 보니 마음고생이 얼마나 심한지 가늠할 수 있었다.

형식의 집은 붉은 벽돌로 지은 단출한 이층집이었다. 주위에는 비슷비슷한 모양의 2층 양옥이 들어서 있고, 골목 사이에 듬성듬성 가로등이 걸려 있었다. 골목을 지나 집 앞까지 왔는데도 형식은 들어갈 생각을 하지 않고 쭈뼛거렸다.

"저……."

"왜? 어서 들어가. 혹시 무슨 일이 생기면 여기로 전화하고."

승덕이 손을 흔들어도 형식은 여전히 집에 들어갈 생각을 하지 않았다.

"부, 부탁해요, 아저씨. 저랑 같이 그 사이트에 가서 좀 봐주세요. 저 혼자서는 무서워서…… 부모님껜 말도 못하겠고……. 그리고 오늘 하루 같이 있어주시면 안 돼요? 오늘만 넘기면 저 살 수 있는 거겠죠? 뉴스에서 제가 죽는 날이 오늘이라고 그랬으니까. 그러니까……."

벌써 날은 어두워졌다. 승덕은 고대 유물 관련 책들을 모아서 오늘 중으로 산에 돌아갈 예정이었는데 벌벌 떠는 형식을 보니 도저히 그냥 떠날 수가 없었다. 낙빈 역시 너무나 불안해하는 형식이 안돼 보이는지 같이 있어주자는 눈길을 보냈다.

"휴우, 알았어. 스승님께 연락드리고 내일 가지 뭐. 어차피 오늘 밤 12시만 지나면 그 예언인지 뉴슨지도 다 끝나는 거니까 말이야."

형식은 승덕의 말에 뛸 듯이 기뻐했다.

"그나저나 너희 부모님껜 뭐라고 그러냐?"

"괜찮아요! 저 혼자서 2층을 쓰니까요. 저희 부모님은 별로 신경 안 쓰세요. 다들 굉장히 바쁘시거든요. 그래서 민규나 철민이도 자주 우리 집에서 밤을 새웠어요. 2층으로 가는 계단이 밖에도 있어서 불편하지 않으니까 걱정 마세요!"

형식은 어쩐지 이 사람들에게 믿음이 갔다. 승덕도, 한복을 입은 꼬마도. 처음 만나는 사람들인데도 이상하게 마음이 푸근했다. 도저히 설명할 수 없는 느낌이었다.

"다녀왔습니다."

"왔니?"

형식이 거실로 들어서자 어머니는 외투를 걸치고 있었다.

"엄마, 어디 가요? 아버지는?"

"공장에서 밤새우신대. 낼모레 납품할 물건 때문에 정신이 없으신가 봐. 엄마도 지금 나가서 아마 내일 아침에나 집에 올 거야. 밤참 만들어놨으니까 배고프면 먹고. 알았지? 필요할지 모르니까 용돈 받아."

형식은 어머니가 쥐여주는 만 원짜리를 두 손으로 받으며 고개를 끄덕였다. 지물포 공장을 운영하고 있는 부모님은 납품 날짜가 다가올 때면 종종 이렇게 바빴다.

"그럼 공장에 다녀올게. 컴퓨터만 하지 말고 공부도 좀 하고 빨리 자라, 알았지?"

"음. 알았어요."

형식은 눈물을 감추려 고개를 숙였다. 부모님이 야근하는 날이면 민규와 철민을 불러 날밤을 새워가며 게임을 했던 기억이 떠올랐다. 형식은 죽은 친구들 생각에 눈물을 훔치며 서둘러 2층으로 뛰어 올라갔다. 그러고는 2층 바깥쪽 계단 문을 열었다. 1층을 거치지 않고도 2층에 올라올 수 있는 계단이라 승덕과 낙빈은 몰래 형식의 방으로 들어올 수 있었다.

"올라오세요."

2층 비상문이 열리자 승덕과 낙빈이 조심스럽게 들어왔다. 다락방 같아 보이는 2층에는 좁은 거실 하나와 형식의 방이 있었다. 비좁은 공간이었지만 필요한 물품들이 잘 정돈되어 있어 좁다는 느낌이 들지 않았다. 오래된 건물인데도 깔끔한 벽지와 먼지 한 톨 없는 바닥을 보니 집주인의 성품이 짐작되었다.

"햐아, 굉장히 좋은데? 어머니 성격이 무척 깔끔하신가 보네?"

"네, 좀……. 지금 집에 아무도 안 계세요. 아버지 공장이 바빠서 두 분 다 일하러 가셨거든요."

형식은 승덕과 낙빈이 와주지 않았다면 이 공포스러운 하룻밤을 어떻게 보냈을지 머리가 하얘지는 기분이었다.

"여기가 제 방이에요."

형식은 자신의 방으로 낙빈과 승덕을 안내했다. 형식의 방은 단정하던 거실과 사뭇 달랐다. 우선 발 디딜 틈 없이 널린 컴퓨터 관련 잡지들과 오락기들이 그들을 맞았다. 방 한쪽에 놓인 컴퓨터 책상은 그야말로 전쟁터를 방불케 하는 아수라장이었다. 모니터 주변에는 수많은 시디가 잔뜩 쌓여 있어서 잘못 건드렸다가는 우르르 허물어질 판이었다.

"야아, 넌 참 인간답게 사는구나."

"흐……."

승덕의 비꼬는 말투에 형식이 머리를 긁적이며 주위를 대충 치웠다. 말이 치웠다는 거지, 물건을 이쪽에서 저쪽으로 옮기는 게 다였다. 키보드 위에 있던 양말 한 짝은 침대 위 구석으로, 바닥의 과자 봉지들과 의자 위의 옷가지들 역시 침대 밑의 구석으로 자리를 옮겼다. 작업 공간인 컴퓨터 책상 주위만 잠시 여유로워졌다.

"그럼 이제 '내일신문' 사이트로 가볼게요."

형식은 곧 주소창에 '내일신문' 사이트 주소를 쳤다. 곧 화면이 바뀌면서 새하얗게 빈 공간이 나타났다.

"으음."

낙빈이 작게 신음 소리를 냈다. 흰색 화면이 꽤 오래 지속되더니 자동으로 다음 화면이 뜨고 사용자 아이디와 패스워드를 입력하라는 문구가 나왔다. 이때 역시 배경화면은 아무것도 없는 흰 바탕이었다. 형식은 자신의 아이디와 패스워드를 쳤다. 네트워크 속도가 무척 느린지 좀처럼 화면이 바뀌지 않았다.

"무지하게 느리구나."

승덕은 화면에서 눈을 떼지 않으며 형식에게 물었다.

"네, 첫 화면에서 다음 화면으로 넘어가거나 아이디와 패스워드를 입력하고 기다리는 시간이 무척 길어요. 이제 본 화면으로 들어가면 좀 빨라질 거예요."

"으음."

낙빈이 또 신음 소리를 냈다. 그러고는 눈이 아픈지 두 손으로 눈을 비볐다.

"왜 그래? 어디 아파?"

승덕은 모니터에서 눈을 떼지 않고 낙빈을 향해 물었다.

"네, 좀……."

"그럼 침대에 좀 누워 있어. 피곤해서 그런가 보다."

"근데요, 형……."

속이 울렁거린다고 말하려던 낙빈은 온 정신을 집중하고 모니터를 들여다보는 승덕과 형식을 보고는 입을 다물었다.

"아우……."

낙빈은 두 손으로 눈을 비비며 모니터와 떨어진 침대 모서리에 쭈그리고 앉았다. 모니터 쪽을 보면 어쩐지 자꾸 구역질이 나는 게 이상했다.

"야, 뭔가 뜬다!"

"네, '내일뉴스' 화면으로 바뀔 거예요. 이제 뉴스가 몇 개 나와요. 이제…… 어?"

형식이 기다리던 '내일뉴스'의 화면은 나오지 않았다. 대신 가운데에 다른 메시지가 떴다.

'당신의 아이디는 이미 죽은 자의 것입니다. 당신이 정말 이 아이디의 주인이 맞습니까?'

형식뿐만 아니라 승덕까지 온몸에 한기를 느꼈다. 형식은 간신히 찾았던 평정심을 잃고 다시 두 손을 벌벌 떨기 시작했다.

"나 참, 대놓고 죽은 사람 취급이군."

승덕이 형식을 대신해서 '네'를 클릭했다.

'잠시 기다리십시오. 기다리는 동안 화면에서 눈을 떼지 마십시오.'

"또 기다려야 되는 건가?"

불만스러워하면서도 승덕과 형식 모두 화면에서 눈을 떼지 못했다. 이번에는 흰 화면과 검은 화면이 반으로 갈린 배경이 나타나더니 2~3분간 지속되었다.

"아이고, 속이 더 울렁거리네?"

낙빈은 창문을 통해 검은 하늘을 바라보았다. 그래도 여전히 속이 울렁거렸다. 캄캄한 하늘에 하얀 달이 둥글게 떠 있었다. 그러고 보니 오늘은 보름달이 뜨는 날이었다.

승덕과 형식이 기다리길 몇 분. 드디어 '내일뉴스'의 화면이 나타나기 시작했다. 화면은 검은색 하나로 단순했다.

"아이고, 뭐 이러냐. 클릭할 메뉴도 하나 없고, 바탕은 흰색 아니면 검정이고……. 아, 정말 성의 없이 만들었구나."

승덕은 '내일신문'의 조잡한 구성에 고개를 흔들었다. 근래 보기 드물게 촌스러운 사이트였다. 화면의 왼쪽 위에 빛바랜 붉은

색으로 메인 마크를 하나 띄우고 나머지는 검은색 바탕이 전부였다. 조금 더 시간이 지나자 내일 일어날 세 가지 사건이 나타났는데, 유치하게도 글자는 빨간색이었다.

"이렇게 매일매일 내일 일어날 사건을 보여주는 거예요."

"그렇구나. 어라? 근데 이게 뭐야?"

'내일뉴스'의 기사를 읽던 승덕은 구석에 적힌 깨알 같은 글씨를 발견했다. 사이트의 오른쪽 귀퉁이에 잘 보이지도 않는 붉은 글자가 깨알처럼 박혀 있었다.

"어? 처음 보는 글잔데요? 지금까지 저런 건 없었는데?"

형식도 처음 보는지 고개를 갸웃거렸다.

승덕은 그 작은 글자들을 확인하기 위해 모니터에 코를 박을 듯이 가까이 다가갔다. 거의 보이지 않을 정도로 작은 글자를 간신히 읽어보니, '지금 이 아이디를 사용하는 당신이 아이디의 주인인지 직접 확인하겠습니다'라고 적혀 있었다. 왠지 소름끼치는 말이었다. 아까는 죽은 사람의 아이디라고 하더니 이번에는 정말로 살아 있는지 확인하겠다니……. 승덕은 온몸을 휘감는 한기에 몸을 부르르 떨었다.

낙빈은 화면 반대쪽에 있는데도 이루 말할 수 없는 불쾌함을 느꼈다. 분명히 이 기운은 자신의 뒤쪽 승덕과 형식이 보고 있는 모니터에서 나오는 것이었다. 화면과 떨어져 침대에 앉았는데도 이렇게 못 견딜 정도로 속이 어지러운데, 승덕과 형식은 전혀 움직임 없이 뚫어져라 화면을 바라보는 것이 신기했다. 낙빈은 세차게 고개를 흔들었다. 모니터 안에서 나오는 기운이 낙빈을 죄어오는 것 같다는 생각을 떨칠 수가 없었다.

"아우, 형들! 그거 이상해요, 보지 말아요!"

낙빈이 가슴을 팡팡 치며 승덕을 불렀다. 하지만 두 사람은 이상하게도 낙빈의 말을 들은 척 만 척하며 모니터만 쳐다보았다.

"아, 아우……."

속이 점점 심하게 뒤틀렸다. 낙빈은 머리가 어지러워 제대로 일어날 수도 없을 지경이었다. 온몸에서 힘이 쭉쭉 빠져나가는 것이 버티기 힘들 정도였다.

"이게 정말일까? 내일 이런 일들이 정말 일어날까?"

"정말이에요. 신문을 보면 정말 이곳에 나왔던 내용이 그대로 실려 있다니까요!"

승덕은 낙빈은 안중에도 없다는 듯 모니터만 바라보며 형식과 이런저런 대화를 이어갔다.

"아욱! 형, 승덕 형!"

마침내 낙빈이 거의 바닥에 엎드린 채로 승덕을 불렀다. 귓속 세반고리관이 흔들리는 것처럼 중심을 잡을 수가 없었다. 낙빈이 아무리 불러도 승덕도 형식도 낙빈을 바라보지 않았다. 낙빈은 어지러운 머리를 간신히 가누며 일어섰다.

"이얍!"

퍼벅! 픽!

갑자기 날카로운 외침과 함께 승덕과 형식의 뒤통수에 불꽃이 번쩍거렸다. 그리고 두 사람 모두 악 소리도 못 지르고 그 자리에 쓰러졌다.

"헉, 허억."

금강장수金剛將帥의 힘을 불러내 그 둘의 머리를 내리친 것은 낙빈이었다. 낙빈은 거친 숨을 몰아쉬며 이마에 맺힌 땀방울을 닦아냈다.

4

승덕의 눈앞에 검은 세상이 펼쳐졌다. 완전한 암흑 세상은 작은 빛 한 줄기도 허락하지 않았다. 승덕은 그 캄캄함 속에서 무언가가 자신을 바라보고 있다는 느낌을 받았다. 그 느낌이 드는 한 점을 뚫어져라 응시했다. 그러자 갑자기 두 개의 새빨간 점이 보이기 시작했다. 승덕은 본능적으로 그것이 자신을 바라보는 새빨간 눈동자임을 알 수 있었다. 그리고 그 두 개의 눈동자 아래로 꿈틀거리는, 길고 붉은 형상이 보였다. 이번에도 승덕은 그 기다란 것이 움직이고 있는 혀라는 것을 알아챘다.

길고 붉은 혀는 쉴 새 없이 움직였다. 한참을 바라보니 그 혀가 승덕을 향해 말하고 있었다. 승덕은 그것이 무슨 말일까 생각하며 혀의 움직임을 관찰했다.

승덕은 꿈틀거리는 혀의 움직임을 따라 해보았다. 그러자 기다란 혀가 하는 말이 들리기 시작했다. 그가 말의 내용을 파악하자 갑자기 멀리서 소리가 들리기 시작했다. 그 소리는 아주 작은 웅얼거림으로 시작했다가 점점 커졌다. 마침내 그 소리는 승덕의 귀가 찢어질 정도로 커졌다.

'이리 와라! 나와 함께 가자! 이리 와라! 나와 함께 가자…….'

승덕이 몸을 뒤틀며 깨어났다.

"으음……."

"정신이 들어요, 형?"

낙빈이 눈을 동그랗게 뜨고 걱정스러운 얼굴로 자신을 내려다보고 있었다.

"어, 어떻게 된 거지?"

승덕은 욱신거리는 뒷골을 비비며 천천히 앉았다. 뭔가에 세게 맞고 기절한 것까지는 기억나는데, 무엇이 그를 공격했는지는 보지 못했다.

"내가 형들을 기절시켰어요. 금강장수님의 힘을 빌려서……."

낙빈이 미안한 듯 뒷머리를 긁었다. 승덕이 왜 그랬냐고 물으려는데 다시 뒷골이 얼얼했다. 뒷골을 문지르며 주위를 둘러보니 형식이 옆에 정신을 잃고 쓰러져 있었다. 방은 처음 봤을 때와 같이 지저분했고, 달라진 건 없어 보였다.

"왜 그랬어, 이 자식!"

승덕은 뒷머리를 문지르며 인상을 썼다.

"그럴 수밖에 없었어요. 형들 아까 이상했어요. 제가 무슨 말을 해도 알아듣지 못하는 것 같았어요. 귀가 절벽인 사람처럼 듣지도 못하고, 건성으로만 알아듣는 것 같았어요. 화면에서 눈을 떼라고 소리쳐도 알았다고만 대답하고 눈도 못 떼고⋯⋯. 귀신에 홀린 사람처럼 바로 옆에서 소리치는데도 알아듣질 못했어요."

"그, 그랬어?"

승덕은 뒤통수를 얻어맞기 전을 곰곰이 더듬어보았지만 정신없이 '내일신문'을 읽은 것 외에는 아무것도 기억나지 않았다. 낙빈이 옆에서 소리를 지르거나 불렀던 것은 전혀 생각나지 않았다.

"형은 구역질이 나지 않았어요?"

"구역질? 전혀 나지 않았는데?"

낙빈은 이상하다며 고개를 갸웃거렸다.

"전요, 벌레 같은 게 막 기어 다니고 달팽이 같은 게 정신없이 굴러다니는 느낌이 자꾸 드는 바람에 아주 죽을 뻔했어요. 차멀미를 하는 것 같기도 하고 높은 곳에서 뚝 떨어지는 느낌이 들어서⋯⋯. 속이 울렁거리고 배배 꼬여서 견딜 수가 없었어요. 아우성친 건 저 뿐만이 아니었어요. 제 안의 할아버지들도 굉장히 요동치셨어요. 백두민족 할아버지가 당장 저 요망한 걸 꺼버리라고 하셨어요."

낙빈은 진저리를 치며 컴퓨터 모니터를 가리켰다. 좀 전에 보았던 '내일신문' 화면은 사라지고 모니터는 캄캄했다. 컴퓨터 아래로 뽑혀 있는 전선이 보였다.

"그래? 할아버지들이 컴퓨터에 익숙지 않아서 그런 건 아닐까?"

"아니에요! 암자 우리 방에도 형 컴퓨터가 있잖아요! 하지만 그 컴퓨터 앞에서는 이런 느낌이 없었는걸요? 그런데 오늘은 달랐어요. 저는 자꾸 멀미가 나고 할아버지들은 엄청나게 화를 내셨어요. 뭐라고 하셨냐 하면……. 어디서 같잖은 놈이 할아버지들더러 이리 오라고 그런다며 역정을 내셨어요."

"뭐라고?"

승덕은 깜짝 놀라 눈이 커졌다. 뭔가 머리를 스치는 기시감에 소름이 끼쳤다.

"아까 형이 보던 거……. 거기서 누가 막 할아버지들더러 이리 와라, 이리 와라……. 뭐 이렇게 이야기하는 것 같았어요. 할아버지들은 어떤 놈이 감히 신할아버지들에게 이리 와라 마라 하느냐고 노발대발하신 거고요."

"그래?"

승덕은 좀 전에 꾸었던 꿈과 낙빈의 말이 정확히 일치한다는 것을 깨달았다. 암흑 속에서 그가 보았던 붉은 혀가 말했다. 그에게 '이리 와라. 나와 함께 가자'라고……. 승덕은 자신이 꾸었던 꿈이 단순한 꿈이 아니었음을 깨달았다. 승덕은 턱을 괴고 생각에 빠졌다. 대체 왜 이런 일이 생긴 건지 곰곰이 전후를 따져보았다.

'그 사이트를 보면서 생긴 이 기이한 일의 정체가 뭘까? 왜 어디에도 쓰여 있지 않던 이상한 말들이 들린 걸까?'

'이리 와라. 나와 함께 가자' 따위의 말들은 아까 뒤졌던 '내일 신문' 사이트의 어디에도 나와 있지 않았다. 그런 말이 낙빈의 신들에게 들렸을 뿐만 아니라 승덕의 꿈속에까지 나오다니 이상했다.

'나의 꿈…… 꿈은 무의식…… 낙빈이의 신들……. 신들을 자극하는 말이 들린다. 신들을 자극한다……. 꿈을 자극한다……. 무의식을 자극한다!'

갑자기 승덕의 머리에 뭔가 번쩍하고 스쳐가는 것이 있었다. 승덕이 갑자기 자리에서 일어섰다. 실마리를 잡아낸 것이 분명했다. 낙빈의 눈이 커졌다.

"형, 뭔데요?"

"으음, 확실치는 않지만……."

승덕은 말꼬리를 흐리며 옆에 누워 있는 형식을 흔들었다.

"야, 그만 일어나."

"우, 으음……."

금강장수에게 뒷머리를 얻어맞은 형식은 뒷골이 빠개지는 것처럼 뻐근했다. 형식은 머리를 감싸 쥐고 신음했다.

"아야……."

"미안해요, 형. 금강장수님의 힘이 너무 세서……."

"뭐라고? 음, 뭐가 어떻게 된 거예요?"

형식은 간신히 일어나 앉았다. 도통 무슨 말인지 알아들을 수가 없었다. 다만 뻐근한 통증에 뒷머리를 내내 비비고만 있었다.

주변을 두리번거리며 정신을 차리려는데 승덕이 형식의 어깨를 붙잡았다.

"형식아, 너 일어나지 말고 그냥 누워 있어라. 확인할 게 있어."

"왜, 왜요?"

"글쎄, 좀 알아볼 게 있으니까 누워봐."

승덕은 자세한 설명도 없이 다시 형식을 눕혔다. 형식은 얼떨떨한 표정으로 도로 바닥에 누웠다.

"아무래도 이상한 게 있어서 확인해봐야겠어. 아까 모니터를 보고 있을 때를 한번 돌이켜보자. 낙빈이 되도록 아무 말도 하지 말고 조용히 있어봐. 알았지?"

"네."

낙빈도 승덕이 무슨 일을 꾸미는지 몰라서 눈만 동그랗게 떴다. 승덕은 형식이 편안하게 누울 수 있도록 자세를 잡아주었다.

"형식아, 눈에 힘주지 말고 가볍게 뜨고 천장에 있는 형광등의 끝부분을 봐라. 마지막에 검은 점 같은 부분이 보이지?"

반듯하게 누운 형식은 승덕이 시키는 대로 천장에 있는 형광등의 끝부분을 응시했다.

"자, 검은 부분을 네 마음속에서 크게 부풀려봐. 검은 점이 형광등보다 더 커지고, 네 눈에 가득 찰 때까지 뚫어져라 쳐다봐."

"네에."

형식은 얼결에 대답은 했지만 무슨 말인지 이해되지 않았다. 어떻게 작은 점이 형광등보다 더 커진단 말일까. 하지만 한참 동안 점을 뚫어져라 바라보니 이상하게도 점이 요동치기 시작했다. 한곳만 쳐다보니 눈이 피로해서 그런가 보다 싶었는데, 갑자기 점의 가장자리 부분이 무너지면서 점점 커지는 듯했다. 마침내 눈 가득 검은 점이 차오르기 시작했다.

"자, 이제 눈을 감아라."

승덕이 형식의 옆에서 조용히 말했다. 형식은 눈이 빠질 것처럼 아팠기 때문에 기다렸다는 듯이 두 눈을 꼭 감았다.

"눈에 힘을 빼라. 지금 네 눈에는 아무 힘도 없어. 자, 숨을 고르게 쉬자. 숨을 내쉬고 들이쉬고, 내쉬고 들이쉬고……."

승덕은 점점 더 천천히 숨을 쉬게 했다. 승덕의 말에 따라 형식의 가슴이 불룩해졌다가 낮아졌다가 불룩해졌다가를 반복했다.

"이제 눈앞에 환한 불빛이 보일 거야. 너무나도 따뜻한 느낌이 드는 불이야. 그 불이 너의 온몸을 따뜻하게 만든다. 불꽃이 발가락 끝으로 가서 발가락이 따뜻해지고……. 이제 무릎이 따뜻해지고, 허벅지가 따뜻해진다. 이제 허리까지 열이 올라온다. 그리고 천천히 손, 어깨까지 열이 올라온다. 따뜻한 기운이 온몸을 감싸고 있어. 느껴지니?"

"네. 정말 따뜻해졌어요."

형식은 참 신기했다. 더없이 따뜻하고 부드러운 느낌이 온몸을 감쌌다. 감은 눈 앞으로 노란 불빛이 보이더니 발과 무릎, 허리와 온몸으로 퍼져나가면서 따스한 기운을 불어넣어주는 것 같았다. 한없이 보호받는 느낌이 들었다.

옆에 앉은 낙빈은 꿀 먹은 벙어리가 되어 승덕과 형식의 얼굴을 번갈아 쳐다보았다. 승덕이 무엇을 하는지 몰라도 참 이상야릇한 기운이 형식의 몸을 감싸는 것이 느껴졌다. 그렇다고 형식과 관련 없는 생판 다른 기운도 아니고, 본래 형식에게 있던 자기 보호막 같은 것이 둥실거리는 느낌이었다.

"이 불빛은 널 지켜주는 기운이야. 그러니까 어떤 곳에 가더라도 두려워하지 마라. 이제 나는 너와 함께 좀 전에 우리가 보았던 '내일신문' 사이트를 네 기억 속에서 불러올 거야. 그리고 너와 함께 이 사건을 풀어나갈 거야. 그러니 날 믿어라. 알겠지?"

"네……."

승덕의 말에 형식은 고개를 끄덕이며 대답했다. 어쩐지 눈앞에 떠오른 따스한 불꽃이 승덕처럼 느껴졌고, 그가 이 끔찍한 사이트의 비밀을 모두 알아낼 것 같은 믿음이 생겼다.

"그럼 이제 좀 전의 기억으로 돌아가보자. 우리는 함께 컴퓨터 앞에 앉아 있어. 보이니?"

"네."

형식은 감은 눈 앞에 좀 전의 장면들이 영화처럼 펼쳐지는 것을 보았다.

"네가 컴퓨터를 켜고 '내일신문' 사이트로 들어갔어. 지금 뭐가 보이지?"

"'내일신문'의 첫 화면이 천천히 뜨고 있어요. 그리고 아, 지금 아이디와 패스워드를 넣으라고 나왔어요."

"자, 키보드를 누르렴. 그러면 곧 다른 화면이 뜰 거야."

"네, 아이디와 패스워드를 넣었어요. 이제 다음 화면으로 넘어가려고 해요."

"넘어갔니?"

"아, 아니요, 아직······ 시간이 많이 걸려요. 잠시······ 아, 이제 됐어요. 그런데 전 이미 죽은 사람이라고 해요. 이 아이디를 사용하는 사람이 정말로 제가 맞는지 묻고 있어요. 하지만 난 죽지 않았어. 난 살아 있어! 형이 나 대신 '네'를 클릭했어요."

형식은 좀 전에 그들이 지나왔던 시간을 기억 속에서 천천히 되풀이하고 있었다.

"자, 이제 '내일뉴스' 안으로 들어갔니?"

"아······ 아직요. 아직 안 들어갔어요. 시간이 많이 걸려요. 아까보다 더 걸리네요. 이 사이트는 너무 느려요."

형식은 눈을 찡그렸다. 승덕의 눈이 반짝였다. 아이디와 패스워드를 입력할 때, 그리고 지금 또다시······. 화면이 바뀔 때마다 시간이 많이 걸리던 것을 승덕도 기억했다. 왜 시간이 많이 걸리는 걸까? '내일신문' 안으로 들어가기 위해서는 지나치게 오래 기다려야 했다. 용량이 큰 그래픽이 있는 것도 아닌데 이상했다.

"잠깐만 기다려봐라, 형식아. 여기서 시간을 정지시키자. 비디오의 정지 버튼을 누르듯 시간은 여기서 멈춰 섰어. 모니터에 비치는 화면 역시 정지된 거야. 우리는 잠시 동안 이 정지된 시간 속에 있을 거다. 화면은 정지됐니? 시간도 정지됐고?"

"네. 모든 시간이 정지됐어요."

"너도 나도 움직이지 않니?"

"네, 모니터 앞에 멈춰 있어요."

형식은 눈앞에서 펼쳐지는 장면들을 승덕의 말대로 모두 정지시켰다. 그러자 영화처럼 흘러가던 기억들이 갑자기 한 장의 사진처럼 멈춰졌다.

"그래, 모든 시간이 정지됐다. 정지된 모니터 화면을 보자. 흰 화면 속에 뭔가 보이지 않니?"

승덕은 형식에게 멈춰진 시간 속을 들여다보라고 주문했다. 이상하게도 오랫동안 멈춰 있던 하얀 화면. 그리고 계속 속이 울렁거린다던 낙빈⋯⋯. 승덕은 그것이 자연스럽지 않다고 생각했다.

"흰 화면이에요. 흰 화면인데⋯⋯ 어? 흰 화면인데 분명히⋯⋯ 뭔가 보이는 것 같아요."

"그래? 그럼 우리 좀 더 가까이서 들여다보자. 이제 뭐가 보이니?"

"가까이서 보니까⋯⋯. 흰 화면 속에서 뭔가가 꿈틀거려요. 이상한⋯⋯ 벌레 같은 게⋯⋯."

완전히 흰 화면이라고 생각했던 곳에서 벌레 같은 것이 보인다니⋯⋯. 낙빈과 승덕은 동시에 서로를 쳐다보았다. 승덕은 자신이 제대로 미스터리의 중심에 다가가고 있음을 직감했다.

"자, 그럼 이번엔 우리 조금 떨어져서 화면을 보자. 약간만 떨어져서⋯⋯ 아주 가까이서 보면 벌레 같지만 조금 떨어져서 보면 그게 다르게 보일지도 몰라. 자, 한 걸음 떨어지니까 뭐가 보이니?"

"으음……."

형식은 자세히 보려는 듯 인상을 찌푸렸다.

"뭔가 보이긴 하는데……. 저게 뭐지? 아, 멀리서 보니까……. 그렇구나, 선이에요, 선! 지저분한 선들이 있어요. 연필로 여러 번 그은 것처럼요. 아아…… 선들이 모여서 원을 만들고 있어요. 아주 희미해요. 아, 왜 제가 흰 화면이라고만 생각했는지 알겠어요. 선들은 모두 흰색인데 배경화면과 조금 다른 색이에요. 자세히 보니 알겠어요. 동그라미가 여러 개 있어요. 여러 개가 겹쳐져 있어요. 수십 개가 겹쳐져 있어요."

"그래? 여러 개의 원이 겹쳐져 있단 말이지? 자, 그럼 우리 다시 시간을 흘려보내자. 천천히, 아주 천천히. 시간은 아주 느리게 가고 있어. 1초가 1분, 아니 한 시간처럼 느리게 가고 있어. 천천히…… 아주 천천히 시간이 흘러간다. 우린 여전히 그 모니터를 보고 있어. 천천히 시간이 흐르니까 화면이 달라 보이진 않니? 어때?"

"움직여요. 아주 천천히 시간을 보내는데도 무지 빠르게 움직여요. 회오리바람 같아요. 회오리예요. 바람이 불어요. 회오리가 모든 것을 빨아들이려고 해요."

승덕은 턱을 문질렀다. 깊은 생각에 빠지면 늘 그렇듯 천천히 턱을 문지르며 무언가를 생각하는 모습이었다.

'여러 개의 원이 회오리바람처럼 움직인다…….'

승덕은 점점 문제의 핵심에 다가서고 있음을 직감했다.

"그래, 회오리가 보이는구나. 자, 다시 시간이 느려진다. 아주 아주 느려져. 이번에는 소리에 집중해보자. 어디선가 소리가 들리지 않니? 귀를 기울여봐. 누군가가 말을 하고 있어. 너무 작아서 아까는 알아차리지 못했지만 느린 시간 속에서는 알아차릴 수 있을 거야. 저 화면 안의 누군가가 어디선가 말이야. 들리지 않니?"

"으음……."

형식은 뭔가에 귀를 기울이느라 이마를 찌푸렸다.

"아, 그래요. 들려요. 소리가 들려요. 아주 작은 소린데……. 벌처럼 윙윙거려요. 아까는 못 들었는데……. 윙윙거리는 소리가 들려요. 뭐라고 말하는 것 같은데 잘 모르겠어요."

"그래? 벌 소리 같단 말이지? 말하는 소린데 너무 빨라서 그렇게 들릴 수도 있어. 조금 더 천천히 시간을 돌려보자. 천천히…… 더 천천히 시간이 흐른다. 그리고 무슨 소린지 다시 한 번 잘 들어보자."

"아, 그래요! 이제 잘 들려요. 이…… 리…… 와라…… 라고 했어요. 정말 들려요! 아주 작지만 분명히 말하는 소리예요! 좀 더 천천히 들어볼게요. 그러니까 나와 함께…… 가자…… 이리 와라…… 라고 말하고 있어요!"

낙빈은 깜짝 놀라 승덕과 형식을 번갈아 바라보았다. 지금 승덕이 대체 뭘 어떻게 한 건지 너무나 신기할 뿐이었다. 분명히 아무런 소리도 듣지 못했던 형식의 기억 속에서 승덕은 보이지 않았던 그림과 들리지 않았던 소리를 끄집어냈다. 모든 게 마술 같았다.

승덕은 그럴 줄 알았다는 듯 고개를 끄덕였다. 낙빈이 말해준 것은 물론이고 그의 꿈속에서 들었던 소리, 그리고 이제는 형식에게서까지 똑같은 대답이 나왔다. 아무것도 아니라고 생각했던 '내일신문'의 하얀 페이지…… 느린 화면 전환…… 그곳에 비밀이 숨겨져 있었다.

"그래, 수고했다. 자, 이제 시간은 점점 빨라져서 원래 속도로 간다. 자, 점점 더 빨라진다. 그리고 원래 시간의 흐름으로 돌아온다. 이제 점차 정신이 맑아지고 하반신은 허리부터 천천히 식어간다. 마지막으로 발끝이 점차 차가워진다. 자, 이제 눈을 뜨면 아까 보았던 전등의 검은 끝부분이 보이면서 정신이 맑아질 거다. 내가 셋을 세면 눈을 떠. 자, 하나, 둘, 셋!"

승덕이 셋을 세는 순간 형식이 가볍게 눈을 떴다. 아까 보았던 전등불의 검은 끝부분이 보였다. 형식은 아직 얼떨떨한지 눈을 껌뻑거렸다. 그러다가 갑자기 벌떡 일어나 앉았다. 그러고는 자신에게 일어난 일이 무엇인지 감이 오지 않는다는 눈초리로 주위를 둘러보았다.

"……제가 본 건 뭐죠?"

"정말 되게 신기해요, 형! 뭘 한 거예요?"

낙빈도 형식도 눈이 휘둥그레져서 승덕을 바라보았다. 마치 눈앞에서 마술을 본 것처럼 신기했다.

"응. 최면이야. 형식이에게 간단한 최면을 걸어서 숨어 있는 그림들을 찾아본 거야. 아까 낙빈이 네가 그랬잖아, 신할아버지들이 아우성을 쳤다고. 신할아버지들은 너의 무의식 세계에 계시는 분들인데 그런 분들이 노발대발했다는 말을 듣고 보니, 혹시 무의식을 사용해서 뭔가 메시지를 보낸 것이 아닐까 하는 생각이 들었어.

실은 나도 꿈속에서 '이리 와라. 나와 함께 가자'라는 말을 들었거든. 꿈이라는 것도 무의식의 일종이기 때문에 어떤 식으로든 무의식을 건드려서 뭔가 수작을 부린 것이 아닐까 하고 생각했어. 무의식을 건드리는 방법으로 꿈과 최면이 있으니까 최면을 사용한 것이 아닐까 생각한 거지. 그래서 나도 역으로 최면을 이용해 장면을 바라본 거야."

"그럼 형이 저에게 최면을 걸어서 실제로 보지 못한 것을 보게 한 거예요?"

형식은 너무나 신기한 경험에 무척 흥분했다.

"음, 글쎄……. 보지 못한 것을 보게 한 건 아니야. 사실 실제로 본 것과 무의식적으로 본 것은 모두 동일해. 최면으로 보는 방식을 잠시 바꿔서 무의식으로 바라본 것들을 의식으로 끄집어낸 거야.

예를 들어 우리가 시냇물을 본다고 해봐. 흐르는 시냇물은 계속 같아 보이지만 실은 좀 전에 지나갔던 물은 아까와 완전히 다른 거야. 한번 흘러간 물은 다시 그 자리에 오지 않으니까 말이야. 사람의 경우도 마찬가지야. 내가 자고 일어나면 내 세포는 1억 개 가까이 교체되어 있지. 1억 개의 세포가 바뀌어버린 내가 어제의 나와 같은 걸까? 완전히 다른 존재일지도 모르지. 그렇지만 우린 그걸 연속선상에서 보는 거야. 팔을 한 바퀴 돌릴 경우에도 사실 팔은 딱딱 끊어지며 움직이지만 우리의 지각체계는 팔이 동그란 원을 그리며 움직인다고 지각하는 거야.

시간이란 건 실제로 존재하는 것이 아니야. 하지만 모든 존재하는 것은 각기 나름대로 시간 속에서 사물의 모습을 판단하지. 복잡하게 얘기했지만 그와 같은 이치야. 형식이 너는 분명 모니터를 바라보았지. 그렇지만 사실은 시간의 굴레 속에서 빛의 연속된 잔상을 본 것뿐이야. 최면은 거기서 굴레를 벗겨주지. 빛의 연속이라는 시공간의 굴레와 함께 네 생각과 관념이라는 정신세계의 굴레를 벗겨주는 거야.

즉 시간이라는 연속선상에서 보는 대신 그 순간을 정지시키거나, 아니면 거꾸로 거슬러 올라가서 보는 것이 최면에선 가능하다는 얘기지. 또한 인간의 통념이나 선입견이 배제된 사실을 보는 것도 가능하게 해주고. 어때, 이해가 되냐?"

형식과 낙빈은 멍한 표정으로 승덕을 바라보았다. 분명 한국어가 분명한데 무슨 말인지 알아들을 수가 없었다. 언뜻 들으면 대충 이해할 듯하면서도 도통 무슨 말인지 알 수 없는 말들이었다.

"나중에 곰곰이 생각해봐라. 어쨌거나 이 사건을 찬찬히 바라보자. 분명한 것은 '내일신문'이란 사이트가 화면을 보는 사람의 무의식 속에 어떤 메시지를 전달한다는 거야. 형식이가 보았던 동그란 회오리 모양이 바로 사람의 무의식을 자극해서 메시지를 주입한다고 보면 될 것 같아.

아까 낮의 일을 생각해봐. 형식이 넌 버스를 타고 멀쩡히 학교로 가던 네가 왜 지하철역에서 서성대다가 철길로 뛰어들었는지 전혀 기억나지 않는다고 했지? 그건 바로 네가 어제 네가 죽는 모습을 보고 그걸 네 무의식 속에 저장해놓았기 때문이야. 물론 '내일신문'을 만든 사람에 의해서 말이야. 자세히는 모르겠지만 최면과 유사해. 네 무의식을 자극해서 네가 보았던 그대로 죽게 하는 거야. 자신의 손을 털끝만치도 더럽히지 않고 너 혼자 죽게 하는 거지."

"그게…… 무슨 말이에요?"

형식은 몸을 떨며 물었다. 아직도 무슨 말인지 이해되지 않았다.

"형식아, 넌 어제 '내일신문'에서 아까와 같은 방법으로 네가 죽는 모습을 본 거야. 그 장면이 네 무의식 속에 저장된 거지. 그리고 들리지 않는 소리가 네게 말했을 거야. 바로 오늘 넌 지하철역에서 죽을 거라고. 그래서 네가 잠깐 잠든 사이에 너도 모르게 무의식이 시키는 대로 지하철역을 찾았지. '내일신문'의 내용대로 죽으려고 말이야."

"아!"

형식의 두 팔에 오톨도톨 소름이 돋아났다. '내일신문'의 예언이 사실은 진짜 예언이 아니었단 사실은 충격이었다. '내일신문'이 예언한 것이 아니라 무의식을 조종해서 형식과 친구들을 살해하려고 했던 것이라니 믿을 수가 없었다.

"왜요? 왜 절 죽이려는 거죠?"

형식의 얼굴색이 파랗게 질려버렸다.

"꼭 널 죽이려 했던 건 아니겠지. 그게 아니라…… 그냥 아무나 닥치는 대로 죽이려는 거겠지. 인터넷의 특성상 누가, 언제, 어떻게 들어올지 모르는 일이니까. 무차별적인 테러라고밖에는 볼 수 없어."

낙빈이 고개를 갸웃거렸다.

"그런데 형, 대체 어떤 사람이기에 그렇게 남의 마음을 조종하기도 하고, 미래를 완벽하게 예언하기도 하는 거죠? 매일매일 여러 사건을 하나도 틀리지 않고 예언한다니, 그것도 이상하지 않나요?"

"거기에 대해서도 생각해봤는데……. '내일신문'은 사실 어떤 예언도 하지 않은 것 같아. 무슨 말이냐 하면 뭔가 예언을 들은 것처럼 무의식을 조작했을 가능성이 높아. 사실 의미 없는 글자들만 봤을 뿐인데, 그걸 읽은 사람들은 정말로 놀라운 사건을 미리 봤다고 생각하는 거지."

"그렇구나!"

형식은 승덕의 말에 크게 공감했다.

"그래서 우리가 메모나 전화 통화로 예언을 확인해두려고 해도 안 된 거였어요! 분명히 예언의 내용을 썼다고 생각했는데 다음 날 일어나보면 수첩에는 이상한 글자만 가득했거든요. 그래서 무슨 내용인지 생각이 안 나다가 텔레비전에서 그럴듯한 게 나오면 저걸 본 거라고 생각하게 만들었나 봐요!"

"그래, 바로 그거야!"

이제야 형식은 그동안 숱한 노력에도 불구하고 전날 읽었던 예언들을 기억하지 못한 이유가 이해되었다. 지금까지 그들이 보았던 모든 예언은 거짓이었던 것이다. 그것도 모르고 죽을 날을 기다리는 불나방처럼 매일 '내일신문' 사이트를 드나들었다니…….

"그런데 생판 모르는 사람을 왜 죽이려는 걸까요? 대체 누가 이런 짓을……?"

낙빈이 인상을 찌푸렸다. 이렇게 아무에게나 악의적인 일을 하는 사람이 있다니 믿을 수가 없었다.

"글쎄 말이야. 누군가가 장난삼아 다른 사람의 무의식을 조종해보고 싶었던 걸까? 왜 특정 인물도 아닌 마구잡이로 아무나 죽이는 걸까?"

승덕도 고개를 흔들었다. 이 정도로 실력 있는 자가 쓸데없이 사람들을 죽이려 하는 이유가 이해되지 않았다.

"형식아, 아까 사이트의 오른쪽 귀퉁이에 아주 작게 적혀 있던 글 기억나니?"

"네, 쓰러지기 직전에 봤던 거 말이죠? 내가 아이디 주인이 맞는지 알아보겠다고 했던가?"

"그래, 맞아. 아이디 주인이 맞는지 직접 확인하겠다고……. 분명히 그렇게 쓰여 있었지! 넌 어땠어, 그 글을 읽었을 때?"

"저는요……. 사이트를 만든 사람이 직접 이곳으로 확인하러 오겠다는 말처럼 들렸어요."

형식은 잠시 몸을 떨었다. 그런 형식을 보며 승덕의 얼굴이 약간 일그러졌다.

"나 역시 그랬어. 그걸 만든 놈은 등록 당시 적어놓은 네 개인 정보를 가지고 있어. 그렇다면…… 정말로 이곳으로 오고 있을지도 몰라! 자존심이 세면 셀수록 자신의 실수를 용납하지 못할 거야. 네가 살아 있다고 했으니 지금 아주 화가 났을지도 몰라!"

형식의 얼굴은 하얗게 질려버렸다. 갑자기 엄습하는 엄청난 공포감에 손발이 후들후들 떨릴 지경이었다.

"이럴 것이 아니라 우리가 범인을 잡자! 놈이 형식이 너에 대한 정보를 갖고 있듯 우리도 놈에 대한 정보를 캐내는 거야!"

승덕은 눈을 빛내며 일어섰다.

"사이트를 운영하는 놈이 누군지 모르지만 그는 자신의 능력에 매우 자신감이 있을 거다. 그런 놈의 메시지에 반응하지 않고 운 좋게 살아남은 사람이 있으니까 아마도 그 사실을 용납하지 못할 테지. 놈은 어떤 식으로든 무의식중에 걸어둔 최면에 따라 형식이 네가 지하철역에서 죽게 하려고 일을 벌일 거야. 무엇보다도 네가 살아 있는지 확인하기 위해 이곳에 올 것 같아.

무의식을 이용해 살인을 하는 놈이라면 실제로 이곳까지 차를 타고 오지는 않겠지. 남의 무의식을 이용하듯 자신의 무의식을 이용해 시공간적인 제약을 벗어나 이곳에 찾아올 수도 있어."

승덕은 전에 보았던 최면 전문의의 유체이탈流體離脫 세미나를 기억해냈다. 최면을 연구하는 교수가 최면을 통한 유체이탈을 보여준 적이 있었다. 그 교수는 실험을 위해 동원된 다섯 명의 학생에게 그들의 유체가 육체를 이탈해서 훨훨 날듯 세상을 헤엄칠 수 있다고 최면을 걸었다. 최면에 걸린 사람이 자신의 몸 밖으로 빠져나가 자신의 얼굴을 보았다고 이야기하면 유체이탈이 이루어진 것으로 판단했다. 육체를 빠져나가 자신의 얼굴을 본 사람은 손을 들라고 하자 다섯 명 중 네 명이 손을 들었다.

교수는 관객들 중 한 사람을 데리고 나와 그의 집 위치와 겉모습을 이야기해달라고 했다. 그는 자기 집의 위치와 겉모습을 이야기했고, 교수는 유체이탈에 성공한 네 명의 학생에게 그의 집에 다녀오라고 했다.

최면에서 깨어난 네 명의 학생이 유체 상태에서 찾아간 집에 대해 설명하자 사람들은 깜짝 놀랐다. 그들은 전혀 모르는 사람의 집에 대해 대문의 색깔, 현관 모양, 벽에 걸린 사진까지 완벽하게 회상해냈던 것이다. 집주인이 까무러칠 듯 놀란 것은 두말할 나위도 없었다. 실제로 몸을 사용했다면 그의 집까지 자동차로 최소 두 시간은 걸려야 다녀올 수 있었다. 그러나 유체가 그의 집

에 다녀오는 데 걸린 시간은 개인마다 다르긴 했지만 10분 내외
였다. 도저히 믿을 수 없는 마술 같은 이야기가 최면을 이용하니
가능했다.

이처럼 유체이탈을 하면 아무리 먼 곳이라도 수초 만에 갔다
올 수 있다. 자신의 사이트를 이용해 사람을 죽게 하는 자라면 분
명 유체이탈과 같은 방법으로 순식간에 시공간적인 한계를 뛰어
넘어 이곳까지 찾아올 것이다.

"만약 유체이탈을 통해 이곳까지 왔다면 놈은 형식이가 살아
있다는 걸 알았을 거야. 낙빈아, 우리가 잠든 사이에 뭔가 다른 영
적인 기운이 우릴 감시하러 왔다던가 하지는 않았니?"

"네, 그런 건 없었어요."

"그렇다면 아직 움직이지 않았는지도 모르겠구나. 그 사이에 우
리가 먼저 알아내자! 이렇게 무차별적으로 아무나 죽이는 최면
살인범을 말이야. 나는 놈의 사이트를 이용해 정체를 밝혀낼 테
다! 낙빈이는 우리를 감시하는 기운이 있는지 잘 살펴줘."

"알았어요, 형!"

승덕과 낙빈은 각자의 일을 분담하고 고개를 끄덕였다. 그 사
이에서 형식은 신기하다는 얼굴로 승덕과 낙빈을 바라보았다. 두
사람의 대화는 도저히 알아들을 수가 없었다. 아까부터 생각했지
만 그들은 좀 이상했다. 다행히 나쁜 사람들은 아닌 것 같았지만.
어떻게 보면 지하철에서 이 두 사람을 만난 것이야말로 가장 큰
마술이자 기적인 듯싶었다.

형식은 조금 머뭇거리며 승덕의 옆에 앉았다.

"저기, 형, 그리고 낙빈이도…… 대체 뭐하는 사람이에요? 정말로 병원 의사 맞아요? 낙빈이는 어느 학교에 다녀요? 몇 살이고요?"

"으음."

컴퓨터에서 떨어져 창가에 걸터앉은 낙빈이 말을 못하고 머뭇거렸다. 학교 이야기는 낙빈에게 제일 곤란하면서도 부끄러운 질문이었다.

"낙빈이는 사정이 있어서 지금은 학교에 안 다녀. 그리고 난 한마음병원에서 가끔 치료를 돕고 있을 뿐이야."

승덕의 얼굴이 조금 굳어 있었다. 승덕과 낙빈은 열심히 도와주려고 하는데, 형식은 그런 두 사람을 오히려 이상한 눈초리로 바라보고 있었다. 승덕의 표정이 굳어버렸다.

"이상한 사람들은 아니니까 안심해라."

형식은 얼굴이 빨개졌다. '이상한 사람들은 아니니까 안심해라'라는 서늘한 말에 가슴이 뜨끔했던 것이다. 가겠다는 사람들을 자신이 붙잡아놓고 이제 와서 이상한 사람들이라고 생각하다니 미안하고 부끄러웠다.

"죄송해요, 전 그저……."

"여하튼 이 나쁜 놈을 어서 잡자. 자, 눈을 떼지 말고 내가 하는 걸 계속 지켜봐야 한다. 이해되지 않는 것이 있으면 묻고. 자, 시작하자."

'http://baram.cnu.ac.kr/whyun/News'.

승덕은 재빠른 손놀림으로 '내일신문'의 주소를 입력했다. 승덕은 계속 주소를 거슬러 올라가며 모든 디렉토리를 검사해서 'baram'이라는 호스트까지 찾아냈지만 '내일신문'을 만든 사람의 개인 정보는 찾을 수가 없었다. 다만 'baram'이 모 대학의 정보통신공학과 서버라는 것만 확인했다.

"이 'baram'이라는 곳을 뒤져볼까?"

승덕은 곧 호스트와의 연결을 시도했다. 연결이 이루어지자 아이디와 패스워드를 묻는 화면이 떴다. 그러나 학과의 호스트인 만큼 학번에 따라 자동적으로 입력되고 외부인의 사용은 금지된 것인지, 새로 아이디를 만든다거나 게스트로 들어갈 방법은 없었다.

"역시 학과 계정이니 새로운 아이디를 만드는 것 자체가 불가능하군."

"그럼 어떻게 들어가죠?"

형식이 걱정스레 물었다.

"당연히 뚫어야지. 학교 호스트쯤이야 어렵지 않게 뚫을 수 있지."

"해, 해킹하는 거예요?"

"뭐, 그렇지. 'whyun'이란 자의 디렉토리에 '내일신문'이 있으니까 이 사람에 대해 추적해야겠지? 아무리 뒤져도 홈페이지에는 이 사람에 대한 소개가 없으니까 호스트에 직접 들어가서 전체 파일과 메일 등을 추적해보는 거야. 호스트에 등록하면서 입력해놓은 정보가 있을 수도 있고. 무엇보다도 위험한 사이트 정보는 전부 삭제해야겠어."

승덕의 손과 눈이 빨라졌다.

"뭐하시는 거예요?"

형식은 귀신처럼 빠른 손놀림에 입이 쩍 벌어졌다. 승덕은 치료사나 의사가 아니라 해커인 모양이었다.

"'send mail'의 버그를 이용해 호스트의 패스워드 파일을 가져오는 거야. 이 버그를 이용하면 잠시 후 내게 패스워드에 관한 메일이 도착하지. 그러면 크랙을 돌려 패스워드 파일을 깨면 끝이야."

승덕은 순식간에 접속 아이디와 비밀번호를 낚아챘다. 형식의 입에서 저도 모르게 감탄사가 흘러나왔다.

"별거 아냐. 아주 쉬워. 개방망이 아니라 잘 막아놓지 않았어. 그럼 이제 'baram'에 접속해서 정보를 끄집어내면 돼. 로그인만 성공하면 반은 성공한 셈이지."

승덕의 입가에 환한 미소가 비쳤다. 그는 순식간에 시스템 총관리자 계정의 중심 루트까지 모두 뚫어버렸다. 그리고 드디어 원하는 계정 주인의 모든 파일과 메일을 확인하기 시작했다.

"히야, 신기하다! 형, 대단해요!"

형식은 그저 입이 쩍 벌어졌다. 말로만 듣던 해킹을 직접 보니 생각보다 훨씬 간단하고 쉬웠다. 형식은 원하는 시스템에 마음껏

들락거리는 승덕이 한없이 존경스러웠다. 승덕이 시스템 관리자 권한으로 '내일신문' 계정을 확인하려는 찰나 그의 뒤쪽에서 낙빈의 목소리가 다급하게 들렸다.

"저기, 형!"

"왜?"

승덕은 모니터에서 눈을 떼지 않고 물었다. 여전히 그의 손은 무척이나 바빴다.

"형, 만약에요……. 그 '내일신문' 주인이 유체이탈 같은 것을 하면 그 유체는 강한 기운을 가지고 있을까요?"

"살아 있는 사람이 정신만 빠져나온 거니까 아마 굉장히 약하고 불안정할 거야. 근데 왜?"

승덕은 모니터에서 눈을 떼고 창가에 앉아 있는 낙빈을 바라보았다. 낙빈은 창밖을 뚫어져라 바라보고 있었다.

"하지만 형, 저기 밑에서 우릴 쳐다보고 있는 저것들은 전혀 약해 보이지 않는 걸요?"

낙빈의 목소리가 파르르 떨렸다.

가로등 밑에 갑작스럽게 나타난 것은 바로 수십의 흔들리는 혼령들이었다. 그것들은 일제히 바로 이곳, 형식의 방을 바라보고 있었다. 낙빈의 얼굴에서 땀방울 하나가 흘러내렸다.

5

낙빈은 고개를 흔들었다.

"이럴 줄 알았으면 집 전체에 만령수호부萬靈守護簿나 금줄이라
도 쳐놓는 건데!"

"무슨 일이야?"

그제야 승덕이 낙빈 곁에 섰다.

"형, 저기 창밖 가로등 밑에요, 적어도 서른은 되는 영혼이 이
창문을 쳐다보고 있어요."

"뭐라고?"

승덕은 낙빈이 가리킨 가로등 밑을 바라보았다. 가로등 불빛
때문인지 그 아래쪽이 아지랑이처럼 아른거렸다. 영을 보는 능력
이 없는 승덕의 눈에는 그게 다였다. 그러나 어쩐지 스산한 기분
이 드는 것은 분명했다.

"무슨 소리야? 여, 영혼이라니!"

형식은 무서워서 창가에도 서지 못한 채 몸을 웅크렸다. 잘은
모르지만 무시무시한 이야기가 분명했다.

"형식이 형, 우선 이 부적을 받아요!"

낙빈은 호주머니에서 수호부를 하나 꺼내 형식에게 건네주었
다. 형식은 그 부적이 징그러운 듯 얼굴을 찌푸렸다.

낙빈은 정성 들여 써놓은 부적을 벌레 보듯 하는 형식 때문에
마음이 아팠다. 형식뿐만 아니라 대부분의 사람이 부적이나 무당

에 대한 선입견을 갖고 있는 것을 낙빈도 잘 알고 있었다. 영혼을 보지 못하는 사람들로서는 어쩔 수 없는 일이라고 생각했다.

"이삼십은 될 만한 영들이 있어요. 저들은 순식간에 나타났어요. 기운이 심상치 않아요. 음의 기운이 너무 커요. 살아 있는 사람의 유체로는 보이지 않아요."

낙빈은 많은 영에게서 뻗어 나오는 강한 음기에 현기증이 날 지경이었다. 정말 끔찍하게도 강한 음기 덩어리였다.

"엇! 움직여요!"

컹컹!

워우워!

갑자기 온 동네 개들이 미친 듯이 짖어대기 시작했다. 짐승의 경우 인간보다 영적인 감각이 뛰어난 편이라 금세 영의 존재를 확인한 것이었다.

"우선 이 방에 결계를 칠게요. 물의 기운이여! 결계를 만들어줘!"

낙빈이 오른손을 번쩍 들자 그 속에 하얀 물보라가 맺혔다. 낙빈의 오른손에서 물이 하얗게 부글거리며 끓더니 커다란 원을 만들며 형식과 승덕, 그리고 낙빈의 주위를 세차게 맴돌기 시작했다.

"으악! 이, 이게 뭐야!"

"괜찮아. 우릴 보호해주는 거야. 걱정 마라."

형식은 괴상한 장면에 놀라 승덕의 옷자락을 잡고 늘어졌다. 갑자기 방 주변을 빙글빙글 도는 물줄기에 몸서리를 쳤다. 승덕이 형식의 어깨를 잡고 놀라지 않도록 달랬다.

"제요사마부!"

낙빈은 그들 주위를 빙글빙글 세차게 도는 맑고 푸른 물줄기 위에 한 장의 제요사마부를 올렸다. 부적은 마치 훌라후프가 돌듯 물을 따라 이쪽저쪽으로 빙글빙글 돌며 그들을 보호해주기 시작했다. 창밖을 바라보던 낙빈은 점점 승덕과 형식 쪽으로 뒷걸음쳤다.

"다가오고 있어요. 창문을 통과해서 벽으로…… 이쪽은 부적들이 막아서 오지 못하고 모두 저쪽 벽에 달라붙었어요. 하지만…… 아이고, 하필이면 왜 저런 모양으로!"

물줄기가 채 닿지 않는 방 한구석을 바라보던 낙빈은 잔뜩 인상을 찡그렸다.

"왜?"

"아이고, 영들이 이상한 모습이네요. 머리만 있어요. 몸뚱이가 없이 머리만……."

낙빈은 고개를 설레설레 저었다. 머리만 두둥실 떠 있는 수십의 영이 기괴한 표정으로 다가오는 것이 끔찍했다. 낙빈은 그들이 다닥다닥 주위로 모여드는 모습을 도저히 똑바로 쳐다볼 수가 없었다.

'가자, 나와 함께…….'

머리만 있는 수십의 영이 갑자기 낙빈 일행을 향해 아우성치기 시작했다.

'가자, 나와 함께…… 가자, 나와 함께…….'

소리는 점점 더 커져서 낙빈의 귀에 가득 울려 퍼졌다. 그 소리에 어떤 힘이 있는지 또다시 머리가 어지럽기 시작했다. 낙빈은 영들을 향해 맑고 차가운 물줄기를 뿜었다.

촤아악!

얼음처럼 차가운 물줄기를 뿜자 잠시 흩어지던 영들이 다시 물의 결계 주위로 몰려들기 시작했다.

"형, 저 사람들 좀 이상해요."

"왜? 무슨 일인데?"

승덕은 아무것도 보이지 않아 답답하기만 했다. 낙빈은 잠시 뒤로 돌더니 승덕 쪽으로 두 팔을 들어올렸다.

"형, 희미하겠지만 영들이 보이게 해볼게요."

승덕은 고개를 끄덕였다. 그동안 승덕과 열심히 공부한 뒤로 글문선생과 부적신장의 힘으로 부적을 쓰는 능력이 일취월장한 낙빈이었다. 낙빈은 두 손바닥을 쫙 펴고 둥근 원을 만들었다. 잠시 후 승덕의 얼굴 바로 앞에 출렁이는 물의 소용돌이가 만들어졌다. 그리고 마치 둥근 거울처럼 반대쪽의 모습을 비추기 시작했다. 일렁이는 물결 너머로 형식의 방 저편이 보였다. 마지막으로 낙빈이 신안소원부神眼素願簿를 붙이자 승덕의 눈에는 물의 결계 저편에 들어찬 영들의 모습이 흐릿하게 보이기 시작했다.

"우웁! 왜 저런 모습이지?"

영들의 모습을 확인한 승덕의 입에서도 신음이 새어나왔다. 눈앞에 나타난 영들은 모두 목 아래가 없었다. 그들 모두 얼굴만 둥

등 허공에 떠 있고 목 아래는 없는 괴이한 모습이었다. 심지어 목 아래쪽으로는 살덩이가 너덜너덜하게 늘어지고 핏물이 뚝뚝 흘렀다. 게다가 목 하나하나에 얇고 희미한 줄이 하나씩 이어져 있었다. 마치 기괴한 풍선에 줄을 매달아놓은 것과 비슷했다. 영들은 모두 멍한 얼굴로 낙빈 일행을 바라보고 있었다. 모두들 초점 없는 퀭한 눈빛이었다.

'가자, 나와 함께…….'

'가자, 나와 함께…….'

눈의 초점도 없는 멍한 얼굴로 영들은 마치 합창을 하듯 한목소리를 내고 있었다.

"아이고, 하지 말라고요!"

낙빈은 진저리를 치며 누런 부적 하나를 던졌다. 악의가 느껴지지 않는 영들이라서 약간 빗겨간 옆쪽 벽에 제요사마부를 던진 것이다.

낙빈의 제요사마부가 날아갔다. 그러자 영들 중에서 제요사마부와 가장 가까이 있던 영혼 하나가 불꽃을 일으키며 순식간에 타들어가기 시작했다.

'크악!'

"앗!"

낙빈은 제가 공격하고도 깜짝 놀라 몸서리쳤다. 공격이 있건 말건 전혀 피하지 않아 사멸되어버린 것이다. 이들 영은 무척 약하고 힘이 없는 것이 분명했다. 제요사마부에 슬쩍 닿기만 해도

301

소멸되었으니까. 약하기 그지없는 영들이 제요사마부를 피하지도 않는다니…… 통 이해할 수 없는 일이었다.

"형, 저들은 염念이 강하지 않아요. 아니, 거의 없어 보여요. 왜 저런 영들이 성불을 하지 않고 이곳에 있는지 모르겠어요."

보통 영들은 자신이 죽은 줄 모르고 이승에 남아 있거나, 아니면 죽은 줄 알면서도 살아생전에 못다한 일에 대한 염이 너무나 커서 이승을 떠돈다. 그런데 저 영들은 보아하니 염은커녕 아예 생각이 텅 빈 것 같았다.

"영혼들을 조종하는 뭔가가 있는 건 아닐까? 설마…… 최면으로 영혼을 속박하는 걸까? 아, 하지만 그런 게 되나? 영혼에게도 최면을 건다는 게 가능한가?"

승덕이 낮게 중얼거렸다.

이번에 낙빈은 신안神眼을 빌려 좀 더 자세히 영들을 바라보기로 했다. 평소에는 영혼의 모습을 또렷하게 보기 싫어서 사용하지 않았지만 이번에는 신안소원부를 이용해 보다 또렷이 영혼들을 봐야 할 것 같았다. 낙빈은 신안소원부를 꺼내 스스로의 눈에 기운을 불어넣었다. 신안을 빌리자 눈앞이 환해지면서 벽에 몰려 있는 영들의 모습이 더욱 또렷해졌다. 어지럽게 서로 다닥다닥 붙어 있는 영들을 찬찬히 보니 분명 멍한 기운들 사이에서 어딘가 조금 다른 또렷하고 강한 음의 기운이 비쳤다.

그러고 보니 영들의 목마다 대롱대롱 줄이 매달려 있는데 그 중 하나, 강한 음기의 중심에 줄이 없는 영혼 하나가 있었다. 그는 영들 사이에서 이글대며 끓어오르는 상념을 쏟아내고 있었다. 그 영혼은 하도 강한 상념을 가지고 있어서 마치 아지랑이가 피어오르듯 그 주위가 이지러질 정도였다.

"네놈! 중간에 선 놈! 앞으로 나와랏!"

낙빈은 크게 일갈하며 영혼을 지목했다. 놈은 미동도 없이 한참 있다가 마침내 입을 열었다.

'영혼을 볼 수 있는 눈을 가졌는가?'

얼음장처럼 차갑고 서늘한 목소리였다. 그러자 그 목소리의 주인공을 가리고 있던 수십의 영이 좌우로 갈라졌다. 이제 그 목소리의 주인공이 낙빈의 정면에 나선 것이다. 이 영은 다른 영과 달리 두 손, 두 발이 모두 붙어 있었다. 낙빈은 신안을 통해 영의 모습을 똑똑히 보고, 더불어 강력한 상념도 똑똑히 들었다. 얼음처럼 서늘한 영혼은 외쳐대고 있었다.

'죽고 싶다!'

낙빈은 고개를 갸웃거렸다. 영혼의 바람이 너무 희한했다. 죽고 싶다? 죽고 싶은 영이라니 낯설었다. 영혼은 이미 죽었는데 왜 죽고 싶다고 하는지 알 수가 없었다. 성불하든가, 아니면 스스로 완전히 소멸되면 이루어질 소원인데 왜 저런 상념을 가지고 있는지 이해되지 않았다.

"모든 일을 꾸민 장본인이 바로 당신이로군요? 왜 형식이 형을 죽이려 했지요? 아니, 왜 상관없는 많은 사람을 죽이려 한 거죠!"

낙빈이 버럭 소리를 질렀다.

'죽고 싶어서지!'

영은 자포자기한 듯 바닥을 내려다보다가 퀭한 눈으로 허공을 바라보았다. 마치 모든 것을 포기한 사람마냥 허망한 얼굴로 멍하니 천장을 응시했다.

"죽고 싶어서라고? 혹시 자신이 죽은 것도 모르는 건가요? 당신은 이미 죽어서 이승을 떠도는 영이 되었어요! 이미 죽었다고요!"

낙빈의 말에 영은 고개를 돌리더니 피식 비웃음을 지었다.

'너는 이해하지 못하겠지. 영혼을 볼 수 있다고 해서 이해하는 건 아니니까. 내가 원하는 건 완전한 죽음이다. 영원한 끝! 영원한 마지막 말이다. 끝나지 않는 고행의 굴레에서 죽음보다 못한 괴로움을 견뎌야 하는 이 지겨운 세상에서 그만 벗어나고 싶다고. 영원히 말이야!'

영혼은 이를 악물며 으르렁거렸다. 그는 고통과 괴로움 속에서 몸부림치는 것처럼 사지를 부르르.떨며 포효했다. 그의 말을 온전히 이해하기 힘들었지만 고통의 몸짓만은 온전히 느껴졌다. 낙빈의 두 팔에 소름이 번져나갔다.

"죽은 사람이 왜 죽고 싶다고 하는 거죠? 당신은 이미 죽었는데, 왜……?"

'무슨 말이 필요하겠는가. 나처럼 되지 않고서야 너 같은 인간은 절대 느끼지 못하겠지. '그 아이'처럼 나를 이해해주는 사람은 없을 거야. 크흐흐.'

그의 자조적인 웃음이 서글프게 울려 퍼졌다. 낙빈과 같은 인간은 이해하지 못하는데 '그 아이'는 이해한다고? 낙빈은 눈이 동그래졌다.

"그 아이라니요?"

낙빈이 물었지만 영은 대꾸하지 않았다. 대신 그는 낙빈의 뒤에서 벌벌 떨고 있는 형식을 가리켰다.

'어쨌든 난 네 뒤에 있는 저 아이를 데려가야겠다. 저 아이를 다오. 완전한 죽음을 위해서 나는 더 많은 영혼이 필요하다. 그러니 어서 그 아이를 내놔라.'

"왜 형식이 형을 데려가려는 건데요? 죽고 싶으면 당신이나 소멸될 것이지 왜 상관도 없는 사람을 죽여요, 왜요?"

낙빈이 두 팔을 뻗고 형식의 앞을 막아섰다.

'나는 그와 계약을 맺었다. 계약대로 이제 그의 영혼은 내 소유가 되어야 한다.'

"계약이라니, 무슨 계약이오?"

'저 아이와 내가 맺은 계약. 저 아이의 영혼을 내게 넘기기로 한 계약이지.'

낙빈은 깜짝 놀라 형식과 영혼의 얼굴을 번갈아 쳐다보았다.

"영혼을 넘기는 계약이라니 무슨 소리예요, 형!"

낙빈은 형식을 돌아보며 물었다. 영혼의 말을 듣지 못하는 형식은 돌연한 계약 이야기에 어리둥절했다. 낙빈의 말을 도대체 알아들을 수가 없었다.

"형, 혹시 '내일신문'인가 거기 들어가면서 영혼을 주겠다는 계약을 맺었어요?"

"무슨 소리야? 난 몰라."

"들었죠? 형은 계약한 적이 없다잖아요! 무슨 말을 하는 거예요! 그런 계약을 할 리가 없잖아요!"

낙빈은 퍼렇게 화를 내며 영혼을 노려보았다.

'그럼 보여주지. 우리의 계약서를!'

영혼은 비웃음을 지으며 오른손을 슬며시 치켜들었다. 그러자 그의 손에서 하얀 종이 같은 것이 두루마리처럼 도르르 펼쳐졌다.

"저게 뭐지?"

낙빈은 자세히 보려고 눈을 가늘게 떴다. 낙빈은 영혼의 손길을 따라 종이의 맨 마지막 부분에 깨알같이 적힌 글자들을 읽어내려갔다.

'내일신문'의 아이디를 사용하면 죽은 후에 당신의 영혼은 나의 것이 됩니다. 이 계약에 동의합니까? 그렇다면 아이디를 등록해드리겠습니다.

그것은 사이트에 아이디와 패스워드를 등록해주면서 받아낸 동의서였다.

"말도 안 돼! 무료 사이트에 가입하면서 세세한 조건까지 읽는 사람이 얼마나 있겠어? 그걸 가지고 계약이라니! 말도 안 되는 일이야!"

잠잠히 있던 승덕이 소리쳤다. 낙빈이 만들어준 신안소원부와 물의 거울이 승덕의 눈에도 영혼의 모습을 보여주고 있었다.

이제 낙빈은 영혼이 무슨 짓을 했는지 알 것 같았다. '내일신문'이라는 사이트에서 최면에 걸려 목숨을 잃은 사람들이 영혼의 계약을 빌미로 끌려다니는 게 분명했다. 어떻게 했는지는 모르겠지만 그 계약 때문에 영혼들은 여전히 최면 상태인 것처럼 모든 생각을 잃은 채로 그에게 끌려다니는 게 분명했다.

'계약은 계약! 저 아이의 영혼…… 계약대로 내가 받아가겠다!'

영혼은 조용하지만 분명하게 이야기했다. 그가 내뱉는 단어 하나하나에 어찌나 강한 음의 기운이 스며 있는지 음산하고 축축한 느낌, 어둠의 느낌이 온 집 안을 잠식하는 것 같았다.

"안 돼요! 내가 있는 이상 당신은 형식이 형에게 손가락 하나 댈 수 없어요! 아니, 형식이 형은 물론 당신이 억지로 붙잡고 있는 그 영혼들의 족쇄도 내가 모두 풀어줄 거예요!"

낙빈이 두 눈을 반짝이며 당차게 말했다. 그러자 눈앞의 영혼은 다시 음산한 미소를 지으며 낙빈을 바라보았다.

'실력으로 빼앗아가마.'

그러고는 조금씩 조금씩 입을 움직였다. 그의 입술이 몇 번 움직이자 나지막한 소리가 들려왔다.

'내게로 와라. 나와 함께 가자…….'

'내게로 와라. 나와 함께 가자……'

또 듣기 싫은 그 소리였다. 그 소리가 한없이 반복되자 낙빈은 갑자기 눈꺼풀이 무거워지는 것을 느꼈다. 눈을 돌리고 귀를 막으려 했지만 어찌 된 일인지 고개를 돌릴 수도, 눈을 돌릴 수도 없었다.

주위에 있던 수십의 영이 유일하게 사지가 멀쩡한 영을 가운데 두고 천천히 돌기 시작했다. 그의 머리를 중심으로 주변에 몇 개의 동그라미를 만들어 서로 어긋나는 방향으로 천천히 빙글빙글 도는 것이었다. 그리고 그들의 입에서는 하나같이 주문을 외우듯 말이 끊이지 않고 되풀이되었다.

'가자, 나와 함께……'

수십의 영이 만들어내는 겹겹의 원. 그 중심에서 그들을 조종하는 우두머리 영. 그의 검은 눈. 그 눈의 중심에 있는 검은 눈동자. 그 안의 더 작은 또 하나의 원…… 원…… 원. 낙빈의 눈꺼풀은 점점 무거워져서 이미 눈이 반쯤 감긴 상태가 되어버렸다.

'아 함, 자고 싶다. 저 사람을 따라가보고 싶다.'

낙빈은 자꾸만 눈이 감기고 정신이 멍해졌다.

6

낙빈은 이제 거의 눈을 감으려고 했다. 작은 얼굴이 꾸벅꾸벅

고갯짓을 해댔다.

'무엄하다! 감히 어디서 그따위 수작으로 우리를 부르는 거냐!'

"우와악!"

낙빈은 자신도 모르게 비명을 지르며 깨어났다. 자신의 안에서 분노한 신들의 음성이 고막을 찌르며 울려 퍼졌다. 낙빈은 숨을 몰아쉬며 주위를 살폈다.

"이, 이런 내가…… 큰일 날 뻔했구나!"

낙빈이 정신을 차리고 주위를 둘러보니 말이 아니었다. 자신이 쳐둔 수水의 결계는 이미 군데군데 부서졌고, 그 위에 띄워둔 제요사마부도 바닥에 떨어져 있었다. 당연히 낙빈의 결계로 보호받던 승덕과 형식은 순식간에 그들의 홀림에 깊이 빠져들어 바닥에 쓰러진 상태였다. 그들은 깨지 못할 만큼 깊은 잠에 빠져든 것이다.

목만 있는 영들이 낙빈 주위를 겹겹이 감쌌고, 우두머리 영은 그들과 달리 형식의 몸에 올라타고 있었다. 그가 형식의 코 안에서 무언가 푸르스름한 연기 같은 것을 꺼냈다. 그러자 그 푸르스름한 연기가 돌돌 말리더니 작은 구체가 되었다. 영이 오른손으로 그 구체를 잡으려고 했다. 탁구공만 한 구체와 형식의 몸이 매우 가느다란 끈으로 연결되어 있었다. 낙빈은 그것이 살아 있는 자의 유체라는 것을 알았다. 저 유체를 최면으로 끌어내 인위적으로 형식의 신체와 끊어버리려는 수작이 분명했다. 그렇게 되면 형식은 목숨을 잃고 유체의 끈은 영에게 넘어가게 된다.

"당장 그만둬!"

낙빈은 두 손을 모아 차갑고 정결한 물의 기운을 내쏘았다. 물의 기운은 정확히 영혼의 손아귀를 맞혔고, 그가 잡으려던 형식의 유체가 간신히 그의 손아귀에서 벗어났다. 우두머리 영은 낙빈이 정신을 차리고 공격하자 조금 놀란 눈치였다.

'어떻게 깨어났나…….내 허락 없이 깨어날 리는 없을 텐데? 아이야, 잠자코 있거라. 난 계약대로 소년의 영혼을 데려갈 뿐이다.'

"당장 형식이 형에게서 떨어져요, 당장!"

'나는 너와 싸우고 싶지 않고 싸울 이유도 없다. 조용히 있거라.'

"난 당신에게 홀리지 않아! 그리고 당신에게 지지도 않아! 그러니 어서 형식이 형을 놔두란 말이야!"

'ㅎㅎㅎ.'

낙빈의 말에 영은 어이없다는 듯 웃음을 지었다.

'아이야, 너를 해치려 하지 않는 것은 너와 아무런 계약도 없기 때문이다. 쓸데없는 영혼을 다치게 하고 싶진 않다.'

"말도 안 되는 것을 가지고 계약이라면서 다른 사람의 생명을 함부로 하니 당신의 말과 행동은 하나도 맞질 않아! 무슨 말을 해도 소용없어! 어서 형식이 형을 풀어줘!"

낙빈은 옷섶에서 횡액멸죄부橫厄滅罪簿를 꺼내 들었다.

횡액멸죄부는 횡액을 당할 우려가 있는 사람들, 즉 전생에 죄가 많아서 이번 생에 고난을 겪는 사람이나 심성이 사나워서 무슨 일이든 폭력적으로 해결하려는 사람이 지녀야 하는 부적으로 인간을 고요하게 하고 심성을 바로잡아준다. 좀 전에 영들이 제요사마부에 나가떨어지는 것을 지켜본 낙빈인지라 이번에는 영들에게 그나마 타격을 적게 주는 부적을 택한 터였다.

'더 이상의 대화는 필요 없다! 나는 계약대로 이 아이를 데려가겠다!'

영은 형식의 유체를 단단히 잡더니 자신이 만들어낸 날카로운 영기로 형식의 신체와 연결된 유체의 끈을 쓰윽 썰기 시작했다. 형식의 코에서 빠져나온 유체의 끈은 무척이나 얇고 희미해서 금방이라도 끊어질 듯 위태로워 보였다.

"그만두라니까! 횡액멸죄부!"

낙빈의 양손에서 두 장의 횡액멸죄부가 영을 향해 날아갔다.

'캬악!'

우두머리 영의 주변에 모여 있던 몇몇 영이 비명을 질러댔다. 하지만 제요사마부를 날렸을 때처럼 소멸되지는 않았다.

"당장 형을 내려놔!"

낙빈은 횡액멸죄부로 영들이 없어지지 않는 것을 확인하고는 곧바로 또 한 장을 던졌다. 그렇게 최면에 걸린 영들이 비명을 지르는 사이 낙빈은 만령수호부를 형식의 가슴을 향해 힘껏 던졌다.

'끼어들지 말라고 했을 텐데!'

그때까지 고요히 미동도 않던 우두머리 영이 두 눈을 치켜뜨며 낙빈을 노려보았다.

"우웃!"

특별한 능력이나 힘이 느껴지진 않았지만 낙빈 앞에 있는 저 영으로부터 나오는 어마어마한 음의 상념이 부적을 막고 있었다. 죽고 싶다는 어마어마한 음의 상념…… 그 상념이 창밖의 달빛을 받아 상상하기 힘들 정도로 강력한 음기를 만들어내고 있었다.

'방해하지 마라! 죽음에 이르려는 날 방해하지 말란 말이다! 더 이상 이렇게 살고 싶진 않아! 살고 싶지 않단 말이다!'

영들을 조종하는 우두머리 영이 미친 듯이 소리를 지르자 마치 지진이라도 난 듯 집 안이 흔들렸다.

"우욱!"

낙빈은 갑작스러운 상황에 놀라 비틀거렸다.

'방해하지 말란 말이야앗!'

순식간에 수십의 영이 세찬 회오리를 만들며 낙빈을 향해 돌진하기 시작했다.

"우욱! 만령수호부!"

낙빈이 두 팔을 뻗어 자신을 지키는 만령수호부를 던졌다. 다행히 자신을 향해서는 거센 회오리가 밀려오지 못했지만 대신 승덕을 향해 영의 회오리 방향이 바뀌는 것이었다.

"안 돼!"

낙빈은 온몸으로 승덕의 몸을 감싸며 바닥을 굴렀다.

"우욱!"

영의 회오리는 마치 칼날처럼 날카로웠다. 승덕을 보호하기 위해 뛰어든 낙빈의 한복 여기저기가 수십 개의 칼로 베인 것처럼 갈기갈기 찢겨버렸다.

'죽여버리겠다!'

우두머리 영은 마치 정신이 나간 것 같았다. 그에게 더 이상 형식의 일은 문제가 되지 않았다. 모든 것을 방해하는 존재, 자신을 언제나 방해하고 괴롭게 하는 것들……. 이제는 그것이 그의 앞에 선 낙빈의 모습으로 형상화되었다.

'너도 죽음보다 더한 이 고통을 맛봐야만 해! 너도 맛봐야만 해!'

"으윽!"

낙빈은 주변 공기가 얼음처럼 차가워지는 것을 느꼈다. 보름날 밤은 음의 기운이 너무나 강하기 때문에 음기를 먹는 귀신과의 싸움은 낙빈에게 훨씬 불리했다.

"휘잉!"

또다시 세찬 바람 소리를 내며 수십의 영이 날카로운 칼날이 되어 승덕과 낙빈을 향해 다가왔다. 아까보다도 강한 음기를 뿜으며 마치 낙빈과 승덕을 잡아먹을 듯이 요동쳤다.

'저런 것에 한 번 닿기라도 하면 목이 그냥 잘리겠구나!'

낙빈은 어쩔 수 없이 제요사마부를 꺼냈다. 어느새 부적도 다 써버렸는지 한복 안에는 제요사마부가 한 장밖에 남아 있지 않았다.

"아이고, 이럴 수가!"

낙빈은 마지막 남은 제요사마부를 들고 회오리처럼 세차게 횡횡 돌며 자신을 향해 다가오는 영들의 한가운데를 겨냥해 힘껏 던졌다.

'카아악!'

요란한 비명 소리와 함께 회오리의 가운데에 몰려 있던 서넛의 영에게서 불꽃이 일었다.

"이때다!"

삐엉!

낙빈은 정신을 잃은 승덕을 향해 힘껏 발길질했다. 다행히 칼날처럼 날카로운 영의 회오리에 맞기 직전 승덕은 방구석으로 나가떨어졌고, 낙빈은 발길질의 반동으로 회오리를 비껴가며 펄쩍 공중을 날았다. 두 사람이 반대 방향으로 갈라지자 영의 회오리는 갈팡질팡했다.

"불의 힘! 태양의 힘!"

낙빈은 때를 놓치지 않고 두 손에 강한 양의 기운을 만들었다. 음기가 강한 달밤, 음의 기운을 풍기는 영혼에게 가장 적절한 공격은 태양의 힘을 받은 양기의 공격이라고 생각했기 때문이다. 낙빈은 두 손에 맺힌 작은 불꽃을 우두머리 영의 심장을 향해 쏘았다.

'크아악!'

태양의 양기를 받은 불꽃에 맞자 우두머리 영은 가슴을 부여잡고 고통스러워했다.

'크아악! 차라리 나를 소멸시켜라! 이런 고통 속에서 살게 하지 말고! 제발…… 제발, 나를 죽여달란 말이다!'

불꽃을 맞고 나가떨어진 우두머리 영은 두 손으로 머리를 감싸쥐며 고통스러워했다. 그의 등 뒤에서 또다시 강한 음기가 부글부글 끓어오르는 것이 보였다. 슬픔, 고통, 괴로움으로 가득 찬 너무나 차갑고 스산한 기운이었다.

낙빈은 그의 말을 들으니 비록 몹쓸 영이긴 하지만 무언가 사연이 있어 보였다. 그는 분명 사람을 해치는 것이 목적이 아니라 뭔가 심한 고통으로부터 헤어나기 위해 발버둥치고 있는 것 같았다.

"전 아저씨를 괴롭히려는 것이 아니에요. 전 아저씨가 다른 불쌍한 영혼들을 성불하지 못하게 잡고 있고, 살아 있는 사람의 영혼까지 가져가려 했기 때문에 말리는 거예요. 왜 이런 짓을 하는 건가요? 말해주세요! 이미 죽은 아저씨가 왜 죽고 싶다고 말하는 거죠? 도대체 왜 죄 없는 사람들의 영혼을 가져가려는 거예요?"

낙빈의 목소리에는 걱정이 묻어 있었다. 영은 서늘한 눈을 들어 한참 동안 낙빈을 바라보았다. 낙빈의 동그랗고 까만 눈동자 속에서 걱정과 배려, 돕고 싶어 하는 마음이 느껴졌는지 우두머리 영의 음기가 순간적으로 줄어드는 것처럼 보였다.

'맑은 눈이로구나, 맑은 눈……. 어린아이만의 맑은 눈……. 네 마음이 느껴지는구나. 그 눈을 더럽히지 말거라. 부디…….'

영은 천천히 낙빈의 두 눈을 바라보며 슬픔이 가득한 얼굴이 되었다. 너무나 맑고 투명한 낙빈의 눈에서 그는 형용할 수 없는 슬픔을 느끼는 것 같았다.

"대답해주세요. 왜 이런 짓을 하는 거죠?"

영은 아무런 대답도 하지 않고 멍하니 서서 하늘을 올려다보았다. 어느새 시간이 흘렀는지 휘영청 밝게 떠 있던 보름달이 보이지 않았다.

'날이 밝겠구나. 아아, 나는 다시 고통 속으로 돌아가는구나……'

그가 창밖으로 조금씩 퍼렇게 멍들어가는 하늘을 보며 슬픈 목소리로 말했다. 낙빈은 조금 전까지만 해도 자신과 싸웠던 우두머리 영의 옆모습이 너무나 슬퍼 보였다. 그가 한참 동안 하늘을 바라보다가 천천히 낙빈을 향해 고개를 돌렸다.

'저 아이의 영은 가져가지 않겠다.'

"그, 그럼 다른 영혼들은요?"

'다른 영혼들은 내 것이다. 나는 다시 영들을 모을 것이다. 그러나 네가 지킨 그 아이만큼은 손대지 않으마.'

낙빈은 또다시 이런 일을 벌인다는 말에 인상을 찌푸렸다.

"다시 다른 영들을 모은다니요? 어째서 그런 일을……. 안 돼요! 다른 사람의 영혼을 붙잡고 성불치 못하게 해선 안 돼요! 대체 왜 그러시는 거예요?"

낙빈이 진심을 다해 묻고 또 물어보아도 영혼은 더 이상 아무런 대답도 하지 않았다. 그는 더 이상의 대화는 의미 없다는 듯 멍하니 하늘만 바라보았다. 갑자기 그가 데리고 다니는 수십의 영이 흐릿하게 변했다. 낙빈은 그들이 어딘가로 떠나려는 것을 알아차렸다.

'죽고 싶구나. 사신死神이여, 어서 나를 찾아오너라…….'

영혼은 가만히 눈을 감았다. 그러더니 이곳에 나타날 때 그랬던 것처럼 수십의 영을 데리고 순식간에 거짓말처럼 사라졌다. 너무나 순식간이라 낙빈은 멍하니 그들이 사라져버린 벽을 바라보았다.

7

이른 새벽 작고 꼬질꼬질한 국밥집 구석에 승덕과 낙빈, 그리고 형식이 앉았다.

"미쳤지! 그놈의 홀림에 홀렁 넘어가 잠이나 자고 있었다니!"

승덕이 국밥을 입에 넣으려다가 또다시 있는 힘껏 밥상에 머리를 받았다. 국밥이 나오기 전부터 승덕은 이미 몇 번이나 밥상에 머리를 박았다. 어린 낙빈을 도와주지 못하고 방해만 한 것이 미안해서 자꾸만 자책하는 중이었다.

"이이고, 형! 그러지 마요."

낙빈은 서둘러 국밥을 입안에 넣었다. 너무나 미안해하는 승덕

317

때문에 오히려 몸 둘 바를 모를 지경이었다.

승덕이 눈을 떴을 때는 이미 모든 상황이 끝난 뒤였다. 본래도 엉망이던 방 안이 그야말로 난장판으로 어지럽혀져 있었다. 게다가 어린 낙빈의 오른쪽 어깨는 영의 회오리에 깊은 상처를 입고 끊임없이 피를 쏟아내고 있었다.

승덕과 낙빈은 대충 형식의 방을 정리하고 형식을 침대에 반듯하게 눕혔다. 혹시 모를 일에 대비해 벽마다 만령수호부를 붙여놓고 형식의 목에도 부적이 담긴 작은 주머니를 걸어주었다.

승덕은 마지막으로 해킹한 호스트의 관리자 아이디로 들어가 필요한 정보를 모으고 디렉토리 내에 있던 '내일신문'의 파일을 모두 지워버렸다. 더 이상 사람들이 '내일신문' 안으로 들어가지 못하게 하기 위해서였다.

승덕은 자신이 형인데도 몹쓸 영의 꼬임에 빠져들어 오히려 낙빈을 위험하게 하고 아무런 도움을 주지 못한 것이 못내 마음에 걸리는 모양이었다. 더욱이 피가 철철 흐르는 어깨의 상처가 자신을 구하려다 생긴 것임을 알고는 고개를 들지도 못할 지경이었다.

"형, 전 아무래도 마음에 걸려요. 우리가 만난 영혼들이 사람을 괴롭히는 데는 다 이유가 있었잖아요? 이번에도 그래요. 왜 죽은 사람이 또 죽어야 된다고 하는지는 모르겠지만, 전 그분의 너무 너무 슬픈 눈을 봤어요. 그게 자꾸 눈앞에 어른거려요."

"그래, 뭔가 이유가 있긴 하겠지. 그렇지만 자신과는 상관도 없

는 사람을 죽이려 하고, 그 영혼을 속박하는 건 보통 나쁜 일이 아
니야. 다행히 형식이에게는 손대지 않겠다고 했다지만 다른 수많
은 사람이 계속 그자에게 죽어갈 거라는 소리잖아? 어떤 이유인
지는 몰라도 나쁜 짓을 한 것만은 분명하지. 이유야 어쨌든 다시
그자를 만나면 다른 사람들에게 나쁜 짓을 못하도록 해야겠어."

"······그렇겠죠."

낙빈은 자꾸 영혼의 슬픈 눈빛이 생각났다. 죽고 싶다고 울부
짖던 그 눈이.

"하지만 어디에 있는지 알 수가 없잖아요? 어떻게 찾죠?"

열심히 국밥을 떠먹던 형식이 입가를 닦으며 물었다. 자신에게
는 위험이 사라졌는지 모르겠지만 절친한 친구 민규와 철민을 생
각하면 반드시 그 나쁜 놈을 없애야 했다.

"그것도 생각해봤는데······. 우리도 최면을 사용해 유체이탈을
해야 할 거 같아. 그리고 그 상태로 어제 봤던 영혼을 찾아내는
거지."

"누가요?"

"형식이 네가······."

"제, 제가요?"

형식은 덜컥 겁이 나는 모양이었다. 승덕과 낙빈에게 들었던
그 무시무시한 영혼은 상상만 해도 끔찍했다. 사람의 목을 잘라
끈으로 묶어 다닌다는, 그 구역질 나도록 무서운 영혼을 자신이
만나야 한다니, 그것도 유체인가 뭔가가 되어 만나야 한다니 불

안하고 두려웠다.

"음. 낙빈이에게 최면을 걸었다간 신들이 노발대발하실 테고, 내가 나 자신을 최면 걸긴 힘들고……. 역시 너밖에 없다."

"아, 알겠어요. 어떻게든 해봐요. 아저씨랑 낙빈일 믿을게요!"

'믿는다'는 한마디에 그동안의 피로가 씻은 듯이 내려가는 것 같았다. 낙빈도 승덕도 형식을 보며 빙긋이 미소 지었다. 이래서 사람들이 서로서로 돕는 거구나, 이래서 사람들은 행복을 느끼는 구나 하는 생각이 들었다.

국밥으로 배를 든든히 채운 세 사람은 다시 형식의 방에 모였다. 그리고 어젯밤과 마찬가지로 형식을 침대에 편안하게 눕힌 뒤 서서히 유체이탈 최면을 걸었다. 형식이 승덕과 낙빈을 강하게 믿고 있었기 때문에 승덕으로서는 처음 해보는 유체이탈 최면도 어렵지 않게 진행되었다. 최면에서 가장 중요한 것은 시행자에 대한 절대적인 믿음이기 때문이다.

"자, 어제 보았던 영혼을 더듬어보렴. 비록 어제는 육체의 눈으로 보아서 보이지 않았겠지만 지금의 너는 볼 수 있어. 너를 공격했던 그 남자의 영혼이 벽에 있단다. 어떠니, 그 남자의 모습이 보이니?"

승덕은 다시 시간을 되돌려 수섭의 영이 형식을 찾아왔던 어제를 바라보게 했다.

"네, 보여요. 마른 체구에 눈 밑이 검은 사람이 벽에 붙어 있어요. 와, 진짜 신기한데…… 무서워요. 어떻게 저런 사람이 보이는 거죠? 이상해요."

"그래, 그럴 거야. 그 사람의 얼굴과 자취, 그리고 분위기를 잘 기억해두렴. 이제 그 사람을 찾는 거야. 너는 자유롭게 날아다닐 수 있고, 시간과 공간을 초월해 그자가 서 있는 그곳에 도착할 수 있어. 그 사람의 자취만으로도 넌 찾아낼 수 있어. 자, 이제 유체이탈을 하는 거야. 너는 날아갈 수 있어. 그 사람이 있는 곳으로."

승덕은 진땀을 흘리며 형식의 집중력을 최고로 끌어올렸다. 고도의 집중력과 강한 믿음이 합쳐지면서 형식은 놀라운 능력을 발휘하기 시작했다. 형식은 영혼이 되어 자신의 침대 위로 둥실 떠올랐다. 침대 아래쪽에 누운 자신의 얼굴을 본다는 건 여간 신기한 게 아니었다. 그뿐이 아니었다. 유체가 분리된 형식은 동네 여기저기를 휙휙 날아다녔다. 생전 처음 보는 골목도 휙휙 날아갔다. 형식이 정신을 집중한 지 10여 분이 지났을 때였다.

"아, 찾았어요! 그 사람이 보여요!"

형식의 유체는 그동안 곳곳을 누비며 어제 그들을 찾아왔던 영혼을 찾아 헤맨 것이다. 유체에게는 시간의 의미도, 공간적 거리도 무의미했다. 때문에 짧은 시간 안에 형식은 정확히 그 영혼을 찾을 수 있었다.

"거기가 어디니? 주변에 무슨 글자가 보이니?"

"아주 높은 건물 위에 있어요. 옥상 같아요. 주변에 온통 높은 건물이 있어요. 앞에는 사거리, 커다란 사거리. 25층 건물…….
그 건물 옥상에 그 사람이 서 있어요. 건물 1층엔 약국이 있어요.

여기는…… 아! 제가 아는 곳이에요!"

"빙고!"

낙빈과 승덕 모두 동시에 환호성을 질렀다.

이처럼 운이 좋을 수도 있을까! 승덕은 너무나 쉽게 영이 있는 곳을 알아내자 조금은 황당한 느낌까지 들었다. 영이 서울에 있으리라고는 생각도 못했는데……. 게다가 우연찮게도 형식이 잘 아는 거리에 그 영이 있다니!

형식의 유체가 영을 찾으면 그 주변의 모습을 자세히 말하게 한 다음 간판의 전화번호나 표지판으로 그 지점을 찾으려고 했는데, 거짓말처럼 너무나 순조롭게 일이 풀린 것이었다.

8

"형, 죽은 다음에 이승을 떠나지 못하고 남아 있는 영에게 가장 고통스러운 것이 뭘까요?"

좌석버스의 뒷좌석에 나란히 앉은 낙빈이 승덕에게 물었다. 두 사람은 형식을 남겨두고 영혼을 만나러 가는 참이었다. 형식은 따라오려 했지만 평범한 아이가 자꾸 위험에 노출되는 것 같아 만류하고 두 사람만 영혼을 찾아나서는 길이었다.

"글쎄…… 과연 뭘까? 낙빈이 넌 뭐가 가장 고통스러울 것 같니?"

"음…… 고문당하는 것? 미움받는 것? 어머니가 돌아가시는 것?"

낙빈의 말을 받아 승덕도 가장 고통스러운 것에 대한 생각을 말하기 시작했다.

"미칠 듯한 외로움. 막막한 미래. 소중한 사람의 죽음 앞에서 아무것도 못하고 멍하니 있는 것. 죽음보다 더한 죄의식⋯⋯."

"음, 어쩔 수 없이 헤어져 있는 것. 아무도 나를 이해해주지 않는 것. 죽고 싶어도 죽지 못하는 것⋯⋯?"

"그런 고통이 영원히 반복되는 것!"

두 사람이 서로의 얼굴을 놀란 듯이 바라보았다.

죽고 싶어도 죽지 못하는 것은 고통이고, 그런 고통이 영원히 반복되는 것은 더한 고통이다. 죽고 싶고, 소멸되고 싶다고 괴로워하던 영혼의 말이 떠올랐다. 누군가가 두 사람의 뇌리를 망치로 때린 듯한 느낌이었다.

그들이 내린 곳은 꽤 번화한 사거리였다. 사거리의 한쪽에는 휘황찬란한 바겐세일 광고판과 광고물이 덕지덕지 붙어 있는 백화점 건물이 자리 잡고 있었다. 반대쪽 거리에는 대형 은행과 사무실이 빽빽하게 들어선 커다란 오피스텔 건물이 여러 개 자리 잡고 있었다. 근처의 또 다른 거리 역시 사무실용 건물들이 하늘 높은 줄 모르고 뻗어 있었다.

"25층⋯⋯ 문현빌딩이라⋯⋯."

승덕은 형식이 말했던 건물 입구의 글씨를 되뇌었다. 형식은 문현빌딩 옥상에 영혼이 있다고 말했다. 하지만 주변 건물이 비

숫비슷해서 좀처럼 찾기 힘들었다.

"문현빌딩이라……. 아무래도 물어봐야겠다."

승덕은 높은 빌딩 숲 사이에서 좀 멍해진 낙빈을 잠시 혼자 두고는 그들 옆을 지나가는 한 남자에게 물었다.

"혹시 이 근처에 문현빌딩이라고 아십니까?"

"글쎄요, 모르겠는데요."

흰 와이셔츠 차림의 샐러리맨은 빠르게 대답한 뒤 잰걸음으로 승덕의 곁을 지나쳤다.

"저, 이 근처에 문현빌딩이라고……."

"모르겠는데요."

뭐가 그리 바쁜지 사람들은 제대로 듣지도 않고 제 갈 길을 서둘렀다.

"이 근처에 부동산 없나? 다들 모르네."

"혀엉!"

사람들에게 묻는 것을 포기한 승덕은 다급한 낙빈의 목소리를 들었다. 낙빈은 높은 건물 꼭대기를 손가락으로 가리키고 있었다.

"저기! 저기요!"

승덕은 낙빈이 가리키는 손가락 끝을 바라보았다.

"으악, 안 돼, 말려야 돼요! 사람이 뛰어내리려고 해! 안 돼!"

낙빈의 외마디 비명에 승덕은 물론이고 주변을 지나가던 사람들이 동시에 어느 한 건물을 바라보았다. 주변의 높은 건물들에

비해 조금 낮아 보이는 건물. 그 건물 옥상에 어떤 사람이 아래를 바라보며 금방이라도 떨어질 듯 위태위태한 모습으로 서 있었다. 낙빈은 그 모습에 비명을 질렀다.

하지만…… 낙빈을 제외한 그 누구의 눈에도 그 모습은 보이지 않았다.

문현빌딩.

건물 앞에는 그들이 찾고 있던 이름이 쓰인 간판이 붙어 있었다. 한참 동안 헤맨 끝에 찾아낸 건물이지만 낙빈은 선뜻 안으로 들어서지 못하고 있었다.

"우읍!"

낙빈은 빌딩에서 멀리 떨어진 채 좀처럼 다가오지 못했다.

"아무것도 없는데, 왜 그러는 거야?"

"형, 저기…… 저 사람 안 보여요? 피투성이의 사람이…… 아저씨가…… 그 아저씨가…….."

"모르겠어. 난 보이지 않아. 이번에도 영적인 현상 같아. 어제처럼 신안으로 나도 볼 수 있게 해줘봐."

"네, 알았어요."

낙빈은 피투성이의 사람이 무척이나 끔찍한 모양인지 울상을 지으며 연신 힐끔거렸다.

"물의 힘이여!"

낙빈이 외치자 오른손에 출렁거리는 맑은 물이 맺히기 시작했

다. 그들은 사람의 눈을 피해 커다란 가로수 밑에서 조심스레 의
식을 행하고 있었다.

"도시라 그런지 물이 너무 탁해요. 이곳의 물은 정말 안 좋네
요. 아마 어제보다 훨씬 흐리게 보일 거예요, 형."

물이 맺힌 낙빈의 오른손이 승덕의 얼굴 부근을 한 바퀴 돌았
다. 그러자 승덕의 얼굴 앞부분에 투명한 물의 거울이 만들어져
너울너울 흔들렸다. 그 가운데 낙빈이 신안소원부를 붙이자 승덕
도 그 끔찍한 광경을 확인할 수 있었다.

"으으……."

문현빌딩 앞에 형체를 알아보기 어려울 정도로 짓눌린 남자의
시체가 널브러져 있었다. 머리는 강한 아스팔트에 부딪혀 완전히
깨졌고, 그 안에서 뇌수와 뇌피질이 구겨진 신문지마냥 튀어나
와 있었다. 하늘을 노려보며 부릅뜬 눈에도 시뻘건 피가 맺혀 있
고 벌어진 입안에서도 피가 솟구쳤다. 아직 완전히 숨이 끊어지
지 않아 고통을 느끼는지 그의 손가락은 연신 작은 경련을 일으
켰다. 사방이 피투성이고 온몸이 바스러져 있는 그 모습에 소름
이 끼쳤다.

하지만 사람들은 그런 시체가 있는지도 모른 채 그의 손을 밟
고, 얼굴을 밟고, 그가 쏟은 새빨간 피를 밟으며 아무렇지 않게 걸
어갔다. 몸이 밟힐 때마다 피에 젖은 남자는 고통스러운 듯 몸을
비틀었다. 눈을 부릅뜬 시체의 양손에 잡혀 있는 수십 개의 줄과
그 줄 끝에 매달린 수십 개의 머리가 서서히 보이자 승덕은 그가

326

어제 그들이 보았던 우두머리 영임을 알아차렸다.

　피투성이인 영이 길바닥에 널브러진 채 고통스러워한 지 얼마나 지났을까? 승덕과 낙빈이 그 처참한 모습에 말을 잇지 못하고 멍하니 서 있는데, 갑자기 그의 사지가 흐릿해지더니 얼마 후 완전히 사라져버렸다.

　붉고 거무죽죽한 핏자국만 남긴 채.

　　9

　"일 년 반쯤 전이던가? 이 빌딩 옥상에서 떨어진 사람이 있긴 있었수다. 그 끔찍한 일을 뭐하러 물어?"

　나이가 꽤 들어 보이는 빌딩 수위가 얼굴을 찌푸렸다. 젊은 놈 하나와 어린놈 하나가 빌딩 수위실로 들어오더니 다짜고짜 죽은 사람 얘기를 물어오니 기분이 영 찜찜했다.

　"그런데 왜 빌딩에서 떨어진 거죠? 하필이면 이곳에서……."

　"뭐하는 사람인데 그 일을 묻는 거야?"

　수위는 눈살을 찌푸렸다. 그만 이 불청객들을 쫓아낼 생각이 분명했다. 그러자 승덕이 눈가에 거짓 슬픔을 보이며 말을 이었다.

　"다름 아니라 이 아이가 그분의 친척입니다. 이번에 사고로 이 아이의 부모님이 돌아가셨어요. 그래서 이 아이를 돌봐주실 분을 찾다가 그분 이야기를 들었습니다. 이 아이는 외가나 친가나 진척이 거의 없어요. 그분이 그나마 가장 가까운 친척이었는데……."

승덕은 거짓으로 눈물을 닦는 척하며 옆에 있는 낙빈을 가리켰다. 승덕의 속셈을 알아차린 낙빈도 침울한 표정을 지으며 고개를 숙였다.

"그, 그래? 그럼 자네는 누구고?"

"전 이 애 아버지의 사업을 돕던 사람인데……. 삼촌처럼 막역하게 지냈죠. 이 아이를 돌봐줄 친척을 찾을 때까지 제가 데리고 있게 되었습니다. 이미 돌아가신 분이긴 하지만 의리가 있지, 제가 어떻게 안 도와주겠습니까?"

"그, 그래? 저런 저런……."

수위는 낙빈을 바라보며 혀를 끌끌 찼다.

"어쨌든 묘소도 가봐야 되겠고, 무슨 일인지 궁금하기도 해서 찾아왔습니다. 얘를 다른 분께 맡기려고 해도 가장 가까운 친척인 그분 이야기를 해드려야 하니까요. 그러니 그분 이야기를 좀 들려주십시오."

"그, 그렇다면 해주지. 하지만, 으흠."

수위는 어린 낙빈 앞에서 이야기하기가 껄끄러운지 눈짓을 했다. 승덕이 금세 눈치채고 낙빈에게 가까운 가게를 가리키며 말했다.

"아저씨는 이분과 이야기할 테니까, 저 앞에 있는 만두 가게에 가 있어라, 낙빈아. 응?"

승덕이 한쪽 눈을 찡긋거리자 낙빈도 알아듣고 수위실에서 나갔다.

"대체 저 애 부모는 왜 죽은 거야?"

"자동차 사고로 급작스럽게 두 분 다…… 크흑!"

승덕이 고개를 숙이고 어깨를 떨자 수위는 자신이 속고 있다는 생각은 눈곱만큼도 못한 채 고개를 저었다.

"세상에. 저 어린것이 정말 안됐구먼그려. 내가 듣기론 여기서 죽은 그 남자도 장례식에 온 사람이 없다더니 손이 귀한 집인 모양이구먼. 서른일곱인가 그랬지 아마? 아내도 자식도 없다는 얘기를 죽은 후에야 들었지. 그 사람은 6층에 사무실을 하나 빌려 쓰고 있었는데, 워낙 조용하고 아는 척도 안 하기에 참 붙임성 없는 사람이라고만 생각했어. 그렇게 자살을 하다니 정말 놀랐지 뭐야."

"자살이오?"

"그래. 그때 그 사람의 사업이 완전히 망해버렸지 뭔가. 웬만한 중소기업도 픽픽 쓰러져나가는데, 작은 회사야 일도 아니지. 에고, 그깟 사업이야 망하면 새로 시작하면 그만인 걸, 아까운 목숨을 버리긴 왜 버려! 요즘 젊은 사람들이란, 쯧쯔……."

안타까운 마음이 들었는지 수위는 주름진 얼굴로 혀를 끌끌 찼다.

"에구, 그때를 생각하면 잠자리가 뒤숭숭해. 피범벅인 시체를 생각하면……. 흐이구, 지금도 이렇게 소름이 끼치네! 끔찍했지, 끔찍했어. 난 그 모습을 보고는 죽어도 높은 곳에서 떨어져 죽신 말아야지라는 생각까지 했지."

수위는 소름이 돋는지 몸을 떨며 그날의 끔찍한 광경을 이야기
했다.

위잉.

엘리베이터 문이 열리자 승덕은 가장 위층인 25층을 눌렀다.
그는 수위에게 국화꽃 한 송이를 놓고 오겠다고 양해를 구했다.
사람 좋아 보이는 수위는 동정심이 일었는지 금방 허락해주었고
그들은 아무 거리낌 없이 엘리베이터를 탔다.

7, 8층쯤 되자 함께 탔던 두 사람이 내리면서 엘리베이터 안에
는 승덕과 낙빈 둘만 남았다. 그제야 승덕은 수위에게 들은 그 영
의 죽음에 대해 말해주었다.

"자살한 거래. 피가 흥건한 아주 끔찍한 모습으로 옥상에서 떨
어져 죽었다는 거야. 지금도 생각하면 소름이 끼칠 정도로 끔찍
했다더라. 왜 똑같은 모습으로 죽어가는 그 남자의 모습을 우리
가 보게 되었는지는 모르겠다만, 어쨌든 사업에 실패하고 자포자
기하는 심정으로 자살했다는 거야."

"혹시 누군가에게 살해당한 게 아닐까요? 그래서 성불하지 못
하고 남았다면……?"

"글쎄, 수위 아저씨 말로는 자살이 확실하다더라. 사업이 망해
가면서 매일 핏기 없는 얼굴로 건물을 드나드는데……. 언젠간
그런 일을 벌일지도 모르겠다는 생각이 들었대. 무척 조용하고

언제나 혼자 있는 외로운 사람이었대."

"네."

"도대체 무슨 일인지 모르겠다. 대체 우리가 왜 그런 모습을 본 건지……. 벌써 일 년 반 전에 자살한 사람이 오늘 또 건물 아래로 떨어지다니 말이야."

띠링.

도착 소리와 함께 엘리베이터 문이 열렸다. 꼭대기 층을 지나 자 옥상으로 이어지는 좁은 계단과 창고 문이 나타났다. 낮이었 지만 계단 주변은 사방이 막혀서 어두운 편이었다. 반 층 정도 더 올라가자 옥상과 통하는 철문이 보였다. 승덕과 낙빈은 곧장 옥 상 문을 열었다.

터엉!

철문 소리와 함께 나타난 옥상은 무척이나 넓고 휑했다. 고층 이라 그런지 무척이나 거센 바람이 불어닥쳤다.

'흐흐…… 왔군, 왔어. 올 줄 알았지. 너희가…….'

승덕과 낙빈을 먼저 발견한 것은 자살한 영혼이었다. 그는 거 센 바람이 불어닥치는 건물의 난간에 기대앉아 위태롭게 그들을 바라보고 있었다. 어쩐지 어제와는 완연히 다른 모습이었다. 단 하루 만에 영혼은 노인이 된 것처럼 비쩍 마르고 주름져 있었다. 어젯밤에 보았던 모습보다 훨씬 초췌한 얼굴이었다.

"아까 아저씨가 떨어지는 걸 봤어요."

'크흐흐. 봤느냐? 내가 그렇게 괴롭게 떨어지는 것을…… 공포와 괴로움이 가득한 얼굴을 봤느냐? 난 높은 곳이 싫다. 정말 높은 곳은 질색이야. 이렇게…… 이렇게 있는 건 정말이지 질색이야! 술…… 술을 마시고 싶구나. 조금이라도 취할 수 있게 술을 한 잔만 마시고 싶구나.'

그는 오른손을 들어 잔을 잡는 시늉을 했다. 그러나 손가락 사이엔 아무것도 들려 있지 않았다. 그는 수전증에 걸린 사람마냥 손을 덜덜 떨었다.

'이, 이야기를 하자. 이야기를……. 내가 데리고 있는 이놈들은 나와 이야기를 해주지 않아. 이놈들도 모두 두려워하지. 내가 저 아래로 떨어질 때 이것들도 함께 떨어져서 고통을 느끼니까. 크흐흐.'

그의 영혼은 공포로 가득 차 있었다. 그는 불안과 공포에 휩싸여 아무 말이나 주절주절 이어나가는 것 같았다. 그의 말은 어제처럼 명확하지도, 논리적이지도, 이성적이지도 않았다. 마치 알코올중독자처럼 생각이 이리저리 종잡을 수 없이 진행되는 것 같았다.

"높은 곳이 무섭다면 그 난간에 있지 말고 이쪽으로 와요."

승덕은 옥상 한가운데를 가리켰다.

'가고 싶어. 나도 여기에 있고 싶진 않아. 하지만…… 저 아래서 날 잡아당기는 걸 어쩌겠어. 저곳이 날 잡아당기는 걸 난들 어쩌겠어.'

그는 발밑을 가리켰다. 바람 부는 빌딩 아래 허공을. 그의 손이 더욱더 맹렬히 떨렸다.

"누가 잡아당긴다는 말인가요?"

'몰라. 모르겠어. 날 괴롭히려는 거지. 날 괴롭히려는 끔찍한 농
간이야. 흘흘. 자살한 영혼에게는 저승사자가 오지 않아. 그러고
는 영원한 반복이 시작되지. 언제나 이렇게…… 으헉! 으헉! 으허
억! 사…… 살려줘…… 살려줘어!'

외마디 비명을 지르는 영을 향해 낙빈과 승덕은 서로 누가 먼
저랄 것도 없이 내달렸다. 그러나 그들의 손에는 아무것도 잡히
지 않았다. 팔다리를 휘이휘이 휘두르며 떨어지지 않으려고 안간
힘을 쓰던 영은 결국 25층 아래로 떨어지고 말았다.

승덕도 낙빈도 보고 말았다. 그의 커다랗게 벌어진 두 눈에 맺
혀 있는 형용할 수 없는 공포와 괴로움을……!

그는 또다시 비참한 모습으로 사방에 피를 튀기며 빌딩 저 아
래에 끔찍하게 뭉개져버렸다.

반복.

반복이었다.

끝없는 반복이 일어난다는 것을 알 수 있었다. 영은 끔찍한 모
습으로 떨어진 뒤 몇십 분간 죽음 직전의 공포 속에서 허우적거
렸다. 그러고는 다시 건물 옥상 난간에 기대어 떨어질 시간을 기
다리며 공포와 한숨 속에서 떨고 있었다.

"자살한 영혼이 받는 대가가 바로 이거구나."

승덕이 침울하게 말했다.

"끔찍해요, 형……."

그들은 아무 말도 할 수 없었다. 그들은 저 영혼이 진정한 죽음을 달라고 외쳐댄 까닭을 알 것 같았다.

되풀이되는 죽음. 되풀이되는 끔찍한 공포. 되풀이되는 고통의 시간들.

자살한 영혼에게 주어지는 형벌은 바로 이것이었다. 죽어서도 죽음을 되풀이하는 것, 언제 끝날지 모르는 끝없이 반복되는 형벌이었다!

"당신이 진정한 죽음을 말한 까닭은 알겠어요. 하지만 왜 죄 없는 영혼들에게까지 고통을 주는 거죠? 그들은 아무것도 알지 못한 채 당신에게 끌려와 당신의 형벌을 고스란히 함께 받고 있잖아요. 왜 그들을 묶어두고 있는 겁니까?"

승덕은 또다시 난간 위에 아슬아슬하게 발을 내린 채 공포에 휩싸인 영에게 말을 걸었다.

'죽음의 신을 만나기 위해서지. 죽음의 사자가 이들의 영혼을 인도하기 위해 찾아올 거야. 사신死神은 곧 알게 되겠지. 내가 이들을 하나하나 죽여서 데리고 있으면 이상하다는 것을 느끼겠지. 그리고 나를 찾아올 거야. 흐흐흐. 그러면 나는 이 끔찍한 고통을 끝내게 될 거고.'

"사신이 온다고요?"

'그래. 죽음의 냄새를 풍기면 사신이 온다고 했다. 그 아이

가…… 처음으로 날 이해해준 아이가…… 흑단의 머리를 길게 늘
어뜨린 인형처럼 생긴 아이가 내게 이야기해주었다. 죽음의 냄새
가 사신을 부르는 방법이라고……. 유일하게 나를 연민으로 보아
준 그 아이가 말했다. 그래서 나는 죽음의 냄새를 풍기고 있다.'

"인형처럼 생긴 아이? 그게 누구죠?"

'그 애는…… 헉! 으헉! 으허억!'

승덕의 질문에 대답하려는 순간 남자는 또다시 공포와 고통의
나락으로 떨어져버렸다. 참으로 끔찍한 형벌이었다. 승덕도 낙빈
도 그 모습을 보지 않으려고 고개를 돌렸다.

"자살한 자의 형벌은 마치 프로메테우스가 겪었던 끔찍한 고통
과 똑같구나."

"프로…… 메테우스요?"

"그리스 신화에 나오는 프로메테우스 말이야. 그는 인간을 돕
다가 벌을 받게 되었어. 낮이면 산 위의 바위에 묶여서 흉측한 독
수리에게 간을 쪼아 먹히고 밤이면 상처가 다시 아무는 거지. 그
러면 다시 낮이 되어 독수리가 찾아오고. 매일 겪는 일인데도 절
대로 면역이 생기질 않았지. 언제나 낮이면 독수리에게 간을 쪼
이는 프로메테우스의 비명이 산 곳곳에 울려 퍼졌고, 그 끔찍한
소리에 누구도 근처에는 얼씬하지 않았다고 해."

"끔찍해요, 형."

"그래, 끔찍하지."

승덕이 말한 대로 자살한 영의 형벌은 프로메테우스의 형벌과

유사했다. 양기가 충만한 낮에는 줄곧 죽을 당시 겪었던 공포와 고통을 맛보아야 하고 음기가 충만한 달이 뜨면 겨우 그 고통에서 해방되는 모양이었다.

따라서 그에게 최고의 소원은 진정한 죽음을 얻는 것이었고, 그것이 그가 수많은 영혼을 모으는 까닭이었다. 죽은 영혼을 안내하기 위해 언젠가 죽음의 사자가 찾아올 것이라 기대하고 최후의 발악을 하는 것이 분명했다. 하지만 대체 누가 이런 방법을 알려준 것일까? 수많은 영혼을 희생시켜야 사신이 찾아올 거라니……. 영혼을 볼 수 있다면 무당과 비슷한 사람일 텐데……. 게다가 어린아이라면서 이토록 잔인하고 끔찍한 방법을 알려주었다니 믿기 어려웠다.

"어떻게 해야 할지……. 형, 난 어떻게 해야 하는 거죠? 아저씨가 너무나 불쌍해요."

"음, 저 사람의 사정이 딱하긴 하지만 그에게 이끌려 괜한 죽음을 맞고 성불도 못하는 다른 영혼들도 안된 노릇이야. 더 이상 희생이 계속되게 내버려둘 수만은 없어. 어떻게 해야 할까? 영혼의 소멸 말고 이런 고행을 끝낼 방법은 없을까?"

몇 번이나 반복되는 자지러지는 영의 비명. 그리고 괴로움에 시달리는 영의 슬픈 한탄이 이어졌다. 비명 소리가 울릴 때마다 낙빈은 두 손으로 귀를 틀어막았다. 낙빈은 어서 빨리 날이 어두워지기를 빌고 또 빌었다. 검은 하늘이 될 때까지 끊임없이 자살의 고통을 받아야 하다니 너무나 비통하고 슬픈 일이었다.

"달이다!"

붉은 태양이 자취를 감추고 그 꼬리가 서쪽 하늘을 붉게 물들일 즈음 반대편 하늘에 새하얀 어린 달이 떠올랐다. 태양이 품은 양의 기운이 사그라지고 세상은 음의 기운에 뒤덮이고 있었다.

'날 찾아온 이유가 뭐지?'

굉장한 저음이 들려왔다. 승덕과 낙빈은 재빨리 뒤로 돌았다. 그곳에는 그 영이 있었지만 좀 전과는 완전히 다른 모습이었다. 손은 더 이상 떨리지 않았고 한탄도 더 이상 들려오지 않았다. 그의 모습도 훨씬 젊어진 것 같았다. 그는 어제 처음 만났을 때처럼 어둡고, 이성적이고, 과묵한 사람으로 변해 있었다.

"당신이 이 끔찍한 고통으로부터 해방되기를 간절히 원한다는 것을 충분히 알겠어요. 하지만 그런 바람 때문에 죄 없는 사람들을 죽이고 그 영혼의 성불까지 막는다면 그것은 더없이 큰 죄를 짓는 것이라고 생각합니다. 더 이상 죄를 지어서는 안 됩니다. 그만 불쌍한 영혼들을 놓아주십시오. 죽은 영혼을 옭아매는 것 외에 분명 다른 방도가 있을 겁니다."

'결국…….'

차갑게 가라앉은 그의 목소리가 들린다.

'나를 방해하겠다는 것이군!'

말이 끝나기가 무섭게 수십의 영이 또다시 둥근 원을 그리며 회오리를 만들었다.

"웃!"

급히 결계를 치려는 낙빈에게 승덕이 한 손으로 멈추라는 신호를 보냈다.

"당신은 더 이상 우리를 홀릴 수 없어요!"

'웃기지 마라! 너는 어제도 내 공격에 빠져들었지! 내가 속을 줄 아느냐!'

영의 뒤로 헝클어진 원이 정신없이 빙글빙글 돌았다. 처음에 잠시 눈이 무거워진 듯했을 뿐, 승덕의 말대로 낙빈은 물론 승덕도 전혀 그에게 홀리지 않았다.

'이…… 이게 어찌 된 일이지?'

"어제는 낙빈의 부적을 믿고 정신이 해이했던 탓에 내가 당신에게 걸려들었습니다. 하지만 이제 더 이상 당신의 최면 따위는 내게 먹혀들지 않을 겁니다. 모든 무의식의 공격은 정신력이 핵심입니다. 최면이란 것은 내 스스로가 내 정신을 확고히 한다면 절대로 걸리지 않게 됩니다."

'그럴 수가!'

영혼은 당혹스러운 눈길로 신음했다.

"이제 그만 불쌍한 영들을 놓아주십시오."

'닥쳐라! 낮부터 보았다면 너희도 알 테지. 내가 왜 영혼들을 모으는지. 죽음의 냄새를 맡고 사신이 오면 나는 영원한 반복에서 해방된다고 했다.'

"대체 누가 그런 말을 하던가요? 누가 이렇게 하라고…… 아저씨께 이런 죄를 짓게 하는 거죠?"

낙빈은 그가 말했던 '그 아이'가 자꾸만 맘에 걸렸다. 인형을 닮은 아이라고 했던가? 영혼을 보는, 자신과 같은 무당의 자손이 어찌 이렇게 잔혹한 방법을 말해주었는지 이해가 되지 않았다.

'영혼의 마음을 읽어주는 아이다. 영혼의 벗이 되어주는 그 아이가…… 영혼을 불쌍히 여겨주는 그 아이가 이야기해주었지. 너처럼 나를 괴물로 보는 아이가 아니야. 그 아이는 연민을 가지고 있다. 우리에게. 나에게. 세상에 버림받은 것들에게 연민을 가진 아이다. 그 아이가 말해주었지. 이 영원한 형벌에서 빠져나올 방법을 말이야. 나는 죄를 짓더라도 좋다. 천벌을 받더라도 상관없다. 이 끝없는 굴레로부터 해방되고 싶을 뿐이다. 다만 무엇이라도 좋다. 해방만을 원한다. 반복되는 죽음으로부터 해방되기만을 원할 뿐이다!'

"그 아이가 누군지는 모르겠지만 절대 그렇지 않아요. 아저씨는 생각해본 적이 없나요? 스스로 목숨을 끊은 것만으로도 아저씨는 무한한 고통을 반복하고 계세요. 그런데 이렇게 다른 사람까지 죽게 만든 아저씨에게 사신이 과연 순순히 죽음을 드릴까요? 아저씨가 원하는 영원한 안식을 얻을 수 있다고 생각하세요?"

"낙빈이 말이 맞습니다. 더한 잘못은 더한 벌을 가져올 뿐입니다. 당신이 죄 없는 다른 사람들을 죽였기 때문에 사신이 영원한 죽음을 선물해줄 거라니, 말도 되지 않습니다. 이보다 더한 고통을 바라십니까? 지금이라도 그만두시죠."

"닥쳐라, 이놈들아!"

자살한 영혼은 생각하기도 싫다는 듯 고개를 휘저었다. 그가 미친 듯이 소리를 지르자 그가 거느린 수십의 영이 순식간에 승덕을 향해 날아왔다.

"아앗! 혀엉!"

승덕은 갑작스러운 공격에 놀라 뒤로 넘어졌고 그 위로 낙빈이 뛰어들었다.

"백두신장부!"

낙빈이 옷 속에서 돌멩이 하나를 꺼내 던졌다. 부적이란 모름지기 치자물을 들인 괴황지에 붉은 경면주사로 그려야 했지만 어젯밤 가지고 있던 부적이 똑 떨어지는 바람에 둥근 돌에 검은 먹으로 그린 임시 부적이었다. 부적이 그려진 돌멩이를 뒤엉킨 영혼들에게 던지는 순간 파지직하는 전기 음이 들렸다.

'크아악!'

"으악!"

영혼들이 괴성을 지르며 뒤로 넘어졌다. 동시에 낙빈 역시 외마디 비명을 지르며 반대편으로 넘어졌다. 승덕이 놀라 넘어지는 낙빈을 두 손으로 받았다. 낙빈을 받아 안고 보니 낙빈이 쥐었던 부적은 갈가리 깨지고 작은 손가락에는 가늘게 베인 상처가 수없이 나 있었다.

"낙빈아!"

"괜찮아요, 형. 너무 빨리 다가오는 바람에 제 손에서 부적이 타올라서 그래요."

낙빈은 베인 손가락쯤은 신경 쓰지 않았다. 낙빈은 눈앞의 영혼에게서 한시도 눈을 떼지 않았다.

"그만두세요! 제요사마부 한 장이면 아저씨가 데리고 있는 두세 영쯤은 순식간에 사라져요! 더 이상 아저씨의 최면도 우리에겐 먹혀들지 않고요. 어제는 부적이 부족해서 아저씨를 보내드렸을 뿐, 이제는 부적도 충분하다고요. 그러니 아저씬 절대로 저를 이길 수 없어요. 그만 포기하세요. 그 영혼들을 다 놓아주시고 나서 아저씨가 해방될 방법을 함께 알아봐요. 제가 반드시 찾아낼게요. 정말이에요!"

'웃기지 마라!'

그는 낙빈을 믿지 않았다. 그는 의심의 눈초리를 거두지 않고 자신이 거느린 영혼들을 추슬렀다. 수십의 영이 그의 양쪽에서 빙글빙글 돌기 시작했다.

'가랏!'

'캬아아!'

그가 낙빈을 향해 오른손을 뻗자 원을 그리던 영혼의 무리가 날카로운 비명을 지르며 낙빈에게 달려들었다.

"제요사마부!"

'꺄아악!'

낙빈이 호주머니에서 제요사마부를 새긴 돌멩이 하나를 꺼내 던지자 영혼들은 낙빈의 근처에도 다가오지 못하고 뿔뿔이 흩어졌나.

"소용없어요, 아저씨!"

낙빈은 퍼렇게 눈을 뜨는 영혼을 보며 가슴이 아팠다. 이제 그에게는 아무런 힘이 없었다. 최면인가 무의식인가를 조종하는 술법을 어떻게 익혔는지 몰라도 더 이상 낙빈과 승덕에게는 통하지 않았다. 이제 그는 낙빈을 상대할 힘이 없었다.

"그만두십시오! 영혼을 상하게 하지 않으려고 낙빈인 일부러 힘을 줄인 상탭니다. 그만 포기하세요."

'왜 날 방해하는 거야, 왜에!'

그가 고통을 가득 담은 목소리로 절규했다. 끊임없이 되풀이되는 지독한 죽음의 망령으로부터 벗어나고 싶어 하는 그의 마음은 충분히 이해할 수 있었다. 하지만 그는 잘못된 길을 택하고 말았다. 살아생전에 자살이라는 잘못된 방법을 택한 것처럼 죽은 후에도 또다시 잘못된 선택을 되풀이하고 있는 것이 분명했다.

"우린 아저씨를 방해하는 게 아니에요. 아저씨가 더 이상 죄짓지 않았으면 해서예요. 제발 절 믿어주세요. 저희 어머니는 유명한 만신이세요. 저는 비록 부족하지만 어머니께 여쭤보면 분명히 아저씨를 해방시켜드릴 방법이 있을 거예요."

'웃기지 마라! 네놈 같은 무당들이 날 도울 리가 없다. 그럴싸한 말로 나를 설득하려 들지 마라. 네놈들이 얼마나 입에 발린 말을 해대는지 잘 알고 있다. 내가 믿는 사람은 단 한 명…… 진정으로 나를 믿어주는 아이뿐이다.'

그는 낙빈의 말을 믿지 않았다. 그는 인형같이 생겼다는 아이에게 완전히 동화되어 있었다. 낙빈이 아무리 어르고 달래도 전혀 믿어주지 않았다.

"이봐요, 당신은 남은 생이 많은 사람들을 억지로 죽이고 있어요. 하지만 그 대가가 뭡니까? 당신은 지금 수십의 영을 가지고 있어요. 그런데도 죽음을 안내하는 사자 따위는 전혀 오지 않았습니다. 그렇다면 그 아이가 당신을 기만한 건 아닐까요? 더 많은 죄를 짓게 하는 잘못된 방법을 알려준 건 아닐까요? 낙빈이는 영혼을 보는 무당입니다. 영혼을 보는 무당이라면 그런 끔찍한 방법을 알려줄 리가 없다고 하더군요. 죄 없는 영혼들을 모으는 끔찍한 방법 말입니다! 그런 말을 믿고 지금껏 잘못을 저지르고 있다는 생각은 안 해봤습니까?"

승덕의 말에 그는 코웃음을 쳤다. 그는 승덕과 낙빈이 뭐라고 말해도 전혀 믿지 않는 눈치였다.

'아직 멀었으니까 그럴 뿐이다. 내가 가진 영혼의 수가 아직 부족하기 때문이다. 알고 있느냐, 칠이라는 숫자가 영혼의 숫자라는 것을. 영혼과 영혼의 수가 모이면 이승과 저승을 잇게 된다. 그것이 바로 칠의 칠…… 마흔아홉의 영혼을 의미하는 것이다. 그러니 마흔아홉의 영을 모으면 반드시 저승사자가 찾아올 것이다.'

"대체 누가 그런 말을! 그것도 그 인형 같다는 아이가 말한 건가요? 마흔아홉이나 되는 죄 없는 사람을 죽이라고 시킨 거예요? 정말 말도 안 돼요! 그렇게 죄를 지은 다음에 어떻게 감당하려고 그리세요!"

낙빈이 고개를 흔들었다. 새 생명을 지키는 삼칠일과 죽은 자를 떠나보내는 사십구일이 영과 관련된 숫자라는 건 익히 알고 있지만 마흔아홉의 영을 구하면 저승사자가 온다는 말은 금시초문이었다. 설사 그 말이 맞다고 한들 마흔아홉의 영혼을 데리고 있는 영혼을 보면 저승사자가 얼마나 끔찍한 벌을 내릴지 상상도 되지 않았다.

'끝없는 나락에서 헤어나지 못하는 나를 가엾게 보고 말동무를 해주며 위로해준 아이다. 무의식을 지배하는 방법과 죽음의 사이트를 만드는 법, 그리고 죽음의 사자를 만나는 방법까지……. 그 아이는 절망만 있던 내게 희망을 보여준 유일한 존재였다. 살아서도, 죽어서도 처음으로 내게 희망을 준 사람이었어! 그 애는 진심으로 날 이해했으니까.

난 내가 왜 이런 곳에서 죽도록 반복되는 끔찍한 고통을 겪어야 하는지 모르겠어! 난 누구에게도 죄를 짓지 않았다. 누구에게도……. 내가 홀로 죽음을 택했던 것은 내 죽음으로 다른 사람에게 피해를 주지 않기 위해서였다. 난 부인도, 자식도, 연인도, 부모도, 친척도 없었어. 내 죽음을 슬퍼할 인간은 그 누구도 없었지. 그래서 내가 죽는다고 고통받을 사람은 없었다. 그래서 죽음을 택한 거야. 지긋지긋한 세상……. 그 무엇도 남기지 않고 깨끗하게 죽음을 택한 거란 말이야! 그런 내가 무슨 잘못이 있지? 이런 끔찍한 일을 왜 당해야 하지? 내가 왜? 왜냐고!'

영혼은 절규했다. 그의 말에 낙빈도 눈이 시큰거렸다. 따지고 보면 다른 누구에게도 죄를 짓지 않고 스스로 목숨을 끊은 것이 저토록 끔찍한 고통을 되풀이할 만큼 잘못한 일일까 하는 생각이 들었다. 자살이 정말 그토록 큰 잘못인지 낙빈도 사실 의아한 생각이 들었다. 승덕 역시 곰곰이 생각에 빠진 표정이었다.

"하지만 아저씨, 아저씨는 그 끔찍한 일을 아무 상관없는 다른 영혼들에게도 겪게 하잖아요. 죽을 생각이 없었던 생판 모르는 사람들을 죽여서 말이에요! 그 사람들은 앞으로 희망도 있고, 사랑하는 사람도 있을 텐데……. 아저씬 그런 사람들을 죽이고 있다고요!"

'곧 풀어줄 거야. 이 끔찍한 고통을 끝내는 날…… 전부 풀어줄 거야. 그러니까 날 내버려두렴. 이제 곧 모두 끝날 테니까.'

그는 몸을 부들부들 떨며 말했다.

'난 벗어날 거야! 난 이 고통에서 벗어날 거다!'

영의 소리는 울부짖음에 가까웠다. 그의 포효와 함께 엄청난 음의 기운이 사방에 뻗쳤다. 그의 울음이 마치 달에까지 도달하려는 듯 그의 온몸에서 뻗어 나왔다. 너무나도 강력한 음기가 사방을 에워쌌다. 텅 빈 옥상에 세찬 바람이 휘몰아쳤다.

갑작스러운 음기에 승덕과 낙빈은 자신도 모르게 그에게서 한두 걸음 뒷걸음쳤다. 마치 강렬한 바람에 의해 밀려나듯 어마어마한 기가 그들의 몸을 밀어내고 있었다.

"크읏!"

낙빈은 두 손을 뻗었다. 그곳에 파란 물줄기가 맺히기 시작했다. 그리고 물줄기를 승덕과 자신의 주위에 방패처럼 만들었다. 강력한 음기가 날카로운 비수처럼 살갗을 아리게 했기 때문이다.

잠시 후 승덕과 낙빈의 앞을 막아선 방패 모양의 물줄기가 음기에 물들기 시작했다. 물의 방패는 한없이 차가워지더니 얼음이 되어 쩍쩍 갈라지기 시작했다.

"이럴 수가!"

낙빈이 깜짝 놀라 자신의 두 손을 들여다보았다. 파랗게 올라오는 깨끗한 물의 기운이 음기에 가득 차 얼음처럼 변해가는 것이 느껴졌다.

"피해, 낙빈아!"

낙빈이 양손을 바라보는 사이 그들을 막아섰던 물의 방패가 마침내 음기를 견디지 못하고 부서졌다. 날카로운 얼음 조각이 비수가 되어 사방으로 흩어졌다. 승덕은 더 생각할 겨를도 없이 낙빈을 향해 몸을 날렸다.

"크윽!"

낙빈을 안고 재빨리 바닥으로 굴렀지만 승덕의 등 뒤에 날카로운 얼음 조각 몇 개가 박힌 후였다. 조각의 끝부분에서 뜨거운 피가 흘러내렸다.

"혀엉!"

낙빈은 울상이 되어 급히 만령수호부를 적은 돌멩이를 꺼냈다. 그리고 이번에는 부적의 힘으로 그들 주변에 결계를 맺었다. 푸른 물로 원을 그리고 그 위에 돌멩이를 올려놓자 물 위에서 돌멩이가 빙글빙글 돌며 그들을 보호했다.

"난 괜찮아. 상처가 깊지 않아. 그보다 물의 기운을 쓰지 않는 것이 좋겠다."

"네?"

승덕의 말에 낙빈은 눈을 동그랗게 떴다.

"음의 기운이 강하다고 했지? 물은 음기에 가까워. 어두운 밤과 달빛의 기운과 같은 것이 바로 물이야. 그러니 지금 물을 써서는 안 돼. 어제 저자가 결계를 깬 것도 물의 기운이 음의 기운과 통해 있기 때문이야. 어서 물의 기운을 거둬들여."

"아, 알겠어요."

낙빈은 물의 기운을 거둬들이기 위해 손을 뻗었다.

"으악, 차가워!"

낙빈의 손에서 나간 물의 기운은 또다시 얼음장처럼 차갑게 변해 있었다. 마치 주변에 있는 모든 음의 기운을 속속들이 빨아들인 모양이었다. 낙빈은 차가운 기운에 입술이 퍼렇게 변해버렸다. 결계를 돌던 만령수호부의 속도도 점차 느려지고, 냉기가 가득한 푸른 물줄기는 백색의 얼음 알갱이로 서서히 변해버렸다.

"아이고, 안 되겠어요, 형. 이미 물의 결계가 거의 다 얼어버렸어요."

물이 얼어붙기 시작하자 결계 자체가 무뎌지면서 강한 음기가 금방이라도 낙빈과 승덕의 온몸을 강타할 것만 같았다.

"낙빈아, 어제 네가 내 뒤통수를 때릴 때 썼던 그 부적 좀 다오."

"금강장수부金剛將帥符 말이에요?"

낙빈은 형식과 승덕의 뒷머리를 때려 정신을 잃게 할 때 썼던 금강장수부를 새긴 돌멩이를 던져주었다. 승덕은 옥상 끝에 널브러진 철근을 주워 그 위에 금강장수부를 새긴 돌을 갖다 댔다. 그리고 꽁꽁 얼어버린 둥근 물의 원을 내리쳤다. 얼음 알갱이들이 깨지면서 바닥으로 후두둑 떨어졌다.

"이렇게 있다간 아무것도 안 되겠어요. 형, 이 만령수호부를 단단히 쥐고 계세요."

낙빈은 승덕에게 만령수호부가 새겨진 돌멩이를 건네고는 공중으로 훌쩍 뛰어올랐다.

낙빈은 그동안 틈틈이 정현에게 배운 무예를 사용하기로 했다. 낙빈은 암자에서 지내는 동안 신문이나 편지를 가져오기 위해 아랫동네까지 내려갔다 올라오기를 반복하며 몸이 단단해졌고 다리는 한없이 날래졌다. 다리 근육이 제법 붙자 두 발에 기를 모아 공중으로 날아오르고 착지하는 법을 열심히 익힌 낙빈이었다. 아직 남에게 타격을 입히거나 공격하는 법은 배우지 못했지만 날랜 몸으로 이리저리 도망치는 술법은 열심히 익혔다. 낙빈은 정현에게 배운 대로 두 발에 기를 모아 가볍게 튕기듯 몸을 날렸다.

터엉!

낙빈이 뛰어 오르자 낙빈의 두 발 아래서 공 튀는 소리가 들렸다. 동시에 낙빈의 몸이 엄청난 높이로 부웅 떠올랐다. 낙빈은 승덕과 정반대 쪽으로 날아갔다. 자살한 영혼도 낙빈을 향해 고개를 돌렸다.

"그만두세요. 아무리 그래도 절 이기실 수는 없어요! 아저씨만 다칠 뿐이에요. 부탁이에요. 저랑 이야기 좀 하세요. 분명 다른 방법이 있을 거예요. 아저씨가 성불할 방법이……."

'건방진 소리 말아라!'

거센 음의 기운과 함께 얼음덩이들이 송곳처럼 낙빈의 온몸을 향해 날아오기 시작했다.

"태양의 힘이여!"

낙빈이 두 손을 모으자 붉은 불꽃이 일며 손바닥 전체를 감쌌다.

불꽃은 워낙 큰 음의 기운 속에서 제대로 타오르지 못했지만 다가오는 음의 기운을 물리치기에는 부족하지 않았다.

"하앗!"

낙빈은 단전 아랫부분부터 기를 끌어올렸다. 그러자 좀 더 밝고 강한 불꽃이 낙빈의 두 손 앞으로 타올랐다.

'크헉!'

태양의 힘은 음의 기운을 가진 귀신들에게 치명적이었다. 날카롭게 뻗어가던 강력한 음의 기운도 불꽃에 닿자 눈에 띄게 약해졌다. 낙빈이 한 발 한 발 앞으로 다가가자 자살한 영혼은 기겁을 하며 뒤로 물러났다.

영혼은 공포에 질린 얼굴로 낙빈에게서 뒷걸음쳤다. 때문에 그의 뒤쪽에 승덕이 버티고 서 있다는 것을 인식하지 못했다.

퍼억!

'크아악!'

순간 음의 기운을 발산하던 영이 왼팔을 붙잡으며 인상을 썼다. 뒤를 돌아보니 승덕이 그의 뒤쪽에서 금강장수부의 힘을 담은 철근 막대로 왼쪽 어깨를 내리친 것이었다. 보통 물건이라면 아무런 타격도 입히지 못했겠지만 부적의 힘을 받은 철근은 영혼에게 타격을 주기에 충분했다.

"그만둬요! 어서 영들을 보내주고 다른 방도를 찾읍시다!"

승덕은 두 눈을 질끈 감으며 다시 한 번 영혼의 왼팔을 내리쳤다.

'크아악!'

영혼은 고통에 찬 비명을 지르며 비틀거렸다. 그리고 천천히 바닥으로 허물어졌다. 그의 왼팔이 힘을 잃으면서 그 팔에 감겨 있던 수십의 영이 순식간에 하늘 위로 날아올랐다. 목만 남은 영혼들의 줄이 풀리자 얇은 실로만 보이던 줄이 도르르 펼쳐지며 펄럭거렸다. 그것은 다름 아닌 그들이 맺은 계약서였다. 그 계약의 굴레가 벗겨지자 수십의 영이 하늘을 향해 끝없이 날아올랐다.

'안 돼! 안 돼에!'

자살한 영혼은 하늘을 향해 두 팔을 휘저으며 절규했다. 그동안 애써 모아온 영혼들을 모두 잃어버린 그의 얼굴은 모든 희망을 잃어버린 것처럼 허했다.

'날 내버려둬! 왜 나를 괴롭히는 거야? 내가 무얼 그리 잘못했단 말이야? 이런 끔찍한 일을 내가 왜 당해야 하지? 너희는 왜 나를 방해하는 거냐고! 차라리 날 죽여! 날 소멸시켜달라고!

난 아무에게도 잘못하지 않았어! 내 죽음으로 슬퍼할 사람도 없었어. 난 그래서 죽은 건데……. 내 스스로가 사는 것이 너무 고통스러워서 죽었을 뿐이야. 그런데…… 그런 내가 무슨 잘못을 했다고 이런 형벌을 받아야 하는 거지? 왜!'

그는 겨우 잡은 자신의 희망이 갈가리 찢기자 미친 듯이 소리쳤다.

"그건 아마도…… 당신의 미래에 죄를 지었기 때문이지 않을까요?"

승덕이 차갑게 가라앉은 목소리로 대꾸했다.

"당신은 자식도 없고, 부인도 없고, 그래서 당신으로 인해 괴로워할 사람이 없어서 죽음을 택했다고 했어요. 그렇지만 당신은 미래에 어떤 삶을 살지 아직 몰라요. 당신의 죽음으로 당신과 동고동락했어야 하는 운명의 상대는 어떻게 되었을까요? 당신이 죽지 않았다면 미래에 당신과 함께 행복하게 살았을 사람이 있었을 겁니다. 하지만 당신이 스스로 인생을 마감하면서 미래의 누군가에게 엄청난 죄를 저지른 것일지도 모릅니다.

부모를 두고 먼저 죽은 아이들은 돌쌓기 지옥에서 끝없이 반복되는 고통을 받는다고 합니다. 어린아이가 먼저 죽은 것이 무슨 죄라고 그런 고통을 받게 되는 걸까요? 그것은 남아 있는 부모가 아이들을 위해 슬퍼하기 때문입니다. 그래서 부모에게 고통을 준

대가로 아이들은 벌을 받게 된다고 하지요.

당신도 마찬가집니다. 비록 지금은 당신을 위해 슬퍼할 사람이 없지만 미래 당신의 운명 앞에는 따듯한 가정이 있었을지 모릅니다. 미래의 가족들을 두고 죽은 죄. 행복을 가꾸며 살아야 할 당신 가족에게 행복을 맛볼 기회조차 주지 않은 죄. 그것 때문에 당신은 이렇게 고통을 받는 것이겠죠."

차분히 말하는 승덕의 한마디 한마디를 조용히 듣던 영혼은 두 팔을 감싸며 무릎을 꿇었다.

'미래라고? 미래의 내 가족……?'

한 번도 생각해본 적이 없는 이야기였다. 지금껏 아무런 죄도 짓지 않았다고 생각했는데……. 자신으로 인해 고통스러워할 사람이 없다고 생각했는데……. 미처 생각지 못한 이야기였다. 미래에 있었을 그 누군가에게 죄를 지었을지도 모른다니……. 갑자기 그의 눈앞에 맑게 웃음 짓는 순박한 얼굴의 여인이 스쳐 지나갔다. 그리고 자신과 여인의 얼굴을 닮은 어린 남자아이의 얼굴이 하나……. 또 그의 얼굴을 빼닮은 여자아이의 얼굴이 하나 눈앞을 스쳐갔다.

'아아…… 그런가? 내가 생을 마감함으로써 내 미래의 가족들에게 죄를 지은 것인가? 그래서 자살한 내가 형벌을 받는 것인가?'

그는 자조적인 미소를 지었다. 모든 기운이 빠진 것처럼 팔다리가 축 늘어져 있었다. 한참 동안 멍하니 바닥만 바라보던 영이 자신의 머리를 쥐어뜯으며 절규했다.

'으아아악! 아무래도 좋아! 제발 날 고통에서 해방시켜줘. 날 죽음의 사자에게 데려다달란 말이야! 난 더 이상 버틸 수가 없어. 하루하루가 나에겐 고통과 괴로움이란 말이야! 그 고통과 괴로움을 잊기 위해 선택한 죽음이었어! 왜 나를 이렇게 만든 거야! 왜! 이곳만 아니라면 어디든 좋아! 지옥 끝 어디라도 좋아! 이곳만 아니라면!'

영혼은 밤하늘이 다 떠나가라 소리쳤다. 그의 울부짖음과 함께 엄청나게 강한 음기가 주변에 휘몰아쳤다.

'크아아!'

그가 미친 듯이 소리치며 승덕에게 뛰어들었다. 그는 잽싸게 승덕의 몸통을 타고 누르더니 목을 짓눌렀다.

'죽어라, 죽어! 죽어라!'

"크윽!"

승덕이 있는 힘껏 영혼을 밀쳐냈지만 그는 꿈쩍도 하지 않았다. 숨을 헐떡이던 승덕의 얼굴이 점차 보랏빛으로 물들었다.

"그만둬!"

다급해진 낙빈이 달렸다. 그리고 정신없이 영을 밀쳐냈다. 낙빈이 두 손에 기운을 불어넣고 힘껏 떠미는데도 영혼은 꿈쩍도 하지 않았다. 그는 끝도 없는 원망과 분노로 고통을 느끼지도 못하는 것 같았다.

'죽어라! 죽어!'

영혼은 승덕을 타고 올라 있는 힘껏 목을 내리눌렀다. 승덕은 억센 영의 팔뚝과 강한 음의 기운에 숨이 막혀 점점 더 새파랗게 얼굴이 질려버렸다.

"그만둬!"

급박해진 낙빈은 결국 제요사마부를 새긴 돌멩이를 꺼내 들었다. 그리고 영혼의 등짝을 향해 내던졌다.

'크아악!'

영혼은 외마디 비명을 질렀다. 제요사마부가 닿은 그의 등짝이 붉게 타들어갔다. 하지만 그 순간까지도 그는 승덕의 목을 죄는 손길을 늦추지 않았다. 승덕은 금방이라도 숨이 끊어질 것 같았다. 눈이 가물가물하고 앞은 캄캄한 것이, 이게 바로 죽음이구나 하는 생각이 들었다.

"태양의 힘이여!"

낙빈은 서둘러 태양의 불꽃을 만들었다. 그리고 영혼의 손목을 향해 불꽃을 날렸다.

'크헉!'

불꽃이 터지며 영혼의 손목이 불타올랐다. 그제야 그는 진저리를 치며 승덕의 목에서 손을 거뒀다.

'너도 죽여주마! 모두 죽여주마! 으아아아!'

영혼이 미친 듯이 소리치며 기를 모으자 그들 앞에 어마어마한 크기의 회오리가 만들어졌다. 그 회오리는 보름달의 힘을 한껏 받은 어마어마한 음기의 덩어리였다.

"아흑!"

음기의 회오리가 잠시 낙빈의 옷깃을 스치기만 했는데도 칼에 베인 것처럼 피가 철철 흘렀고 상처에서 어마어마한 한기가 느껴졌다. 낙빈의 앞을 회오리가 막아서자 영혼은 다시 승덕의 몸을 타고 눌렀다. 아직도 눈앞이 노란 승덕은 제정신을 차리지 못한 상태였다.

"너 때문이야! 모두 다 너 때문이야!"

자살한 영혼은 온 힘을 다해 승덕의 목을 내리눌렀다. 힘들게 모아온 영혼을 한순간에 잃어버렸으니 그 원망이 폭발하고 있었다.

"아앗!"

낙빈이 놀라 소리쳤다. 입술이 새파랗게 질린 승덕의 머리가 더 이상 견디지 못하고 뒤로 휙 젖혀지는 것이 보였다. 승덕이 거의 죽음의 문턱에 다다랐음을 느낄 수 있었다.

"안 돼!"

낙빈 앞을 막아서는 음기의 회오리는 더 이상 문제되지 않았다. 낙빈은 온몸이 음기의 회오리에 다치고 베이는 것도 상관하지 않고 무조건 승덕을 향해 몸을 날렸다.

둥실 떠오른 낙빈의 몸 위로 회오리가 불어닥쳤다. 사사삭. 칼날이 돌아가는 것 같은 소리가 들리면서 낙빈의 팔에서 새빨간 피와 살덩이가 사방으로 튀었다.

"으윽!"

낙빈은 고통스러웠지만 아픔을 느낄 새가 없었다. 낙빈은 두 손을 마주한 채 영의 등을 향해 모든 힘을 모았다. 낙빈의 두 손아귀에 엄청난 태양의 기운이 솟아올랐다.

파아앗!

이전에 보았던 어떤 불덩이보다 커다란 불덩이가 낙빈의 양 손바닥에서 뿜어 나왔다. 낙빈까지도 놀랄 정도의 크기였다. 승덕을 살리겠다는 간절한 염원이 엄청난 능력을 발휘하게 만든 것 같았다. 낙빈은 엄청난 양기를 영혼에게로 내쏘았다.

'끄아아아!'

고통스러운 외마디 비명이 허공을 맴돌았다. 불꽃 세례를 받은 영혼은 승덕을 옥죄고 있던 두 손을 거두었다. 동시에 낙빈을 막아서던 음기의 회오리가 산산이 흩어졌다. 낙빈은 허겁지겁 승덕에게 달려갔다. 힘없이 쓰러진 승덕의 몸을 일으키자 가늘게 이어지는 숨소리가 들려왔다. 낙빈은 한시름 놓으며 영혼을 바라보았다.

자살한 영혼은 등에 양기의 불꽃을 받아 커다란 구멍이 뚫린 채 타오르고 있었다. 엄청난 양기의 공격을 받은 영혼은 다리 아래쪽부터 서서히 흐려지기 시작했다. 그리고 새하얀 재가 흩날리듯 서늘한 밤바람 사이로 흩어져버렸다.

"죄, 죄송해요. 소멸시킬 생각은 아니었는데 나도 모르게……. 승덕 형이 죽을까봐 너무 무서워서……."

이제 가슴께까지 사라진 영혼이 고요한 눈빛으로 낙빈을 바라보았다.

뚝뚝 눈물을 흘리는 낙빈을 보며 영은 고요히 미소를 지었다. 그는 아니라고 말하는 것 같았다. 그는 소멸시켜줘서 오히려 감사하다는 눈빛으로 낙빈을 바라보았다. 고통에서 해방시켜줘서 고맙다, 이제는 고통에서 벗어나게 되어 오히려 기쁘다……. 그런 눈빛이었다.

그러나 낙빈의 마음은 그저 미안하고 슬펐다. 사실 나쁜 사람이 아니었는데. 분명 도와줄 방법이 있었을지 모르는데 결국 소멸시킬 수밖에 없는 자신의 나약함이 슬프고 부끄러웠다.

휘잉.

갑자기 세찬 바람이 불었다. 바람을 타고 흙먼지가 날아올라 낙빈은 잠시 동안 두 눈을 질끈 감았다. 낙빈이 다시 눈을 뜨자 어디에도 영혼의 모습이 보이지 않았다. 다만 막대와 철근만 황폐한 옥상 콘크리트 위에 흩어져 있을 뿐이었다. 그는 완전히 소멸된 것이다.

낙빈은 마음이 편치 않았다. 낙빈은 영혼이 소멸되면 모든 것이 끝인지 확신이 서지 않았다. 소멸된 후에도 영은 더 지독한 앙갚음에 시달리는 건 아닌가 하는 이상한 느낌이 들었다.

낙빈은 지친 몸을 일으키고는 하늘에 빌었다. 부디 그 아저씨의 영이 더 이상 고통 속을 헤매지 않게 해달라고. 가능하다면 행복한 세상에서 살게 해달라고.

캄캄한 밤. 가로등 불빛 아래로 한 청년이 어린 소년을 업고 터벅터벅 느리게 걷고 있었다.

"형, 등…… 아프죠?"

어린 소년의 옷은 갈기갈기 찢어졌고 그 부위마다 온통 핏빛 상처가 드러나 있었다. 청년의 목에는 보랏빛 멍이 둥글게 잡혀 있고 아이를 업은 등짝에서는 붉은 피가 뚝뚝 흐르고 있었다.

"자식, 괜찮아. 너야말로 많이 다쳤잖냐. 어린놈이 어른을 걱정하는 거 아니다. 어린애는 그냥 아프다고 징징거리고, 떼도 쓰고 그러는 거야. 어린아이가 참고 그러는 거 아니다. 알았냐?"

승덕은 자신의 아픔 따위는 별것 아니라는 듯 낙빈을 걱정했다.

"그나저나 걱정된다."

"뭐가요?"

낙빈은 걱정이 묻어나는 승덕의 목소리를 듣고 눈을 동그랗게 떴다.

"육계肉界 다음은 영계靈界라고 하잖아. 이 세상을 살다가 저세상으로 가면 정말 끝일까? 그다음은 뭘까? 영혼이 소멸되면 정말 모두 끝일까 의심스러워서. 육계를 살아가다가 너무 힘들어서 죽음을 택하면 오히려 더 큰 괴로움이 영계에서 기다리잖아? 그런데 영혼의 세계에서 자기 짐을 또다시 마저 지지 못하고 소멸되어버린다면 정말 그게 마지막인 걸까?"

승덕은 침울한 표정으로 바닥을 내려다보았다. 그의 발소리만 텅 빈 골목에 울려 퍼졌다.

"우리는 지금 이 세계와 영혼의 세계밖에 보지 못하잖아. 그 이후에 뭐가 더 있는지 누가 알겠니? 혹시 더 큰 고통이 기다리고 있는 건 아닌지 걱정되어서……."

등에 업힌 낙빈도 살며시 고개를 끄덕였다. 낙빈 역시 소멸이 모든 것의 마지막이 아닐지도 모른다고 생각했다.

"낙빈아, 넌 아직 어려서 잘 모르겠지만 살다 보면…… 누구든 죽고 싶을 때가 있다. 심지어 나처럼 낙천적인 사람도 말이야. 하지만 그 고비를 넘기면 누군가를 살려내는 힘을 가진 사람이 될 수 있어. 그러니까 인생을 섣불리 포기해선 안 된다.

갓난아기 시절에 나는 어머니에게 업혀 다녔겠지. 자살을 한다는 건 그런 어린아이가 자기 발로 걷지 못하는 것을 한탄하며 죽음을 택하는 것과 같아. 잠시 괴롭지만 조금만 참으면 두 발로 걸을 수도 있고, 조금 더 시간이 지나면 달릴 수도 있고, 또 이렇게 누군가를 업어줄 수도 있지 않겠니?"

승덕은 등에 업힌 낙빈을 살짝 위로 치켜올리며 자세를 다시 잡았다. 그러고는 머리 위에 휘영청 밝은 달을 물끄러미 바라보았다. 푸르른 빛을 머금은 하얀 달이 두 사람을 내려다보고 있었다. 달은 음기의 덩어리라고 하는데, 이상하게도 무척이나 따스하게 느껴졌다.

"형…… 전 너무 속상해요. 아저씨를 도와주고 싶었지만 그럴 만한 힘도 없고 방법도 몰랐어요. 하늘과 사람 사이에서 영혼들을 안내해야 하는 무당이 이 모양이라니요. 이런 제가 무당이라니요……."

낙빈은 깊은 한숨을 내쉬었다.

"아까 아저씨가 말했던 그 아이에 대해서 생각해봤어요. 아저씨에게 방법을 알려줬다는 그 아이요. 영혼과 대화하고 그 사람의 고통을 들어주었다니 그 아이도 무당이었을 거예요. 비록 사람을 죽이는 방법을 알려주긴 했지만 영혼에게 신뢰를 받고 진정한 믿음을 받다니 무척 부러웠어요. 진짜 무당이라면 영과 이야기하고 그들의 고통을 받아주고 그들의 고민도 들어줘야 한다고 생각해요. 하지만 절 보세요. 전 아무리 애를 써도 그분에게서 믿음을 얻지 못했어요.

전 영혼들의 마음을 잘 이해하지 못하나 봐요. 제가 너무 한심해요. 형, 나 진짜 무당이 되고 싶어요. 굿으로 영혼의 아픔을 달래주는 무당이오. 착한 영혼들을 성불시키고 나쁜 악귀들의 마음도 뒤흔드는, 정말 멋진 무당이 되고 싶어요."

낙빈은 승덕의 등을 꼭 쥐며 속삭였다. 아직 어리지만 그 마음만은 결코 어리지 않았다.

"그래. 이제 진짜 네가 무당이 되려나 보다. 그런 마음을 갖는 것부터가 정말 무당이 되려는 조짐 같은데? 나도 네가 신내림도 받고, 굿도 하고, 정말 강한 무신武神까지 받았으면 좋겠다. 그래서 살았든 죽었든 힘들고 아픈 사람들 모두를 도와주었으면 좋겠다."

승덕은 어쩐지 씁쓸한 미소를 지었다. 보다 강해지고 보다 많이 알아갈수록 어린 낙빈에게는 지금보다 많은 고통과 번민이 뒤따르리라는 것을 그는 알고 있었다. 그러나 어렵고 힘든 길이라고 시작해보지도 않고 포기하는 것만큼 어리석은 일은 없으리라.

승덕은 둥근 달을 바라보며 낙빈이 사람들을 위해, 영혼들을 위해 눈물을 흘릴 줄 아는 진짜 무당이 되기를 기원했다.

"어제오늘 잠도 못 자고…… 많이 힘들지? 자식, 암자가 나오면 깨워줄 테니까 좀 자둬라."

승덕은 고개를 살짝 뒤로 돌려 이야기했다. 그러나 그의 등 뒤에서는 아무런 반응이 없었다. 승덕이 숨을 죽이며 귀를 기울이자 쌔근거리는 소년의 숨소리가 들려왔다. 이미 소년은 꿈나라로 떠난 후였다.

"……누구나 죽고 싶을 때가 있지. 그래, 나도 정말 죽고 싶었을 때가 있었어. 하지만 살아 있으니 참 좋구나. 이렇게 누군가를 업어줄 수도 있고. 미래는 그 누구도 알 수 없어. 비록 지금은 쓸모없는 인생이라고 느껴질지라도 언젠가는 누군가를 도울 날이 있을 거다."

청년은 씩씩한 미소를 지으며 등 뒤에 업힌 소년의 작은 궁둥이를 툭툭 두들겼다.

"……달 참 밝다……."

두 사람의 머리 위로 둥근 달이 빛을 뿌리고 있었다. 눈이 시리도록 하얀 달이었다.

제 5 화

그녀의
본능은 유혹

1

"살해당한 거예요, 살해당한 거라고요!"

가족들의 주장은 터무니없었다. 경찰은 가족들의 강력한 주장으로 수사를 하고는 있지만 이것은 분명 타살이 아니었다. 죽은 자는 살해당한 것이 아니라 실수로 죽음에 이른 것뿐이다. 대체 누가 그를 살해했단 말인가? 마 형사는 고개를 저었다. 말도 안 되는 가족들의 주장에 넌더리가 났다.

'그런데 왜 저자가 여기 나타난 걸까?'

마 형사는 미간을 찌푸렸다.

현욱, 그가 나타났다. 무조건적으로 수사에 협조해달라고 말하는 남자. 해결의 기미가 보이지 않는 요상한 사건에 얼굴을 내미는 남자. 놀랍도록 기민하고 날카로운, 검은 양복 차림의 그 수상한 남자가 이곳에 얼굴을 내민 것이다.

저 남자가 이런 뻔한 사건에 얼굴을 내밀다니, 마 형사는 이해되지 않았다. 마 형사가 물끄러미 말쑥한 차림의 현욱을 바라보는데, 그가 고개를 돌려 마 형사와 눈을 마주쳤다. 그는 까딱 인사를 하더니 다짜고짜 이렇게 말했다.

"살해라니 얼토당토않다고 생각하시죠?"

그가 마 형사 곁으로 다가와 마치 잘 아는 사이처럼 말을 걸었

다. 고양이 살인 사건 때 잠시 만난 기억밖에 없는데도 그는 참
으로 어색하지 않게 그의 곁으로 다가와 친근하게 말을 걸고 있
었다.

"마 형사님, 스스로 목숨을 끊은 고 3 수험생이 있습니다. 한국
에서는 매년 겨울이면 심심치 않게 들리는 뉴스죠. 그 학생은 자
살일까요, 아니면 타살일까요? 사실 그는 자살이 아니라 살해당
한 거라고 볼 수 있을 겁니다. 학생을 살해한 것은 공부만이 살길
이라고 가르친 학교와 가족과 친구입니다. 아니, 더 좋은 곳에 진
학하는 것이 전부인 것처럼 말하는 이 사회가 학생을 살해한 것
이 맞겠군요. 죽음에 이르기까지 모든 일을 스스로 했다손 치더
라도 사실 학생들은 살해당한 거라고 말할 수 있습니다.

고독에 지친 노인이 스스로 농약을 사서 마셨다고 칩시다. 과연
그 노인은 자살일까요, 아니면 타살일까요? 농약을 산 것도, 입에
들이부은 것도 모두 노인이 스스로 한 일이겠지만 실제로 그를 죽
인 건 그를 버려둔 자식과 이웃, 그리고 사회라고 할 수 있겠죠."

마 형사는 눈을 가늘게 뜨고 현욱의 의도를 파악하려고 애썼다.

"그렇다면, 당신 말대로라면 이진수라는 학생도 간접적으로 살
해당했단 말입니까?"

현욱은 대답 대신 싱긋 웃음을 지었다.

"글쎄요. 뭐라고 할까, 우리 눈에 보이지 않는 무언가에 의해
살해당했을 수도 있다는 말이죠."

그는 싱긋 웃으며 죽은 학생의 방으로 들어갔다. 그를 막는 사

람은 아무도 없었다.

　　2

　'11273830번. 이진수. 합격을 축하드립니다.'

　새하얀 모니터에서 합격의 팡파르가 울려 퍼지자 나는 고래고래 소리를 질렀다. 그토록 기다리던 합격을 알리는 나를 반기고 있었다.

　"만세! 합격이다, 합격!"

　드디어 지옥 같은 고 3 생활을 마감할 수 있게 되었다. 서로서로를 경쟁자로 여기며 미친 듯이 달려온 고등학교 시절. 조금이라도 한눈을 팔았다간 인생 종 친다며 닦달하던 선생님과 부모님……. 아아, 이제 난 자유다! 합격! 이제 모든 것이 끝났다!

　"축하한다! 축하해!"

　가족과 친구들과 담임선생님의 축하 속에서 나는 그날 낮을 바쁘게 보내야 했다.

　"축하한다, 이 녀석! 단번에 합격하다니 운이 좋은 걸?"

　밤늦게 집에 들어온 누나도 기뻐해주었다. 누나는 꽃다발을 한아름 내게 안겨주었다. 대학생이라고 온갖 재미를 혼자 맛보는 얄미운 누나를 부러워하던 것도 이제 끝이다, 끝!

　"야, 그럼 이제 방도 청소하는 거냐? 그동안 미뤘던 청소나 좀

해라, 응? 아이고, 냄새야!"

누나가 내 방 창문을 활짝 열어놓았다. 누나는 책상 위에 어지럽게 널린 옷가지며 책들을 죄다 바닥으로 떨어뜨리더니 그 꽃들을 기다란 유리 꽃병에 꽂아 책상 위에 놓았다. 누나 덕에 억지로 청소를 해야 했지만 기분이 나쁘지는 않았다. 오늘 같은 날은 뭘 해도 기분이 좋을 것 같았다.

'아아, 누구야? 날 누르는 게……?'

나는 답답한 느낌에 몸을 뒤척였다. 한없이 들뜬 마음에 침대를 이리저리 뒹굴다가 그만 잠이 들어버린 모양이었다. 나는 눈을 뜨려고 애를 썼다. 무언가가 나를 누르는 느낌에 잠을 더 잘 수가 없었다. 나는 몸을 이리저리 뒤틀다가 간신히 눈을 떴다.

나는 내 앞에 있는 그녀를 보고 심장이 멎는 줄 알았다. 너무나도 아름다운 여자였다. 영화에나 나올 법한 멋진 여자가 내 눈앞에서 나를 바라보고 있었다. 연한 갈색 웨이브 머리를 길게 늘어뜨린 그녀는 국적을 알 수 없는 얼굴이었다. 나이도 마찬가지였다. 어찌 보면 소녀 같기도 하고, 어찌 보면 성숙한 여인 같기도 했다.

나를 바라보는 그녀의 눈동자는 검정색도, 갈색도, 푸른색도 아닌…… 뭐라 말할 수 없는 희한한 빛깔이 뒤엉킨 색이었다. 그 맑고 아름다운 눈동자가 나의 얼굴을 빨아들일 듯 바라보고 있었다. 나는 갑자기 얼굴이 붉어지는 것을 느꼈다. 그녀의 눈동자 아래로 가늘고 높게 뻗은 콧날이 보이고 그 아래로 하얀 원피스가 눈에 들어왔다. 속이 훤히 들여다보일 듯한 하늘하늘한 휜색 원피스가 마치 선녀의 날개옷마냥 나풀거렸다.

금방이라도 부러질 것만 같은 허리와 희고도 가는 팔뚝, 길고 하얀 손가락과 그 끝에 이어지는 매끈한 분홍빛 손톱까지 뭐라 형용하지 못할 아름다움을 간직한 여인이 내 눈앞에 있었다.

그 여자는 잠자고 있던 나의 가슴에 살금살금 올라와 길고 파리한 손가락으로 내 왼쪽 뺨을 건드렸다. 전기가 찌릿 통하는 것 같은 기분이었다. 그 여자의 하얀 손가락이 나의 뺨을 살며시 보듬었다. 그녀의 입에서는 말할 수 없이 달콤한 향이 느껴졌다. 아아, 나의 심장은 터질 듯이 두근거렸다. 정말 심장이 폭발할 것처럼 미친 듯이 쿵쾅거렸다. 어째서 이렇게 아름다운 여자가 내 앞에 있는 것일까?

여인은 놀란 눈을 뜨고 있는 나에게 살며시 미소를 지었다. 여인이 가느다란 손가락으로 내 볼을 감싸며 코앞에 자신의 얼굴을 들이밀었다. 그녀의 입김이 느껴진다. 가늘게 이어지는 작은 한숨도……. 그녀의 찰랑이는 머리카락이 내 가슴에 닿았다. 가슴이 거세게 요동친다. 그녀는 나의 심장박동을 들으려는 듯 가슴에 귀를 대고 웅크린 채 미동조차 하지 않는다. 점점 내 얼굴로 피가 몰리는 느낌이 든다.

'아아, 그만둬요, 그만둬!'

나는 마음속으로 외쳤다. 그런 나의 외침을 들었는지 그녀가 살며시 고개를 들었다. 그러고는 살짝 미소를 지으며 나의 뺨에 키스했다. 미칠 것 같다. 정신이 혼미해진다. 여자라고는 처음이다. 당연하지. 이제 겨우 고등학교를 졸업하는 내가……. 지금껏 장난삼아 잡지나 동영상을 본 적은 있어도 여자 손목조차 잡아본 적이 없는 내가 이토록 아름다운 여인 앞에서 뭘 어떻게 해야 하는 것일까? 그녀의 입술이, 그녀의 부드러운 숨결이 나의 귓가를 어지럽혔다. 나는 눈앞이 핑 도는 것 같아 두 눈을 꾹 감았다.

'그만둬요, 그만둬. 제발 그만해요.'

나는 너무나 부끄럽고 무서워서 몸을 움츠렸다. 하지만 나의 바람은 그녀의 몸짓에 조금의 변화도 주지 못했다. 그녀는 나의 뺨과 목과 귀를 실컷 어지럽히더니 고개를 들어 내 표정을 살폈다.

나는 숨을 몰아쉬며 헐떡이고 있었다. 얼굴은 붉어졌음에 틀림없었고 호흡은 무척이나 가빴다. 그녀는 조용히 백지와도 같은 웃음을 지으며 내 뺨에, 내 입술에, 내 귓불에 키스했다. 나는 깊은 심연으로 가라앉는 것처럼 몸이 무거워졌다.

하지만 그것이 끝이었다. 멀리서 엄마와 누나의 말소리가 들려왔다. 그러자 나를 내리누르던 그녀가 갑자기 어디론가 사라져버린 듯 내 몸이 가뿐해졌다. 순진한 내게 나타나 감미로운 자극만 남기고 그녀는 훌쩍 떠나가버린 것이었다.

축축한 아랫도리. 나는 개운하지 못한 느낌을 받으며 침대에서 눈을 떴다. 엄마가 열어놓았는지 방문이 반쯤 열려 있었다. 그 사이로 바쁘게 오가는 식구들의 그림자가 눈에 들어왔다. 몸을 일으키려던 나는 도로 침대에 누워버렸다.

'꿈이었을까? 과연 꿈일까? 아, 하지만 남아 있는 그녀의 향기는? 입술과 뺨과 귓불에 남아 있는 이 촉감은?'

나는 그녀를 만나게 해준 매개체가 무엇인지 어렴풋하게 느끼고 있었다. 그것은 그녀의 주위를 감돌던 달콤한 향기 때문이다. 분명 그녀에게서는 그 향기가 났다. 나는 오늘 밤에도 다시 그녀를 만나고 싶었다. 그래서 그녀와 만나게 해줄 '매개체'를 준비함으로써 그녀를 만날 만반의 준비를 끝냈다. 그리고 밤을 기다렸다.

기다림이 절실하면 시간은 더디게 지나간다. 내가 그녀를 기다리면 기다릴수록 밤은 쉬이 오지 않았다. 아, 시간이란 어쩜 이토록 밉살스러운 것인지!

아아, 답답하다. 답답해. 나는 가슴을 짓누르는 답답함을 달콤하게 생각했다. 그래, 이 느낌은 바로 그녀다! 나는 떠지지도 않는 눈꺼풀을 힘겹게 들어올렸다. 나의 코앞으로 향긋한 향기가 느껴졌다.

아아, 역시나! 그녀가 다시 내 눈앞에 있었다. 그녀는 또다시 미소를 지으며 내 심장 소리에 귀를 기울였다. 이번에 그녀는 나의 드러난 살 사이에 살며시 키스했다.

"아아……."

나는 참지 못하고 신음 소리를 내고 말았다. 나는 이불 속에 잠자고 있던 나의 두 손을 꺼냈다. 그녀가 놀라지 않게 천천히……. 그리고 그녀의 하얀 팔뚝에 살며시 대보았다. 그녀는 조금 놀라는 눈치였지만 싫어하는 것 같진 않았다.

나는 처음에는 기계적인 움직임으로 그녀의 가느다란 팔을 위에서 아래로, 다시 아래에서 위로 쓰다듬었다. 손가락과 손바닥에서 느껴지는 감촉이 나를 미치게 했다. 그녀는 너무나도 보드랍고 말캉거렸다.

"이리 와요."

나는 그녀의 오른손을 끌어다가 내 팔 위로 당겼다. 별 저항 없이 그녀의 머리가 내 팔 위로 툭 떨어졌다. 길고 부드러운 갈색 머리가 나의 팔을 간질였다. 나는 옆에 누워 있는 그녀의 얼굴을 들여다보았다. 형용할 수 없는 빛깔의 눈동자가 나를 바라보며 미소 짓고 있었다.

천사일까? 그녀는 정말 하늘나라의 천사라도 되는 걸까? 아니면 신화 속의 여신이라도 되는 걸까? 지상의 여자들과는 전혀 다른 아름다움. 아무리 멋진 영화배우라도 그녀의 발뒤꿈치에 닿을 수 있을까? 그녀는 결코 도전하지 못할 아름다움을 머금고 있었다.

나는 용기를 냈다. 그리고 힘겹게 몸을 일으켜 그녀의 이마에 키스했다. 그러자 그녀가 나의 콧날에 키스했다. 나는 다시 그녀의 분홍빛 뺨에 키스했고, 그녀는 나의 입술에 키스했다. 아아, 한순간에 나의 입술은 그녀의 포로가 되었다. 나는 그녀가 하는 대로 입을 벌렸고, 또한 그녀의 입술을 갈구했다. 우리는 끊임없이 서로의 혀와 입술을 탐했다.

아아, 나의 몸이 점점 달아올랐다. 가장 뜨거운 곳은 이미 정점에 달해 괴로워한다. 그 괴로움이 온몸에 전기처럼 맴돈다.

아아, 갖고 싶다. 갖고 싶어! 이 여자를 갖고 싶다. 이 여자를
가지고 싶어! 나는 미친 듯이 그녀를 갈구한다. 나는 전날 그녀
가 했던 대로 그녀의 가슴을 타고 올랐다. 그녀는 나의 아래서 아
름다운 눈동자로 나를 바라본다. 그녀의 분홍빛 입술이 희미하게
미소 짓는 것이 보였다. 이제 그녀의 가슴은 나의 가슴으로, 그녀
의 배는 나의 배로, 그녀의 허벅지는 나의 허벅지로 눌려 있다.
나는 고개를 숙여 그녀의 뒷덜미를 간지럽힌다. 지난밤 그녀가
내게 그랬던 것처럼.

'하아.'

그녀의 작은 한숨 소리가 들린다. 그 부드러운 숨결에서 한없
이 달콤한 향기가 전해진다. 나는 어제 그녀가 해주었던 것처럼
그녀의 보드라운 귓불을 간지럽혔다.

'하아.'

솜사탕처럼 부드러운 그녀의 숨결이 느껴진다. 나는 그녀의 숨
결을 더 느끼고 싶었다. 너무나 아름답고 달콤하고 향기로운 그
숨결을! 그래서 나는 더욱 세차게, 그리고 더욱 부드럽게 그녀를
간지럽힌다. 나는 그녀의 가녀린 목을, 그녀의 귀를 핥았다. 나의
입술이 닿을 때마다 그녀의 향긋한 숨결이 느껴졌다.

내가 그녀의 하얀 원피스를 바라보자 그녀가 나를 눕혔다. 이제
나는 어제처럼 그녀의 가슴 아래서 그녀의 포로가 되어버렸다.

그녀는 천천히 나의 단추를 열었다. 하나하나 앞가슴에 달린
단추가 풀어질 때마다 나는 움찔움찔 감전된 것마냥 몸을 떨었

다. 그녀는 벌어진 셔츠 아래 나의 가슴에 키스했다. 그녀의 보드
랍고 촉촉한 입술이 나의 심장을 터뜨릴 것 같았다. 그녀는 나의
목을, 귓불을 간질였다. 나는 두 눈을 질끈 감았다. 쾌락의 물결
이 저 아래 발끝부터 서서히 올라오고 있었다. 거센 파도가 밀려
오는 것처럼 도저히 참을 수 없는 절정이 나의 온몸을 휘감았다.

"아아아."

나는 깊은 신음을 내쉬었다.

그러나 다음 순간 내가 눈을 뜨자 그녀는 또다시 온데간데없이
사라져버렸다.

엄마가 문을 열었는지 방문이 반쯤 열린 채였다. 바삐 움직이
는 식구들의 모습이 방 밖으로 훤히 보였다. 그녀는 허무하게도
사라지고 말았다.

나는 또다시 그녀를 만날 준비를 한다. 이제는 하루하루가 그
녀 위주로 돌아가는 것 같다. 매일 밤 나는 그녀를 기다리고, 그
녀가 내게 다가오도록 우리를 이어줄 '매개체'를 구해놓는다.

그녀는 마약과도 같다. 나는 빠져나올 수 없는 아름다움에 중
독되었음을 직감했다. 그러나 깨달았다 하더라도 그녀를 멀리할
수는 없었다. 나는 이미 중독되었다. 나는 나의 온 마음을 그녀에
게 빼앗기고 말았다.

그녀는 오늘 밤도 어김없이 나를 찾아왔다. 그녀의 기척을 느
끼자마자 나는 눈을 떴다. 이제 나는 더욱 적극적으로 그녀의 팔

을 잡아당긴다. 나는 그녀가 옴짝달싹 못하도록 온몸으로 내리누르고 그녀에게 강렬한 키스를 퍼부었다. 그리고 그녀의 목을 간지럽히며 천천히 그녀의 흰 원피스를 풀어헤쳤다.

그녀의 앞섶이 풀어지자 새하얀 피부가 눈앞에 펼쳐졌다. 그녀의 한쪽 팔을 소매에서 빼내고 나니, 아아, 그녀의 봉긋한 가슴이 나타났다. 난생처음 보는 새하얀 동산, 그 동산 꼭대기엔 목마른 새빨간 열매가 나를 기다리고 있다.

'어서 나를 가져요, 어서······.'

그녀의 가녀린 신음 소리가 들린다. 달콤한 향기, 달콤한 감촉. 나는 그녀를 희롱한다. 붉은 혀로 그녀의 온몸을 더듬는다. 내가 그녀의 몸을 찾아 뒤척일 때마다 그녀에게서 더없이 달콤한 향기가 쏟아진다.

"아아······."

나는 거친 한숨을 내쉰다. 나의 눈앞에 온통 분홍 꽃잎이 산산이 흩어진다. 나는 더 이상 참을 수가 없어서 그녀의 가늘고 보드라운 몸을 와락 껴안는다. 그리고 그녀의 곧게 뻗은 허리와 배를 어루만진다. 나의 손이 가는 곳마다 그녀의 몸은 활처럼 휘어지고 용광로처럼 뜨거워진다.

우리에게는 아무 말도 존재하지 않는다. 쾌락만 존재할 뿐이다. 그녀와의 시간을 좀 더 늘리고 싶지만 아아, 더 이상 참을 수가 없다. 나의 오른손이 미끄러지듯 그녀의 아랫배를 훑는다. 나의 입술이 그녀의 배를 가로지른다. 하지만 그녀는 더 이상의 접

근을 허락하지 않는다. 그녀가 활처럼 튀어 올라 나의 목을 감싸
쥐고 나를 막아선다.

"왜 그래요?"

나는 거친 숨을 몰아쉬며 안타까운 얼굴로 그녀를 바라본다.
그녀가 내 쾌락의 정점을 막고 있었다. 나는 이해할 수가 없다.
나는 그녀의 눈을 불안하게 쳐다보았다. 그녀는 조용히 고개를
흔들었다. 기다란 갈색 머리가 그녀의 허리에서 흔들렸다. 그녀
는 나의 어깨를 붙잡으며 단호한 얼굴로 나를 막았다.

'아직 안 돼요. 아직 부족해…….'

그녀가 나의 귓가에 속삭인다. 나는 속이 타버릴 것 같았다. 아
아, 그녀는 부족한 것이다. 내가 준비한 것만으로는 아직 부족한
모양이다. 나는 그녀의 거절에 당황해 식어버리고 있었다.

그녀가 내 손을 들어 양 손바닥에 키스했다. 그녀의 촉촉한 입
술이 내 입술을 덮고, 나의 뺨을 적시더니 서서히 아래로, 아래로
흘러내린다. 그녀가 나의 가슴에 원을 그리며 키스한다. 그녀가
살짝 몸을 일으키더니 내 목에, 내 귀에 키스했다.

'이만 안녕…….'

그녀의 낮은 음성에 나는 그녀를 붙잡는다.

"안 돼, 가지 마."

나는 그녀를 붙잡으려고 애쓴다. 하지만 바람에 하늘거리는 그
녀의 하얀 원피스는 허망하게도 나의 손아귀를 벗어난다.

'안녕. 그만 가야 돼요. 아아, 너무 모자라요. 우리 시간이…….'

"안 돼! 날 사랑해줘! 날 더 사랑해줘!"

나는 그녀를 향해 두 손을 뻗지만 내 손은 허공에서 허우적거리고 만다. 나의 외침은 공허하게 방 안을 맴돈다. 그녀는 또다시 냉정히 내 곁을 떠나고 말았다.

나는 이제 내가 깨어날 시간이라는 것을 안다. 나는 뜨고 싶지 않은 눈을 억지로 뜨고 생각에 잠긴다.

부족하다! 나는 그녀의 말을 알아듣고 있었다.

부족하다! 그래, 온밤을 함께하기엔 '그것'이 너무 부족하다. 나는 잘 알고 있었다.

오늘은 그녀를 나의 것으로 만들 것이다. 나는 그녀와 나를 이어줄 '매개체'를 한아름 가져왔다. 그리고 그녀와 나만의 공간을 확보하기 위해 내 방의 창문을 완전히 닫아버리고, 또한 거실과 통하는 방문 역시 걸어 잠갔다. 이제 누구도 우리의 사랑을 방해할 수 없을 것이다.

나는 그녀에 대해 아는 것이 없다. 그녀가 이 세상 사람인지, 아니면 저세상 사람인지도 모른다. 하지만 그런 것은 전혀 중요하지 않았다. 나는 정신을 차릴 수 없을 정도로 그녀에게 빠져버렸으니까. 내게 더 이상 중요한 것은 없었다. 나의 모든 시간은 그녀를 만나기 위해 존재하는 것이었다.

얼굴이 핼쑥해졌다는 걱정 섞인 어머니의 말도, 너 좀 이상해졌다는 누나의 핀잔도 중요하지 않았다. 내게 중요한 것은 그녀!

377

그리고 그녀와 함께하는 밤이었다. 이 아름다운 밤은 그녀와 나만의 시간이다. 오늘은 긴긴 밤을 내내 그녀와 함께 보낼 것이다. 사랑하는 나의 그녀와……

아아, 그녀의 향기가 나의 방 안을 가득 채운다. 나는 그녀의 기척을 느끼고 그녀를 온몸으로 맞았다.

나는 그녀의 새하얀 원피스를 하나하나 풀어내기 시작했다. 나는 그녀가 또다시 나의 손아귀에서 달아나버릴까 조바심을 치고 있었다. 나는 그녀가 떠나길 원치 않았다. 내 곁에서 온전히 나의 것이 되기를 간절히 바랐다.

나는 하늘거리는 하얀 원피스를 바라보았다. 얇은 원피스 사이로 그녀의 매끈하고 하얀 살결이 살며시 비쳤다. 분홍빛이 은은히 도는 아름다운 살결에서 향기가 풍겼다. 아아, 이토록 아름다운 사람이라니! 나는 그녀의 품에 머리를 묻었다. 그녀가 두 팔로 나의 머리를 감쌌다. 그녀의 부드럽고 가녀린 손가락이 나의 머리카락을 파고들었다. 아아, 나는 행복감에 젖어 눈을 감아버렸다.

나는 그녀의 등 뒤로 두 팔을 돌렸다. 그녀의 가녀린 어깨와 미끈한 허리, 그리고 길고 늘씬한 다리까지……. 그녀는 어느 것 하나 흠잡을 데 없이 완벽한 여인이었다. 그녀가 한숨을 쉬었다. 그녀의 고른 숨 속에서 한없이 달콤한 향기가 느껴졌다. 그녀의 향기는 그 어느 때보다도 진했다.

'아아, 정말 만족스러워요.'

그녀가 나의 귓가에 속삭였다. 나의 준비가 그녀를 기쁘게 한 것이 분명했다. 그녀의 미소에 나도 행복하기만 하다. 나의 그녀가 허리를 뒤틀며 내게 더 밀착했다. 이제 그녀의 온몸이 나의 몸과 완전히 닿아 있었다. 나는 더없는 충만감으로 몸을 떨었다.

'우리 사이를 막고 있는 것들을 모두 버려요.'

그녀가 나에게 속삭인다.

나는 그녀가 말하는 것이 무엇인지 알아챘다. 그것은 완전한 본능의 대화였다. 나는 우리 사이를 막고 있는 나의 체크무늬 셔츠와 후들거리는 트레이닝 바지를 벗어 던졌다. 그리고 마침내 완전한 나체가 되었다. 그녀는 부드러운 미소로 나의 가슴을 흔들었다. 나는 떨리는 손으로 그녀의 하얀 원피스를 벗겨냈다. 하얀 원피스가 그녀의 몸에서 떨어져나가자 형용할 수 없이 아름다운 조각이 눈앞에 나타났다. 그녀는 두 눈을 살포시 내리뜨고 두 팔로 가슴을 가린 채 두 볼을 발갛게 물들였다. 나는 부끄러움에 떨고 있는 그녀의 몸을 가리는 옷이 되어주었다.

우리는 에덴동산의 아담과 이브였다. 아름다운 숲 속에 번지는 아름다운 향기와 아름다운 음악 속에서 완전한 본능대로 살아가는 아름다운 한 쌍의 원앙이었다. 나는 헐벗은 몸으로 떨고 있는 그녀를 위해 있는 힘껏 나의 온기를 전해주었다. 나의 온몸과 온 마음을 통해 내 모든 사랑이 그녀에게 전달되었다.

아아, 이제 나는 더 이상 참을 수가 없었다. 나는 본능의 한계를 느끼며 그녀의 몸을 힘껏 안았다.

'날 사랑하나요?'

그녀가 나의 가슴을 밀었다. 아아, 참을 수 없는 고통이 밀려왔다. 그녀는 또다시 미칠 것같이 흥분한 나를 버리고 떠나려는 것인가? 나는 그녀를 붙잡기 위해 허겁지겁 대답했다.

"사랑해요."

'……정말?'

바보 같은 질문이었다. 그녀가 모를까? 그녀 앞에서 이토록 떨고 있는 나를, 그녀를 위해서라면 무엇이든 하는 나를, 그녀를 안기 위해 매일 밤만 기다리는 나를 그녀는 왜 모른 척하는 것일까? 나는 조급하고 안타까운 마음에 크게 외쳤다.

"사랑해요, 사랑해요. 이 목숨을 다 바쳐서 사랑해요!"

나의 사랑에 조금의 의심 따위는 용납되지 않았다. 나의 사랑은 확실하고 견고했다.

'그럼 나와 헤어지지 않을 건가요?'

"헤어지지 않아요."

'영원히?'

"영원히!"

마침내 그녀는 만족스러운 듯 내 가슴을 밀어내던 두 손을 거두었다. 나는 안도의 한숨을 쉬며 하염없이 그녀의 품속을 파고들었다. 나는 그녀를 향해 다가간다. 천천히, 그러나 거침없이!

그리고 누가 가르쳐주지 않고, 누가 알려주지 않아도 우리가 할 수 있는 본능의 행위를 시작했다.

"으아아!"

나는 참을 수 없는 감동에 신음을 토해냈다. 하얗게 불타오르는 그녀의 육신이 내 온몸으로 느껴졌다. 더 깊숙이, 더 완전하게……. 우리는 완전한 하나가 되었다.

3

"우리 아이는 살해당했어요!"

물론 마 형사가 보기에도 죽을 이유는 없었다. 얼마 전 대학에 합격한 학생이 자살할 이유는 분명 없었다. 그렇다고 살해당했다니, 유족들의 주장은 어이없는 것이었다.

매일매일 한 송이 백합을 산 것도, 죽기 전날 밤 100송이 백합을 산 것도 모두 죽은 학생이었다. 지문 감식 결과 창문을 잠근 것도, 방문을 잠근 것도 모두 죽은 학생이었다. 무지에 의해 질식사했거나, 아니면 분명한 자살이다. 백합꽃 100송이를 방 안에 꽂아둔 채 모든 문을 꼭꼭 닫고 잠들다니……. 게다가 홀딱 벗은 나체로 온 침대에 정액을 뿌리면서……. 이 또한 상식적으로 이해되지 않는 일이었다.

그런데 이런 시답잖은 사건에 현욱이란 자가 나타나다니, 그것 또한 이상한 일이었다.

"우리 눈에 보이지 않는 무언가에 의해 살해당할 수도 있다는 말이죠."

마 형사는 자신을 바라보며 싱긋 웃는 현욱의 말을 도통 이해
할 수가 없었다.

"우리 눈에 보이지 않는 무언가라니요?"

"꽃의 정령, 그녀의 본능이 뭔지 아십니까?"

"뭐요?"

난데없는 질문에 마 형사는 기가 찼다. 갑자기 무슨 뚱딴지 같
은 소리란 말인가?

"꽃의 정령, 그녀의 본능은 유혹입니다. 수백, 수천, 수만 년 전
부터 꽃은 벌과 나비를 유혹하고 그로써 번식해왔지요. 누가 더
많은 벌과 나비를 유혹하는가가 그들의 생존과 결부된 문제였습
니다. 지금도 그것은 변함이 없지요. 여전히 꽃의 정령, 그녀의 본
능은 유혹입니다. 죽은 학생의 방에 있던 백합화. 그것이 그를 유
혹하고 살해한 장본인이지요."

그는 싱긋 웃으며 죽은 학생의 방으로 들어갔다. 그를 막는 사
람은 아무도 없었다. 그는 경찰들을 모두 헤치고 학생의 방으로
들어가 침대 곁에 있는 꽃병을 물끄러미 바라보았다. 새하얀 백
합을 바라보며 그의 눈이 날카롭게 빛나는 것을 마 형사는 놓치
지 않았다.

"제 볼일은 이것뿐입니다. 이 꽃들은 제가 가져가겠습니다."

그는 싱긋 미소 지으며 새하얀 백합 다발을 꽃병에서 꺼냈다.
그 순간 마 형사는 새하얀 백합들이 파르르 흔들리는 것을 느꼈
다. 바람 한 점 없는 방 안에서! 마 형사는 자신이 잘못 보았나 싶

어 두 눈을 비볐다.

"하하, 마 형사님. 예민하시네요. 이제 제 볼일은 끝났습니다. 그럼 수고하시지요."

그는 여유로운 미소만 남긴 채 새하얀 백합 다발과 함께 사라졌다.

마 형사는 대체 무슨 일이 있었는지 이해되지 않았다. 미소를 지으며 뒤돌아서는 현욱의 모습을 눈으로 따라가며 마 형사는 알 수 없는 한기에 몸을 부르르 떨었다. 조금의 흐트러짐도 없는 검은 양복이 마 형사의 시야로부터 멀어져갔다. 그의 검은 양복 사이로 마지막 말이 여운이 되어 맴돌았다.

꽃의 정령, 그녀의 본능은 유혹입니다.

유혹…….

-3권에 계속

신비소설 무 2 떠나지 못하는 영혼들

초판 1쇄 발행 2016년 2월 16일
초판 2쇄 발행 2018년 10월 24일

지은이 · 문성실
펴낸곳 · 달빛정원
펴낸이 · 전은옥

출판등록 · 2013년 11월 14일 제2013-000348호
주소 · 03935 서울 마포구 월드컵북로 260, 31-309(성산동)
전화 · 02-337-5446
팩스 · 0505-115-5446
전자우편 · garden21th@naver.com
블로그 · blog.naver.com/garden21th

ⓒ 문성실 2016

ISBN 979-11-951018-8-7 04810
　　　979-11-951018-6-3 (세트)

이 도서의 국립중앙도서관 출판예정도서목록(CIP)은 서지정보유통지원시스템 홈페이지(http://seoji.nl.go.kr)와
국가자료공동목록시스템(http://www.nl.go.kr/kolisnet)에서 이용하실 수 있습니다. (CIP제어번호: CIP2016001171)